Bernd Frenz
DIE BLUTORKS
Der Befreier

Bernd Frenz

DIE BLUTORKS 3
Der Befreier

Roman

Originalausgabe

blanvalet

FSC
Mix
Produktgruppe aus vorbildlich
bewirtschafteten Wäldern und
anderen kontrollierten Herkünften
Zert.-Nr. SGS-COC-1940
www.fsc.org
© 1996 Forest Stewardship Council

Verlagsgruppe Random House FSC-DEU-0100
Das FSC-zertifizierte Papier *Holmen Book Cream*
für dieses Buch liefert Holmen Paper, Hallstavik, Schweden

1. Auflage
Originalausgabe April 2010 bei Blanvalet,
einem Unternehmen der Verlagsgruppe
Random House GmbH, München
Copyright © 2010 by Bernd Frenz, Germany
Copyright © der deutschen Ausgabe: 2009 by
Blanvalet Verlag in der Verlagsgruppe
Random House GmbH, München
Umschlaggestaltung: HildenDesign München
Illustration: © Kerem Beyit
Karte: © Jürgen Speh
HK · Herstellung: sam
Satz: Uhl + Massopust, Aalen
Druck und Einband: GGP Media GmbH, Pößneck
Printed in Germany
ISBN: 978-3-442-26610-4

www.blanvalet.de

INHALT

EINSTMALS
9

DIE SCHLANGENGRUBE
23

EINSTMALS
165

WENN LICHTBRINGER STERBEN
177

EINSTMALS
309

REIFHORN
319

EINSTMALS
359

DIE LETZE ALLER SCHLACHTEN
365

Epilog
395

Personenliste
397

Am Anfang aller Zeiten, als das Blut und der Atem noch um die Vorherrschaft rangen, kamen die beiden einander so nahe, dass sie zwischen sich den Leib gebaren. Erst zum Dreierbund vereint, bemerkten sie die vierte, die substanzlose Kraft, die alles durchwirkt und miteinander verwebt.

Von da an verfolgten sie mit Freude, wie dem Leib neues Leben entspross. Wie ihm Berge, Täler, Wälder, Flüsse und Meere entsprangen und mit ihnen all das, was durch die Fluten schwimmt, über den Boden kriecht und sich in die Lüfte erhebt.

Nach den Tieren kamen die Menschen, groß an der Zahl, aber gering im Verständnis. Darum wurden die Wissenden geboren: die Orks, die Elfen und die Reptilien, deren Fähigkeiten mit der Zeit so groß wurden, dass sie sich über ihren Stand hinaus erhoben, um gemeinsam alles zu verderben ...

EINSTMALS

Zehn Sommer! So lange weilte Vuran nun schon, fern der heimatlichen Wälder, als Erster Streiter der Hortgarde in Rabensang. Trotzdem würde er sich wohl nie an die beklemmende Enge der Gassen, Hinterhöfe und Torbögen gewöhnen, geschweige denn an das Geschiebe und Gewimmel der Massen, die unablässig durch die Basare und Häuserschluchten drängten. Weder seine Größe noch sein Amt verschafften dem wehrhaften Ork ein wenig zusätzlichen Raum, ganz im Gegenteil: Mancher Einwohner der Stadt, der ihn für einen Priester hielt, langte nach seinem Umhang, um ihn kurz mit den Fingerkuppen zu berühren oder sogar seinen Saum zu küssen, in der abwegigen Hoffnung, so einen kleinen Vorteil für den kommenden Handel, etwas Glück beim nächsten Liebesschwur oder wenigstens ein wenig Schutz für die Familie zu erhaschen.

Wie wenig diese Menschen doch darüber wussten, wie das Blut der Erde tatsächlich wirkte. Doch es gab auch andere, wahrhaftig Gläubige, die bereit waren, den glühenden Bahnen des Lebens zu folgen. So wie Andro, der kinnbärtige Jüngling aus Cabras, der als Knappe des Hohen Wulfralla diente.

Ein Mensch als Novize im Heiligen Hort von Rabensang, das wurde von vielen Orks mit Argwohn betrachtet, besonders in Arakia. Doch Andro hatte das in ihn gesetzte Vertrauen bisher nicht enttäuscht und sich durch Talent, Fleiß und Demut längst den Respekt all derer im Hort erarbeitet, die ihm anfangs noch mit Missbilligung begegnet waren.

Umso größere Unruhe hatte sein plötzliches Verschwinden ausgelöst. Es passte einfach nicht zu dem pflichtbewussten Knappen, sich ohne ein einziges Wort des Abschieds heimlich davonzumachen, und das ohne auch nur einige der wenigen Habseligkeiten mitzunehmen, die er noch sein Eigen nannte.

Drei Tage lag nun schon der Marktgang zurück, von dem er nicht zurückkehrt war. Viel zu lange, um sich noch mit dem Gedanken zu beruhigen, dass er vielleicht den Verlockungen der Schänken und Liebestempeln erlegen sein könnte. Außerdem hatten sie inzwischen auch an den anrüchigsten Plätzen nach ihm gesucht, ohne die geringste Spur von ihm zu entdecken.

Einmal mehr verfluchte Vuran im Stillen den Moloch, der rings um den Hort angewachsen war. In den heimischen Wäldern und Bergen hätte er einfach Andros Fährte aufgenommen und sie so lange verfolgt, bis er ihn gefunden hätte. Selbst schwere Regengüsse hätten den Ersten Streiter nicht daran hindern können. Aber im Gewimmel dieser dicht besiedelten Stadt, in der sich die Gerüche der Menschen so stark überlagerten, erwiesen sich viele seiner angeborenen Instinkte als nutzlos. So blieb ihm nichts anderes übrig, als ruhelos umherzustreifen und jedem Hinweis nachzugehen, der ihm zugetragen wurde.

Selbst das Blut der Erde anzurufen hatte keinen Aufschluss über Andros Verbleib gebracht. Das gab vielen aus dem Hort am meisten zu denken.

Vuran schüttelte unwillig den Kopf, um den Anflug der Hilflosigkeit zu vertreiben, der sich seiner zu bemächtigen drohte. Er fühlte sich genauso für den Menschen verantwortlich wie für alle anderen Knappen und Priester, die den Schutz der Hortgarde genossen.

Am Basar der Unterstadt angekommen, atmete er leise auf, denn hier ließ das Gedränge spürbar nach. Hinter den mit bunten Sonnensegeln überspannten Auslagen links und rechts der Straße standen zumeist Schlangenköpfe. Hier kauften zwar auch Menschen ein, aber wesentlich weniger als in anderen Vierteln der Stadt. Das stete Stimmengewirr, das Vurans empfindliche Ohren belästigt hatte, reduzierte sich deshalb rasch auf ein angenehmeres Maß. Hier und in den umliegenden Gassen überwog das fremdartige Zischeln, in dem sich die gespaltenen Reptilienzungen unterhielten und dem weder Orks noch Menschen eine Bedeutung zuordnen konnten.

Menschen kamen sich dadurch wie in einer Schlangengrube vor, weshalb viele dieses Viertel mieden. Vuran wurde hingegen an die heimischen Gründe erinnert, besonders an die Berge, weil sich dort viele Nattern an warmen Tagen auf den nackten Felsen versammelten, um die Strahlen der Sonne zu genießen.

Statt in Erinnerungen zu schwelgen, hielt er lieber nach einem Stand mit frischen Meeresfrüchten Ausschau. So weit im Landesinneren waren sie eine echte Rarität, die nur der Atem des Himmels ermöglichte. Der Geruch von nassem Tang und offenen Austern stieg ihm bereits in die Nase, noch ehe er die Auswahl an Fischen, Muscheln und Seesternen ausmachte, die sich im Schatten einer Markise in noch feuchten Holzkisten stapelten.

Direkt hinter diesem Stand zweigte eine enge Gasse ab.

Von den Umstehenden unbeachtet, steuerte er direkt darauf zu und verschwand zwischen zwei hohen Hausmauern, die so eng zueinander verliefen, dass er mit seinen breiten Schultern gerade so hindurchpasste. Sein Umhang streifte tatsächlich einige Mal über die fensterlosen Wände, bevor er an eine Steigung gelangte, an der die folgenden Gebäude ein wenig weiter auseinanderlagen.

Der begehrte Raum innerhalb der Stadtmauern war begrenzt, deshalb waren zwischen den ursprünglich weit auseinander gelegenen Häusern und in ehemaligen Höfen längst weitere Gebäude entstanden. Die Grundrisse richteten sich dabei nach dem vorhandenen Platz oder den Fundamenten eingestürzter Vorgänger.

Das Bodenniveau stieg dadurch immer wieder an, nur um wenige Schritte später sofort wieder abzusacken, aber das schien den Reptilien ebenso zu gefallen wie der Anblick schräger Ecken, schiefer Gassen und sich gegenseitig stützender Häusern.

Hier gab es moosbewachsene Winkel, die selbst im Hochsommer den ganzen Tag über im Schatten lagen.

Nachdem sich der an einen Hohlweg gemahnende Gang zweimal nach links gewunden hatte, gelangte Vuran in ein wahres Labyrinth aus kleinen Innenhöfen. Hohe Mauern grenzten sie voneinander ab. Bogenförmig in sie eingelassene Durchgänge schufen zwar Verbindungen, waren aber zumeist mit eisenbeschlagenen Holzpforten versperrt. Zum Glück ließen sich die meisten von ihnen problemlos entriegeln.

Dank Sevaks genauer Beschreibung drang er rasch bis zu einem niedrigen Gebäude vor, das sich unter den ihn umgebenden zu ducken schien. Es war umgeben von einer stabilen Feldsteinmauer, die durch eine Krone sich kreuzender Stahlklingen gesichert war, und die Holzpforte hatte ein entsprechend schweres Schloss.

Vuran fand sich schon mit dem Gedanken ab, sie mit der Schulter eindrücken zu müssen, doch kurz bevor er sie erreichte, schwang sie von selbst nach innen auf, allerdings nur einen kleinen Spalt weit, gerade so viel, dass dahinter Sevaks schmales Elfengesicht zum Vorschein kam.

»Na endlich«, begrüßte ihn der Kommandant der Elfengarde. »Ich dachte schon, du findest gar nicht mehr her.«

»Du hast etwas über den Verbleib unseres Knappen erfahren?«, fragte Vuran, ohne auf den unfreundlichen Empfang einzugehen.

»Erfahren?«, echote Sevak, während er die Tür so weit aufzog, dass der Ork gerade hindurchpasste. »Wir haben ihn aufgespürt.«

So missmutig, wie er die Worte hervorstieß, gab es scheinbar keinen Grund zur Wiedersehensfreude. Obwohl Vuran viele

Fragen auf der Zunge lagen, starrte er nur schweigend auf den Wasserelfen hinab, der längst wieder abgeschlossen hatte und ihn wortlos dazu aufforderte, mit ins Haus zu kommen.

Auch um sie herum lag alles in tiefer Stille. Nicht mal ein paar streunende Ratten huschten über die gepflasterten Höfe.

Vuran ärgerte sich über die ganze Heimlichtuerei, fasste aber nur ergrimmt nach dem Schwertgriff an seiner Hüfte und folgte dem mehrere Köpfe kleineren Elfen. Ein wildes Rankengewächs, das sich in die rissige Fassade des vor ihnen aufragenden Gebäudes krallte, bot ein wenig Abwechslung fürs Auge, doch noch ehe er die Türschwelle richtig überschritten hatte, schlug dem Ork ein Geruch entgegen, der ihn alles andere vergessen ließ.

Der Geruch von menschlichem Blut.

Hinter der Tür erwartete ihn ein großer Raum, der einmal eine Färberei gewesen sein musste. Darauf ließen jedenfalls die Steinbecken schließen, die über ein System aus alten, verrottenden Holzrinnen miteinander verbunden waren. Von der niedrigen Decke, gegen die Vuran beinahe mit den Kopf stieß, hingen zahlreiche Metallhaken, an denen eine Leine kreuz und quer durch den ganzen Raum gespannt werden konnte.

Im Augenblick war aber nur einer der Haken in Gebrauch. An ihn war ein Seil gebunden, das senkrecht in die Tiefe führte und das schon nach wenigen Handbreit an den Fußknöcheln eines nackten Mannes endete.

Vurans Herz übersprang einige Schläge. Der Anblick des Toten traf ihn wie eine Axt zwischen die Schulterblätter. Sicher, er hatte schon viele Kämpfe bestritten und sich auch in einigen größeren Schlachten bewährt – aber so etwas wie dies hatte er noch nicht gesehen.

Der vor ihm herabhängende Leichnam war mit zahllosen Schnitten übersät, die sich zu bizarren Mustern vereinten. Sie mussten dem Mann beigebracht worden sein, als er noch lebte, denn seine Fesseln hatten sich tief ins Fleisch gescheuert, als hätte er sich unter unsäglichen Schmerzen gewunden. Man sah noch die entsprechenden Abschürfungen an den Handgelenken, wo die Haut aufgerissen war und das blutige Fleisch freigab, obwohl man ihm die Fesseln dort zwischenzeitlich abgenommen hatte. Außerdem klebte Blut auf jeder Stelle seines Körpers – der Kopf war ihm also erst ganz zum Schluss abgeschnitten worden.

Der lag auf einer Granitsteinplatte. Vuran erkannte das Gesicht mit dem kastanienbraunen Kinnbart sofort, obwohl es keine Augen und keine Lider mehr hatte.

Andro.

Hier hatte er also die letzten Tage verbracht. Der Knebel, der ihn am Schreien gehindert hatte, steckte immer noch zwischen seinen zersplitterten Zähnen.

Das Blut, das in dem Steintrog unterhalb des Leichnams aufgefangen worden war, glänzte noch feucht. Andro konnte noch nicht lange tot sein. Nur wenige Schritte weiter lag ein Reptilienmann am Boden. Der Griff eines schmalen Wurfmesser ragte aus seinem Nacken hervor, eines von der Sorte, wie sie Sevak stets griffbereit in zwei gekreuzt über der Brust verlaufenden Gurten bei sich trug.

Vuran brauchte nicht dem Umhang des Elfen zur Seite zu schlagen, um zu wissen, dass eine der Lederscheiden leer war.

»Was ist hier passiert?«, wollte er wissen.

»Ich habe die Nerven verloren.« Sevak hob die Schultern, als wollte er tatsächlich um Entschuldigung bitten. »Tut mir leid.«

Vuran sagte kein Wort, so wie die beiden anderen Elfen, die mit im Raum standen. Ein Mann und eine Frau. Beide bewaffnet, beide äußerst bleich um die Nase. Aber das musste nichts bedeuten. Dieses Volk konnte seine Hautfarbe ändern, wie es ihm beliebte.

»Toten kann man natürlich keine Fragen mehr stellen«, fuhr

Sevak ungewohnt einsichtig fort. »Das weiß ich auch. Aber als ich die Schweinerei hier gesehen habe ...« Er deutete auf den Leichnam, der zwischen ihnen hing.

Vuran verstand, was der Elf damit sagen wollte. Er selbst hatte von Kindesbeinen an gejagt und deshalb schon unzählige Tiere gehäutet und ausgenommen, doch eine Beute zu verarbeiten, die man essen wollte, oder ein gleichwertiges Wesen über Tage hinweg sinnlos zu quälen, waren zwei vollkommen verschiedene Dinge.

»Du glaubst, dieses Natterngesicht ist dafür verantwortlich?«, fragte er mit rauer Stimme, die ihm selbst seltsam fremd vorkam.

Er wusste, wie die Antwort lautete, noch ehe Sevak sie aussprach, trotzdem wollte er sie einfach nicht wahrhaben. Wollte einfach nicht glauben, dass einer der Geschuppten zu so etwas fähig war, dazu noch einer, der die schwarze Tracht eines Priesters trug ...

Das weite Gewand mit der weiß gefiederten Schlange.

»Als wir hier hereinplatzten, wollte er gerade alle Spuren verwischen«, antwortete Sevak wie befürchtet. »Sieh dir bloß sein Maul an. Und schau, was sie mit eurem Knappen gemacht haben, dann weißt du, dass keine Fragen nötig waren.«

Vuran wusste, worauf der Elf hinauswollte.

An der langen, aus dem lippenlosen Maul hervorgerutschten Schlangenzunge klebte noch Blut. Jeder, der schon einmal gegen Reptilien gekämpft hatte, wusste, dass sie mit ihren kräftigen Zungen einen Gegner enthaupten konnten. Und dann waren da noch die klaffenden Schnitte in Andros Rücken, die die Umrisse zweier Flügel ergaben, und die beiden Arme, die ihm Moment der einsetzenden Leichenstarre über seiner Brust gekreuzt worden waren. In der gleichen Haltung wie in der Flügelgeste, die die Schlangenpriester gern bei ihren Ritualen benutzten.

»Ein Blutopfer?«, fragte Vuran, der vergeblich nach einem Sinn für dieses Massaker suchte.

»Ja!«, meldete sich die Elfin zu Wort, die bisher still im Hintergrund gestanden hatte. »Und vermutlich nicht das erste.«

Ihr Gesicht war ihm unbekannt, doch ihrer Kleidung nach war sie keine Kriegern aus Saveks Garde, sondern eine Priesterin des Leibes.

»Euer Knappe ist nicht der erste Mensch, der unter geheimnisvollen Umständen verschwand. Nur der erste, der euch genügend interessierte, um sein spurloses Verschwinden zu bemerken.« Ein Hauch von Vorwurf schwang in ihrer Stimme mit. »Wir gehen diesen Vorfällen schon seit längerem nach. Nicht nur hier in Rabensang, sondern überall in den verschiedenen Reichen.«

Vuran spürte Ärger in sich aufsteigen.

»Woher wusstet ihr, wo unser Knappe zu finden ist?«, wollte er wissen.

Die Elfin bückte sich, statt ihm zu antworten. Geschickt griff sie nach der runden Lederkappe, die das kahle Reptilienhaupt bedeckte, und richtete sich wieder auf. »Es gibt da etwas, das ich dir zeigen möchte«, sagte sie und warf die Kappe scheinbar achtlos zur Seite.

Und traf genau einen bis zum Rand gefüllten Steintrog.

Als das Leder die spiegelglatte Oberfläche berührte, erklang ein Zischen, und ein unangenehmer, an faule Eier erinnernder Geruch erfüllte den Raum. Noch ehe die Kappe richtig einsinken konnte, löste sie sich vollständig auf. Gleichzeitig stieg eine dünne, grauweiß durchzogene Rauchsäule auf.

Die Schwefelsäure, die in dem Becken schwappte, musste wirklich hochkonzentriert sein.

Die Elfin schien nicht im Mindesten davon überrascht. Ungerührt trat sie näher und strich mit beiden Händen dicht über die noch immer dampfende Flüssigkeit hinweg. Die umherwabernden Schwaden lösten sich unter der Geste umgehend auf. Gleichzeitig schien sich die ätzende Flüssigkeit zu verdichten, bis die Oberfläche zu glänzen begann.

Vuran fröstelte, und das aus gutem Grund. Im ganzen Raum wurde es plötzlich so kalt, dass der Atem, der seine Lippen passierte, kleine Wölkchen bildete.

Neugierig trat er neben die Priesterin, um zu sehen, was für eine Magie sie dort wirkte. Das Wasser war ihr Element, und sie hatte den persönlichen Gegenstand eines Toten darin aufgelöst, also wollte sie wahrscheinlich etwas über seine Vergangenheit erfahren.

Wie erwartet, erschienen auf der von einer dünnen Eisschicht überzogenen Flüssigkeit Trugbilder. Dass es jedoch Raam persönlich war, der sich dort in aller Deutlichkeit abzeichnete, traf Vuran wie ein Schlag in die Magengrube.

Er erkannte den Obersten aller Schlangen und auch den Thronsaal, in dem er residierte. Jedes einzelne Detail, das sich vor ihren Augen abzeichnete, stimmte mit Vurans Erinnerungen überein, nur die Szene, die sich dort abspielte, sah er zum ersten Mal: Es war eine Audienz, die Raam mehreren Priestern gewährte, unter anderem jenem, der jetzt tot zu ihren Füßen lag.

Noch ehe Vuran sich fragen konnte, was wohl dort mitgeteilt wurde, wechselten die Bilder in rascher Folge. Eben noch war zu sehen, wie sich die von Raam instruierten Priester über das ganze Land verstreuten, dann schlichen sie auch schon durch die Straßen verschiedener Städte, um nach hilflosen Opfern für den Atem des Himmels während ihrer geheimen Rituale Ausschau zu halten.

»Blutopfer«, erklärte die Elfenpriesterin, während die Bilder allmählich verblassten. »Die Priester der geflügelten Schlange versuchen damit Einfluss auf das Blut der Erde zu nehmen, um ihre eigene Vormachtstellung auszubauen.«

Vurans Hand krampfte sich um den Schwertgriff an seiner Seite, doch was er gerade gesehen hatte, ließ sich nicht mit ein paar sauberen Hieben aus der Welt schaffen. »Das kann ich nicht glauben«, stieß er gepresst hervor. »Was sollte Raam mit solch einem Vorgehen bezwecken? Was würde er gewinnen, würde der Atem über das Blut und den Leib triumphieren? Nichts, was er nicht auch schon jetzt besitzt.«

»Wer weiß schon, was in einem Schlangenschädel vor sich geht?« Die Priesterin zuckte mit den Schultern.

»Nein!« Der Ork schüttelte entschieden den Kopf. »Das mag für einzelne Schlangenköpfe gelten«, er blickte auf den Toten hinab, »aber nicht für Raam. Ich kenne ihn.«

Sie sah ihn an. Fast ein wenig traurig, als ob sie ihn einerseits verstehen würde, anderseits aber auch über seine Naivität verzweifeln mochte. »Jede unserer Gemeinschaften hat eine dunkle Vergangenheit«, erinnerte sie ihn. »Noch vor wenigen Generationen dachte jeder von uns, die anderen dominieren zu müssen, um nicht selbst unterdrückt zu werden. Bist du dir wirklich ganz sicher, dass die Schlangenköpfe diese Haltung völlig abgelegt haben?«

Ihre Frage enthielt ein kaum wahrnehmbares Gift, das trotzdem – oder gerade deswegen – umgehend seine zersetzende Wirkung entfaltete.

Vuran presste wütend die Lippen aufeinander, um nicht etwas zu sagen, von dem er nicht felsenfest überzeugt war. »Niemand darf von diesem Ritual erfahren«, erklärte er dann. »Nicht bevor wir wirklich wissen, was dahintersteckt.«

»Die Menschen haben ein Recht darauf zu erfahren, was in Rabensang vor sich geht«, begehrte Sevak wütend auf, doch Vuran schnitt ihm mit einer herrischen Geste das Wort ab.

»Andro war einer unserer Novizen«, erklärte er in einem Ton, der keinen Widerspruch duldete. »Darum entscheiden einzig und allein unsere Priester darüber, was geschehen wird. Ich kehre sofort zurück in den Hort und sende von dort einige verlässliche Krieger aus, auf deren Verschwiegenheit ich vertrauen kann. Sie werden sich um die Toten hier kümmern. Alles andere liegt in den Händen des Hohen Rats. Das hier ist allein unsere Angelegenheit, sosehr ich euch auch für eure Hilfe danke.«

Sevak wollte erneut aufbegehren, lenkte aber nach einem kurzen Blickkontakt mit der Elfenpriesterin ein.

»Gut«, erklärte er mit mühsam unterdrücktem Zorn. »Wenn ihr noch Zeit braucht, um euch ein eigenes Bild zu machen, sollt ihr die bekommen. Aber wir halten weiterhin die Augen offen. Und sollten wir weitere Anzeichen für eine Verschwörung der Schlangenköpfe finden, werden wir die Menschen vor der aufziehenden Gefahr warnen.«

Vuran nickte. Er hatte ohnehin nicht die Macht, weitere Zugeständnisse einzufordern.

Er war schon beinahe an der Tür, als ihm Sevak noch hinterherrief: »Wirst du wenigstens Monea davon erzählen?«

»Ganz bestimmt nicht«, gab Vuran rasch zurück, bereute die Antwort aber schon, noch ehe er sie ausgesprochen hatte. Denn ihm dämmerte sofort, dass er dieses Versprechen nicht auf Dauer würde halten können.

Etwas wie *dieses* hier ließ sich einfach nicht verheimlichen. Nicht gegenüber der Frau, die er liebte und die die Geschicke Rabensangs und ganz Ragons in ihren schlanken Händen hielt.

Die Magie der Wasserelfen ist fehlbar!, versuchte er sich einzureden, während er durch den Basar der Unterstadt zurückeilte. *Das Blut und der Atem sind die älteren, die ursprünglichen Kräfte. Der Leib ist erst aus ihnen entstanden!*

Ja, genau, so war es! Magische Bilder vermochten vielleicht vieles zu offenbaren, aber sie konnten auch über die Wahrheit hinwegtäuschen. Genau daran würden ihn die Orkpriester erinnern.

Und daran, dass Vuran nur seinen eigenen Augen und dem Blut der Erde trauen durfte.

Dennoch hatte den Ersten Streiter das, was er in der Färberei erlebt hatte, bereits verändert. Er bemerkte es an dem fremdzüngigen Gezischel, das ihn erneut von allen Seiten umgab, das aber plötzlich ganz anders auf ihn wirkte als noch auf dem Hinweg.

Statt ihn wieder an die Heimat zu erinnern, klang es für ihn diesmal wie das verräterische Gezüngel eines unbarmherzigen Feindes.

DIE SCHLANGENGRUBE

⇾ 1 ⇽

Sangor

In den Kerkern unterhalb der Arena war es ungewöhnlich still. Niemand wagte sich zu unterhalten, nicht einmal flüsternd. Dazu standen alle noch viel zu sehr unter dem Schock des gerade Erlebten. Nur die drei Wolfshäuter, die der große Blutork, der sich Urok nannte, mit der Kette verdroschen hatte, stöhnten leise vor sich hin. Alle anderen in dem Gewölbe schwiegen, dabei hätte es einiges zu besprechen gegeben.

Dass die Hand eines Orks unversehens lichterloh zu brennen begann, war sicherlich schon ungewöhnlich genug, aber dass diese Flammen dann auch noch vor dem Schattenelfen zurückwichen, den der grüne Koloss eigentlich hatte erwürgen wollen, hatte alle in größtes Erstaunen versetzt, nicht nur die menschlichen Gefangenen, auch den Ork und sogar den Elfen selbst. Grübelnd hockten Urok und Benir auf ihren Plätzen und bedachten einander immer wieder mit verstohlenen Blicken, als ob sie selbst nicht recht begreifen könnten, was ihnen gerade widerfahren war.

Nach einiger Zeit fassten sich die beiden wieder. Ein geübter Beobachter wie Tarren erkannte das daran, wie sich ihre Atmung beruhigte, dass sich ihre Brustkörbe nur noch sanft hoben und senkten. Außerdem fing Urok damit an, den Platz vor seinen verschränkten Beinen von Gräsern und Strohhalmen zu säubern. Danach wischte er mit seinen Händen über das steinerne Pflaster und kehrte von allen Seiten so viel Sand zusammen, wie er mit den langen Armen erreichen konnte, ohne sich zu erheben.

Jeden Tag schleppten die Gladiatoren einen kleinen Teil des feinkörnigen Arenenbodens unter ihren Schuhsohlen herein, sodass der Ork rasch eine beachtliche Menge zusammenbekam, die er sorgfältig zu einer glatten Fläche verstrich. Weil ihm das immer noch nicht reichte, hob er einen aus der Wand gebrochenen Steinbrocken auf, den er so lange mit der geschlossenen Faust bearbeitete, bis er zu feinem Pulver zermahlen zwischen seinen Fingern hervorrieselte.

Erst danach streckte Urok den Zeigefinger seiner linken Hand aus. Sie wirkte völlig unversehrt, obwohl sie vor aller Augen gebrannt hatte. Die Stirn in tiefe Falten gelegt, begann der Ork mit dem spitz zulaufenden Fingernagel feine Striche in die Sandschicht zu ritzen.

Tarren war nicht der Einzige, der den Hals reckte, um zu sehen, was Urok da Unheimliches trieb. War dieser grüne Koloss vielleicht ein Orkschamane und wirkte gerade einen Fluch, der sie alle unter Qualen dahinraffen sollte? Bei diesem Gedanken spürte der Barbar ein unangenehmes Prickeln am ganzen Körper, als würden sich bereits erste Pestbeulen auf seiner Haut ausbreiten. Sofort schob er sein ärmelloses Leinenhemd in die Höhe, stellte aber erleichtert fest, dass nirgends auch nur der Anflug einer Rötung zu erkennen war.

Verlegen langte er nach den fünf Bärenklauen, die er an einem Lederband um den Hals trug. Allein die Berührung der alten Trophäe hob seinen Mut. Zu viert und nur mir Speeren bewaffnet hatten sie die fürchterliche Bestie, die schon häufig Vieh auf ihren Bergweiden gerissen hatte, verfolgt, gestellt und bezwungen. Wenn ihnen das einst gelungen war, wie konnte er da bloß Angst vor ein paar fremdartigen Symbolen haben?

Spätestens diese Frage vertrieb auch den letzten Rest von Furcht aus seinem Herzen.

Weiteres Halsrecken offenbarte außerdem, dass Urok keine

Schriftzeichen in den Sand malte, sondern die Umrisse einer Schlange und eines Holzrads. Wie dumm Tarren doch war. Wahrscheinlich konnten Orks überhaupt nicht schreiben. Bis zum Eintritt in Gothars Armee hatte er es schließlich auch nicht gekonnt!

Urok fügte noch einige letzte Details hinzu, bevor er sein Werk zufrieden betrachtete. »Habt ihr schon einmal eines dieser beiden Zeichen gesehen?«, fragte er unvermittelt in die Stille hinein.

Seine Worte hallten noch unangenehm von den Wänden wider, während er eindringlich in die Runde sah. Tarren war der Einzige, der nicht den Blick senkte. Ein Fehler, wie sich gleich darauf zeigte.

»Du!«, wandte sich der Ork direkt an ihn. »Du starrst doch schon die ganze Zeit herüber, als wenn dir gleich die Augen aus dem Kopf fallen. Also antworte gefälligst!«

Tarren presste die Lippen zusammen, während er erneut auf die Schlange starrte, die inzwischen zwei Flügel erhalten hatte. Obwohl sie mit ungelenken Strichen in den Sand gemalt war, erkannte er das Zeichen sofort wieder. Den meisten anderen in dem verwinkelten Gewölbe ging es sicherlich genauso, sofern sie von ihrem Platz aus einen Blick darauf erhaschen konnten. Was Tarren allerdings von ihnen unterschied, war der Umstand, dass er auch etwas über das große, mit Schaufelblättern versehene Holzrad wusste. Ein paar stilisierte Flammen, die dem oberen Rundbogen entstiegen, beseitigten auch den letzten Zweifel: Dieses Bild hatte er schon an anderer Stelle gesehen.

»Was ist?«, brauste der Ork auf und machte Anstalten, sich von seinem Platz zu erheben. Da er die Verankerung seiner Kette gesprengt hatte, war es ihm möglich, Tarren zu erreichen, während der Barbar keinerlei Fluchtmöglichkeit hatte.

Unbewusst langte er erneut nach den Bärenklauen, doch diesmal gelang es ihm nicht, aus der Berührung Mut zu schöpfen. Kalter Schweiß benetzte seine Stirn, trotzdem hielt ihn etwas davon ab, die drängenden Fragen des Blutorks zu beantworten. Vor seinem geistigen Auge sah er bereits eine der mächtigen grünen Pranken auf sich niederfahren, als Urok mitten in der Bewegung innehielt und den Kopf zur Seite riss.

Sein Blick galt plötzlich dem eisernen Käfig, in dem Benir saß. Oder, genauer gesagt, gesessen hatte. Denn der Schattenelf hatte sich lautlos in die Luft erhoben, einfach so, wie es nur jene vermochten, die über den Atem des Himmels geboten. Er schwebte gut anderthalb Körperlängen über dem Boden, ohne sich mit einer Hand am Gitter festzuhalten. So hoch, dass sein Kopf beinahe an die kalten Streben stieß, die den Käfig wie eine massive Decke verschlossen.

»Was soll das?«, fuhr Urok den Elfen an.

»Ich verschaffe mir nur einen besseren Blickwinkel«, antwortete Benir gleichmütig, während er langsam wieder nach unten sank. »Du solltest dich darüber freuen, so begierig wie du darauf bist zu erfahren, ob einer von uns diese Symbole kennt.« Sanft kam er wieder mit den Sohlen auf, dann klopfte er mit den Fingerknöcheln gegen das Eisen vor ihm. »Dass ich nicht näher treten kann, hast du hoffentlich schon bemerkt, oder?«

Urok knurrte unwillig. Offenbar gefiel es ihm nicht, dass Benir seine Kräfte einsetzte. Der Ork musste ein besonderes Gespür für sie haben, sonst hätte er nämlich gar nicht bemerkt, was sich lautlos hinter seinem Rücken getan hatte.

»Ich habe diese fliegende Schlange schon gesehen«, erklärte Benir. »Ein ganz ähnliches, wenn auch wesentlich kunstfertigeres Zeichen prangt über dem Haupteingang der Arena.«

»Das weiß ich selbst«, brummte der Ork, dessen Interesse für Tarren offenbar erloschen war. Ein wenig resigniert ließ er sich wieder auf seinen Platz zurücksinken, bevor er fortfuhr: »Ich habe das Bruchstück mit eigenen Augen gesehen. Aber die geflügelte Schlange und das Rad des Feuers gehörten einst zusammen.« Bei diesen Worten zog er mit dem Zeigefinger ein geschlossenes Oval um die beiden Symbole. »Ich will wissen, wo die andere Hälfte geblieben ist.«

Entschlossen wischte er mit der rechten Hand über die Schlange hinweg, sodass nur noch das halb umkreiste Holzrad übrig blieb. Danach sah er den Schattenelfen auffordernd an, doch der zuckte nur mit den Schultern, um zu zeigen, dass er nichts weiter wusste.

Auch die Menschen gaben sich ratlos, als sie der durchdringende Blick des Orks traf, und diesmal war auch Tarren klug genug, die Augen zu senken.

Weitere Fragen blieben zum Glück aus, denn auf dem Gang wurden Schritte laut.

Tarrens Herz begann stets schneller zu schlagen, wenn des Nachts Wachen nahten, doch noch nie zuvor hatte er das Klirren des Schlüsselbunds und das schwere Klacken, mit dem der Riegel zurückgeschoben wurde, so sehr herbeigesehnt wie in diesem Augenblick. Knarrend schwang die Tür auf, und mehrere mit blankem Stahl bewaffnete Krieger traten ein, die direkt auf den Barbaren zumarschierten.

Statt sich auf sie zu stürzen, verwischte Urok das Rad zu seinen Füßen und lehnte sich so gegen die hinter ihm liegende Mauer, dass er den eisernen Ring, der nur noch lose in der Wand steckte, mit seinem mächtigen Körper verbarg. Entweder weil er die Übermacht fürchtete, was Tarren allerdings nicht recht glauben mochte, oder weil er bereits einen anderen, wesentlich ausgefeilteren Plan verfolgte. Was auch immer dahintersteckte, diese verdammten Orks waren bei Weitem nicht so dumm und ungestüm, wie allgemein behauptet wurde.

»Besuch für dich!« Palo, der den Wachtrupp anführte, blieb direkt vor Tarren stehen. »Du hast es den Weibern ja mächtig angetan.« Obwohl seine Taschen schwer von den Münzen waren, die er für dieses nächtliche Stelldichein erhielt, gab er sich müde und gereizt.

Der Barbar erwiderte nichts, um keinen weiteren Unwillen zu erzeugen. Unter allgemeinem Schweigen wurden seine Ketten gelöst, doch als sie laut zu Boden prasselten, sah sich Palo aufmerksam in dem Gewölbe um, weil ihn die ansonsten herrschende Stille misstrauisch machte.

Zum Glück reagierten einige der Gefangenen so geistesgegenwärtig, ein paar der anzüglichen Rufe auszustoßen, wie sie all jene begleiteten, die zu einer zahlungskräftigen Dame geführt wurden. Es gab genug von ihnen, die von Zeit zu Zeit die Wachen bestachen, um sich die Nacht mit einem Gladiator zu vertreiben.

Nachdenklich ließ sich Tarren von den Bewaffneten durch die Gänge führen. Noch ehe sie die Rampe erreichten, die hinauf in die Arena führte, wurden sie von bösem Knurren begrüßt.

Die bulligen Wachhunde, die sich an der Gittertür drängten, erschreckten Tarren jedes Mal, obwohl er den Anblick dieser Bestien gewöhnt war. Unbehaglich blickte er in die weit aufgerissenen Mäuler, während Schaumflocken über ihre Lefzen traten und sie ihn mit glänzenden Augen fixierten. Ihre mächtigen Kiefer, die jeden Menschenarm mühelos mit einem Biss zerteilen konnten, flößten selbst den altgedienten Wachen Furcht ein.

Das lag nicht nur an den gedrungenen, vor Kraft strotzenden Körpern, deren Muskelspiel unter dem braunen Kurzhaarfell deutlich zu sehen war. Diese hungrigen Bestien wurden ausschließlich mit Menschenfleisch gefüttert. Es handelte sich dabei zwar um die Körper toter Gladiatoren, doch diesen Kreaturen war es wahrscheinlich egal, ob derjenige, den sie zerrissen, noch lebte oder nicht oder ob er Gefangener oder Wächter war. Diese Bestien kannten keine Herren, nur schmackhafte Beute. Der Geruch von Menschenfleisch ließ ihre Magensäfte sprudeln, und sie gebärdeten sich wie toll, als sie die Wächter und den Barbaren sahen.

Mehrere Hunde schlugen mit krallenbewährten Pfoten nach ihnen. Einer versuchte sogar, den Kopf zwischen den Stäben hindurchzuzwängen. So gierig warfen sie sich gegen die stählernen Streben, dass die Tür erbebte, als würde sie jeden Augenblick aus den Scharnieren springen.

Das immer lauter anschwellende Gebell und das Rasseln der Ketten an ihren schweren Stachelhalsbändern erzeugten einen ohrenbetäubenden Lärm, der an den Nerven zerrte.

An diesen elenden Viechern kam niemand vorbei. An einen Ausbruch war gar nicht zu denken. Nicht mal für jene, die einen Schlüssel hatten, denn den konnte niemand ins Schloss führen, ohne dabei die Hand zu verlieren.

»Wachmannschaft auf Durchgang!«, gab sich Palo zu erkennen. »Holt endlich die verdammten Köter ein!«

»Parole!«, verlangte eine Stimme, die das Gebell kaum zu übertönen vermochte, aus dem links hinter den Hunden abzweigenden Gang.

Palo verzog ärgerlich das Gesicht. »Ich bin's!«, rief er laut. »Immer noch derselbe Palo, der gerade erst an dir vorbeimarschiert ist. Außerdem erkennst du doch wohl meine Stimme.«

»Parole!«, verlangte der Angesprochene unnachgiebig.

Einige der Wachen lachten leise vor sich hin. »Kenir, der Idiot«, flüsterte einer von ihnen den anderen zu.

Aber all der Spott half nichts, ihr Kamerad saß einfach am längeren Hebel. Leise vor sich hin fluchend stellte sich Palo auf die Zehenspitzen und schrie dann über die Hunde hinweg: »Lang lebe Herzog Garske, der beste und gütigste Statthalter, den Sangor je hatte!«

Tarren unterdrückte das Grinsen, das sich auf seine Lippen

stehlen wollte. Bei Losungen wie diesen war es kein Wunder, dass Palo schlechter Laune war.

Lautes Kettenrasseln erklang, und die Leichenhunde, die natürlich wussten, was dieses Geräusch zu bedeuten hatte, gebärdeten sich noch wilder. Doch schon wenige Herzschläge später strafften sich die eisernen Glieder, die an ihren Halsbändern endeten. Wütend spannten die Tiere ihre Muskeln, um sich gegen das Unvermeidliche zu stemmen, während Kenir und seine Kameraden das große Kettenrad drehten.

Die langen Krallen der Bestien kratzen über das Bodenpflaster, während sie mit Gewalt darüber hinweggezogen wurden. Palo wartete, bis sie aus ihrem Blickfeld verschwunden waren, bevor er es wagte, das Schloss der vor ihnen liegenden Tür zu öffnen. Sie traten jedoch erst ein, als das laute Scheppern erklang, mit dem das Fallgitter im Nebengang herabfuhr.

Trotzdem blieb ein unangenehmes Gefühl bestehen, als sie weitergingen.

Die Wachen hatten es eilig, zu der nächsten Gittertür zu gelangen, die dreißig Schritte entfernt lag. Dafür mussten sie an dem Zwinger vorbei, in dem die Hunde tagsüber hausten und in den sie des Nachts gezogen wurden, wenn ein Wachtrupp jene Gänge durchqueren musste, die zu ihrem Revier gehörten.

Diesen Bestien konnten sich nur speziell ausgebildete Tierfänger nähern, die geschickt mit Fangnetzen und Schlingen umzugehen verstanden. Aber meistens wurden sie einfach nur mit den langen Ketten unter Kontrolle gehalten, die durch schmale Scharten in der Rückwand des Zwingers verliefen. Von dem dahinter liegenden Raum aus bedienten spezielle Posten nicht nur das Wickelrad, sondern auch das Fallgitter, das die rundum gemauerte Stallung öffnete oder verschloss.

Durchdringender Kotgestank hing in der Luft. Das mit Stroh ausgelegte Gehege wurde noch weitaus seltener gereinigt als die

Kerker der Gladiatoren, denn obwohl die Tiere während des Ausmistens so kurz wie möglich gehalten wurden, kam es dabei immer wieder zu Bissverletzungen.

»Lass die Viecher gefälligst drinnen, bis der Gefangene von uns zurückgebracht wurde«, verlangte Palo, nachdem er die erste Gittertür wieder verschlossen hatte.

Doch Kenir schien seinen Dienst genau nach Vorschrift zu versehen, oder es bereitete ihm einfach unglaublichen Spaß, die Parole so oft wie möglich einzufordern. Jedenfalls fuhr das Fallgitter wieder schleifend in die Höhe, sobald auch die zweite Tür verriegelt war.

Der folgende Weg führte unterhalb der herrschaftlichen Tribüne entlang. Dort öffnete sich rechts von ihnen ein Bereich, wo sich eckige Säulen sowie versenkbare Decken und Wände im Halbdunkel abzeichneten. Wer genauer hinsah, machte außerdem ein Labyrinth aus Rädern, Kettensträngen und schwebenden Gewichten aus, deren Sinn Tarren bislang verborgen geblieben war. Gleiches galt für die zertrümmerte Halbkugel, in der einige der straff gespannten Ketten verschwanden.

Die ursprüngliche Öffnung dieses Halbrunds hatte sich im Laufe der Zeit immer stärker erweitert. Unregelmäßige Abbrüche, wie unter roher Gewalteinwirkung entstanden, säumten den einstmals ebenmäßig verlaufenden Bogen. Neben einem der Löcher, das aussah wie mit großen Hämmern geschlagen, prangten einige in den Stein gekratzte Ringe, die Tarren seit jeher an ein mit Schaufelblättern versehenes Wasserrad erinnerten.

Seit kurzem wusste er, dass dieser Eindruck nicht trog.

Als er an der Kuppel vorbeiging, glaubte er einen kurzen Moment lang tatsächlich kleine Funken zu sehen, die in den Rillen des Symbols aufglosten, aber das war sicherlich nur Einbildung.

Er schüttelte den Kopf, während man ihn weiterführte. Sie betraten den folgenden Trakt. Dort gab es einen Seitenausgang, den vor allem Handwerker und Zulieferer benutzten und durch den hin und wieder auch andere Besucher ein und aus geschleust wurden.

Diese anderen Besucher kamen in der Regel nachts, waren zumeist weiblich und wollten unerkannt bleiben. So wie die Dame mit dem wallenden feuerroten Haar, die ihn in derselben engen, aber mit weichen Fellen ausgelegten Zelle erwartete wie all die Male zuvor.

Ihren schweren Umhang hatte sie bereits abgelegt. Nun trug sie nur noch ein leichtes Seidenkleid, das die weiblichen Formen ihres schlanken Leibes mehr betonte denn verhüllte.

Wie erwartet, begrüßte sie ihn mit einem auf die Wange gehauchten Kuss.

Namihl, eine der begehrtesten Dienerinnen aus dem Tempel der Liebe.

Seine Schwester.

Gleich nachdem er eingetreten war, hängte sie ihren Mantel vor die Sichtluke in der Mitte der Tür. Die Öffnung war zwar verschlossen, aber man wusste nie, ob nicht doch einmal einer der Wächter seiner Neugierde nachgeben würde und heimlich hindurchzulinsen versuchte.

Eine mitfühlende Seele hatte schon vor langer Zeit einen Nagel oberhalb des vergitterten Rechtecks eingeschlagen. Namihl brauchte die Kapuze nur daran aufzuhängen, um den entscheidenden Bereich vollständig zu bedecken.

Die Wachen dachten natürlich, dies geschähe aus Scham, in Wirklichkeit sollte nur niemand bemerken, dass sie sich bei ihren nächtlichen Treffen die ganze Zeit über flüsternd unterhielten, anstatt miteinander Unzucht zu treiben. Niemand wusste, dass sie Geschwister waren, und so sollte es auch bleiben. Schon der leiseste Verdacht hätte beide den Kopf kosten können.

Ein halbes Dutzend auf verschiedene Mauernischen verteilter Wachskerzen streute ein mildes Licht in den engen Raum. Das mochte schlichtere Gemüter über die spartanische Einrichtung hinwegtäuschen, die nur aus einigen niedrigen Hockern und einem großen Haufen weicher Schafffelle bestand, in denen sich schon Generationen von Gladiatoren mit ihren zahlungskräftigen Gespielinnen gewälzt hatten.

Namihls Atem roch nach Wein, als er sie liebevoll in die Arme schloss. Außerdem zitterte sie viel stärker als gewöhnlich. Sicher, es war bitterkalt hier unten, doch Tarren spürte sofort, dass etwas Besonderes vorgefallen sein musste.

»Was ist mit dir?«, wollte er wissen.

Statt zu antworten langte seine Schwester erneut nach einem der mit Sprüngen versehenen Tonbecher, die eine schlichte Steinkaraffe flankierten. Sie leerte den Rest, der sich noch darin befand, in einem Zug. Dann goss sie sich und Tarren frisch ein. So voll, dass die Becher beim Aufnehmen überschwappten.

Roter, schwerer Wein kleckerte auf den mit Stroh bedecken Boden und hinterließ dort dunkle Flecken, die an vergossenes Blut erinnerten. Wein, der einen Gefangenen angenehm müde machte und ihn die ärgste Mühsal und alle Strapazen vergessen ließ. Erst, nachdem Tarren ebenfalls davon getrunken hatte, brach es aus Namihl hervor.

»Ich wäre heute Nachmittag beinahe einer blutrünstigen Orkhorde zum Opfer gefallen.« Sie versuchte tapfer zu klingen, vermochte aber den schluchzenden Unterton nicht zu unterdrücken. »Und dabei habe ich noch Glück gehabt. Die Vaganten, für die ich getanzt habe, hatten noch weitaus Schlimmeres mit mir vor, als mich nur in die Schattenwelt zu schicken.«

Nun perlten doch zwei kleine Tränen aus ihren Augenwinkeln.

Tarren war bei ihren Worten förmlich erstarrt. Jeden einzelnen

Muskel seines Körpers krampfhaft angespannt, suchte er nach passenden Worten, mit denen er sie ein wenig trösten konnte. Doch als Barde oder Süßholzraspler taugte er wenig. Darum fasste er sie an den Schultern, zog sie an sich und strich ihr sanft über das rote Haar.

Statt ihren Tränen freien Lauf zu lassen, versteifte sie sich unter der Umarmung, ja, machte sogar kurz Anstalten, sich von ihm fortzudrücken. Dann aber legte sie das Gesicht an seine Schulter.

Normalerweise war Tarren nicht so unbeholfen, wenn es um Frauen ging. Aber seine Schwester und er hatten sich eigentlich nie sonderlich gut vertragen. Trotzdem war sie mit Inome nach Sangor gekommen, um ihn vor dem sicheren Tod in der Arena zu retten. Obwohl es ihr dabei wahrscheinlich weniger um ihn als um Zavos ging, seinen Bärenbruder.

Namihl löste sich abrupt aus seinen Armen, als könnte sie seine Gedanken hören. Der Schrecken, der eben noch ihr Gesicht beherrscht hatte, war von ihr abgefallen wie ein zerschnittener Mantel. Dafür mischte sich eine Spur von Verlegenheit in ihre Züge. Hastig wischte sie die beiden Tränenströme von ihren Wangen und fuhr sich dann durchs Haar.

»Schade, dass sich Garske mehr für Inome interessiert«, sagte sie dabei. »Würde *ich* das Lager mit ihm teilen, hätte sie Gelegenheit, dich zu besuchen. Die Wachen wundern sich ohnehin schon, dass ich immer wieder nur dich sehen will und keinen anderen Gladiatoren.«

Bei dem Gedanken daran, dass seine geliebte Inome vielleicht gerade neben oder sogar unter dem Herzog lag, breitete sich ein bitterer Geschmack in Tarrens Mund aus. Sicher, bei den Bergstämmen gab es keine festen Bindungen für die Ewigkeit. Und zum Fest des alten Frühlingsgottes war es sogar Pflicht, mit den Frauen anderer Stämme durch das Gras zu tollen, weil das Leben in den einsamen und über die langen Winter völlig von der Außenwelt abgeschnittenen Tälern sonst unweigerlich zur Degeneration geführt hätte.

Aber auch in Bersk teilten Frauen und Männer ihre Liebsten nur mit Freunden, die sie mochten, und nicht mit Scheusalen, die sie von Grund auf verachteten.

»Was waren das überhaupt für Vaganten, vor denen du getanzt hast?«, fragte Tarren brüsk, um sich auf andere Gedanken zu bringen. »Und wo waren die Wachen des Liebestempels, die dich bei solchen Ausflügen zu beschützen haben?«

»Ich war auf eigene Faust unterwegs«, bekannte Namihl ohne Scheu. »Um mich bei den Verrätern einzuschleichen, die Skorks Männer den Stadtwachen ans Messer geliefert haben. Ich habe gehofft, bei ihnen etwas zu erfahren, das Skork nützlich sein könnte. Durch das Tunnelsystem, das die Diebesgilde kontrolliert, könnten wir unerkannt die Stadt verlassen. Aber glaub mir: Carna und seine Spießgesellen waren Ratten in Menschengestalt. Ohne den Überfall der Orks wäre es mir schlecht ergangen.«

»Sie haben dir also geholfen?«, fragte Tarren hoffnungsvoll.

»Diese tobenden Wüteriche?« Namihl lachte verächtlich. »Ich kam nur davon, weil sie blindlings um sich geschlagen haben, ohne auf mich zu achten – und dabei trug ich nur noch zwei schmale Schleier am Körper. Du hättest sehen müssen, wie sie getobt haben! Glaub mir, alles, was man über sie erzählt, ist tatsächlich wahr. Ach was! Untertrieben ist es noch!«

Tarren sah sie erstaunt an, denn der Ork, der gegen Benir, den Schattenelfen, kämpfen sollte, war ganz anders als die, von denen die Alten an den Feuern der Bergstämme erzählten. Als er dann aber hörte, wie Carna von einem der Orks mit einer Kette erschlagen worden war, musste er sofort daran denken, dass Urok die Wolfshäuter ebenfalls mit einer Kette verprügelt hatte.

Seine anfängliche Befürchtung, dass es sich bei den beiden um ein und denselben Kettenschwinger handeln könnte, bestätigte sich zum Glück nicht. Der, von dem Namihl berichtete, trug keinen vollen, zu einem Zopf nach hinten gebundenen Schopf, sondern nur einen von der Stirn bis in den Nacken führenden Haarstreifen, während seine beiden Schädelseiten bis hoch über die Ohren abrasiert waren.

Trotzdem beschloss der Barbar in diesem Moment, so großen Abstand wie nur möglich zu Urok zu halten. Das Wagnis, das er mit Benir eingegangen war, lag ihm schon schwer genug im Magen. Doch in einer aussichtslosen Situation wie der seinen blieb einem Krieger gar nichts anderes übrig, als mit jedem zu paktieren, der den selben Feind hatte.

Aber sich mit einem Ork zu verbünden? Nein, das war einfach zu viel. Darum hatte Tarren auch lieber für sich behalten, dass er wusste, wo es das Rad, das Urok in den Sand gemalt hatte, tatsächlich zu sehen gab.

Was auch immer der Ork damit vorhatte – es konnte ihnen nur Unglück bringen. Und dass noch weiteres Unheil geschah, musste Tarren unbedingt verhindern.

»Ich will, dass ihr Sangor verlasst«, verlangte er von seiner Schwester. »Inome und du! Gleich morgen früh, bevor euch noch etwas zustößt.«

Namihl schüttelte entschieden den Kopf. »Das geht nicht«, unterstützte sie die abwehrende Bewegung mit deutlichen Worten. »Du weißt genau, was dann passiert.«

Tarren wollte aufbegehren, wollte ihr sagen, dass das, was Inome und sie für ihn taten, mehr war, als ein Mann guten Gewissens verlangen konnte. Doch Namihl wischte all seine Argumente mit einer ärgerlichen Handbewegung beiseite, noch ehe sie über seine Lippen drangen.

»Ich lasse nicht zu, dass Zavos gegen Sangors Mauern anrennt, um dich zu befreien!« Ein angriffslustiges Funkeln brachte ihre grünen Augen zum Leuchten. Plötzlich war sie wieder die streitlustige ältere Schwester, die er von früher kannte. »Auch wenn er zahlreiche Krieger um sich versammelt hat, so ist Zavos' Streitmacht doch zu klein, um eine Hafenstadt dieser Größe im Handstreich zu nehmen und danach ungeschoren davonzukommen. Das Opfer, das sie alle dafür bringen müssten, ist einfach zu groß – wo es doch nur um einen einzigen Mann geht!« Ihre Stimme geriet ins Schwanken, als würde sie sich für die eigenen Worte schämen, trotzdem sprach sie ohne Pause weiter: »Das kannst du nicht von ihnen verlangen, Tarren, auch wenn dir viele von ihnen das Leben schulden oder das ihrer Angehörigen.«

In Momenten wie diesen wünschte er sich manchmal, seine Befehle niemals verweigert zu haben, dann wäre ihm vieles erspart geblieben. Aber das war natürlich Unsinn. Die Pein, die er durchlebte, wäre dann nur durch eine andere, weitaus größere ersetzt worden.

Gut, vielleicht hatte er Verrat begangen, aber ihm war schlicht und einfach gar keine Wahl geblieben. König Gothar hätte ihm und seinen Mannen ganz einfach niemals ein Massaker auf dem Fruchtbarkeitsfest befehlen dürfen, nur, um den Atem des Himmels auch im letzten Bergtal fest zu verwurzeln.

»Mir schuldet niemand etwas!«, brauste er ungehalten auf. »Das ist es doch, was ich dir die ganze Zeit erklären will!« Namihl bedeutete ihm erschrocken, dass er nicht so laut sein sollte, trotzdem fuhr er nur wenig leiser fort: »Vergesst mich einfach, für alle Zeiten! Sonst habe ich mir den Zorn des Tyrannen vollkommen umsonst zugezogen, und damit ist niemandem gedient. Sag Zavos, dass er lieber gegen die Salzminen ziehen soll, um die Krieger zu befreien, die dort gefangen sind. Dazu mag seine Reiterei gerade ausreichen.«

»Das werden die Krieger, die sich ihm angeschlossen haben, niemals mitmachen.« Sie klang niedergeschlagen, als hätte sie ihrem Bruder lieber heute als morgen den Rücken gekehrt. »Die

Ehre verlangt von ihnen, dass sie dir helfen. Besonders von Zavos, deinem Bärenbruder!«

Ihr Blick heftete sich auf das Lederband, das er trug. Sie zog dabei ein Gesicht, als müsste sie gleich auf den Boden speien. »Diese verdammten Klauen«, begehrte sie auf, »wie gern ich euch allen die Dinger doch vom Hals reißen möchte! Eure verdammte Ehre bringt uns nur Unglück!«

Ihre Worte taten weh, obwohl sie die Wahrheit sprach und er selbst vorgeschlagen hatte, dass ihn die anderen – zum Wohle der ganzen Gemeinschaft – zurücklassen sollten.

»Sag ihnen einfach, ich wäre schon tot«, schlug er mit kalter Stimme vor. »Bei einem Übungskampf erschlagen und den Leichenhunden vorgeworfen, ohne dass die Öffentlichkeit davon erfahren hat. Von dem Ork erschlagen, der heute in den Kerker gesteckt wurde.« Seine Stimme hellte sich auf, weil ihm diese Idee sehr gut gefiel. »Ja, beim Übungskampf von einem Ork erschlagen, das werden alle glauben. Und wenn mich alle erst für tot halten, gibt es auch keinen Grund mehr für sie, mich mit Gewalt befreien zu wollen.«

Namihl sah ihn zweifelnd an. »Das nützt doch alles nichts«, sagte sie resigniert. »Dann würden sie erst recht angreifen. Um deinen Tod zu rächen. Nein, Inome und ich müssen dich auf *unsere* Weise herausholen, oder die Bergstämme sind endgültig zum Untergang verdammt.«

Tarren ballte vor Zorn die Hände zu Fäusten. Aufgebracht machte er einen großen Schritt auf Namihl zu, um sie an den schlanken Schultern zu packen. Doch noch ehe er die Hände heben konnte, hämmerte eine der Wachen gegen die Tür.

»Ich hoffe, ihr seid schon fertig!«, klang es spöttisch durch das feste Holz. »Für unseren Kleinen ist es nämlich höchste Zeit zur Rückkehr. Darum kommen wir jetzt rein!«

Tarrens Schultern sanken herab. Ihre Zeit war abgelaufen, leider hatten seine Schwester und er sie nur für einen dummen Streit vergeudet. Rasch langte er nach dem Weinbecher und schüttete den letzten Rest des süßlichen Tranks in sich hinein, damit die vielen Münzen, die Namihl für dieses Treffen bezahlt hatte, nicht ganz umsonst gewesen waren.

»Sag ihnen, dass ich tot bin«, forderte er noch einmal leise, während der Schlüssel bereits im Schloss klackte.

Dann drangen auch schon die Wachen in den Raum und nahmen Tarren in ihre Mitte, um ihn zurückzubringen. Zurück in den Kerker der Gladiatoren, in ein Leben ohne Hoffnung, das für ihn schlimmer war als der Tod.

ᛞ ᛉ ᚲ

Die stumme Warnung kam zu spät.

Als das Orkweib unauffällig in die Höhe sah, um ihr einen durchdringenden Blick zuzuwerfen, spürte Inome bereits den fordernden Griff einer männlichen Hand im Rücken.

Schaudernd wirbelte sie herum, das scharfe Küchenmesser, mit dem sie gerade noch Speckseiten und Hornschnecken klein geschnitten hatte, weiterhin fest umklammert, sowohl zum Kampf als auch zur Flucht bereit, je nachdem, was die Situation erforderte.

Doch sie erstarrte mitten in der Bewegung, als sie sah, *wer* da vor ihr stand.

»Oha!«, rief Herzog Garske laut und riss beide Hände in einer gespielten Abwehrhaltung in die Höhe. »Du bist ja wirklich so angriffslustig, wie einige meiner Männer behaupten.«

Seine Augen funkelten belustigt. Das beruhigte sie im gleichen Maße, wie sie die Anwesenheit von Gorim aufwühlte.

Der am ganzen Körper grün und blau geschlagene Hausknecht stand nur wenige Schritte vom Herzog entfernt. Abgebrochene Zähne schimmerten zwischen aufgeplatzten Lippen hervor, und seine Augen waren derart zugeschwollen, dass er nur mit Mühe zwischen schmalen Schlitzen hervorschauen konnte.

Inome ließ rasch das Messer sinken und legte es auf der Tischplatte ab, damit die beiden Leibwächter, die Garske und Gorim flankierten, nicht auf dumme Gedanken kamen. Hinter sich hörte sie Grindel heranschlurfen. Hoffentlich machte die Ork keinen

Fehler, denn ein weiterer ihrer Gewaltausbrüche könnte sie beide glatt den Kopf kosten.

»Mein Gebieter«, murmelte Inome rasch und senkte den Blick. »Was kann ich für dich tun?«

Garske lachte amüsiert auf. »Du könntest mir erklären, was mit Gorim passiert ist«, forderte er. »Der arme Kerl wurde furchtbar zugerichtet, und als ich ihn fragte, wer dafür verantwortlich ist, hat er mir eine geradezu unglaubliche Geschichte aufgetischt.«

Statt vor Scham im Boden zu versinken, reckte der Stallknecht triumphierend das Kinn, als sähe er sie völlig in die Ecke gedrängt. Doch Inome hatte erwartet, dass der Kerl zu Garske laufen würde, und längst eine passende Antwort parat.

»Ich musste ihn zurechtweisen«, erklärte sie unumwunden. »Er ist mir gegenüber frech geworden und wollte sich Dinge herausnehmen, die ihm nicht zustehen.« Die Erinnerung an den Moment, in dem Gorim sie in die Speisekammer gedrängt und gegen die Regale geschleudert hatte, gab ihr die Kraft, mit fester und herausfordernder Stimme zu sprechen. »Ich bin eine Priesterin der Liebe, kein dahergelaufenes Straßenmädchen! Nur ich allein bestimme, wer würdig ist, meinen Tempel zu betreten, und wer nicht!«

»Lüge!«, brach es aus Gorim heraus, ehe sonst jemand etwas erwidern konnte. »Ich wollte mir nur etwas zu trinken aus der Küche holen, als sie ohne Vorwarnung über mich hergefallen ist!«

Einer der Leibwächter begann zu lachen, weil allein die Vorstellung, dass die zierliche Inome den kräftigen und als gewalttätig verschrienen Hausknecht angegriffen haben sollte, völlig absurd war.

Gorim brachte das derart in Rage, dass er auf Inome losstürzen wollte, doch schon das Hochreißen der Arme brachte ihm schmerzhaft all die Prellungen in Erinnerungen, die seinen gesamten Körper überzogen. Einen leisen Schmerzenslaut ausstoßend, hielt er schon nach dem ersten Schritt in ihre Richtung inne.

Aber auch so wäre er nicht weit gekommen, denn im gleichen Moment trat Grindel auf ihn zu und ließ den mit Wasser und Seeknollen gefüllten Eimer fallen, den sie in der rechten Pranke gehalten hatte. Mit einer weit über den Rand hinausschießenden hohen Fontäne landete er genau auf Gorims linkem Fuß.

Der Knecht schrie laut auf. Und begann – allen Blessuren zum Trotz – auf dem unverletzt verbliebenen Bein herumzuhüpfen, bis ihm Inome die geschlossene Rechte ins Gesicht hämmerte.

Angeschlagen, wie er ohnehin schon war, verlor Gorim sofort das Gleichgewicht und knallte der Länge nach auf den Rücken.

Garske und seine Leibwächter prusteten laut los, und ihre Schadenfreude schwoll sogar noch an, als leises Wimmern und Schluchzen zu ihren Füßen erklang.

»Grindel!«, wandte sich Inome laut an das Orkweib, das weiterhin dumpf vor sich hin stierend neben ihnen stand. »Schaff diesen nassen Sack hinaus, und wisch danach die Schweinerei auf, die du hier veranstaltet hast!«

Sie schlug extra einen herablassenden Ton an, um ihre Dominanz herauszustellen, fühlte aber leichten Schrecken in sich aufsteigen, als Grindel unter ihrem strähnig herabhängenden Haar zur Seite blickte und sie mit unverhohlenem Zorn fixierte.

Im Gegensatz zu allen anderen im Raum wusste Inome, dass die Ork keineswegs unter dem betäubenden Einfluss des Schwarzen Mohns stand, wie alle glaubten. Schließlich hatte Inome persönlich den entsprechenden Trank durch mit Salbei gebräuntes Wasser vertauscht.

Deshalb hatte Grindel unerkannt zu Hilfe eilen können, als Inome von Gorim bedrängt worden war. Und deshalb wäre das vor Kraft strotzende Weib auch in der Lage gewesen, sie alle in der Luft zu zerreißen. Doch die Ork war intelligent genug, ihre unterwürfige Rolle weiterzuspielen.

Ohne zu murren beugte sie sich zu Gorim hinab, packte ihn am

Kragen und schleppte ihn nach draußen. An der Tür, durch die sie gerade so hindurchpasste, stellte sie sich absichtlich so ungeschickt an, dass der Hausknecht zweimal mit dem Kopf gegen die steinerne Wand knallte.

Danach riss sein Wehklagen abrupt ab, und sein Körper erschlaffte.

Die Wachen hielten sich längst die Bäuche vor Lachen, doch Garske betrachtete Inome mit einem lauernden Blick.

»Mir scheint, ich habe dich völlig unterschätzt«, sagte er, während er sie mit Daumen und Zeigefinger sanft am Kinn fasste und ihr Gesicht so weit anhob, dass er ihr direkt in die Augen schauen konnte. »Mir war überhaupt nicht bewusst, in welch großer Gefahr ich schwebte, als wir allein miteinander waren.«

»Aber, mein Gebieter!«, hauchte sie butterweich. »Das ist doch etwas ganz anderes. Du hast deinen großzügigen Obolus im Tempel der Liebe entrichtet, damit ich deine Sinne erfreue, solange dich danach gelüstet. Zu meinen Aufgaben als Priesterin gehört es aber auch, mich für die wahren Gläubigen wie dich reinzuhalten.« Rasch schenkte sie Garske das falsche Lächeln, das ihm so sehr an ihr gefiel. »Oder wäre es dir lieber gewesen, dieser Knecht hätte mich befleckt?«

Anmutig hob sie ihre schlanken Hände und strich ihm mit den Fingerspitzen über den Brustkorb. Sie konnte sehen, wie sehr er die Berührung genoss, obwohl sie ihrer eigentlich längst überdrüssig geworden war. Neu entflammtes Interesse schimmerte in seinen Augen.

Dass sie – angeblich – den Hausknecht für seine Anmaßung verprügelt hatte, gefiel ihm offenbar. Ja, mehr noch, es veränderte die Art, wie er sie betrachtete. Plötzlich war sie nicht mehr nur irgendein schönes Weib, wie er es an jeder Straßenecke bekommen konnte, sondern etwas Wildes, Gefährliches, das *er* zu bezähmen wusste, während andere Männer, die sich an seinem Besitz zu vergreifen versuchten, mit den Spuren ihrer Krallen durchs Haus laufen mussten.

Das gefiel ihm. Beinahe noch mehr als ihr schlanker, biegsamer Körper, den sie nun fordernd an ihn drängte. Sie spürte, wie sein Verlangen wuchs, während sie – unter den Augen der beiden Wachen – ihren Schoß gegen den seinen rieb.

»Warum lässt du deine Männer nicht hier, damit sie die Töpfe beaufsichtigen?«, schnurrte sie dabei. »Du weißt ja jetzt, dass dir an meiner Seite nichts geschehen kann.«

Garskes Mundwinkel wanderten weiter in die Höhe. »Eine Leibwächterin, die das Bett mit mir teilt? Kein übler Gedanke.«

Ehe sie sich's versah, packte er Inome auch schon mit beiden Händen, hob sie in die Höhe und presste sie fest an sich. Mit einem kurzen Blick bedeutete er seinen Begleitern, dass sie zurückbleiben sollten, doch natürlich würden sie ihm in einem angemessenen Zeitraum folgen und vor seinem Schlafgemach Aufstellung nehmen.

Während er sie aus der Küche trug, lachte und jauchzte Inome und strampelte mit den Beinen, als könnte sie es vor Erwartung kaum noch aushalten. Doch statt Lust und Vorfreude erfüllte sie nur kalte Berechnung.

Sie hatte es geschafft, ihren Platz im Zentrum der Macht zu behaupten, das allein zählte. Alles, was sie noch tun musste, war, im richtigen Moment zu lachen und zu stöhnen und dem Herzog so große Lust zu bereiten, dass alles schnell vorüber war.

Am Frostwall
Je höher er stieg, desto kälter schlug Bava der Wind entgegen, der über die scharfkantigen Felsen strich. Es war längst so kalt, dass ihm der Atem auf den Lippen gefror. Die Tränenflüssigkeit stach ihm wie mit kleinen Nadelspitzen in die Augen.

Frierend hielt er einen Moment im Aufstieg inne und sah zurück in die Tiefe. Der dunkle Punkt, der sich dort wie ein böser Schatten in der Bergwand abzeichnete, klebte immer noch im gleichen Abstand unter ihm.

Es war wirklich zum Verrücktwerden. Egal wie schnell er auch rannte, wie gut er sich auch verbarg und seine Spuren verwischte – Gabor Elfenfresser ließ sich einfach nicht abschütteln.

Selbst dann nicht, als er in die eisigen Höhen des Frostwalls geflohen war.

Über ihm rückte das weiße Dach dieses Gebirgszugs immer näher. Gleißend hell lag es in der Sonne und reflektierte dabei so stark, dass er nicht allzu lange darauf starren konnte, weil ihm sonst die Augen schmerzten. Trotzdem war ihm dieser Anblick immer noch lieber als die trügerische Ruhe der Nacht, in der die riesigen Gletscher zu unsichtbaren Ungeheuern wurden, die mitten im Schlaf auf ihn herabzustürzen und ihn unter ihren Massen zu begraben drohten.

Bava hatte die Frostgrenze längst erreicht. An schattig gelegenen Stellen tauchten immer häufiger verharschte Schneenester auf, zu kompakten Klumpen überfrorene Flocken, die schon seit Ewigkeiten das Gestein bedeckten. Ab und an war zwar noch eine rot oder dunkelbraun schimmernde Moosflechte zu entdecken, ansonsten starrte ihm von allen Seiten blanker, von Rissen durchzogener Fels entgegen.

Im Winter gab es in dieser Gegend bereits eine durchgehende Schneedecke, doch die zunehmende Macht der Sommersonne hatte den Dauerfrost in die Höhe gedrängt. Der stete Wechsel von Hitze und Kälte prägte den hiesigen Gebirgsabschnitt. Überall an der Oberfläche war das Gestein aufgeplatzt und verwittert. Auf den zahlreichen Absätzen, die mal breiter und dann wieder schmaler werdend an der Steilwand verliefen, ragten bizarre Felsnadeln in die Höhe.

Bruchgestein, feiner Abraum, kaum größer als eine Handvoll

Kiesel, knirschte unter Bavas Sohlen, als er sich über einen Sims entlangtastete, um eine geeignete Aufstiegsstelle zu erreichen. Die hatte er bereits aus der Tiefe ausgemacht. Waagerecht verlaufende Spalten in einer rauen, mit Dellen und Vorsprüngen überzogenen Wand boten seinen großen Händen ausreichend Halt.

Trügerischen Halt, wie er feststellen musste, als eine knotige, an ein Geschwür gemahnende Felsausbuchtung unter dem festen Griff seiner grünen Finger zu zerbröckeln begann. Je verzweifelter er sich festzukrallen versuchte, desto schlimmer wurde es, bis der steinerne Rest gänzlich aus der Wand brach.

Nur noch an seiner Linken hängend, die in einem engen Felsspalt klemmte, pendelte er einige Atemzüge lang über dem Abgrund. Wie leicht es doch gewesen wäre, einfach loszulassen und in den Tod zu stürzen. Wäre das nicht ein geradezu gnädiges Ende für einen wie ihn, nicht sogar ein weitaus besseres, als er eigentlich erwarten durfte?

Doch feiger Verräter oder nicht, er war immer noch ein Blutork, in dem das Herz eines Kriegers schlug, und so befahlen ihm seine Instinkte, sich nach vorn zu werfen und neuen Halt zu suchen.

Ja, sicher, noch vor wenigen Tagen hatte er mit Natterngift versetzten Wein trinken wollen, um seinem Leben ein Ende zu setzen, doch inzwischen wusste er, dass Vuran und das Blut der Erde eine schlimmere Strafe als Sühne für ihn vorgesehen hatten. Er war dazu verdammt, vor Gabor Elfenfressers Rache zu fliehen, und wenn es überhaupt noch eine Aussicht darauf gab, im Blut der Erde aufzugehen, dann durfte er sich dieser Strafe nicht entziehen.

Vermutlich war es sogar Vurans führende Hand, die ihm einen daumenbreiten Grat unter die rechte Stiefelspitze schob, sodass er sich endlich wieder an die Felswand pressen und kurz verschnaufen konnte. Gleichzeitig strich er mit der Rechten so lange umher, bis er eine weit über seinem Kopf liegende Zuspitzung ertastete.

Nachdem er sie ausreichend auf Festigkeit überprüft hatte, zog er sich an ihr empor und erreichte von dort aus die Kante der über ihm aufragenden Terrasse.

Einem schwächlichen Menschen hätten längst die Hände geblutet, doch Orkhaut war dick genug, um auch den schärfsten Graten zu widerstehen. Nur der Lappen, der die Linke umgab, nässte schon wieder ein wenig durch, dort, wo er den Stumpf des kleinen Fingers bedeckte, dem die oberen beiden Glieder fehlten.

Gabor Elfenfresser hatte sie ihm von der Hand getrennt, als Versprechen auf das, was ihm bevorstand. Ein langsamer Tod, Stück für Stück, Körperteil um Körperteil, bis nur noch ein blutender, lebensunfähiger Rumpf von ihm übrig war.

Auch das Wundkraut, das die Verletzung bedeckte, konnte nicht verhindern, dass der frische Schorf immer wieder unter der Belastung aufplatzte.

Das Gesicht vor Schmerzen verzerrt, presste Bava die Hand unter die rechte Achselhöhle und taumelte über den unebenen Boden hinweg. An einer hoch aufragenden Steinspitze lehnte er sich kurz an, um ein wenig Atem zu schöpfen.

Als sein Hinterkopf den Fels berührte, fuhr er erschrocken nach vorn, weil seine Haare unangenehm feucht geworden waren. Zuerst dachte er schon, sich unbemerkt eine Wunde geschlagen zu haben. Erst, als er die Wand näher betrachtete, fiel ihm das feine Rinnsal auf, das am Stein herablief. Irgendwo weiter oben schmolz eine Schneedecke unter dem Einfluss der Sonne ab. Zum Abend hin würde der feine Strom wieder zu Eis erstarren, aber im Moment rann er noch in die Tiefe.

Sofort beugte sich Bava vor und schlürfte das kühle Nass vom Stein. Er schämte sich deshalb nicht, denn auf der Jagd und im Krieg hatte er schon häufiger Ähnliches getan. Den Morgentau von Blättern zu lecken gehörte für ein Naturvolk wie das seine zu den natürlichsten Handlungen, die das Überleben sicherten, solange keine anständige Quelle in der Nähe oder eine Ziegenblase voll Schwarzbeerenwein greifbar war.

Nachdem er seinen ärgsten Durst gelöscht hatte, ließ er sich ein wenig die Sonne ins Gesicht scheinen, dann eilte er weiter, um noch vor Anbruch der Nacht möglichst viel Distanz zwischen sich und Gabor Elfenfresser zu bringen.

Die über Bava lastenden Gletscher rückten immer näher. Hoffentlich stellte sein Verfolger die Jagd ein, sobald er in die tödliche Kälte entschwand, sonst waren sie beide verloren.

Bava gestand es sich nicht gern ein, aber er fürchtete die Eiswüste, die ihn dort oben erwartete. Doch lieber wollte er erfrieren, als Gabor Elfenfresser lebendig in die Hände zu fallen.

Und so floh er taumelnd weiter.

Schritt für Schritt.

Dem uneinnehmbaren, alles verschlingenden Frostwall entgegen.

ᛞ ᛇ ᛈ

Im heiligen Hort

Die Kunstfertigkeit ihrer Schmiede war wirklich unübertrefflich. Ursas Augen leuchteten auf, während sie dabei zusah, wie der Brustharnisch unter Mongas kundigen Händen immer deutlicher Gestalt annahm. Dazu gebrauchte er keineswegs Hammer und Amboss, wie es bei primitiveren Völkern wie den Menschen üblich war, sondern bediente sich der Kräfte, die ihm das Blut der Erde zur Verfügung stellte.

Mit bloßen Fingern wirkte er auf den glühenden Stahl ein, ohne ihn dabei zu berühren. Wie von unsichtbaren Helfern getragen, folgte das gewölbte Werkstück seinen Bewegungen, und ein ums andere Mal ließ er es auf das rot auflodernde Blut der Erde sinken, das in einem der großen Steinbecken zischend und blubbernd vor sich hin brodelte.

Sobald der Stahl weißglühend war, hob ihn Monga mit einer einfachen Geste wieder an und ließ ihn vor sich in der Luft schweben. Von da an genügten kurze Bewegungen mit dem Zeigefinger, um Funken sprühend Linien in das weiche Metall zu zeichnen. Indem er die Platte herumdrehte und auch von innen bearbeitete, schuf er kehlförmige Verzierungen, die an der Vorderseite maßgenau hervortraten.

Schließlich sollte das, was er da schuf, nicht nur dem Schutz dienen, sondern auch der Zierde. Denn es ging um nichts Geringeres als um die Rüstung, die den mächtigsten Krieger ihres Volkes, den Erzstreiter, weithin sichtbar kennzeichnen sollte.

Immer wieder kühlte Monga den Stahl in einem Wasserbecken ab und erhitzte ihn danach erneut, um weitere Details hinzuzufügen, bis er endlich zufrieden war.

Ein letztes Mal tauchte er die gewölbte Platte ins Wasser. Eine Dampfsäule verdeckte zischend den Blick auf den roten Schimmer unter der gekräuselten Oberfläche, bis der Harnisch vollständig ausgehärtet wieder emporstieg und auf Ursa zuschwebte. Natürlich fehlte noch die abschließende Politur, aber trotz des anhaftenden Rußes waren die Gravuren und Kehlungen deutlich zu sehen.

Die Hohepriesterin nickte ergriffen, während sie die geschwungenen Linien betrachtete, die zwischen Brustbein und Hüftschurz verliefen. Auch der darüberliegende dreifache Bogen und die anderen Verzierungen sahen aus, wie sie es sich vorgestellt hatte. Es mussten bloß noch die beiden eisernen Totenschädel angeschmiedet werden, die schon in einer Ecke bereitlagen, dann war dieser Teil der Rüstung fertig.

»Du bist ein wahrer Meister der Schmiedekunst«, rief sie erfreut.

Monga, den dieses Lob sichtlich verlegen machte, schaute zu Boden, doch das stolze Lächeln, das über seine wulstigen Lippen flog, zeigte, dass sie die richtigen Worte gewählt hatte.

»Nein, wirklich«, hob sie erneut an, um ihrer Begeisterung Ausdruck zu verleihen. »Es ist, als könntest du sogar jene Gedanken erfassen, die ich selbst nur verschwommen vor Augen habe. Genau so sollte der Brustharnisch aussehen, ohne dass ich es vorher wirklich wusste.«

»Du übertreibst, Hohepriesterin.« Trotz ihrer fortgesetzten Schwärmerei fand Monga endlich den Mut, ihr wieder ins Gesicht zu blicken. »Mit der Vorlage, die mir Finske bringen ließ, hätte das doch auch jeder andere Schmied vermocht.«

Vor lauter Erstaunen entglitten Ursas Gesichtszüge. Die Überraschung war ihr so deutlich anzusehen, dass Monga alarmiert zusammenzuckte.

»Finske hat doch wohl ...«, begann er und brach erschrocken wieder ab. Dass ein großer, kräftiger Ork wie er, der dem Blut der Erde wie kaum ein anderer ergeben war, jemals ins Stocken geraten könnte, hätte Ursa nie für möglich gehalten. »Finske hat doch in deinem Auftrag gehandelt, Hohepriesterin?« Seine Stimme schwankte vor Unsicherheit, als er die Frage vervollständigte.

Noch während er sprach, eilte Monga zu dem Stein, auf dem die beiden Stahlköpfe lagen die ihren Platz auf dem Harnisch einnehmen sollten, einer geflügelt, der andere gehörnt.

Die Brustplatte schwebte immer noch in der Luft und schwankte, als der Schmied sich so eilig von ihr abwandte. Rasch ließ er sie auf die glatte Oberfläche eines Felssimses absinken, bevor er eine zusammengerollte Ziegenhaut ergriff. Auf deren glatter Innenseite prangte eine Reihe sicher ausgeführter Kohlenstriche, die ein exaktes Ebenbild des Plattenmusters ergaben.

»Ach, diese Vorlage meinst du!«, rief Ursa schnell, um ihr Erstaunen zu überspielen. »Ja, natürlich. Finske hat sie in meinem Auftrag erstellt.«

Ihre Stimme drang so laut durch das Gewölbe, dass sich andere Schmiede zu ihnen umdrehten. Ursa sah sie alle freudestrahlend an, während sie von ihrem Sitzstein hinunterrutschte. Statt auf die Knie zu gehen wie früher, nutzte sie die Kraft, die ihr das Blut der Erde verlieh, um aufrecht in die Höhe zu steigen. Mit reiner Muskelkraft aufzustehen war ihr nicht vergönnt, denn ihre Waden und die beiden Füße waren von Geburt an verkümmert.

So berührten die Sohlen ihrer Stiefel kein einziges Mal den Boden, als sie auf den Schmied zu glitt und in deutlich gedämpften Ton fortfuhr: »Du musst meine Vergesslichkeit entschuldigen, Monga, aber mein neues Amt birgt viele Lasten, die schwer auf meine Schultern drücken.«

»Nicht doch«, wehrte der Schmied erleichtert ab. »Du darfst nicht so streng mit dir sein, Ursa. Schließlich gibt es Wichtigeres, an das du denken musst, das weiß jeder im heiligen Hort. Gut, dass Finske und die anderen des Hohen Rats dir dabei bedingungslos zur Seite stehen.«

Während er sprach, zuckte sein Kopf kurz nach vorn, als wollte er seine Stirn gegen die ihre schlagen, doch er bezähmte sich im letzten Moment, in dem Bewusstsein, dass derart offene Vertraulichkeiten mit der Hohepriesterin unangebracht waren.

Ursa war verwirrt. Was hatten diese unterdrückte Geste und das honigsüße Gerede, dass sie nicht zu streng mit sich selbst sein sollte, bloß zu bedeuten? Wollte ihr Monga etwa den Hof machen? Nun, da sie ihm aufrecht gegenübertreten und ins Gesicht sehen konnte und eine wichtige Stellung innerhalb des Horts bekleidete?

Sie wusste es nicht, denn sie hatte keinerlei Erfahrung mit diesen Dingen. Außerdem fehlte ihr die Zeit, sich darüber Gedanken zu machen. Aber eins stand fest: Obwohl sie seit ihrem Eintritt in die Priesterschaft von allen ebenbürtig behandelt worden war, hatte sich das Verhalten verändert, mit dem ihr die übrigen Orks begegneten. Ob das an ihrem Amt als Hohepriesterin lag oder daran, dass sie sich nun auf Augenhöhe mit allen anderen bewegte, hätte sie nicht zu sagen vermocht.

Notgedrungen musste sie alles so nehmen, wie es kam. Allein um ihres Volkes willen, das nach Führung durch diese schwere Zeit verlangte. Durch eine Zeit des Krieges und des Hasses, in der fremde Heere immer tiefer in Arakia einmarschierten und mit ihrer bloßen Anwesenheit das Land wie einen alles erstickenden Teppich aus Schlingpflanzen überzogen.

»Wenn du mit dem fertigen Brustharnisch zufrieden bist, können wir uns sofort an die weiteren Einzelteile machen«, unterbrach Monga ihre Gedanken. »Dank Finskes Vorlagen ist es den anderen Schmiedemeistern möglich, mich bei der Arbeit zu unterstützen.« Er deutete auf einige weitere Ziegenhautrollen, die sich neben dem Steinblock mit den Eisenschädeln stapelten. »So kommen wir viel schneller voran.«

Ursa erschrak über diesen Vorschlag. Das hätte ihr gerade noch gefehlt, dass die gesamte Schmiede mit der Anfertigung dieser Panzerung beschäftigt war. Schließlich hatte sie nur vorgetäuscht, dass das Blut der Erde nach einer Rüstung für den nächsten Erzstreiter verlangte, um einen drohenden Zweikampf der Bewerber zu verhindern.

»Nein, nein«, wehrte sie ab, »das geht leider nicht.« Und obwohl sie sich fest vorgenommen hatte, nicht noch weitere Lügen von sich zu geben, fügte sie hinzu: »Ich habe mich noch einmal mit Finske und den anderen Hohen beraten. Die Verkündung besagt eindeutig, dass die Rüstung von einer einzigen Hand geschmiedet werden muss. Von der Hand des Meisters aller Meister – von deiner.«

Monga fühlte sich natürlich gebührend geschmeichelt, trotzdem verzog er sorgenvoll das Gesicht. »Dann wird es aber noch einige Zeit dauern, bis die Panzerung fertig ist«, gab er zu bedenken. »Ich brauche mindestens einen Tag, wenn nicht länger, um ein Teil in dieser Qualität zu schmieden.«

Ursa hätte am liebsten vor Erleichterung laut aufgeatmet, behielt ihre Gefühle aber weiterhin fest im Griff. »So soll es sein«, erklärte sie mit großer Geste. »Erst wenn die Rüstung unter diesen Bedingungen geschmiedet wurde, wird sich ein Bewerber finden, der würdig genug ist, der neue Erzstreiter zu sein.«

Es versetzte ihr einen inneren Stich, wie leicht ihr die Lügen inzwischen über die Lippen kamen. Aber was sollte sie machen? Die erste Unwahrheit, die sie nur ausgesprochen hatte, um ein Blutvergießen zwischen Vandall Eishaar und Hogibo zu verhindern, zog all die anderen unaufhaltsam nach sich.

In Momenten wie diesen spürte sie einen Anflug von Verständnis für Ulkes Doppelzüngigkeit, mit der er sie beinahe alle ins Unglück gestürzt hätte, doch Ursa wischte dieses widersinnige Gefühl genauso schnell fort, wie es sich in ihre Gedanken geschlichen hatte. Ulkes Selbstsucht und ihr Bemühen, Frieden in den eigenen Reihen zu halten, waren zwei grundsätzlich verschiedene Dinge.

»Nur weiter so«, forderte sie freudestrahlend, während in ihrem Inneren gänzlich andere Gefühle tobten. »Ich werde Finske gleich als Erstem berichten, wie erfolgreich die Arbeit hier unten vorangeht.«

Dabei griff sie nach der Ziegenhaut mit dem Muster des Brustharnischs und klemmte sich die Rolle unter den linken Arm. Während sich Monga persönlich an die Politur des fertigen Teilstücks machte, verließ sie die überheizte Schmiedehöhle und glitt durch den angrenzenden Tunnel davon. Direkt auf die nächste Rampe zu, die diesen Teil des Höhlensystems mit der darüber gelegenen Ebene verband.

Am Frostwall
Eine Waffe! Hätte ich doch nur eine einfache Waffe! Es waren immer wieder dieselben Gedanken, die Bava durch den Kopf kreisten. Und obwohl er wusste, dass ihn solche Überlegungen nicht weiterbrachten, vermochte er sie einfach nicht beiseitezudrängen. *Ein einfaches Messer würde schon reichen, solange es nur eine scharfe Klinge hat.*

Andererseits war er auf diese Weise wenigstens mit etwas beschäftigt, während er, gegen den scharfen Wind ankämpfend, durch die weiße Einöde stapfte. Der warme Atem, der seinem Mund entströmte, hatte sich längst als Eisschicht auf seinem Gesicht niedergeschlagen. Die Augenbrauen und seine Wangen waren besonders dick verkrustet, trotzdem fühlte er sich angenehm leicht ums Herz, denn jedes Mal, wenn er über die Schulter schaute, war nicht das Geringste von seinem Verfolger auszumachen, nur seine eigenen Fußabdrücke, die die ansonsten jungfräuliche Schneedecke durchschnitten.

Zum Glück verwehte derselbe Wind, der ihm so unangenehm ins Gesicht blies, bereits seine Spur. Bis zum Morgengrauen würde sie sicherlich unter einer neuen Decke aus Eiskristallen verschwunden sein. Doch zuerst einmal galt es, die Nacht zu überstehen. Die Sonne war bereits hinter den Bergen versunken, und es konnte nicht mehr lange dauern, dann würde er nicht einmal mehr die Hand vor Augen sehen.

Es wurde höchste Zeit, sich einen Unterschlupf zu suchen. Doch wo sollte er etwas dergleichen in dieser kalten, von Sturmböen glatt geschliffenen Eiswüste finden?

An einer überfrorenen Schneewehe angelangt, tat Bava das Einzige, was ihm übrig blieb: Er hieb mit seinen bloßen Händen in den weißen Fels, obwohl er dabei den Eindruck hatte, ihm würden dabei jeden Moment die verbliebenen Finger abbrechen.

Ein Messer wäre jetzt nicht schlecht, haderte er ohne Unterlass mit sich selbst. *Eine Klinge, mit der ich mir eine Höhle freikratzen könnte.*

Aber er war ein Ork, und so schaffte er es auch so, sich eine enge Röhre freizuschaufeln, gerade groß genug, dass er der Länge nach hineinpasste. Die Öffnung verstopfte er mit seinem Mantel.

Als er endlich zur Ruhe kam, fürchtete er im Dunkeln ernsthaft, dass ihm die Hände längst unbemerkt abgefallen waren, denn er hatte nicht mehr das geringste Gefühl in ihnen. Trotzdem schob er seine Armstümpfe unter die Achselhöhlen, um sie so gut wie möglich aufzutauen.

Dann dämmerte er auch schon erschöpft ein, ohne zu wissen, ob es für ihn noch einen nächsten Morgen gab. Doch selbst wenn er hier auf ewig liegen würde, zu einem unter dem Schnee begrabenen Eisklumpen erstarrt, hatte er allen Grund zu triumphieren.

Gabor Elfenfresser hatte die Verfolgung aufgegeben.
Das allein zählte.

Im heiligen Hort
Dass sie sich nun so schnell fortbewegen konnte, löste noch immer ein Gefühl unbeschreiblichen Glücks in Ursa aus. Früher hätte sie Finske nicht selbst suchen können, sondern ihren Knappen Moa losschicken müssen, damit er ihr die langen Wege abnahm. Auf den Knien durch das weit verzweigte Labyrinth zu rutschen war eine sehr langwierige und anstrengende Angelegenheit.

Doch mithilfe des Bluts der Erde schwebte sie nun durch die vielen Gänge und war damit viel beweglicher geworden. Rein körperlich gab es dabei keine Grenzen, egal wie schnell und wie lange sie auf diese Weise durch den Hort glitt. Allerdings ermüdete ihr Geist nach einer Weile, deshalb durfte sie diese Fähigkeit nicht überstrapazieren.

Der nächste Ort, den sie aufsuchen wollte, war Finskes Wohnhöhle. Sie hatte tatsächlich vor, mit ihm über das Muster auf der Ziegenhautrolle zu sprechen, zumindest in diesem Punkt hatte sie nicht gelogen.

Als sie das Gewölbe mit dem Wabenbrunnen erreichte, in dem sich zahlreiche Tunnel und Rampen kreuzten, entdeckte sie Finskes Knappen am Portal, das hinab in die Blutkammer führte.

Bei ihrem Anblick trat der Novize nervös von einem Fuß auf den anderen. Das kam ihr verdächtig vor. Sofort schwebte sie die Stufen hinauf, die sie voneinander trennten. Die Unruhe des Novizen wuchs noch weiter an, trotzdem stellte er sich wie zufällig zwischen die großen Steinsäulen, um ihr den Weg zu versperren.

»Hält sich Finske in der Blutkammer auf?«, fragte Ursa ihn geradeheraus.

Der junge Ork zuckte schuldbewusst zusammen, nickte aber bestätigend.

»Und du sollst niemanden vorbeilassen, solange er dort beschäftigt ist?«, vermutete sie weiter.

Erneutes Nicken.

»Aber das gilt doch wohl nicht für mich, die Hohepriesterin, oder?« Obwohl sie ihre Zähne in einem breiten Grinsen entblößte, war dem Knappen klar, dass es auf diese Frage nur eine einzige Antwort gab.

Mit einem raschen Schritt zur Seite gab er den Weg zu den abwärtsführenden Stufen frei. »Natürlich darfst du passieren«, erklärte er, während ein nervöses Zucken seine Wangen erbeben ließ.

Statt sich an seinem Unbehagen zu weiden, glitt Ursa über den Sockel hinweg und die Stufen hinab. Auf der Hälfte der abwärtsführenden Treppe konnte sie bereits sehen, was in der Blutkammer vor sich ging.

Ihre Befürchtung, von Finske hintergangen zu werden, schien sich auf den ersten Blick zu bestätigen. In seine schwarze Alltagsrobe gehüllt saß der Alte mit dem silbergrau durchwirkten Schopf am Rand des rotglühenden Sees, eine weitere Ziegenhaut auf den Knien und einen aus einem Stück Holzkohle bestehenden Griffel zwischen den Fingern seiner rechten Hand.

Woher er seine Inspiration für die Rüstung nahm, war nicht zu übersehen. Denn in der flirrenden Luft, die oberhalb des verflüssigten Gesteins waberte, schwebte ein Trugbild, das einen hoch gewachsenen Ork in prächtiger Rüstung an der Seite einer blonden Hellhäuterin zeigte. Die beiden rührten sich nicht, sondern schienen mitten in der Bewegung eingefroren.

Ursa hatte die beiden noch nie zuvor mit eigenen Augen gesehen, trotzdem kamen sie ihr sofort bekannt vor. Der Erzstreiter und das Menschenweib waren Urok in seiner Vision auf Felsnest erschienen. Er hatte Ursa so oft davon erzählt und ihr die beiden so ausführlich beschrieben, dass sie manchmal glaubte, sie selbst in einer Vision erblickt zu haben.

Ein Ork, der für eine Hellhäuterin eine Festung erstürmen sollte. Der von ihr Befehle annahm! Allein die Vorstellung ließ es Ursa kalt über den Rücken rieseln. Zumal sie von Moa wusste, dass Uroks Vision zur selben Zeit hier, in der Blutkammer, zu sehen gewesen war, vor den Augen des alten Hohepriesters und seiner engsten Getreuen, zu denen auch Finske gehört hatte.

Wäre der verwünschte Ulke noch am Leben gewesen, sie hätte das Verhalten des Heimlichtuers sofort als Verrat ausgelegt und ihm mit einem scharfkantigen Stein den Schädel gespalten. Doch so wollte sie ihm wenigstens die Möglichkeit geben, sein unredliches Handeln zu erklären, bevor er in den mörderisch heißen Wogen des Blutsees versank.

»Was hat das zu bedeuten?«, rief sie schon von Weitem, mit einer Strenge und Unnachgiebigkeit in der Stimme, über die sie selbst ein wenig erschrak. »Wie kommst du dazu, der Schmiede Vorlagen für die Rüstung zu geben, ohne dich mit mir abzusprechen?«

Der Alte fuhr erschrocken zusammen, und das Trugbild über dem Blutsee verschwamm, wurde dann aber wieder deutlicher und fester, im gleichen Maße, wie er seine Fassung zurückerlangte.

Hell aufflammende Tropfen tanzten über der unruhig umherwälzenden Glutmasse. Roter Widerschein, der über die Höhlenwände zuckte, tauchte das gesamte Gewölbe in ein bedrückendes Zwielicht.

Finske blieb ganz ruhig auf seinem Platz sitzen, während sich Ursa ihm rasch näherte. Zwar machte er weiterhin einen ertappten Eindruck, aber eher in der Art eines kleinen Jungen, der die Vorratskammer geplündert hatte, und nicht wie ein Todgeweihter, der bereits mit einem Bein über dem Abgrund schwebte.

»Ich wollte dir nur helfen«, empfing er sie mit einem um Entschuldigung heischenden Tonfall. »Ich wusste gleich, welche Rüstung dir vorschwebte, als du sie Monga beschrieben hast.« Er hielt die Zeichnung hoch, an der er gerade arbeitete. Eine detailgetreue Abbildung des linken Schulterpanzers, dem ebenso drei stählerne Hörner entsprossen wie dem rechten Gegenstück. »Aber du kennst sie nur aus Uroks Erzählungen, ich hingegen habe sie schon mit eigenen Augen gesehen.«

Zu ihrem Unbehagen stellte sie fest, dass Finske keineswegs an eine Verkündung des Blutes zu glauben schien. Der Alte war bei Weitem nicht so schwer von Begriff, wie er andere gern von sich glauben machte.

»Es ist Vurans Panzer, den er beim Sturm auf Raams Festung trug«, fuhr Finske versonnen fort. »Die Rüstung unseres Gottes. Wirklich keine schlechte Wahl, das muss ich dir lassen.«

Ursa traute ihren Ohren nicht. Hatte sie eben richtig gehört?

»Unseres Gottes?«, wiederholte sie verblüfft, denn bisher hatte sie immer geglaubt, dass es sich bei dem Krieger aus der Vision um einen ganz normalen Ork handelte, der nur nach Vuran benannt worden war. »Dieser Erzstreiter dort?« Sie starrte auf die beiden dreifach gehörnten Schulterpanzer, die den Krieger als solchen auswiesen. »Das glaubst du doch nicht wirklich?«

»Doch.« Die Worte kamen dem alten Finske plötzlich schwer über die Lippen. »Ich glaube es nicht nur, ich weiß es. Das war ja der Grund, warum Ulke diese Erscheinung immer wieder mit aller Macht unterdrückt hat. Weil niemand erfahren sollte, dass unser großer Feuergott einmal ein ganz einfacher Ork war wie wir alle.«

»Und das erzählst du mir erst jetzt?«, fauchte sie erbost. »Obwohl ich eure neue Hohepriesterin bin?«

Die Enthüllung erschütterte ihr Weltbild. Vor allem, weil sie sich gleichzeitig fragte, was Finske und die anderen Hohen ihr wohl noch alles vorenthalten mochten. Wütend ballte sie die Hände zu Fäusten und verspürte nicht übel Lust, dem vor ihr sitzenden Priester eine gehörige Tracht Prügel zu verabreichen.

Dank ihrer kräftigen Arme, die sie noch bis vor kurzem durch die langen Gänge geschleppt hatten, hätte es ihr nur wenig Mühe bereitet, ihm das Gesicht und den Schädel zu zertrümmern.

Nur sein hohes Alter, das Finske jeden wirksamen Widerstand verwehrte, hielt sie davon ab, wirklich auf ihn loszugehen.

Schuldbewusst sah der Hohe zu Boden. »Tut mir leid«, entschuldigte er sich abermals. »Ich ... Wir alle wollten dich nicht mit diesem Wissen belasten. Nicht jetzt, da jeden Tag Lichtbringer über dem heiligen Hort auftauchen können.«

Seine Worte klangen ehrlich, aber vielleicht war er nur ein verdammt guter Lügner. Sie starrte weiterhin böse auf ihn hinab, bis er sich unter ihrem durchdringenden Blick zu winden begann.

»Nimm es uns nicht übel«, bat er verzweifelt. »Vielleicht liegt es auch daran, dass wir unter Ulkes Führung so vieles verschweigen mussten, dass uns diese Heimlichkeit in Fleisch und Blut übergegangen ist. Aber es kann nicht schlecht sein, was ich getan habe. Schließlich hat das Blut der Erde meinen Ruf erhört, und das geschieht wirklich nur ganz selten.«

Er deutete auf das Trugbild, das endgültig verblasste. Dass es auf seinen Wunsch hin erschienen war, zeigte, dass er über größere Kräfte verfügte, als sie ihm bisher zugetraut hatte. Aber das interessierte sie zurzeit nicht. Ihr war etwas ganz anderes wichtig.

»Was verschweigt ihr mir noch?«, fragte Ursa kalt.

»Nicht viel«, entgegnete er kleinlaut. »Eigentlich wissen wir auch nur das, was Ulke im Laufe der Zeit so herausgerutscht ist. Die meisten Geheimnisse hat er mit in den Tod genommen.«

»Was ihr noch verschweigt, will ich wissen!« Sie spürte genau, dass es da noch etwas gab. Eine unangenehme Wahrheit, die er mit aller Macht vor ihr verbergen wollte.

»Nur dass Orks und Hellhäuter gemeinsam Raams Festung stürmen wollten«, erklärte er stockend. »Kurz bevor es zu Vurans Sündenfall kam!«

Vurans Sündenfall? Sie konnte sich nicht daran erinnern, dass Moa etwas Ähnliches aufgeschnappt hatte, doch wenn, dann wäre sie sicherlich nicht davon ausgegangen, dass es sich bei diesem Vuran um den Feuergott der Blutorks handelte.

Finskes fast beiläufiges Geständnis raubte ihr kurz den Atem, und der Schock traf sie so tief, dass sie einen Herzschlag lang jede Kontrolle über ihren Körper verlor. Prompt sackte sie in die Tiefe, stieß mit ihren Stiefeln auf den Boden und knickte in den Kniekehlen ein.

Finske stürzte sofort zu ihr, um sie aufzufangen, doch sie wischte seine hilfreich ausgestreckten Hände wütend zur Seite. Sie wollte lieber zu Boden schlagen, als sich von ihm stützen zu lassen.

Zum Glück gelang es ihr gerade noch rechtzeitig, die Kraft des Blutes wieder aufzunehmen, bevor sie gänzlich eingeknickt wäre. Sofort gewann sie erneut an Höhe, bis sie mit den Stiefelspitzen zwei Fingerbreit über dem Boden schwebte.

Finske starrte unterdessen entsetzt auf seine Hände, als ob sie in Flammen stünden. Ihr Hieb konnte ihn nicht ernstlich verletzt haben. Nein, es war ihre Abweisung, die ihn so sehr schmerzte.

»Das ist der Grund, warum wir unser Wissen geheim halten mussten«, sagte er leise, ohne sie dabei anzusehen. »Weil die Wahrheit das Dunkelste und Böseste in uns Orks zutage gefördert hätte.«

Ihre harsche Reaktion tat Ursa plötzlich leid. Sie wusste selbst nicht, warum sie so erzürnt gewesen war. Vielleicht aus der instinktiv aufgeflammten Furcht heraus, die sie beim Einknicken überkommen hatte. Weil sie nicht wieder verlieren wollte, was sie in den letzten Tagen so sehr zu schätzen gelernt hatte.

Ihre Beweglichkeit.

»Sündenfall«, murmelte sie nachdenklich. »Was ist damit gemeint? Was hat sich Vuran zuschulden kommen lassen?«

»Keine Ahnung.« Finske hob die Schultern. »Ulke wollte nie etwas darüber verlauten lassen.«

Noch während er sprach, stieg hinter ihm eine dichte Funkenwolke auf. Der See war offenbar in Bewegung geraten. Die große Glutsäule, die vom Deckengewölbe herabfloss, verzweigte sich plötzlich und malte ungewöhnlich langsam verlaufende Schlieren in die wabernden Luftmassen.

»Bist du dafür verantwortlich?«, wollte sie von Finske wissen, auf das Phänomen weisend.

Der Alte schüttelte den Kopf. »Nein«, behauptete er. »Es ist das Blut der Erde, es sucht sich seinen eigenen Weg.«

Noch ehe sie verstand, was er damit sagen wollte, erschienen wieder Bilder über dem See. Stumme Bilder, die Vuran zeigten, wie er durch eine von Menschen bevölkerte Stadt schritt, die ihm keineswegs feindlich gesinnt zu sein schien. Doch es kam noch schlimmer, denn aus dem roten Nebel schälten sich einzelne Elfen hervor, mit denen er freundlich sprach, während sie neben grässlich verstümmelten Hellhäutern standen.

Aber alles das war nichts im Vergleich zu dem, was sie gleich darauf zu sehen bekamen: Vuran, nackt ausgestreckt auf einem Felllager liegend, neben sich, so verschwindend klein, dass Ursa sie beinahe übersehen hätte, die blonde Hellhäuterin, die ihn zum Sturm auf Raams Festung antreiben wollte. Zärtlich ließ er seine große Hand über ihren ekelhaft bleichen, wie mit Mehl bestäubt wirkenden Leib wandern.

War das der Sündenfall, von dem Ulke gesprochen hatte? Ursa wusste es nicht. In diesem Moment wusste sie gar nichts mehr. Nur dass sie der Anblick ihres so lange verehrten Feuergottes zutiefst erschütterte.

Neben ihr keuchte Finske erschrocken auf. Sie fühlte, wie seine Hand nach der ihren griff, und war plötzlich froh, den Alten an der Seite zu haben.

»Was hat das alles zu bedeuten?«, wollte sie wissen.

»Ein Riss durch die Zeiten«, hauchte Finske neben ihr. »So hat es uns Ulke immer erklärt. Das sind die Erinnerungen verstorbener Orks, die das Blut der Erde in seinem ewigen Strom mit sich führt.«

Ursa wollte etwas erwidern, doch als Vuran sich auch noch auf die Hellhäuterin wälzte und sie mit Küssen bedeckte, wurde es ihr endgültig zu viel.

»Genug!«, schrie sie. »Genug von diesem Gift, das uns zersetzen soll!«

Gleichzeitig riss sie die Arme zu einer beschwörenden Geste empor und setzte all die ihr zur Verfügung stehenden Kräfte ein, um das Trugbild zu vertreiben. Das Blut der Erde setzte sich gegen diesen Befehl zur Wehr, das spürte sie genau, doch sie war einfach nicht in der Lage, noch mehr von diesen verstörenden Chimären zu ertragen.

»Wir müssen das Blut der Erde bezähmen!«, rief Finske, dessen Hand sie mit in die Höhe gerissen hatte. »Konzentriere dich auf die Glutsäule! Wenn sie sich schließt, versiegen auch die Bilder!«

Sie spürte, wie er seine Kräfte mit den ihren vereinte, und tatsächlich gelang es ihnen gemeinsam, das Blendwerk zu beenden.

Für heute ist es genug, Urtochter, glaubte sie eine Stimme raunen zu hören, doch sie war sich dessen nicht sicher, weil sie ihre ganze Konzentration darauf verwendete, die glühenden Verzweigungen zurück in die Säule zu drängen. *Du musst noch viel lernen, bis du wirklich begreifst.*

Finske und sie waren schweißgebadet, als der See endlich wieder ruhig und friedlich vor ihnen lag.

»Niemand darf von diesem Schauspiel erfahren!«, rief Ursa erschrocken. »Nicht in diesen schweren Zeiten, in denen ohnehin alles aus den Fugen geraten ist! Sonst könnte der Bund der vereinigten Stämme endgültig auseinanderbrechen.«

Der Hohe neben ihr nickte beflissen, als ob er keine andere Reaktion erwartete hätte. Ursa konnte sich in diesem Punkt auf ihn verlassen, das sah sie ihm an. Genauso wie sich Ulke stets auf seine Getreuen hatte verlassen können.

Wie gut, dass Finske nun an ihrer Seite stand.

Erst bei diesem Gedanken wurde Ursa wirklich klar, dass sie tatsächlich nicht mehr dieselbe Priesterin war wie früher. Die Bürde ihres hohen Amtes wog so schwer, dass das Gewicht unweigerlich jeden veränderte, der sie zu tragen hatte.

Ursa erschauerte vor Entsetzen. Denn eins stand fest: Wenn sie nicht Acht gab, würde dieses Amt sie zum Schlechten hin verändern, ganz so, wie es Ulke passiert sein musste.

Am Frostwall

Es war ein heftiger, plötzlich auftretender Schmerz, der Bava aus tiefstem Schlummer weckte, ein brutales Ziehen, das glühend heiß durch seine Adern schoss.

Eben noch in traumlosen Tiefen versunken, schlug er sogleich die Augen auf. Eigentlich hätte es in der Schneegrube stockfinster sein müssen, doch er war noch viel zu verwirrt, um darüber nachzudenken, warum sein Mantel nicht mehr den Eingang verschloss. Anfangs sah er nur den eigenen Arm, der auf geheimnisvolle Weise über seinen Kopf gewandert war, dann den warmen, klebrigen Strom, der an der linken Hand herabrann, und schließlich in das, was er am meisten auf dieser Welt fürchtete: in Gabor Elfenfressers zornbebendes Gesicht.

Von einem dünnen Kranz aus Morgenröte umgeben, starrte der Alte von draußen zu ihm herein. Trotz der weißen Krusten, die seine Stirn, die Wangen und das Kinn überzogen, war der Hass in seinen Zügen unübersehbar. Er musste die ganze Nacht hindurch gelaufen sein, um Bava einzuholen. Kleine Eiszapfen ragten aus seinen buschigen Augenbrauen und zitterten bei jedem Wort, das er über die blau angelaufenen Lippen würgte.

»Für dich gibt es kein Entkommen, elender Verräter«, knurrte er heiser. »Selbst wenn du dich auf dem Dach der Welt verkriechen solltest, ich folge dir überall hin.«

Noch ehe Bava in blankem Entsetzen zusammenzucken konnte, wurde er schon an der verletzten Hand gepackt und mit einem harten Ruck ins Freie gezerrt. Der Druck auf den durchtrennten Knochen löste neue Schmerzwellen aus, die ihm beinahe den Verstand raubten, trotzdem bemerkte er das rot verschmierte Messer in Gabors Händen – die scharfe Klinge, die ihn bereits das zweite Körperglied gekostet hatte.

Diesmal war ihr der Namenlose zum Opfer gefallen. So nannten die Orks den Finger zwischen dem kleinen und dem mittleren, weil er als einziger keinen besonders kennzeichnenden Namen hatte.

Haltlos stürzte Bava in den verharschten Schnee, der ihn so hart wie Granit empfing. Mit seinen steif gefrorenen Gliedern spürte er den Aufprall kaum. Nur das dumpfe Pochen, das von der frischen Wunde ausging, erfüllte seinen Körper.

Von unaussprechlichem Grauen geschüttelt, starrte er auf die beiden groben Amputationen der linken Hand. Durch die hässliche Lücke, die an ihrer Seite klaffte, wirkten die verbliebenen Extremitäten – der Daumen, der Zeige- und der Mittelfinger – mehr als nur ein wenig vereinsamt.

Dieser verdammte Elfenfresser! Er machte die Drohung wirklich wahr, ihn nach und nach in kleine Stücke zu zerschneiden!

Vergeblich versuchte sich Bava in die Höhe zu kämpfen, doch sein eigener Mantel, der ihm mit aller Kraft um die Ohren geschlagen wurde, ließ ihn sofort wieder zurück in den blutdurchtränkten Schnee sinken.

»Zieh dich an, bevor du noch erfrierst!«, blaffte Gabor von oben herab. »Ich will, dass Vuran dich lange genug überleben lässt, damit ich mein Strafgericht an dir vollziehen kann.«

Bava überlegte ernsthaft, ob es nicht besser wäre, sich an Ort und Stelle niederstechen zu lassen, doch sein kurzes Zögern kam ihm teuer zu stehen. Der unerbittliche Verfolger zog ihm sofort die blanke Klinge über die rechte Schulter. Trotz des Lederwamses, das Bava trug, drang der Stahl bis auf den Knochen durch.

»Hoch mit dir!«, brüllte Gabor ohne eine Spur von Mitleid in der Stimme. »Auf die Beine und dann los! Oder ich schneide dir das Fleisch scheibchenweise aus den Rippen!«

Tobender Schmerz verdrängte jeden klaren Gedanken, und der Überlebensinstinkt gewann in Bava die Oberhand, zwang ihn dazu, auf die Füße zu springen und davonzutaumeln.

Fort, nur fort!, trieb er sich selber an. Und bemerkte nicht einmal, wie er sich den Mantel um die Schultern schlang und den schmutzigen Verband so weit zur Seite zerrte, dass auch der zweite Fingerstumpf notdürftig bedeckt wurde.

Die gnadenlose Kälte sorgte dafür, dass alle Blutungen rasch versiegten.

Die Sonne war noch immer hinter den Bergkuppen verborgen, und ein scharfer Wind schlug ihm entgegen, der ihm die schweißnasse Haut mit eisigen Klingen vom Gesicht schabte. Trotzdem kämpfte er sich weiter voran. Selbst ein Blick über die Schulter ließ ihn nicht innehalten, obwohl er offenbarte, dass Gabor in das frisch verlassene Schneeloch schlüpfte, um selbst ein wenig Ruhe zu finden.

Das Wissen um die eigene Schlechtigkeit und die Überzeugung, dass der Zorn des alten Elfenfressers durchaus gerecht war, hatten aus dem einst so stolzen Streitfürsten einen elenden Feigling gemacht. *Es hat keinen Sinn, sich gegen das Blut der Erde aufzulehnen*, dachte Bava, der fest davon überzeugt war, die auferlegte Strafe ertragen zu müssen.

Weiter, nur weiter!, glaubte er eine Stimme in seinem Inneren raunen zu hören, ohne zu wissen, ob sie wirklich existierte oder ob sich da nicht einfach nur die ersten Wahnvorstellungen ankündigten.

Angesichts der Eitermassen, die aus dem schwarzen Stumpf quollen, der einmal zu seinem kleinen Finger gehört hatte, wäre das auch nicht verwunderlich gewesen. Bavas geschwächter und unterkühlter Körper wurde längst vom Wundfieber geschüttelt.

Ohne sich auch nur einmal zu orientieren oder sonst irgendwie auf den Weg zu achten, stapfte er so schnell wie möglich voran. *Fort, nur fort!* Das war alles, was er wollte, so viel Distanz wie möglich zwischen sich und seinen Verfolger bringen – mehr konnte er ohnehin nicht tun.

Und so stolperte Bava Feuerhand weiter durch die endlose Eiswüste.

Der Gipfellinie des mächtigen Frostwalls entgegen.

Sangor
Urok musste die Augen schließen, als er aus dem beschatteten Teil der Steinrampe in das sonnendurchflutete Oval der Arena trat. Seine Hände zuckten instinktiv in die Höhe, um sie schützend vors Gesicht zu heben, erreichten aber nicht einmal die Kinnlinie. Eisernes Rasseln untermalte den nutzlosen Versuch, die sengenden Strahlen abzuschirmen, denn das aus drei Kettensträngen bestehende Geschirr, das seine Armschellen mit dem Halsring verband, wurde zusätzlich durch einen Gurt am Körper fixiert. Durch den Verbindungsring hindurchgeschnürt, verhinderte dieser Riemen aus zähem Lindwurmleder, dass der kräftige Ork über die Brusthöhe hinweg nach oben oder nach vorn greifen konnte.

Derart in seiner Bewegungsfreiheit eingeschränkt, war Urok der Willkür der Wächter nahezu hilflos ausgeliefert. Sein Rücken trug bereits die Spuren ihrer Flammenpeitschen, denn sie verübelten es ihm, dass er unten im Kerker den Wandring aus der Verankerung gerissen hatte. Darum trug er auch als Einziger das schwere Kettengeschirr, während sich die übrigen Gladiatoren frei bewegen durften.

Um nicht blind umherstapfen zu müssen, verengte Urok die

Augen zu schmalen Schlitzen, bis sie sich an die gleißende Helligkeit gewöhnt und die Pupillen entsprechend verkleinert hatten. Alles in ihm schrie zwar danach, sich gegen die entwürdigende Behandlung zur Wehr zu setzen, doch das hätte nur seine Suche nach dem Rad des Feuers erschwert. Schließlich hatte er sich absichtlich in den Kerker unterhalb der Arena werfen lassen. Darum musste er sich nun auch den schändlichen Riten des würdelosen Menschenvolks unterordnen, bis er einen Weg gefunden hatte, sie alle mit ins Verderben zu reißen.

So etwas nannte sich unter Veteranen eine Kriegslist und ließ sich durchaus mit der eigenen Ehre vereinbaren. Obwohl sich ein Ork natürlich lieber für die Anzahl der Köpfe besingen ließ, die er mit seinem Schwert oder der Axt von den Hälsen der Hellhäuter schlug, und nicht für die harte Zeit einer Gefangenschaft.

Das gleißende Rund der Sonne war erst dabei, den wolkenlosen Himmel zu erklimmen, dennoch staute sich innerhalb des ummauerten Ovals bereits die Hitze. Am Ende der ansteigenden Rampe angekommen, erwartete die Gladiatoren ein staubiger Platz, dessen feinkörniger Sand unter dem Einfluss von Regen und Sonne fest zusammengebacken war. Urok folgte einfach seinen Vorderleuten, die genau zu wissen schienen, wohin sie sich zu wenden hatten.

In einer Reihe hintereinander weg, wie eine frisch geschlüpfte Gänseschar – aus irgendeinem Grund schienen die Menschen diese Marschfolge zu lieben – ging es zum Ende des Kampfplatzes zu ihrer Linken. Sie passierten einige aus Balken gezimmerte Übungsgeräte, und Uroks Blick wanderte über die umliegenden Tribünen.

Dort hatte kein Publikum Platz genommen, dafür wurden sie von zahlreichen Bogenschützen gesäumt, die die Gladiatoren während der Übungskämpfe bewachen sollten. Angesichts der hohen, glatten Mauern, auf denen sie standen, waren diese Soldaten nur schwerlich zu attackieren, konnten aber ihrerseits schnell und gezielt den Tod in die Tiefe senden.

Wer sich angesichts solcher Übermacht gegen die Wachen auflehnte, konnte sich genauso gut ins eigene Schwert stürzen. Solch ein ehrloses Unterfangen kam natürlich nur für Hellhäuter in Frage, wenn sie nicht mehr weiterwussten. Ein Ork ertrug hingegen selbst ärgste Widrigkeiten, bis er einen Weg fand, wie er mit aller Gewalt zurückschlagen konnte.

Am Kopf des Arenenovals wartete ein kahlköpfiger Hüne auf die Gefangenen. Er selbst war unbewaffnet, wurde aber von mehreren Männern flankiert, die zusammengerollte Flammenpeitschen in Händen hielten.

Urok wusste sofort, dass es sich um Ordon, den Ausbilder der Gladiatoren, handelte, noch ehe er die goldenen Ohrringe sah, die so groß waren, dass sie beinahe bis zu den Schultern reichten.

Eine Narbe am Hals des ehemaligen Hauptmanns, nicht mehr als eine feine helle Linie, die sich deutlich von der gebräunten Haut abhob, erweckte den Eindruck, als habe jemand mal versucht, ihm den Hals durchzuschneiden, und unter den Gladiatoren kursierten die unterschiedlichsten Gerüchte, ob die Narbe noch einem unzufriedenen Soldaten oder bereits einem der ihren zuzuschreiben war.

Ohne dass es einer speziellen Anweisung bedurfte, schwenkte die Marschreihe nach rechts herum und nahm vor Ordon Aufstellung. Urok kannte diese Prozedur bereits von den Morgenappellen, die Großgardist Thannos während des Gefangenentransports nach Sangor abgehalten hatte, und fügte sich entsprechend ein.

Der Aufenthalt unter den Menschen hatte ihn bereits mehr gelehrt, als ihm bisher bewusst gewesen war, und das freute ihn. Dass er sie nur unterwanderte, um ihre Schwächen ausfindig zu machen, würde dieses Volk noch früh genug erfahren.

Die übrigen Gladiatoren knallten die Hacken zusammen, Urok

jedoch baute sich breitbeinig zwischen ihnen auf. Auch die eisernen Fesseln, die er trug, konnten nicht verhindern, dass er beide Daumen hinter den Gürtel klemmte, doch er verzichtete immerhin darauf, in den vor ihm liegenden Sand zu spucken. Um nicht noch mehr Aufmerksamkeit zu erregen, als er es als Ork unter den schwächlichen Menschen ohnehin schon tat, stierte er einfach stumpf vor sich hin.

Ordon fixierte ihn trotzdem mit unheilvollen Blicken, nicht nur, weil Urok alle anderen in der Linie um zwei Köpfe überragte, sondern auch, weil der Ausbilder umgehend über die Vorkommnisse der vergangenen Nacht unterrichtet worden war.

Ordons ohnehin schon finsteres Gesicht verdunkelte sich noch mehr, während er seinen Blick zwischen Urok und den drei Wolfshäutern hin und her wandern ließ. Die Großmäuler aus dem Grenzland zu Arakia waren grün und blau geschlagen, denn Urok hatte ihnen seine Kette, die er aus der Kerkerwand gerissen hatte, zu schmecken gegeben.

Der halblaut vorgetragene Bericht erboste einen der neben Ordon stehenden Männer so sehr, dass er seine Flammenpeitsche in einer drohenden Geste entrollte. Er war einer der fünf Hilfsausbilder, die sich den Kopf ebenso geschoren hatten wie ihr Meister und ein ähnlich weitmaschig geknüpftes Netzhemd über dem nackten, mit Öl eingeriebenen Oberkörper trugen. Selbst die Goldringe an ihren Ohren ähnelten denen von Ordon, nur dass ihre wesentlich kleiner und billiger waren.

Die mit Stacheln übersäte Natternhaut knisterte laut, als sich die fünf mit eingedrehten Eisenstücken versehenen Stränge voneinander lösten. Mit einer geschickten Bewegung aus dem Handgelenk fächerte sie der Kerl neben sich im Staub auseinander. Nun brauchte er bloß noch aus der Schulter heraus zuzuschlagen, um die furchtbare Geißel auf Urok niedergehen zu lassen.

Ordon machte eine kurze Geste mit der Hand, um den Eifer

seines Gehilfen zu bremsen. Dieser gehorchte sofort, auch wenn er dermaßen verärgert darüber war, dass sich seine buschigen Augenbrauen über der Nasenwurzel zusammenzogen, und das so eng, dass es aussah, als würden zwei Pelzraupen aufeinander zukriechen.

Urok taufte den Mann sofort *Pelzauge* und musste unwillkürlich über diesen stillen Einfall lachen.

Ordon bemerkte den Anflug von Heiterkeit, runzelte missbilligend die Stirn, unterdrückte aber weiterhin jeden offenen Wutausbruch.

»Wie ich hörte, können wir uns bei dir alle Kraftübungen sparen«, stellte er in abfälligem Tonfall fest. »Das freut mich, denn Herzog Garske hat mich damit beauftragt, aus dir tumbem Fleischberg innerhalb kürzester Zeit einen Krieger zu machen, der es mit dem Schattenelfen aufnehmen kann. Ich halte das für unmöglich, aber meine Ehre verlangt von mir, dass ich es zumindest versuche.«

Ein Mensch, der von Ehre schwafelte! In Uroks Ohren klang das dermaßen absurd, dass er sich nicht einmal zu einem abfälligen Brummen herabließ. Sein Gegenüber mit Missachtung strafend, verfolgte er nur aus den Augenwinkeln heraus, wie Ordon Anweisungen an seine Gehilfen erteilte.

Unter Pelzauges Führung entrollten zwei weitere Männer die Peitschen, ohne mit ihnen loszuschlagen. Stattdessen wiesen sie Urok wortlos an, dass er die Reihe der Gladiatoren verlassen und sich zu einer im Sand ausgebreiteten Decke begeben sollte, auf der ein Lederschurz und ein Leinenhemd für ihn bereit lagen.

Als er ihren Gesten nicht umgehend Folge leistete, knarrten über ihren Köpfen die ersten Bogensehnen. Hilfsausbilder und Bogenschützen bildeten eine gut aufeinander eingespielte Gemeinschaft. Dadurch, dass sie vorwiegend die Peitsche gebrauchten, gerieten die am Boden arbeitenden Wachen nicht in die

Schusslinien der abwärtsgerichteten Pfeile. Das verlieh ihren Befehlen einen Nachdruck, dem die Gladiatoren kaum etwas entgegenzusetzen hatten. Selbst Urok blieb keine Wahl, als sich dem Druck der Übermacht zu beugen.

Während der restliche Haufen zu den gewohnten Übungseinheiten eingeteilt wurde, trat er mit weit ausholenden Schritten an die Decke heran. Pelzauge, der an seiner Seite eilig mitmarschierte, wickelte dabei die aus den Häuten der Feuernatter bestehende Peitsche auf und bedachte ihn die ganze Zeit über mit drohendem Blick.

»Wir nehmen dir jetzt das Kettengeschirr ab«, erklärte er, als er endlich merkte, dass sich mit diesem Schweigen kein Eindruck schinden ließ. »Spannst du dabei auch nur einen Muskel an, stirbst du sofort den gefiederten Tod, ist das klar?«

»Versuch einfach dein Glück«, knurrte Urok zur Antwort, um der Giftzunge ein wenig Angst einzujagen.

Statt zusammenzuzucken oder wenigstens ein bisschen vor sich hin zu bibbern, verzog Pelzauge die Lippen zu einem zufriedenen Grinsen.

»Ich habe gehofft, dass du etwas in dieser Richtung sagst«, bekannte er frei heraus, bevor er sich zur Decke hinabbeugte und den Waffenrock aufnahm, der aus zahlreichen übereinanderlappenden Lederstreifen bestand. Jedes dieser mit Metallstäben verstärkten Lederstücke hatte unten eine fest vernähte Schlaufe, in der ein schwerer Eisenreif steckte. So wie die Streifen zur Mitte hin immer größer und breiter wurden, wuchs auch der Umfang der eingearbeiteten Ringe an.

Normalerweise diente ihr Gewicht dazu, selbst im heftigsten Kampf ein Aufwirbeln der Rockschöße zu verhindern. Pelzauge langte nach einem der großen Mittelringe und zog daran den Rest des Schurzes achtlos in die Höhe.

»Pass gut auf«, verlangte er, während er das an der Schlaufe ergriffene Rund zur Seite hielt. Er hatte den auf Schulterhöhe ausgestreckten Arm gerade vollständig durchgedrückt, als auch schon ein Pfeil von der Tribüne herabzischte und mitten durch den Eisenring jagte. Nicht einmal die Befiederung streifte am Metall entlang, so zielgenau flog er hindurch, bevor er sich in den hellen Sandboden bohrte und dort zitternd stecken blieb.

»Gesehen?«, fragte der Ausbilder grinsend, bevor er den Schurz achtlos in den Staub fallen ließ. »Falls nicht, kannst du dich schon mal von deinen Glubschaugen verabschieden. Die sind nämlich das Erste, auf das meine Kameraden schießen werden.«

Urok antwortete nicht auf die Drohung, rührte sich aber auch nicht, als ihm Pelzauge und ein Gehilfe die Eisenfesseln abnahmen. Nachdem sie rasselnd von seinen Handgelenken und dem Hals verschwunden waren, musste er sich aller Kleidung entledigen.

Sogar der stählerne Unterarmschutz, das letzte noch verbliebene Teil der väterlichen Rüstung, wurde ihm genommen. Klackend sprangen die Verschlüsse auf. Woran Großgardist Thannos und seine Mannen ein ums andere Mal gescheitert waren, hatte Pelzauge mit nur wenigen geschickten Handgriffen zustande gebracht.

Nur noch mit seinen Stiefeln bekleidet, stand Urok ansonsten nackt da. Sein entblößtes Gemächt zog neidische Blicke der Bogenschützen auf sich, doch er unterließ es, die große Pracht in die Hand zu nehmen und ihnen herausfordernd hinzuhalten. Lieber wollte er durch seine Kampfkraft beweisen, dass sich keiner der Hellhäuter mit ihm messen konnte.

So stieg er in den Lendenschurz, der ihm tatsächlich passte, und schlüpfte danach in das Leinenhemd, das allerdings schon beim Überstreifen zwischen seinen mächtigen Schulterblättern spannte und dort mit einem lauten Ratschen auseinanderriss, obwohl der fest gewebte Stoff an dieser Stelle keineswegs fadenscheinig war.

Kopfschüttelnd sah er zu Pelzauge hinüber, als wäre der persönlich für dieses Missgeschick verantwortlich.

»Das ist nicht weiter schlimm«, kommentierte der Hilfsausbilder kalt. »Zu diesem Riss werden sich bald noch weitere gesellen.«

Falls das eine Drohung sein sollte, ließ er sie nicht lange auf Urok einwirken, denn er zog erneut die Peitsche aus dem Gürtel und deutete mit der stachligen Rolle auf die Mitte der Arena, in der Ordon bereits auf sie wartete.

Von Pelzauge und dem anderen Gehilfen in respektvollem Abstand eskortiert, setzte sich Urok in Bewegung. Im Gegensatz zu seinen Begleitern verschwendete er keinen Gedanken an die Bogenschützen auf der Tribüne. Der Ork hatte überhaupt nicht vor, aufzubegehren oder gar zu fliehen, sondern wollte die Übungseinheiten nur so unauffällig wie möglich hinter sich bringen, um später in Ruhe nach dem Radsymbol suchen zu können.

An den Holzgeräten, die er dabei passierte, wurde bereits eifrig gearbeitet. An einigen von ihnen zogen sich Hellhäuter nur mit der Kraft ihrer Arme in die Höhe, um dadurch ihre Muskeln zu stärken, während an anderer Stelle schwere, mit Holzschwertern und Schilden ausgestattete Pfosten in den Boden eingegraben waren, gegen die einzelne Gladiatoren immer wieder anrannten, um bestimmte Bewegungsabläufe einzuüben.

Manche Gerüste aber waren noch leer. Und zwar die, die eindeutig der Bestrafung dienten. Große, massive Pranger, an denen ein widerspenstiger Sklave mit abgespreizten Armen und Beinen angebunden werden konnte, aber auch galgenförmige Bauten, an denen sie Delinquenten kopfüber in die Höhe zogen.

Allein das Vorhandensein solcher Strafgeräte wirkte sich auf die Disziplin der Hellhäuter aus. Schmerz und Qual waren ihnen ein Gräuel. Um ihnen zu entgehen, ordneten sie sich bedingungslos anderen ihres eigenen Volkes unter, selbst wenn sie dadurch gezwungen waren, im gleichförmigen Schritt zu marschieren oder anderweitig blinden Gehorsam zu leisten.

Weiter hinten in der Arena stapelten sich noch weitere Holzteile. Ordon ließ nur aufstellen, was wirklich gebraucht wurde, denn schon bei der nächsten Vorstellung musste alles wieder abgebaut sein. Wenn es Mann gegen Mann ging, durften keine störenden Hindernisse den Blick versperrten, denn jene, die für ihre Plätze bezahlten, wollten zu jeder Zeit jedes blutige Detail sehen, das in der Arena geboten wurde.

»Jetzt siehst du ja schon fast wie ein echter Gladiator aus«, höhnte Ordon, als Urok vor ihn trat. »Wollen doch mal sehen, ob du auch schon wie einer kämpfen kannst.«

Bei diesen Worten deutete er auf ein paar achtlos in den Sand geworfene Schwerter, von denen Urok eins aufnehmen sollte. Der Ork brummte schon unwillig, noch ehe er das erste von ihnen in Händen hielt und abschätzend von allen Seiten betrachtete. Seine massige Hand war viel zu groß, um den kurzen Griff richtig zu packen, sodass der kleine Finger über den bronzenen Rundknauf hinausragte. Außerdem waren die Schneiden der breiten, aber gerade mal eine Menschenelle langen Klinge stumpf geschliffen.

Mit dieser Waffe konnte man einem unaufmerksamen Gegner höchstens Blessuren beibringen, aber keineswegs Bäuche aufschlitzen oder Arme abhacken.

Mürrisch schlug Urok die stumpfe Waffe einige Male durch die Luft. Nun gut. Wenn er genügend Kraft aufwandte, ließen sich damit vielleicht ein paar Knochen brechen oder ein Schädel einschlagen, aber dazu packte er es wohl am besten an der Klinge und schlug mit dem Griffstück zu.

»Ihr Orks versteht nichts von Taktik oder den Finessen des Schwertkampfs«, beschied ihn Ordon, der jede seiner Bewegungen aufmerksam verfolgte. »Alles, was euch im Kampf zur Verfügung steht, ist eure primitive Kraft und die Reichweite eurer langen Arme.«

Urok schnaubte laut durch die Nase. »Das reicht ja auch, um euch Hellhäuter in die Flucht zu schlagen«, behauptete er wider besseres Wissen, denn die herablassende Art, mit der er behandelt wurde, machte ihn zornig und ungehalten. »Und auch die Elfen, mit denen ich bisher aneinandergeriet, haben es alle bereut.«

»Vermutlich waren sie genauso angekettet wie die Männer, die du letzte Nacht verprügelt hast«, stichelte Ordon. Der Ausdruck, der sich dabei auf sein Gesicht schlich, mochte, wenn er noch ein Weilchen übte, vielleicht eines Tages als Lächeln durchgehen.

Urok spürte Zorn in sich aufsteigen, so glühend heiß, dass seine Kopfhaut zu prickeln begann. Doch er bezähmte seinen Wunsch, mit dem stumpfen Schwert nach dem Ausbilder zu schlagen, denn er wusste, dass ihm das nur einen Schwarm Pfeile in den Rücken eintragen würde.

»Das waren keine Männer«, knurrte er stattdessen, »sondern räudige Hunde, die es nicht besser verdient haben.«

»Mag sein.« Ordon zuckte mit den Schultern, um zu zeigen, wie wenig ihn das Ansehen der einzelnen Gladiatoren scherte. »Trotzdem sind sie bessere Schwertkämpfer als du. Natürlich erst, seitdem ich sie dazu gemacht habe.«

»Wolfshäuter, die ihr Schwert besser führen als ein Blutork?« Urok schnaufte erneut. »Du weißt nicht, wovon du redest! Dieses Pack vermag einen Hinterhalt zu legen und aus der Deckung heraus Pfeile zu verschießen, mehr aber auch nicht.«

»Das werden wir gleich sehen.« Ordon nickte zufrieden, als hätte er mit Uroks Antwort gerechnet. »Du bekommst jetzt die Gelegenheit, deine Worte zu beweisen – oder die Lektion deines Lebens zu lernen.«

Dabei deutete der Kahlköpfige auf ein Karree ganz in ihrer Nähe, das einfach mit einem Stock in den Sand gezeichnet war.

Bisher befand sich niemand in diesem primitiv abgegrenzten Bereich, doch Urok sah, wie sich auf Ordons Wink hin die drei Wolfshäuter von der anderen Seite her näherten. Jeder von ihnen hielt ein ebenso stumpfes Metallschwert in der Rechten wie er, trotzdem schimmerte Kampflust in ihren Augen sowie eitle Vorfreude darauf, ihm die schmerzhaften Schläge mit der Kette heimzuzahlen.

Knurrend packte Urok die eigene Waffe fest und schickte sich an, dem Trio entgegenzutreten, doch Pelzauge hob die Peitschenrolle, um ihm zu bedeuten, dass er noch einen Moment warten sollte. Damit tat er richtig, denn sein Meister hatte tatsächlich noch etwas zu sagen.

»Eins muss dir klar sein«, verkündete Ordon in eindringlichem Tonfall, während er seinen Blick in den von Urok bohrte. »Wir wollen einen Schwertkampf sehen, keine Rauferei. Und jeder, der den abgegrenzten Kampfplatz verlässt, bekommt die Flammenpeitsche zu spüren.«

Urok nickte nur verächtlich. In ihm drängte längst alles danach, dem Feind entgegenzustürzen, um seiner aufgestauten Wut in einem harten Kampf endlich Luft zu machen.

Obwohl er ungestüm voraneilte, zeigten die Wolfshäuter keine Spur von Angst. Im Gegenteil. Geradezu selbstsicher bauten sie sich am anderen Ende des Karrees auf: drei hagere Kerle, ohne eine Messerspitze überflüssigen Fetts am Körper.

Zwei von ihnen trugen nur mit Wolfsfellstreifen umwickelte Stiefel und die gleiche Art von Lederschurz, die man auch Urok aufgezwungen hatte. Unter ihrer nackten Haut zeichnete sich jede Muskelbewegung deutlich ab.

Der dritte von ihnen, den sie zu beiden Seiten flankierten, wirkte weitaus imposanter. Das lag an dem aus drei Wolfshäuten zusammengenähten Mantel, den er trug. Das mittlere der Felle war einmal schneeweiß gewesen, und obwohl ihm längst Staub,

Dreck und das Alter anhafteten, gleißte es immer noch strahlend hell in der Sonne. Das galt auch für den Schädel des abgezogenen Tiers, den der elende Wegelagerer auf dem verfilzten Haar trug, während die einstigen Läufe der drei Wölfe als schmal zulaufende Fellzungen nach vorn ragten, sechs auf jeder Seite. Vom Hals an bis hinab zu den Stiefeln fassten sie abwechselnd ineinander und öffneten und schlossen die Mantelhälften bei jedem Schritt.

Was die Reinlichkeit anging, so hatten die Wolfshäuter in der Zeit ihrer Gefangenschaft nicht viel dazugelernt. Sie waren schmutzige Kerle, ihre Brust- und Bartbehaarung klebte vor Schweiß und Dreck zusammen, und ein säuerlicher Geruch ging von ihnen aus, der Uroks Nase schon auf zehn Schritte Entfernung unangenehm belästigte.

Schon jetzt genossen sie die ihnen entgegengebrachte Aufmerksamkeit, als wären sie die siegreichen Helden einer Schlacht kurz vor dem Triumphzug, obwohl sich nur mit Peitschen bewaffnete Kerkerwachen entlang der in den Sand gezeichneten Linien aufbauten, um ein Verlassen des markierten Platzes zu verhindern.

»Ich bin Nahog«, erklärte der Große von den dreien, der mit dem Tierschädel auf dem Kopf immerhin beinahe bis an Uroks Kinn heranreichte, »der gewaltigste aller Wolfshäuter, der schon oft zum Häuptling aller Häuptlinge erwählt wurde!«

Bei diesen Worten packte er zwei der nach vorn ragenden Fellzungen und warf sie in die Höhe, worauf sich der Mantel, wie von eigenem Leben beseelt, kurz aufblähte, um dann mit einem dunklen Rauschen wieder zusammenzuschlagen.

Zumindest bei einigen der umstehenden Gaffer sorgte diese Geste für offene Münder.

»Bei den Wölfen meines Umhangs, die ich mit bloßen Händen erwürgte«, hob Nahog noch einmal an, »ich schwöre, dass du vor uns im Staub kriechen wirst.«

Urok spuckte laut hörbar aus, um seine Verachtung zu zeigen, sprach aber kein Wort. Wozu auch? Jeder wusste, dass Wolfshäuter ein aus den eigenen Reihen verstoßenes Pack waren, das vor allem den Hellhäutern auf den Wehrhöfen im Grenzgebiet zu schaffen machte. Um sich mit einem oder gar mehreren Blutorks anzulegen, war dieser Abschaum für gewöhnlich viel zu feige.

Mit zwei kurzen Seitenblicken veranlasste Nahog die ihn flankierenden Speichellecker, auf Urok zuzustürmen. Er selbst kratzte sich zufrieden in seinem langen Bart herum. Vermutlich hatte sich Ungeziefer darin eingenistet.

Urok wartete, bis die beiden Kerle heran waren, dann stürzte er sich auf den Linken, um ihn mit ein paar kräftigen Hieben so zu verprügeln, dass er wimmernd zu Boden ging. Der Wolfshäuter sackte jedoch übergangslos in sich zusammen und tauchte, den Kopf tief zwischen die Schultern gezogen, unter der Attacke hinweg und wich zur Seite hin aus.

Als Urok herumwirbelte, um der Bewegung zu folgen, sah er sich unversehens gleich mit zwei Schwertern konfrontiert, die ihm entgegenflogen. Nur seinen schnellen Reflexen und der Reichweite seiner Arme war es zu verdanken, dass er sie mit einem raschen Doppelschlag abwehren konnte.

Funken stoben auf, als der stumpfe Stahl aufeinanderprallte, so gewaltig waren die Hiebe, die er austeilte.

Beiden Wolfshäutern vibrierten die Schwertgriffe schmerzhaft in den Händen, trotzdem versuchten sie sofort, seine Deckung erneut zu durchbrechen. Furchtlos drangen sie auf ihn ein, doch nicht etwa blindlings, sondern genau aufeinander abgestimmt und mit so präzisen Stichen, dass er diesmal nur einen der gleichzeitig erfolgenden Angriffe abwehren konnte, während sich der zweite Stahl in das Adern- und Venengeflecht seines Unterarms bohrte.

Hätte es sich um ein echtes Schwert gehandelt, wäre die Klinge bis zum Knochen gedrungen, und das entfachte seine Wut noch mehr.

Er drang auf den erfolgreichen Wolfshäuter ein, um es ihm mit gleicher Münze und noch schlimmer heimzuzahlen. Doch noch ehe er ihm die flache Schwertseite an die Schläfe hämmern konnte, spürte Urok, wie ihm etwas von hinten in den Rücken drang.

Er wollte es erst nicht wahrhaben, doch Nahogs Triumphgelächter vertrieb jeden Zweifel: Der Wolfshäuter hatte ihm gerade mit großer Wucht in die Nieren gestochen. Die stumpfe Spitze verhinderte zwar das Schlimmste, doch einem Menschen wären die Organe trotzdem gequetscht worden. Nur der harten Orkhaut war es zu verdanken, dass Urok mit einer oberflächlichen Blessur davonkam.

Mehr in seinem Stolz als körperlich verletzt, wirbelte er zu Nahog herum, mit dem einzigen Ergebnis, dass nun gleich zwei Schwerter auf seinen Rücken einhieben.

Es war zum Verrücktwerden – welchem seiner Gegner er sich auch zuwandte, einer von ihnen stand plötzlich immer außerhalb seines Sichtfelds und konnte ihn unbeschadet angreifen. Hiebe gegen seine Knie und in die Kniekehlen erschwerten es zusätzlich, sich gegen die Übermacht zu erwehren.

Am Ende blieb Urok nichts anderes übrig, als sich – wild um sich schlagend – so lange im Kreis zu drehen, bis alle drei Gegner auf Abstand waren. Doch im gleichen Moment, da er schwankend zum Stehen kam, waren sie schon wieder heran, und zwar erneut von verschiedenen Seiten, und setzten ihm zu.

Dabei schlug er sich gut, so war es nicht. Die meisten der stählernen Reflexe, die auf ihn zuschossen, vermochte er mit seiner Klinge abzuwehren, doch auch seine natürliche Kraft und Geschicklichkeit reichten nicht aus, um jeden dieser hinterlistigen Hiebe zu parieren.

Und was noch viel schlimmer war: Seine eigenen Angriffe liefen allesamt ins Leere! Sooft er auch zulangte oder die Gegner im

Rückschwung zu erwischen versuchte, sie waren immer wieder bereits abgetaucht, zur Seite gewichen oder hatten sich sonst wie aus seiner Reichweite gebracht. Diese elenden Kerle waren wirklich wesentlich gewandter als gewöhnliche Wolfshäuter.

Die einzige Möglichkeit, ihnen zuzusetzen, bestand darin, sie durch harte Schläge zu ermüden. Wann immer Uroks Stahl gegen den ihren prallte, schmerzte es ihre Hände weitaus mehr als die seinen, doch er würde zu viele Körpertreffer einstecken, bis diese Taktik Erfolg zeigte.

Die harten Schläge, die ihn überall oberhalb und unterhalb des Lederschurzes trafen, verwandelten seinen Körper in einen Flickenteppich aus Prellungen und Blutergüssen. Seine Bewegungen waren schon längst nicht mehr so geschmeidig und fließend, weil die Hiebe auch seine Muskeln malträtierten. Was er hier erlebte, drohte tatsächlich die größte Niederlage seines Lebens zu werden.

Damit es nicht noch schlimmer wurde, musste er unbedingt einen der drei niederschlagen. Gegen drei verlauste Wolfshäuter im Kampf zu unterliegen – allein die Vorstellung ließ Urok vor Wut laut aufheulen.

Nahog und seine Mannen sahen es als erstes Zeichen seiner Niederlage.

Umso größer war ihre Überraschung, als Urok den nächsten Schlag, der geradewegs auf ihn zuraste, um seine Nase der Länge nach zu spalten, mit der freien Linken abfing. Ein scharfes Schwert hätte ihm glatt den Handteller mitsamt dem Unterarm bis zum Ellbogen gespalten, aber auch so durchzuckte ihn ein brennender Schmerz, und Blut spritzte zwischen den Fingern hervor, als seine Haut unter der brutal auf sie einwirkenden Wucht aufplatzte.

Trotzdem packte er mit aller Kraft zu und ließ die Klinge nicht mehr aus dem Griff.

»Das gilt nicht!«, rief Nahog erbost, obwohl es nicht er selbst, sondern einer seiner Mitstreiter war, gegen den sich der Ork auf diese rabiate Weise zur Wehr setzte. »Das könnte er in einem richtigen Kampf auch nicht machen!«

Urok achtete nicht darauf, ob Ordon etwas auf diesen Einwurf antwortete, sondern ließ sein eigenes Schwert nach vorn wirbeln. Doch anstatt den Wolfshäuter zu treffen, der gerade noch verzweifelt an seiner Waffe gezerrt hatte, zerteilte die stumpfe Klinge nur warme Arenenluft.

Dieser räudige Hund hatte doch tatsächlich sein Schwert aufgegeben und sich durch einen raschen Rückwärtssprung in Sicherheit gebracht!

Gereizt setzte Urok nach, um den Feigling zur Rechenschaft zu ziehen. Doch der Wolfshäuter wich immer weiter zurück, bis ihm die in den Sand gezogene Markierung endlich Einhalt gebot.

Nun gab es nur noch zwei Richtungen, in die er konnte: nach links oder rechts. Und in beiden Fällen konnte ihn der Ork abfangen, egal in welche er sich auch wandte.

Urok fletschte die Zähne, während er auf den Waffenlosen zustürmte.

Statt weiter zu fliehen, blieb der tatsächlich am Rand des Kampfplatzes stehen, um sich dem Unvermeidlichen zu stellen. So wirkte es zumindest, bevor er sich in die Hocke fallen ließ und mit aller Kraft nach vorn sprang.

Direkt in Uroks anstürmende Beine hinein.

Unter anderen Umständen, auf dem Schlachtfeld etwa, hätte sich der Feigling dabei höchstens den Hals gebrochen, doch ohne Rüstung und schweren Waffenrock und angeschlagen, wie Urok schon war, riss der harte Zusammenprall dem Ork die Beine unter dem schweren Körper weg, er kippte nach vorn, über die Markierung hinaus, genau hinein in die Stränge der sofort niedersausenden Peitschen.

»Zurück ins Feld! Zurück ins Feld!«, brüllten ihn die Wächter an und hieben dabei wie besessen auf seinen Rücken ein.

Unter einem Schwall von Flüchen sprang Urok wieder auf. Seine mächtigen Arme vors Gesicht haltend, um es vor dem brennenden Biss der Natternhäute zu schützen, stolperte er zurück an die Linie, wo bereits die hämisch lachenden Wolfshäuter warteten, um ihn wieder in die Peitschenhiebe der Wächter zu stoßen.

Das war der Moment, in dem Uroks Verstand hinter wabernden Vorhängen rotglühender Sturzfluten versank. Ein unartikulierter Laut, der dem Brüllen eines verletzten Raubtiers ähnelte, entstieg seiner Kehle, während er die beiden Übungsschwerter fallen ließ und auf den waffenlosen Wolfshäuter zusprang, ihn mit beiden Pranken an den Schultern packte und mit sich zu Boden riss.

Wie aus weiter Ferne erlebte er mit, dass der Kerl mit dem Rücken in den Sand knallte, sodass ihm die Luft mit einem lauten Seufzer aus der Lunge getrieben wurde. Trotzdem schlug der Wolfshäuter sofort in wilder Panik um sich. Doch Urok, der auf ihm zu sitzen kam, steckte die Hiebe ein, ohne sie überhaupt zu spüren.

Im Gegenzug packte er seinen Gegner an den Ohren und hämmerte dessen Hinterkopf mehrmals auf die hart gebackene Sandfläche. Dann langte er mit der Linken nach der Kehle des Menschen und ließ die geballte Rechte in die Tiefe sausen.

Zwei wuchtige Schläge reichten, um das unter ihm liegende Gesicht in Blut zu tauchen.

Urok spürte die Übungsschwerter der übrigen Wolfshäuter auf seinen Rücken prasseln, aber das hielt ihn ebenso wenig davon ab, den Kerl weiter mit der Faust zu bearbeiten, wie das Geschrei der Wächter und all die Flammenpeitschen, mit denen sie ihm zu Leibe rückten.

Wie im Rausch umklammerte er den Hals seines Peinigers

und versuchte ihn mit bloßen Pranken auseinanderzureißen. Nur noch von Schmerz und niederen Mordgelüsten beherrscht, hätte er diese Absicht wohl auch in die Tat umgesetzt, wenn er nicht einen harten Schlag gegen das linke Schulterblatt erhalten hätte, dem ein brennender Stich wie mit einer glühenden Nadel folgte.

Noch während Uroks rot umtoster Verstand überlegte, was ihm gerade widerfahren sein mochte, erstarrte er mitten in der Bewegung, wahrscheinlich nur wegen des Schmerzes, der seine Muskeln verkrampfen ließ, vielleicht aber auch, weil ein winzig kleiner Teil seiner selbst, tief unter all der Wut verborgen, doch noch begriff, dass es ihn das Leben kosten würde, wenn noch weitere Pfeile in seinen Rücken schlugen.

»Lass den Mann am Leben!«, drang Ordons unentwegte Forderung endlich zu ihm hindurch, als hätte er zuvor Wachs in den Ohren gehabt, das nun plötzlich zerflossen war. »Oder du stirbst mit ihm!«

Urok spürte immer noch Blutdurst in der Kehle, trotzdem öffnete er die Pranken. Mühsam zwar, als ob es die Finger eines Fremden wären, doch schließlich gelang es ihm doch, sie auseinanderspringen zu lassen. Knurrend richtete er sich auf, die Hände schlaff herabhängend, als wären ihm alle Armsehnen durchtrennt worden.

Sofort stürzten ein paar Wachen herbei, um den reglos daliegenden Wolfshäuter unter Urok hervorzuziehen, damit er von einem der herbeieilenden Wundärzte behandelt werden konnte. Nahog und der dritte des Trios mussten von Pelzauge und einigen anderen Gehilfen zurückgedrängt werden, sonst wären sie auf Urok losgegangen.

Überall in der Arena hatten die Gladiatoren ihre Übungen eingestellt und starrten zu Urok herüber. Sie alle waren harte Burschen, trotzdem flackerte in den Augen der meisten eine instinktive Furcht vor seinen gewaltigen Körperkräften, denen kein Einzelner von ihnen etwas entgegenzusetzen hatte.

Ordon trat von hinten an Urok heran und zog ihm den Pfeil aus der Schulter. Zum Glück hatte er an der Spitze keine Widerhaken, trotzdem quoll weiterhin Blut aus der Wunde.

Der Ausbilder drückte die klaffenden Fleischlappen sofort zusammen und winkte einen weiteren Wundarzt herbei, der mit einer Eisennadel und einem dünnem Tierdarmfaden bewaffnet war. Unter seinen kundigen Händen bedufte es nur weniger Stiche, um den roten Strom zu stoppen.

»Du musst lernen, deine Wut zu bezähmen«, erklärte Ordon in beinahe väterlichem Tonfall, während noch ein Verband angelegt wurde, damit kein Dreck in die Wunde eindrang. »Ansonsten bist du einem kalten Taktiker wie Benir niemals gewachsen.«

Nahog und der andere Wolfshäuter standen immer noch atemlos und bestürzt neben ihnen, als Ordon eines der zu Boden gefallenen Schwerter aufnahm und Urok in die Hand drückte.

»Also los«, forderte er unnachgiebig, nachdem der Wundarzt sein Werk beendet hatte. »Dann eben nur noch gegen zwei. Aber von nun an schlägst du mit dem Schwert zu, nicht mit der Faust, ist das klar? Und pass gefälligst auf, was die beiden anderen machen. Du sollst schließlich etwas dabei lernen, hast du verstanden?«

Nicht nur Urok, auch die beiden Wolfshäuter waren überrascht, dass es ohne längere Pause weitergehen sollte, nachdem einige Gehilfen ein paar Schaufeln voll Sand auf die Blutpfützen zu ihren Füßen geworfen hatten und die Markierungen des Karrees nachgezogen waren.

Urok fasste den Schwertgriff in seiner Rechten fester, um gegen alles gewappnet zu sein. Da hatten sich seine Gegner auch schon wieder gefangen. Das Blau in Nahogs Augen schien noch ein wenig dunkler zu werden, als er seine Waffe anhob und als Erster auf

Urok losstampfte. Aller Übermut war aus seiner Miene gewichen, stattdessen hatte sich blanker Hass in den Zügen breitgemacht. Er wollte seinen niedergeschlagenen Wolfsbruder rächen, das war ihm deutlich anzusehen.

Wutschnaubend holte er aus, um gleichzeitig mit seinem Nebenmann anzugreifen.

Trotz der Schmerzen, die durch seinen Körper tobten, trat ihnen Urok entgegen.

Dann klirrten die Klingen auch schon wieder laut gegeneinander.

Immer wieder und wieder.

ᛞ ᛋ ᛂ

Auf dem Untermarkt

Wie auf allen Basaren dieser Welt, ob mitten in der Steppe oder in einer befestigten Stadt, wurden auch auf denen von Sangor nicht bloß Waren gehandelt, sondern auch Neuigkeiten aller Art ausgetauscht. Nicht jedes Wort von dem, was dort – oft unter dem Siegel der Verschwiegenheit – von Mund zu Mund weitergetragen wurde, entsprach immer der Wahrheit, aber das störte weder Händler noch Kunden. Im Gegenteil, je wilder manche Gerüchte klangen, desto schneller fanden sie Verbreitung.

An diesem Morgen war besonders die Geschichte über den misshandelten Großgardisten, den einer der versklavten Orks niedergeschlagen hatte, in aller Munde.

Inome gereichte das zum Vorteil, denn die dicht gedrängte Menge vor ihr teilte sich wie von Zauberhand, sobald die Marktbesucher Grindels ansichtig wurden, die die blonde Hellhäuterin begleitete und sie um drei Köpfe überragte. Das Orkweib zog unweigerlich alle Blicke auf sich.

»Ist diese Bestie auch wirklich betäubt?«, wurde Inome von allen Seiten ängstlich gefragt, wenn sie durch die ehrfürchtig für sie gebildeten Menschengassen schritt.

Grindel konnte die Frage längst nicht mehr hören, doch die blonde Liebesdienerin, gekleidet in eine luftige Seidentunika, wurde gar nicht müde, allen ständig zu versichern: »Keine Sorge, diese Ork frisst mir den Schwarzen Mohn aus der Hand.«

Inome hatte ihren Spaß daran, die Umstehenden nach Strich

und Faden zu belügen. Obwohl sie selbst ein Mensch war, hasste sie Sangors Bevölkerung mit beinahe der gleichen Inbrunst, die auch Grindel in ihrem Herzen verspürte.

Doch trotz dieser Gemeinsamkeit blieb die Barbarin aus Bersk für die Ork ein unlösbares Rätsel. Inome war keine Kriegerin, die mit blanker Klinge kämpfte, sondern eine Metze, die für jeden, der genug zahlte, die Schenkel spreizte, und dafür hatte Grindel eigentlich nur Verachtung übrig. Zugleich hatte der Blondschopf aber mehr Mut als die meisten Menschen. Immerhin wagte sie es, dem Statthalter von Sangor zu trotzen, der ihr befohlen hatte, Grindel unter ständiger Apathie zu halten. Das war weitaus mehr, als sich jeder andere, den die Ork hier auf dem Markt zu sehen bekam, getraut hätte.

Und auch sonst verstand es Inome, sich anderen gegenüber zu behaupten, wenn auch auf eine Art und Weise, die Grindel vollkommen fremd und abseitig erschien. Doch was wusste eine Ork wie sie schon von den Menschen? Eigentlich nichts, wie Grindel sich eingestehen musste. Außer dass die meisten dieser rücksichtslos umherdrängenden, ständig aufgeregt durcheinanderschnatternden Hellhäuter ihre Nerven fürchterlich strapazierten.

Besonders mit dem unübersichtlichen Marktgewühl, in dem sich ständig irgendwelche Schultern, Kehrseiten und andere Körperteile berührten oder fremde Hände unabsichtlich aneinanderschlugen, kam die Ork nur schwer zurecht. Allein die schiere Masse und das ganze Wesen des um sie herum wimmelnden Menschenpacks bereiteten ihr allergrößtes Unbehagen.

Selbst unter ihresgleichen hätte sie die Enge dieses Basars aggressiv gemacht. Doch Orks, die sich in großer Menge versammelten, achteten stets darauf, dass sie selbst und andere genügend Bewegungsfreiraum hatten. Und falls sich dabei doch einmal einige ins Gehege kamen, genügten meist ein paar kräftige Knüffe oder ein lautes Knurren, um das persönliche Territorium zu verteidigen.

Wie sehr sich Grindel doch in Momenten wie diesen nach den weiten Wäldern und den leeren Berghängen Arakias sehnte! Statt Büsche und Bäume gab es in Sangor nur hoch aufragende Gebäude, die überall die viel zu engen Straßen säumten. Das Einzige, was in dieser abweisenden Umgebung wenigstens ein bisschen vertraut wirkte, waren die auf die Hauswände eingekratzten oder mit Farben aufgemalten Zeichnungen, die selbst für Grindels Augen von unerfüllter Liebe, Hass und Wollust erzählten.

Natürlich überwogen bei den Schmierereien, die man im Schutz der Nacht angebracht hatte, jene geheimnisvollen Zeichenfolgen, die die Hellhäuter Buchstaben nannten. Doch sicherlich wussten die Menschen auch in diesen Strichbotschaften nichts Besseres mitzuteilen als in den ungelenk hingekritzelten Bildern.

Orks hatten ebenfalls die Gewohnheit, an Wegkreuzungen oder belebten Rastplätzen Nachrichten zu hinterlassen. Meist taten sie das jedoch, um vor einer Gefahr zu warnen oder auf eine verborgene Quelle hinzuweisen, an der ein Wanderer seinen Durst löschen konnte. Doch manchmal ging es in ihren Botschaften eben auch um Liebe, Hass und Wollust.

In diesem Punkt ähnelten sich Menschen und Orks stärker, als sich Grindel eingestehen mochte, obwohl die Art und Weise, wie beide Völker ihre Nachrichten verfassten, natürlich vollkommen unterschiedlich war.

»Geradezu furchteinflößend, diese Orks!«, flüsterte jemand hinter ihrem Rücken. »Was müssen das nur für ungeschlachte Kreaturen sein, wenn schon ihre Weiber so grässlich aussehen?«

»Im Gerberviertel sollen sie über eine ganze Familie hergefallen sein«, wusste ein anderer halblaut zu berichten. »Doch, bestimmt! Ich hab's vom Vaterbruder meiner Mutterschwester gehört! Die armen Opfer wurden im eigenen Hause totgeschlagen und von diesen Bestien zerfleischt, die kleinen Kinder haben sie sogar mit Haut und Haaren gefressen.«

»Arme kleine Kinderlein?«, mischte sich ein dritter lauthals ein. »Von wegen! Das waren die Kerle, die die Diebesgilde verpfiffen haben! Da kann man sich wohl denken, wer den Orks den Weg gewiesen hat! Sicher wollte Garske das Geld für die Belohnung sparen.«

Es war Getuschel wie dieses, das Grindels aufkeimende Wut bezähmte. Mit ihren scharfen Ohren konnte sie so manches aufschnappen, das ihre Stammesbrüder betraf, darum vermied sie es auch, sich nach den Stimmen umzudrehen, denn das brachte die einzelnen Sprecher sogleich zum Verstummen.

Natürlich durfte man nicht alles glauben, was so erzählt wurde, aber im Gerberviertel musste tatsächlich etwas vorgefallen sein, da war sie sich inzwischen ganz sicher. Und auch an der Geschichte mit dem Ork, der in den Kerker der Arena geworfen worden war, schien etwas dran zu sein.

»Ich habe diesen Unhold noch mit eigenen Augen gesehen!«, erzählte eine verhärmte Frau, die einen grauen Schal über Kopf und Schultern trug, um sich vor der sengenden Sonne zu schützen. Sie sprach zu einer anderen Kundin, deren Gesicht noch weitaus mehr zerfrucht war als das ihre. »Nur so ein kleines Stück von mir entfernt ist er vorbeigegangen!« Dabei hielt sie zwei vertrocknet wirkende Zeigefinger dicht aneinander, um zu zeigen, wie unendlich knapp sie dem Unglück entronnen war. »Dieses fürchterliche Rohr, das er an seinem Arm trug, hätte mich beinahe gestreift. Ich dachte schon, mir bleibt das Herz stehen!«

Das Faltenlabyrinth der Älteren vertiefte sich vor Unglauben. »Ach, hör doch auf. Du übertreibst ja!«

»Aber nein!« Die Jüngere der beiden Greisinnen warf vor Empörung die Arme in die Luft. »Und ich habe mich ja auch noch gewundert, dass der so frei herumlaufen darf! Wenn das bloß gut geht, habe ich noch gedacht, als er allein die Straße hinauf ist.« Den letzten Worten verlieh sie einen unheilschwangeren Ton, nur um gleich darauf triumphierend fortzufahren: »Vor der Arena ist er dann auf diese Gardisten los und hat sie furchtbar zugerichtet. Ein ganzes Dutzend soll dabei ums Leben gekommen sein, bevor sie ihn endlich niederringen und einkerkern konnten.«

»Diese Bestien gehören *alle* eingekerkert, dann kann man sie in der Arena aufeinanderhetzen«, mischte sich der entnervt wirkende Händler ein, um ihnen dann ein paar schon leicht faulig riechende Seeigel zum halben Preis anzubieten. Statt für Fische oder Meeresfrüchte interessierten sich die Greisinnen jedoch weiterhin mehr für ihren Tratsch, obwohl sie die besten Plätze an seinem Stand blockierten.

Im gleichen Moment, da Inome und Grindel an die von einem Sonnensegel beschattete Auslage traten, verstummten alle Gespräche, und nicht nur die beiden Alten, auch alle anderen Kunden suchten ängstlich das Weite. Nur ein etwa dreijähriges Kind, das von der eigenen Mutter vergessen wurde, blieb zurück.

Einen Moment lang stand es nur verwirrt da: ein kleines Häufchen Elend in einem grauen Kittel, der gerade mal bis zu den Oberschenkeln reichte. Erst als Grindels Schatten über seinen schmächtigen Körper fiel, schaute es eingeschüchtert in die Höhe, drückte die aus Sackleinen genähte Strohpuppe, die es in Händen hielt, fest an die Brust und begann laut zu weinen.

»Was hast du denn, mein Kleiner?« Inome strich dem Jungen sanft über den Kopf, doch daraufhin begann er nur umso lauter zu schreien. Da langte sie ihm vorsichtig unter die Achseln und trug ihn zu seiner Mutter, die zwar verzweifelt die Hände nach ihm ausstreckte, aber es nicht wagte, in Grindels Reichweite zurückzukehren.

Inome erhielt kein Wort des Dankes, stattdessen wurde der Fischhändler laut, als sie an die mit feuchtem Seetang ausgeschlagenen Holzkisten trat. »Macht, dass ihr fortkommt!«, schnauzte er sie an. »Ihr vertreibt mir die ganze Kundschaft!«

»Du weigerst dich, deine Ware an eine Bedienstete des Statthalters zu verkaufen?«, gab sich Inome überrascht. »Das wird er aber nicht gern hören!«

Das Gesicht des Mannes war von der Meeressonne gebräunt, doch auf einen Schlag verlor es alle Farbe. »Ihr kauft für den Herzog ein?«, stammelte er mit bebender Stimme. Sein Adamsapfel tanzte hektisch in der Kehle auf und ab, während er von Inome zu Grindel und wieder zurück schaute. »Aber natürlich dürft Ihr bei mir einkaufen«, beeilte er sich zu versichern. »Alles und so viel Ihr nur wollt.«

Da war sie wieder – Inomes freundlich lächelnde Art, einen Kampf zu gewinnen. Dabei gebrauchte sie keine scharfe Klinge, um Angst und Schrecken zu verbreiten, sondern wählte einfach nur die richtigen Worte. Grindel spürte fast so etwas wie Bewunderung, verscheuchte aber diesen Anflug von Schwäche, ehe sie sich in ihr festsetzen konnte.

»Ein Ork mit einem Unterarmschutz«, wandte sie sich flüsternd an Inome und meinte damit das *Rohr*, das die Greisin vorhin erwähnt hatte. Sie beugte sich, während sie leise sprach, so weit vor, dass ihre Lippen fast das von strohblonden Strähnen bedeckte Ohr der Hellhäuterin berührten. »Das kann nur Urok sein.«

Die Angesprochene zuckte mit den Schultern. »Na und?«, fragte sie ebenso leise zurück, bevor sie sich wieder dem Fischhändler zuwandte, der ihr gerade die gewünschten Schollen zur Begutachtung reichte. Nachdem sie die Ware eingehend geprüft und den Preis heruntergehandelt hatte, packte Inome sie in den Weidenkorb, den Grindel auf dem Rücken trug, und verabschiedete sich mit honigsüßen Worten von dem Händler, der ihnen mit fest aufeinandergepressten Lippen nachwinkte. Auch wenn er sich noch so sehr bemühte, seine Gefühle zu unterdrücken, die Erleichterung über ihr Verschwinden war ihm deutlich anzusehen.

»Der Ork, der gegen einen Schattenelfen kämpfen soll«, nahm Grindel das Gespräch kurz danach wieder auf. »Das muss Urok vom Stamm der Ranar sein.«

Inome blieb abrupt stehen und wirbelte herum, einen kalten Glanz in den Augen, der sie seltsam fremd wirken ließ. »Der Ork aus der Arena?«, fragte sie beinahe angewidert. »Der nach seinem Eintritt in den Kerker gleich drei andere Gefangene mit der Kette verdroschen hat? Was schert es mich, wie dieses Scheusal heißt oder ob er dein Liebster ist?«

Verblüfft sah Grindel auf die Blonde hinab. Nicht wegen des Hasses, der ihr plötzlich entgegenschlug, den war sie von Menschen gewohnt. »Woher weißt du, das Urok mit anderen Gefangenen in Streit geraten ist?«, wollte sie wissen. »Davon habe ich auf dem Markt nichts gehört, und meine Ohren sind wesentlich besser als deine, kleine Hellhäuterin!«

Inome erschrak. Ihre Augen weiteten sich für einen winzigen Moment, doch der reichte aus, um sie zu verraten.

Abrupt drehte sie sich herum und wollte ihren Weg wortlos fortsetzen. Doch Grindel packte sie blitzschnell am Ellbogen und hielt sie mit Gewalt zurück.

Inome zuckte vor Schmerz zusammen, denn der Griff der Ork war hart und unnachgiebig, und sie musste die Lippen aufeinanderpressen, um nicht aufzuschreien. Da Grindels massiger Körper alle fremden Blicke fernhielt, blieb ihre Auseinandersetzung den Menschen um sie herum verborgen.

»Ich weiß nicht mehr, von wem ich das gehört habe«, log Inome kläglich. »Die Köchin muss es mir gestern im Haus erzählt haben.«

»Das glaube ich dir nicht«, raunte Grindel. »Aber ich ahne, von wem du das hast. Von der Füchsin, richtig? Von dem Kupferschopf, mit dem du gesprochen hast, als ich noch einmal einen anderen Korb aus dem Haus holen sollte.«

»Nein!«, widersprach Inome eine Spur zu hastig und verriet damit nur, dass Grindel vollkommen richtiglag. Trotzdem versicherte sie: »Die Frau hat mich bloß nach dem Weg gefragt.«

»Doppelzunge!«, beschimpfte Grindel die Menschenfrau mit mühsam unterdrückter Wut. »Ich habe dieses rote Weib schon häufiger in deiner Nähe gesehen, aber immer nur ganz kurz und in aller Heimlichkeit. Ist sie nicht auch aus deinem Tempel der Lust? Gib's zu, ihr beide steckt doch unter einem Fell! Jetzt weiß ich endlich, warum du freiwillig für die Köchin einkaufen gehst – weil du deine Füchsin treffen willst!«

Inomes Gesicht war längst zur Maske erstarrt, denn sie wollte ihr Geheimnis auf keinen Fall preisgeben. Aber ihre starre Miene war beinahe so gut wie ein Eingeständnis. Außerdem hatte sich der Geruch ihres Schweißes verändert, inzwischen wies er einen Stich ins Säuerliche auf. Ein Mensch hätte diese Abweichung kaum wahrgenommen, doch Grindels feine Nase konnte die Angst und den Hader riechen, die plötzlich in Inome herrschten.

Verärgert versuchte sich die Barbarin aus Grindels hartem Griff zu lösen, aber die ließ nicht locker. Sie wollte unbedingt wissen, was aus Urok, Tabor und ihren anderen Stammesbrüdern geworden war. Doch ehe sie erneut eine Antwort einfordern konnte, spürte sie einen Tritt in den Rücken.

»He, Scheusal, lass die Finger von der Frau!« Die herausfordernde Stimme, die hinter ihr erklang, schallte so laut durch den Basar, dass die sie umgebende Menschenmauer schlagartig von ihnen abrückte.

Den neu gewonnenen Raum nutzend, ließ Grindel von Inome ab und drehte sich langsam herum, um sich dann einem ganz in weiches Ziegenleder gekleideten Knaben gegenüberzusehen, der erst noch an der Schwelle zum Manne stand.

Hinter ihm drängten sich weitere seines Alters, vor denen er sich offensichtlich beweisen wollte. Sie alle trugen die gleichen wadenhohen Stiefel mit weißem Fellbesatz, außerdem ähnlich helle Ledertogen, die bis zur Mitte der Oberschenkel reichten und bis tief auf die haarlose Brust ausgeschnitten waren. Nur ihre Haarpracht fiel vollkommen unterschiedlich aus, von wallenden Locken bis zur spiegelnden Glatze.

Ihr Wortführer trug offenes schulterlanges Haar von der Farbe reifen Getreides, ganz ähnlich dem von Inome. Vielleicht war das der Grund, warum er sich für sie einsetzen wollte, vor allem aber wohl deshalb, um sich vor aller Welt aufzuspielen.

Die rechte Hand auf den Dolch an seinem Gürtel gelegt, sah er Grindel herausfordernd an.

»Du gehörst wohl auch zu den Scheusalen, die seit einigen Tagen Sangors Straßen unsicher machen?«, fragte er, ohne eine Antwort zu erwarten, denn er fuhr gleich fort: »Damit ist jetzt Schluss. Wenn sich nicht die Stadtwache um solche wie dich kümmert, müssen *wir* das eben übernehmen.«

Den Blicken einiger vorbeidrängender Männer und Frauen nach gehörte die Bande selbst zu denen, auf die für gewöhnlich die Stadtwache ein Auge warf. Einige von ihnen kauten demonstrativ an Trockenfrüchten und anderen Naschereien herum, die sicherlich nicht ehrlich erworben waren.

Grindel verspürte den unwiderstehlichen Drang, den Wortführer zu packen und in die nächste Auslage zu werfen. Doch kurz bevor sie einen nicht wiedergutzumachenden Fehler begehen und ihre halb geöffneten Pranken heben konnte, drängte Inome an ihr vorbei und stellte sich vor sie.

»Verschwindet!«, rief sie der ganzen Gruppe zu. »Diese Ork ist das Eigentum des Herzogs. Wer sie beschädigt, findet sich schneller in der Arena wieder, als ihm lieb ist!«

Ihr scharfer Tonfall ließ die Jungen zusammenzucken, doch die

Überraschung hielt nur wenige Herzschläge an, dann brachen sie in Gelächter und Anzüglichkeiten aus. Ihr Wortführer trieb es dabei besonders dreist.

»Ist das der Dank für meine Hilfe?«, rief er aus. »Ich hatte eigentlich erwartet, dass du vor mir auf die Knie gehst.«

Um zu unterstreichen, was damit gemeint war, hob er den Rand seiner Tunika an. Was darunter zum Vorschein kam, sah eher kümmerlich aus, und Inome gab ihm das mit entsprechend spöttischen Bemerkungen zu verstehen.

Auf einen Schlag knallrot im Gesicht, ließ der so Gedemütigte den Ledersaum los und langte nach dem Messer an seinem Gürtel, zog es mit einer geschmeidigen Bewegung hervor. Die scharf geschliffene Klinge fing einen Strahl der Sonne ein und warf ihn gleißend zurück.

Damit vermochte er Inome keine Angst einzujagen, trotzdem machte sich Grindel bereit, auf den überheblichen Zwerg loszugehen. Noch ehe die Klinge Schaden anrichten konnte, klapperte sie jedoch auf das Pflaster zu ihren Füßen.

Der mächtige Schatten, der kurz zuvor wie aus dem Nichts auf die Hand des Blonden niedergegangen war, entpuppte sich als ein riesengroßes Schwert mit wellenförmig verlaufender Schneide, die leicht gebogen war wie ein Säbel, ähnlich den Hornschwertern, die die Gepanzerten trugen. Allerdings war die Klinge eindeutig aus Blutstahl geschmiedet.

Grindel wusste sofort, was das für eine Waffe war: Uroks Wellenschwert.

Die Hand, die es führte, gehörte Morn, dem Halbling aus dem Grenzland, den es mit den Orks nach Sangor verschlagen hatte. Drohend baute sich der Hüne vor der plötzlich verstummten Meute auf. Sein Hieb auf das Handgelenk war mit der flachen Seite erfolgt, doch nun ließ er alle die doppelseitig geschliffene Außenschneide sehen.

»Fort mit euch«, forderte er knurrend. »Bevor ich die Geduld verliere.«

Das brauchte er den jungen Kerlen nicht zweimal zu sagen. In Windeseile stoben sie davon, nur zwei Pflaumenkerne und einen angebissenen Apfel an der Stelle zurücklassend, an der sie eben noch gestanden hatten. Trotz der dichten Mauer aus Körpern, die sie umgab, tauchten sie blitzschnell in den riesigen Menschenstrom ein, der sich unablässig durch den Basar wälzte. Der Platz, den sie gerade noch belegt hatten, wurde schon drei Herzschläge später von neu vorbeikommenden Besuchern bevölkert.

Ein paar unfreiwillige Zeugen der ganzen Szene spendeten noch verhaltenen Beifall für Morns beherztes Eingreifen, andere machten lieber abfällige Bemerkungen über das fremde Pack, das immer häufiger in den Straßen zu sehen wäre, seitdem Herzog Garske die Geschicke der Stadt lenkte – dann hatten die meisten auch schon wieder verdrängt, was gerade passiert war.

Achselzuckend steckte Morn das Schwert zurück in die Scheide und wandte sich Grindel zu. »Alles in Ordnung mit dir?«, fragte er mit einem Hauch von Besorgnis in der Stimme.

Die Ork hätte ihm beinahe darauf geantwortet, beherrschte sich aber im letzten Augenblick.

»Die Arme kann nicht reden«, mischte sich Inome hastig ein. »Zu viel Schwarzer Mohn, verstehst du?« Sie ließ ihren Zeigefinger auf Schläfenhöhe kreisen, um zu verstehen zu geben, dass das Mittel dem Orkweib alle Sinne raubte.

»Aha, alles klar.« Der Halbling wusste plötzlich nicht mehr, wohin mit seinen Händen. Besonders, als Inome auf ihn zutrat und sich fest an seinen Brustkorb schmiegte.

»Vielen Dank für deine Hilfe«, flüsterte sie ergriffen. »Wie kommt es nur, dass du eingeschritten bist, während so viele andere achtlos vorbeigeeilt sind?« Dabei schaute sie ihn aus weit geöffneten Augen schutzsuchend an.

»Na ja...« Morn räusperte sich. »Ich habe gesehen, dass Grindel in Schwierigkeiten war, da musste ich natürlich eingreifen.«

Mit dieser Antwort hatte Inome nicht gerechnet, das war ihr deutlich anzusehen. Grindel hingegen hätte am liebsten laut aufgelacht, riss sich aber zusammen.

»Es ist ja so...« Morn suchte nach Worten. »Wir haben in Rabensang Seite an Seite gegen einen Raubkraken gekämpft, und einer ihrer Stammesbrüder hat mir sogar das Leben gerettet. Das verbindet natürlich, auch wenn das alles nur... äh, Orks sind.«

»Soso«, kommentierte Inome leicht angesäuert. »Dann habe ich ja Glück gehabt, dass die Ork in meiner Nähe war, als ich mit dem Messer bedroht wurde.«

»Dir wollte ich natürlich auch helfen«, versicherte Morn eilig.

Das gefiel der blonden Barbarin schon besser. Lobend strich sie dem Halbling zweimal unterm Kinn entlang, woraufhin ihm dicke Schweißperlen auf die Stirn traten.

Weitere Vertraulichkeiten waren nicht möglich, weil neben ihnen plötzlich eine hagere, in eine dunkle Toga gehüllte Frau auftauchte, die einen kleinen Säugling auf dem Arm hielt.

»Was treibst du dich hier herum?«, fuhr sie Morn erbost an. »Du bist zu meinem Schutz abgestellt und nicht, um mit den Mätressen des Herzogs zu schäkern!«

Morn machte ein erschrockenes Gesicht, als hätte er gerade festgestellt, dass sich statt Inome eine Feuernatter auf seiner Brust schlängelte. Die Frau in seinen Armen hingegen ließ die Beleidigung von sich abtropfen wie ein Minzblatt den frischen Morgentau.

»Inea«, sagte sie nur schnurrend, als spräche sie zu einer Geliebten. »Die Amme mit dem Elfenkind.« Bei diesen Worten streckte sie die rechte Hand aus.

Der Kleine lachte, als sie mit den Fingern vor seinem Gesicht herumwedelte, und es hätte ihn wohl auch nicht gestört, hätte sie die weiße Leinenkappe, die er auf dem Kopf trug, zur Seite geschoben.

Doch noch ehe ihre Fingerspitzen den Stoff berühren und die spitzen Ohren freilegen konnten, drehte sich die Amme schroff zur Seite weg. »Rühr das Kind nicht an!«, drohte sie gefährlich leise. »Oder ich erzähle Todbringer davon. Wenn sie zurückkehrt, kann dich selbst Garske nicht vor ihrem tödlichen Zorn retten.«

Sie packte den großen Halbling am Arm und zog ihn mit sich davon.

Inome strich ihm noch zärtlich über den Rücken, bevor er aus ihrer Reichweite verschwand. Als das ungleiche Pärchen mitsamt dem Kind im Strom der Menschen verschwunden war, wandte sie sich wieder Grindel zu.

»Was sollte das mit dem Halbling?«, wollte die Ork wissen.

Inome zuckte mit den Schultern. »Weiß ich noch nicht. Aber vielleicht kann er uns noch einmal nützlich sein.«

Grindel antwortete nicht darauf, sondern sah nur stumm auf sie hinab.

»Starr mich nicht so herablassend an«, brauste Inome auf, lauter, als gut für sie beide war. »Dazu hast du kein Recht. Nicht nachdem, was deine Stammesbrüder beinahe Namihl angetan hätten.«

»Wer ist Namihl?«, fragte Grindel überrascht.

»Die Kupferfarbene!«, gab Inome gereizt zurück, doch diesmal dämpfte sie ihre Stimme. »Es wird Zeit, dass wir über sie reden. Aber nicht hier, sondern irgendwo, wo es nicht so viele Ohren gibt.«

❍ ❡ ❡

In den Gewölben der Legion
Die schmale Schilfrohrflasche wanderte von Pranke zu Pranke.

»Einige wenige Tropfen genügen«, schärfte Tabor den anderen immer wieder ein, obwohl seine Stammesbrüder die schmale Öffnung ohnehin nur sehr vorsichtig an die Lippen führten.

Sobald nur ein Tropfen der hochkonzentrierten Essenz den Rachen benetzte, schienen die Schleimhäute, über die sie einwirkte, einige Atemzüge lang zu gefrieren. Allein dieses rasch wieder verfliegende Taubheitsgefühl verhinderte, dass sich einer der Orks zu viel des bitteren Gebräus einverleibte.

So manch einer der rauen Gesellen schüttelte angewidert den Kopf, bevor er das sorgsam zurechtgeschnitzte und zuvor mit Bienenwachs versiegelte Röhrchen an den Nächsten weitergab.

Nachdem sich alle mit ihrer Ration versorgt hatten, verkorkte Tabor das Röhrchen wieder, schob es unter den Hosenbund und ließ es tief zwischen seinen voluminösen Hinterbacken verschwinden, in einer Region, in der weder Elfen noch Menschen jemals suchen würden, selbst wenn die Gefangenen nackt vor ihnen ständen.

Lauter werdende Schritte im angrenzenden Gang kündigten an, dass sie gerade noch rechtzeitig fertig geworden waren. Grinsend sah einer zum anderen. Ganz gleich, ob sie von den Njorm, Ranar, Goll oder Vendur abstammten, in diesem Moment waren sie alle nur Blutorks, die gegen einen gemeinsamen Feind zusammenstanden.

Als die schwere Eichentür aufgestoßen wurde, war bereits alle Freude aus ihren Gesichtern verschwunden. Keiner der eintretenden Schattenelfen durfte wissen, wie es wirklich um sie stand. Daher zeigten ihnen die Orks auch nur verdrossene Mienen. In schwere Ketten gelegt und von Elitekriegern bewacht, war die Maske der Resignation die beste Waffe, die ihnen derzeit zur Verfügung stand.

Murrend ließen sie sich durch die unterirdischen Gänge führen, die für schmalere Schultern als die ihren errichtet worden waren, gaben ihren Bewachern aber keinen Anlass, von der Peitsche Gebrauch zu machen.

Draußen angekommen, mussten sie vor einem offenen Holzfass antreten, das mit Schwarzem Mohn versetztes Wasser enthielt. Unter den wachsamen Augen der in Sangor verbliebenen Legionäre war jeder von ihnen gezwungen, eine ganze Schöpfkelle voll auszutrinken, bevor er in eine Ecke des Innenhofs schlurfen durfte, wo mehrere Laibe Brot, Teller voller gebratenen Fleisches und Tonkrüge mit reinem Brunnenwasser standen.

Dort durften sie sich niederlassen und sich die Bäuche vollschlagen.

Anfangs schlangen sie noch gierig in sich hinein, was sie greifen konnten, aber mit der Zeit wurden ihre Bewegungen immer träger und langsamer. Genau so, wie sie es des Nachts im Kerker abgesprochen hatten. Ein wenig schläfrig machte sie der Schwarze Mohn ohnehin, aber das Gegenmittel, das sie von Skork, dem Anführer der Diebesgilde, erhalten hatten, verhinderte tatsächlich, dass ihr Verstand in ferne Gefilde abdriftete.

Mittlerweile fanden alle Gefallen daran, ihre Bewacher an der Nase herumzuführen. Einigen fiel es jedoch schwer, ein schadenfrohes Kichern zu unterdrücken. Zum Glück hielten die Wachen das Beben ihrer Schultern für eine Reaktion auf das eingeflößte Rauschmittel, trotzdem warf Tabor diesen Dummköpfen ein ums andere Mal warnende Blicke zu, wenn sie zu sehr aus der Rolle fielen.

Nach einem warnenden Knurren riss sich auch der letzte seiner Orkbrüder zusammen. Mittlerweile akzeptierten sie seine Anweisungen. Vielleicht, weil er der einzige Erste Streiter unter ihnen war, wohl aber auch deshalb, weil ihn Skork und die anderen Menschen immer wieder als Anführer der Gefangenen betrachten, denn Tabor hob sich von den übrigen Orks deutlich ab, weil er sich die langen Haare zu beiden Seiten des Schädels wegrasiert hatte.

Das war allerdings nur wegen einiger Wunden geschehen, die gerade erst zu vernarben begannen. Um sie besser reinigen und nähen zu können, hatten die blutverklebten schwarzen Strähnen weichen müssen, aus keinem anderen Grund.

Ein Elf mit weißblondem Haar trat an sie heran, um zu sehen, wie gut der Schwarze Mohn schon wirkte. Dazu beugte er sich tief hinab und starrte ihnen in die Augen. Es wäre ein Leichtes gewesen, ihn am Kragen zu packen und mitten unter die anderen zu werfen, doch was hätte es genutzt, den Kerl zu überwältigen oder zu töten? Die anderen Elfen hätten den Gefangenen daraufhin sehr wahrscheinlich mit ihren Pfeilen den Garaus gemacht.

»Ich weiß nicht«, mäkelte der Weißblonde herum, weiter von einem Gesicht ins nächste glotzend. »Ihre Pupillen wirken kein bisschen erweitert. Was meinst du dazu, Kuma?«

Der Schattenelf an seiner Seite zuckte mit den Schultern. »Wer weiß schon, ob Orks genauso wie Menschen oder Elfen reagieren.«

Die Legionäre ähnelten einander wie ein Hühnerei dem anderen. Beide waren zu kurz geraten, selbst im Vergleich zu den schon kleinen Menschen. Neben der identischen Statur stimmte aber auch noch die Kleidung überein, die bei beiden aus wadenhohen Lederstiefeln, tannengrünen gewebten Hemden und Hosen sowie in allen Farben schillernden Umhängen bestand.

Einzig in den Gesichtern wichen sie voneinander ab: Das von Kuma wirkte älter und kantiger, außerdem hatte sein fahles Haar einen stärkeren Stich ins Gelbliche.

Schon allein die selbstsichere Art, mit der er auftrat, machte deutlich, dass er der Anführer der wenigen in der Kaserne verbliebenen Schattenelfen war.

Ohne Vorwarnung tat er einen Schritt nach vorn und trat Tabor mit großer Wucht gegen den Kopf.

Obwohl die Attacke völlig unerwartet kam, blickte der Ork nicht einmal von dem Knochen mit dem zähen Eselsfleisch auf, den er in Händen hielt. Innerlich nahm er sich zwar vor, dem Schattenelfen eines Tages für diesen Tritt die Haut abzuziehen, aber nach außen hin gab er sich weiterhin lethargisch und betäubt.

»Die sind vollkommen weggetreten«, sagte Kuma zufrieden. »Wenn sich nicht mal mehr dieses Großmaul zur Wehr setzt, das Garske zur Weißglut getrieben hat ...«

Der andere Elf nickte zustimmend. Er war im Hof gewesen, als der Herzog die Peitsche so heftig durch Tabors Gesicht gezogen hatte, dass auch die zweite Kopfhälfte hatte kahl rasiert werden müssen.

Er befahl den Orks aufzustehen und zum Hafen zu marschieren.

Ohne großes Knurren machten sie sich auf den Weg. Das Klirren ihrer Kettengeschirre hallte überlaut von der Ummauerung wider, als sie den Kasernenhof in geradezu unheimlichem Schweigen verließen.

Auf dem Weg zu den Piers begegneten ihnen die Menschen mit Furcht, obwohl – oder vielleicht gerade weil – sie von den Schattenelfen begleitet wurden.

Als ihr Tross die letzten beengenden Häuserreihen hinter sich gelassen hatte, wehte ihnen eine frische Brise entgegen, die leicht salzig schmeckte, und Tabor und die anderen Orks durchfuhr allesamt ein Gefühl der Befreiung, denn sie waren Geschöpfe der Wildnis, die das Leben im steinernen Moloch der Stadt bedrückte. Nicht nur der Kerker raubte ihnen die Luft zum Atmen, auch das verwinkelte Labyrinth der engen Gassen, in das häufig nicht mal zur Mittagszeit das Licht der Sonne fiel.

Da war es gut, dass die Masten der Schiffe, die an der Kaimauer auf und ab tanzten, anfangs den direkten Blick auf das Meer versperrten, sonst wäre vielleicht doch der eine oder andere von ihnen mit vor Staunen weit aufgerissenem Maul stehen geblieben. Die unendliche Weite des Meeres, dessen ruhige Fläche wie mit Silber bestreut in der Sonne reflektierte, war ihnen nur aus der Zauberschrift bekannt, die Urok dem zeichnenden Grenzländer abgenommen hatte.

Tabor hatte nie verstehen können, was Urok nur immer an diesem Gekritzel gefunden hatte, bis zu dem Moment, an dem er, zwischen zwei Schiffen hindurch, mit eigenen Augen auf die prächtige Weite hinausschauen konnte.

Und zum ersten Mal erkannte er, wie gut dieser Ragmar doch alles mit seinem Zeichenstift eingefangen hatte und um wie vieles größer, gewaltiger und beeindruckender die echte Aussicht trotzdem war. Am liebsten wäre er einfach stehen geblieben, um alles in Ruhe in sich aufzunehmen, aber das ging natürlich nicht.

Den Blick mühsam auf den Boden richtend, marschierte er weiter, um sich nicht durch sein Verhalten zu verraten, doch schon bei der nächsten Sichtlücke irrte sein Blick, ganz gegen seinen Willen, wieder zur Bucht hinaus.

Er wusste selbst nicht, wie es möglich war, doch trotz des schweren Eisens, das seinen Hals und die Handgelenke umfasste, empfand er plötzlich ein erhabenes Gefühl der Freiheit, wie er es noch nie zuvor gespürt hatte. Es war ein Erlebnis, das er sich selbst gern besser beschrieben hätte, doch leider fehlten ihm die notwendigen Ausdrücke, um es auch nur annähernd in Worte zu fassen.

Konnte es vielleicht sein, dass Urok diese Art von Überwältigung bereits beim Anblick der Kohlezeichnungen gespürt hatte? In diesem Fall hätte Tabor beinahe nachvollziehen können, was den ungeliebten Rivalen seinerzeit dazu getrieben hatte, mit dem gesamten Stamm zu brechen.

Von plötzlichen Unbehagen erfüllt, schob Tabor diesen ketzerischen Gedanken rasch wieder fort, bevor er sich tiefer in ihn einnisten konnte.

Sie gelangten an ein frisch eingelaufenes Schiff, an dem noch die Segel an den Rahen verzurrt wurden. Vor den Holzstegen, die an Bord der Kogge mit Vorder- und Achterkastell führten, hatten sich einige Gardisten zum Empfang versammelt.

»Wo ist Großgardist Thannos?«, wollte Kuma von dem Ranghöchsten der Soldaten wissen. »Sollte er nicht dieses Kommando führen?«

»Weißt du es denn nicht?«, fragte der Angesprochene ungläubig, den ein Lederkamm auf seinem Helm als Unteroffizier kennzeichnete. »Der hat den entflohenen Ork vor der Arena aufgespürt und wurde von diesem fürchterlich zusammengeschlagen!«

Das war genau der richtige Satz zur richtigen Zeit, um Tabor davon abzuhalten, weiter aufs Meer hinauszustarren. Rasch richtete er den Blick erneut vor sich auf den Boden, spitzte aber die Ohren, um auch nur ja jedes Wort mitzubekommen.

»Oh«, gab sich Kuma überrascht. »Das verquollene Teiggesicht im Lazarett war also Thannos. Den habe ich gar nicht wiedererkannt. Sprechen konnte er auch nicht mehr vernünftig.«

Sieh an, sieh an. Urok hatte sich also gar nicht heimlich von ihnen abgesetzt, wie alle dachten, sondern diesen elenden Thannos gesucht, um ihm seine wohlverdiente Abreibung zu verpassen. Tabor frohlockte, obwohl er sonst nicht viel für seinen alten Rivalen übrig hatte. Den anderen Orks, die sich genauso still wie er verhielten, ging es ebenso, das spürte er.

Die Hellhäuter merkten hingegen nichts von der unsichtbaren Spannung, die sich zwischen den Gefangenen aufbaute, sondern unterhielten sich weiter.

»Also gut«, erklärte Kuma. »Dann übergebe ich eben diese Orksklaven in deine Obhut. Gib gut auf sie Acht, damit nicht wieder Gerüchte über wilde Mordorgien die Runde machen. Wir holen sie bei Anbruch der Dunkelheit wieder ab.«

»Keine Sorge«, bekräftigte der Unteroffizier. »Notfalls setzen wir die Flugsamen ein.« Bei diesen Worten deutete er auf Meusel, einen jungen Gardisten, der zwei unförmige, durch Bauch- und Schultergurt gehaltene Metallgestelle an beiden Hüften trug. Die gefräßigen Samen der Pasekpflanze, die er darin aufbewahrte, hatten den Orks schon auf dem Weg nach Sangor Kopfzerbrechen bereitet.

Gleich nachdem die Schattenelfen verschwunden waren, wurden die Orks an Bord der Kogge geschickt. Dort standen einige Hafenknechte bereit, denen sie beim Löschen der Ladung zur Hand gehen sollten. Die Gardisten hingegen setzten keinen Fuß auf das sanft schaukelnde Deck, sondern machten es sich im Schatten eines weiter hinten auf dem Kai aufragenden Kistenstapels bequem.

Gelangweilt sahen die Uniformierten dabei zu, wie die Orks in zwei Gruppen eingeteilt wurden. Eine von ihnen verschwand in den Tiefen des Laderaums, wo sie schwere Fässer voller Kalk, der auf Neros gewonnen wurde, in die Höhe wuchten und an ihre oben verbliebenen Stammesbrüder überreichen mussten. Diese hatten inzwischen eine lange Kette gebildet, die bis auf den gemauerten Kai führte, wo die Fracht aufgestapelt wurde. Einzelne Hellhäuter wären unter der schweren Last rasch zusammengebrochen, aber die Orks führten die ihnen übertragene Arbeit schweigend und ohne Pause aus.

Tabor blieb dabei sogar noch genügend Zeit, um die vor ihm

liegende Umgebung unauffällig zu beobachten. Wie erwartet, machte er schon nach kurzer Zeit den einen oder anderen schimmernden Fleck im Hafenbereich aus. Auf dem Dach eines nahe gelegenen Lagerhauses etwa, aber auch unterhalb eines abgestellten Lastkarrens und im Schatten einer Feldsteinmauer.

Die verdammten Elfen hatten sich also keineswegs zurückgezogen, sondern beobachteten sie, unter ihren Tarnmänteln verborgen. Vermutlich wollten sie sichergehen, dass die Orks friedlich die ihnen übertragene Arbeit ausführten und sich nicht heimlich davonstahlen, um Angst und Schrecken in der Bevölkerung zu verbreiten, so wie es die Gerüchte besagten, die in Umlauf waren.

»Tabor?«, sprach ihn Ranek, der Großknecht der Hafenleute, plötzlich leise von der Seite an.

Auch damit hatte der Ork gerechnet, trotzdem zeigte er nicht die geringste Regung.

Ranek drängte daraufhin unauffällig näher und fuhr, ohne die Lippen zu bewegen, leise fort: »Skork lässt dir ausrichten, dass die Männer, die ihr zur Rechenschaft ziehen sollt, in dem Vorratsspeicher arbeiten, in den die Kalkfässer geschafft werden müssen.«

»Heute nicht«, antwortete Tabor, nun endlich sicher, es nicht mit einem Spitzel zu tun zu haben. »Die Schattenelfen lauern immer noch in der Nähe.«

Er selbst stand mit dem Rücken zum Hafen, aber Ranek, der zu ihm aufsah, machte tatsächlich Anstalten, den Blick überrascht umherschweifen lassen. Im letzten Moment beherrschte er sich und unterließ jedes verdächtige Verhalten, so wie man es von einem Angehörigen der Diebesgilde auch erwarten durfte.

»In Ordnung«, presste er nach einigem Schweigen zwischen den Zähnen hervor. »Dann muss es eben wie ein Unfall aussehen.«

Nahe der herzoglichen Villa

In einer kleinen, durch einen wild wuchernden Rosenstrauch verdeckten Mauernische, die sonst junge Liebespärchen für ihre heimlichen Treffen bevorzugten, standen Inome und Grindel dicht beieinander. Etwas zu dicht für Inomes Geschmack, die sich von den vor ihr aufragenden Körpermassen bedrängt fühlte, vor allem dann, wenn Grindel hektisch zu gestikulieren begann.

»Wenn das so ist, stehen meine Stammesbrüder also gar nicht mehr unter dem Einfluss des Schwarzen Mohns?«, fragte die Ork aufgeregt. »Das ist eine wirklich gute Nachricht!«

»Namihl ist da ganz anderer Ansicht«, meinte Inome.

»Ach, und warum?«, schnappte Grindel verärgert. »Schließlich ist sie mit heiler Haut davongekommen, oder nicht?«

Die vor Zorn anschwellenden Muskeln der großen Ork schüchterten Inome so sehr ein, dass sie keinen Widerspruch wagte. Aber sie wollte auch nicht gegen ihre Überzeugung sprechen, also zog sie es vor, gänzlich zu schweigen.

Als Grindel das erkannte, versuchte sie sich an einem Lächeln, das für menschliche Augen mehr nach einem hungrigen Zähnefletschen aussah. Inome wich umgehend so weit zurück, wie sie nur konnte, doch die fugenlose Wand in ihrem Rücken machte eine Flucht unmöglich. Beide Hände in einer schützenden Geste erhoben, presste sie sich gegen den Stein, schwer atmend und auf das Schlimmste gefasst.

Grindel räumte ihr daraufhin etwas mehr Platz ein, um ihr die Angst zu nehmen. Außerdem fügte sie in ruhigerem Tonfall hinzu: »Sicher haben die Männer, die von Tabor und den anderen überfallen wurden, allesamt den Tod verdient, da bin ich mir ganz sicher.«

»Du glaubst also auch, dass sie in fremdem Auftrag gehandelt haben?«, fragte Inome vorsichtig.

Für Grindel stand das außer Zweifel. »Wären sie sonst zurück in die Kerker der Schattenelfen gegangen? Abgesehen von Urok natürlich. Der ist auf eigene Faust losgezogen. Sicher, um nach dem Zeichen der gefiederten Schlange zu suchen, so wie in Rabensang. Er ist nämlich etwas Besonderes, musst du wissen. Eine Feuerhand.«

»Aha.« Inome war nicht sonderlich darauf erpicht zu erfahren, was das bedeutete. Sie wollte nur möglichst schnell dieses Gespräch hinter sich bringen, bevor sie noch aus Versehen zerquetscht wurde. Unter ein tobendes Orkweib zu geraten, schien ihr als eine besonders demütigende Todesart.

»Viele Leute auf dem Markt glauben, dass die versklavten Orks im Auftrag des Herzogs gehandelt haben«, brachte sie ihre größte Befürchtung zur Sprache.

»Das glaube ich nicht.« Grindel schüttelte entschieden den Kopf. »Tabor würde sich niemals auf einen Handel mit diesem aufgeblasenen Mehlfrosch einlassen. Nicht nachdem der ihm die Peitsche durchs Gesicht gezogen hat.«

»Andere behaupten, Skork, das Oberhaupt der Diebesgilde, hätte auf diese Weise eindrucksvoll Rache an seinen Verrätern genommen.«

»Wäre schon eher möglich.« Diesmal wiegte Grindel den Kopf unentschlossen hin und her. »Hellhäuter abzuschlachten und dafür noch von anderen Hellhäutern bezahlt zu werden, das klingt nach einem guten Handel.« Sie strich unter ihrem Kinn entlang und machte ganz den Eindruck, als würde sie sich gerade fragen, warum sie nicht schon selbst auf eine so lohnende Idee gekommen war.

Inome begann unwillkürlich zu zittern.

Da schlug ihr Grindel mit großer Wucht auf den linken Unterarm und lachte sie aus. »Keine Angst, kleine Metze, ich mach nur Spaß.« Ihrem großen Maul entströmte ein säuerlicher Geruch, der die gesamte Nische ausfüllte.

»Sehr ... witzig«, sagte Inome verärgert, während sie die schmerzende Stelle massierte, an der sie der Hieb der Ork getroffen hatte.

»Aber wenn dieser Skork irgendwie zu verhindern weiß, dass sie den Schwarzen Mohn schlucken müssen«, überlegte Grindel laut, »dann könnte ich mir schon vorstellen, dass sich Tabor auf einen Handel mit ihm eingelassen hat.« Ihre braunen Augen verdunkelten sich, als sie hinzufügte: »Du kannst dir nicht vorstellen, wie es ist, auf diese Weise betäubt zu sein. Du bist vollkommen hilflos, doch dein Verstand bemerkt alles, was um dich herum geschieht.« Ein Ausdruck des Erschauerns huschte über ihr Gesicht. »Würdest du nicht auch alles tun, um so einen Zustand zu beenden?«, fragte sie dann. »Vor allem, wenn du dazu nur ein paar dieser grässlichen Hellhäuter erschlagen müsstest?«

Inome zog die Augenbrauen zusammen, bis sie einen geraden Strich bildeten. Doch sie sagte kein Wort, sondern bohrte ihren Blick nur stumm in den von Grindel.

»Damit meine ich doch nicht solche Hellhäuter wie dich«, erklärte die Ork hastig. »Du hasst doch die Sangorier genauso sehr wie wir und kämpfst auf deine eigene – wenn auch äußerst unehrenhafte – Weise gegen sie.«

Beifall heischend sah sie auf Inome hinab, erntete von ihr aber nur den gleichen stummen Blick wie zuvor.

Grindel verzog das Gesicht. »Bei Vuran«, stöhnte sie. »Jetzt sei nicht wegen jeder Kleinigkeit beleidigt. Ich bin nun mal eine

Kriegerin und keine Priesterin, die sich auf honigsüße Worte versteht.«

»Namihl und ich handeln nicht unehrenhaft«, antwortete Inome kalt, »sondern klug und geschickt, um zu verhindern, dass unser Volk mit Stumpf und Stiel ausgerottet wird. Wenn ihr elenden Orks nur halb so viel Gehirn wie Muskeln hättet, wüsstet ihr längst, dass den Unterlegenen oft nur List und Tücke weiterhelfen, wenn sie überleben wollen. Ihr hingegen rennt lieber ehrenvoll in den Tod und wundert euch im Nachhinein, das ihr in der Sklaverei gelandet seid.«

Diesmal war es Grindel, die schwieg. Nicht aus Zorn, sondern weil ihr die Worte fehlten. Wegen Inomes heftiger Reaktion, aber auch wegen dem, was die Barbarin gesagt hatte.

»Übrigens gibt es auch bei meinem Stamm Krieger, die ihre Ehre über den Verstand stellen«, fuhr Inome eine Spur versöhnlicher fort. »Das ist es ja, was Namihl und mich in den Tempel getrieben hat.«

Das brachte Grindel noch mehr ins Grübeln. Konnte es wirklich sein, dass nicht alle Hellhäuter ihre natürlichen Feinde waren, sondern nur die, die dem Tyrannen Gothar dienten?

»Ob Skork deine Orkbrüder vielleicht mit einem Gegenmittel lockt?«, riss Inome sie aus ihren verwirrenden Gedanken. »Ich habe im Tempel davon gehört, dass es so etwas geben soll. Dort wird der Schwarze Mohn manchmal unliebsamen Kunden eingeflößt, die sich anschließend in einer Jauchegrube wiederfinden.«

Beide – Orkweib wie Menschenfrau – waren sich einig, dass sie das so schnell wie möglich herausfinden mussten.

»Wir schließen einen Pakt gegen ganz Sangor«, schlug Grindel erfreut vor, »um unsere Stammesbrüder zu befreien. Du die deinen und ich die meinen.«

»Bei mir geht es nur um einen«, korrigierte Inome, »aber der sitzt dafür in der Arena fest.« Dabei streckte sie die Hand aus, um das Bündnis mit Grindel mit einem festen Druck um die Handgelenke zu besiegeln, wie es Brauch bei den Stämmen der Bersk war.

Statt einzuschlagen, nahm Grindel jedoch Inomes schmales Gesicht zwischen ihre großen Pranken und schlug ihre vorgewölbte Stirnplatte vorsichtig gegen die glatte der Barbarin.

»So sei es«, erklärte sie dazu feierlich. »Und mach dir um deinen Tarren keine Sorgen. Urok ist bereits in seiner Nähe. Der findet sicher bald einen Weg, wie sie lebend aus der Arena herauskommen. Er hat schließlich auch den Kampf gegen den Raubkraken gewonnen.«

Dass dieser feuerhändige Raubkrakentöter so nahe bei Tarren war, beruhigte Inome allerdings bei Weitem nicht so sehr, wie es die Orkkriegerin offenbar erwartete. »Bist du dir auch ganz sicher, dass mein Liebster nicht in Gefahr schwebt, ausgerechnet von diesem Urok getötet zu werden?«, fragte sie ängstlich.

»Keine Sorge, dem passiert ganz sicher nichts«, log Grindel, um der Hellhäuterin ein wenig Mut zu machen, bevor sie umso ehrlicher anfügte: »Der Einzige, der wirklich Uroks rächende Hand fürchten muss, ist dieser Schattenelf, der mit ihm im selben Kerker schmachtet.«

In der Arena
Irgendwann gab es keine einzige Stelle mehr an Uroks Körper, die noch nicht von den Übungsschwertern blau geschlagen war. Doch obwohl ihn jede Bewegung schmerzte, verhinderten der Stolz und seine überlegene Konstitution, dass er sich seinen beiden taktisch überlegenen Gegnern geschlagen gab.

Nahog und seinem Gefolgsmann indes taten allmählich die Arme weh. Der Stahl in ihren Händen wog mit jedem Hieb schwerer, bis sie ihn kaum noch zu heben vermochten. Damit entfiel natürlich der Vorteil, den sie bisher Urok gegenüber hatten.

Stolpernd umkreisten die drei einander, jeder verzweifelt darum bemüht, eine Schwäche des anderen ausfindig zu machen und endlich den entscheidenden Hieb führen zu können.

Eine Zeit lang sah es so aus, als würde ganz einfach derjenige gewinnen, der als Letzter vor Schwäche zusammenbrach oder über die eigenen Füße fiel. Körperlich waren alle drei am Ende. Nur noch der blanke Wille, als Sieger aus dieser Auseinandersetzung hervorzugehen, hielt sie aufrecht.

Die beiden Wolfshäuter nutzten die verbliebene Kraft vor allem dazu, dem auf sie zutorkelnden Ork auszuweichen. Auch ihre Arme, Bäuche und Beine waren mit blutigen Schrammen und dunklen Flecken übersät. Nahogs Fellmantel lag längst staubig und zerrissen außerhalb des Karrees.

Vor Uroks Augen wirbelten immer häufiger rote Kreise auf. Die Pfeilwunde machte ihm zu schaffen, das heiße Pochen in seinem Schulterblatt strahlte in den ganzen Oberkörper ab. Er schwitzte nicht nur wegen der sengenden Sonne, sondern auch, weil sich der Wundkanal entzündete.

Jeder Mensch, selbst der stärkste Barbar, wäre längst unter den Hieben zusammengebrochen, die Urok die ganze Zeit über einstecken musste, trotzdem gab er nicht auf. Denn er gehörte einem Volk an, das weit mehr als jeder Hellhäuter zu erdulden vermochte, und so war er es, der am Ende noch einmal all seine verbliebene Kraft zusammennahm und den Stahl in seiner Rechten kreisen ließ.

Nahog pendelte zwar mit dem Oberkörper zur Seite und entging so der vernichtenden Wucht des ersten Schlags, verdeckte aber mit diesem Manöver seinem Nebenmann die Sicht. Damit war es dem zweiten Wolfshäuter nicht mehr möglich, dem folgenden Stahlwirbel zu entgehen, und mit einem dumpfen Laut krachte ihm die Schneide gegen den verlausten Schädel.

Der Getroffene erschlaffte sofort und sackte stöhnend in sich zusammen. Staub wölkte in die Höhe, als er zu Boden ging.

Nahog versuchte noch, den kurzen Augenblick für einen Gegenangriff zu nutzen. Das eigene Schwert mit beiden Händen umfassend, wuchtete er es nach vorn und zielte dabei auf Uroks Bauchdecke. Doch der Ork nutzte den eigenen Rückschwung geschickt aus, um den Rundknauf seines Griffstücks gegen Nahogs Schläfe zu hämmern.

Dieser Treffer schickte auch den letzten der ermatteten Gegner umgehend ins Reich der Träume. Die Augen nach oben verdreht, dass nur noch das Weiße zu sehen war, klappte Nahog zusammen. Verkrümmt am Boden liegend, zuckte er noch unkontrolliert, als würden unsichtbare Hände an ihm zerren. Milchig weiße Flüssigkeit sickerte aus dem unteren Mundwinkel, bevor er sich in einem kurzen Aufbäumen erbrach.

Statt über den schwer erkämpften Sieg zu triumphieren, rammte Urok das eigene Übungsschwert mit der Spitze voran in den Sand und stützte sich schwer auf den Griff, um sein Gleichgewicht zu halten. Zu den roten Wirbeln vor seinen Augen gesellten sich auch noch schwarze Punkte, die immer wieder zu großen Kreisen anwuchsen, um dann übergangslos zu zerplatzen. Die Welt um ihn herum rückte hinter einen rauschenden Vorhang zurück. Seine Augenlider drückten schwer in die Tiefe. Mühsam gelang es ihm, sie einen Spalt weit offen zu halten.

»Gut gemacht«, lobte Ordon wie aus weiter Ferne. »Ich hoffe, du hast bei diesem Kampf ordentlich dazugelernt.«

»Natürlich«, brachte Urok mühsam über die zersprungenen Lippen. »Ich weiß nun ganz genau, dass wir Orks stets siegreich bleiben, selbst wenn wir gegen eine Übermacht kämpfen.«

Erbost trat ihm Ordon das Schwert unter den Händen weg, was Urok umgehend zu Fall brachte. Direkt neben den Stiefeln des Ausbilders knallte er mit dem Gesicht voran auf dem hart gestampften Sandboden.

»Dummkopf!«, herrschte ihn Ordon wütend an. »Wenn du immer noch nicht begriffen hast, worauf es ankommt, lass ich dich gern noch einmal gegen die Wolfshäuter antreten. Sogar gegen alle Gladiatoren gleichzeitig, wenn es sein muss. Bis dich dein Stolz nicht mehr behindert!«

Urok hätte gern mit einer Unflätigkeit geantwortet, doch seine Lippen rieben lediglich über den Sand, ohne dass sich seiner Kehle ein einziger Laut entrang. Alles, was er damit erreichte, war, dass er den Staub der Arena zu fressen bekam.

Danach spürte er zwar, wie ihm wieder Ketten angelegt wurden, doch er sah es nicht. Von Erschöpfung übermannt, blieben seine Augen geschlossen.

Vier große Männer waren nötig, um ihn zurück in den Kerker zu schleifen. Er kämpfte immer wieder darum, die schweren Augenlider in die Höhe zu ziehen, doch mehr, als sie zu ein paar schmalen Schlitzen zu öffnen, war einfach nicht möglich.

Hilflos in einem diffusen Zustand zwischen Wachen und Bewusstlosigkeit dahindämmernd, wurde er in das große Kerkergewölbe zurückgebracht, in dem sie ihn wieder an seinen Platz ketteten und ihn allein mit dem geheimnisvollen Schattenelfen, der seiner Feuerhand zu trotzen wusste, zurückließen.

»Dir haben sie ja übel mitgespielt«, meldete sich der Hänfling nach einer Weile zu Wort.

Vergeblich bemühte sich Urok, mit seinen Blicken die dichten Schwaden zu durchdringen, die vor seinen Augen waberten. »Du solltest mal die Wolfshäuter sehen«, versuchte er zu sagen, brachte aber nur ein undeutliches Murmeln zustande.

Der kalte Stein, auf dem er lag, kühlte sein erhitztes Gesicht. Nach einer Weile hatte er sich immerhin so weit erholt, dass er sich auf den Rücken wälzen konnte. Sein trommelnder Herzschlag kam allmählich wieder zur Ruhe, und erste Konturen schälten sich vor ihm aus dem Dämmerlicht.

Nur indem er nach den schweren Gliedern der Kette griff, die ihn mit der Mauer verband, vermochte er sich Hand über Hand so weit in die Höhe zu ziehen, dass er sich mit dem Rücken an die Wand lehnen konnte.

Die tauben Beine weit abgespreizt, saß er eine Weile reglos da, die Arme schlaff herabhängend, das Kinn auf den Brustkasten gesunken. So zerschlagen wie in diesem Moment hatte er sich noch nie zuvor in seinem Leben gefühlt, und er hatte nicht mal ein paar Heilkräuter, um die grob vernähte Pfeilwunde zu versorgen. Von all den anderen Blessuren, die seine Haut wie ein rotes Dornengeflecht übersäten, ganz zu schweigen. Keuchend atmete er ein und aus, zu schwach, um nach dem Wasserkrug in seiner Nähe zu greifen.

»Du musst dich der Feuerkräfte bedienen, die dir zur Verfügung stehen«, riet ihm Benir, der Schattenelf, aus der Ferne.

»Halt's Maul!« Immerhin, diese beiden Worte brachte er mittlerweile deutlich über die geschwollenen Lippen. Zwischen seinen Zähnen knirschte noch der Sand des Kampfplatzes.

Durch die Luftscharten in der halbrunden Decke drang Übungslärm aus der Arena herein, ansonsten war alles still, bis die Stimme des Elfen erneut erklang.

»Die Wolfshäuter werden von den Wundärzten im Lazarett versorgt«, verkündete Benir, was er von draußen aufgeschnappt hatte. »Dich aber wollen sie brechen! Darum haben sie dich hierhergeschleppt und sich selbst überlassen. Wenn du diese Behandlung nicht überstehst, wählen sie einfach einen anderen Ork aus, der gegen mich antreten wird.«

Diesmal sparte sich Urok den Atem, den eine Antwort gekostet hätte.

»Du musst dir also selbst helfen«, redete der unverschämte Elf weiter auf ihn ein. »Und zwar mit dem Talent, das in dir schlummert. Die Menschen ahnen nicht, wozu du wirklich fähig bist, aber ich habe es sofort bemerkt, schon als sie dich zum ersten Mal durch die Kerkertür hereinbrachten.«

Das Kinn immer noch auf die Brust gebettet, schlug Urok endlich die Augen auf und hob den Kopf gerade weit genug an, dass er Benir in seinem Käfig sehen konnte. Die Hände um zwei Gitterstäbe geschlungen, stand der Elf aufrecht da und bohrte seinen Blick fest in den von Urok.

»Was willst du von mir?«, wollte der Ork wissen.

»Dir helfen!«

Urok lachte kratzend. Nicht ganz so verächtlich, wie beabsichtigt, aber der Elf verstand trotzdem, wie es gemeint war.

»Du kannst mir glauben«, bekräftigte Benir, »ich will dir wirklich helfen. Auch um meiner selbst willen, das gebe ich zu. Sag selbst, es kann doch kein Zufall sein, dass wir an diesem Hort der Kraft zusammengeführt wurden, meinst du nicht auch?«

Hatte Urok da gerade richtig gehört? Hort der Kraft? Was wusste dieser Elf von dem alten Hort, über dem sie sich befanden? Und was hatte er wirklich vor?

»Ich traue keinem deines Volkes mehr!« Selbst das Grinsen, zu dem er die aufgesprungenen Lippen verzog, tat Urok weh. »Der letzten Elfin, die mich mit schönen Worten umschmeichelt hat, habe ich sogar das Leben gerettet. Trotzdem hat sie mir nach der Schlacht in Knochental ins Gesicht gespien. Feene, dieses Miststück!«

Bei der Erwähnung des Namens traten Benirs Augen hervor, als wollten sie ihm zwischen den weit aufgerissenen Lidern hervorspringen. »Feene?«, rief er und rüttelte aufgebracht an den Stäben. »Du kennst sie?« Urok wunderte sich nicht, dass ihr Name in Sangor solche heftigen Reaktionen hervorrief. »Dieses Weibsstück ist auch mein größter Feind!«, behauptete Benir. »Sie hat mir meinen Sohn gestohlen und damit meine Liebste Nera in den Tod getrieben!«

»Warum sollte Feene das tun?«, fragte Urok, fest davon überzeugt, dass ihm sein Gegenüber eine Lüge auftischte.

»Aus reiner Gehässigkeit! Weil wir etwas hatten, das sie niemals bekommen kann«, lautete die Antwort. »Ein eigenes Kind!«

»Unsinn!«, knurrte Urok. »Mit diesem Gewäsch hast du dich gerade selbst verraten. Feene ist nämlich doppelherzig, das weiß ich genau. Ich hab den zweiten Herzschlag unter ihrem eigenen mit meiner rechten Pranke gespürt.«

Benir umklammerte die grauen Eisenstäbe so fest, dass seine ohnehin hellen Finger schneeweiß hervortraten. »Feene war schwanger?«, fragte er verblüfft. »Das kann nicht sein, das hätte doch nach ihrer Rückkehr aus Arakia zu sehen sein müssen.« Plötzlich sprangen seine Hände auseinander, und er taumelte mehrere Schritte zurück. »Sie muss es unterwegs verloren haben«, hauchte er, gerade noch laut genug, dass es für Urok zu verstehen war. »Das würde auch ihre Verbitterung erklären.« Seine Stimme schwankte plötzlich vor Entsetzen. »Das ... das habe ich nicht gewusst ...«

Urok konnte sich nicht helfen, aber die Bestürzung dieses zu schmal geratenen Zwergs wirkte echt auf ihn. In der Käfigmitte angelangt, sackte Benir in sich zusammen. Eine Weile kauerte er einfach nur da, den Kopf gesenkt, mit gekrümmtem Rücken und untergeschlagenen Beinen, und haderte mit sich selbst.

»Das habe ich nicht gewusst«, wiederholte er immer wieder, bevor er unvermittelt fragte: »Was mag nur mit ihrem Kind passiert sein?«

Aus diesem merkwürdigen Elfenpack wurde Urok einfach nicht schlau. Benir hatte doch behauptet, das Weib wäre seine Feindin. Warum empfand er dann auf einmal ein solches Mitleid mit ihr?

Urok dämmerte eine Weile erschöpft vor sich hin. An erholsamen Schlaf war nicht zu denken, denn nun, da aller Kampfesrausch von ihm abgefallen war, verspürte er den Schmerz immer deutlicher. Je stärker die Schwellungen auf seiner Haut anwuchsen, umso quälender wurden sie für ihn.

»Ich bin nicht so wie Feene«, brachte sich Benir wieder in Erinnerung. »Mögen wir auch beide von Hass erfüllt sein, so will ich doch niemandem rauben, was sein ist, sondern nur zurückhaben, was zu mir gehört. Dazu bin ich sogar bereit, mich mit einem störrischen Lindwurmschädel, wie du einer bist, zu verbünden.«

Urok war zu sehr damit beschäftigt, seine Schmerzen zu ertragen, um dieses Angebot mit der ihm zustehenden Verachtung zu strafen.

»Lass dir gefälligst helfen«, forderte Benir ungeduldig, »oder du wirst an deinen Verletzungen zugrunde gehen. Greif auf die Kraft zurück, die in dir steckt!«

Urok glaubte nicht an das Geschwätz des Elfen, konnte seine Ohren aber auch nicht davor versperren.

»Dieser Ort birgt seit einigen Tagen große Kraft«, faselte Benir weiter rätselhaft daher. »Es ist nicht die, die mir vertraut ist, und ihr dennoch sehr ähnlich. Ich kann es selbst nicht genau erklären, aber...« Er verstummte.

Wo das Blut wieder zirkuliert, pocht es gegen das nächste Hindernis, kam Urok unwillkürlich die gewisperte Botschaft in den Sinn, die er in Rabensang vernommen hatte.

Konnte es denn sein, dass auch ein so widerliches Geschöpf wie dieser Schattenelf das zuvor abgeschnürte Blut der Erde, das nun wieder bis Sangor pulsierte, bemerkte? Der Krieger versuchte sich sofort gegen diesen widernatürlichen Gedanken zu sperren, doch in seinem geschwächten Zustand fehlte ihm die Kraft dazu.

»Es ist keine Sache des Verstandes«, beschwor ihn Benir mit durchdringender Stimme, »sondern des Herzens. Du hast die Gabe, nach den unsichtbaren Kräften zu greifen, die unsere Welt gestalten, das hat deine Flammenhand bewiesen. Also nutze diese Kräfte jetzt zu deinem Vorteil!«

Urok wusste beim besten Willen nicht, was der Kerl von ihm wollte.

»Wirf die Ketten des Unglaubens ab, die deinen Geist in schwere Eisen geschlagen haben«, forderte der Elf mit noch größerer Inbrunst. »Nur wer sich dem Atem des Himmels ohne Vorbehalt hingibt, kann ihn ganz und gar erfahren.«

Allein bei der Erwähnung des fremden Glaubens sträubten sich Urok die Nackenhaare, doch die Stimme des Schattenelfen hatte inzwischen einen einlullenden Klang angenommen, dem er sich nicht mehr zu entziehen vermochte.

Menschen und Schattenelfen waren ein Übel, das ausgemerzt gehörte. Nur Hüter des heiligen Horts verstanden es, den Willen des Bluts zu verstehen! Das und noch viel mehr gehörte zu den grundsätzlichen Weisheiten, die ihn normalerweise davon abgehalten hätten, sich von den Worten eines Schattenelfen in einen Zustand der geistigen Entrückung treiben zu lassen. Aber zerschunden und ausgelaugt, wie er war, befand er sich ohnehin auf halbem Weg dorthin. Außerdem fehlte ihm ganz einfach die Kraft zum Widerstand.

»Richte deinen Blick nach innen!«, forderte Benir mit eindringlicher Stimme. Den Blick nach innen richten? Was war das wieder für ein Unsinn? »Konzentriere dich auf das Rauschen in deiner Lunge, und spüre dem Atem nach, der sie kühl und angenehm durchströmt.«

Ohne dass er es wollte, versank Urok tatsächlich in sich selbst, bis der Schlag seines Herzens in seinen Ohren zu dröhnen begann. Immer lauter und lauter erklang das Pochen, dessen Rhythmus sich auf den ganzen Körper übertrug. Ein heißes Prickeln durchströmte jeden einzelnen Muskel und breitete sich aus, bis in die letzte Faser hinein. Schließlich saß Urok da, am ganzen Leib zitternd.

»So ist es richtig!«, rief ihm Benir zu. »Bleib auf diesem Weg, und dringe tiefer in dein Innerstes vor, bis du den belebenden blauen Himmelsatem sehen kannst.«

Diese Forderung war so frevelhaft, dass sie Urok beinahe aus seiner Versunkenheit gerissen hätte, wenn ... ja, wenn er nicht im gleichen Augenblick die winzig kleine Flamme in seinem Herzen gesehen hätte.

Und den rot glühenden Strom, der durch seine Venen und Adern floss.

»Nicht kühl und blau«, brachte er mit leiser, aber verblüfft klingender Stimme hervor, »sondern feurig rot!«

Schweigen erfüllte den Kerker, während die hell umrissene Flamme immer näher kam. Fasziniert starrte er ihr entgegen, unschlüssig, was er nun machen sollte, bis Benir rief: »Dann glüht deine Magie eben feuerrot und nicht blau wie die meine! Was macht das schon? Ergreife die Kraft, die du vor dir siehst, und befiehl ihr, dich zu heilen!«

Und Urok tat, wie geheißen.

Am Hafen
Die Schreie der noch lebenden Hafenknechte gellten weit über den Vorratsspeicher hinaus. Mit offenen Brüchen, aus denen die zersplitterten Knochen hell hervorschimmerten, wälzten sie sich wie besessen am Boden. Dichte Kalkschleier schwebten über ihnen in der Luft, denn einige der schweren, aus großer Höhe auf sie herabgestürzten Holzfässer waren beim Aufprall auf die Erde auseinandergeplatzt.

Zwischen geborstenen Dauben und Eisenreifen stiegen immer neue Wolken auf und nebelten alles weiß ein. Beißend setzte sich der ungelöschte Kalk in den Lungen fest, verätzte die Augen und brachte das Blut in den offenen Wunden zum Schäumen.

Von überallher rannten Knechte und Seeleute zusammen, um

nachzusehen, was in dem Speicher vorgefallen war, doch niemand griff helfend ein, aus Angst, sich selbst zu verätzen. All die Unglücklichen, denen die Fässer nicht sofort den Schädel zertrümmert oder das Genick gebrochen hatten, würden in kürzester Zeit qualvoll zugrunde gehen, da ließ sich nichts mehr machen.

So blieben die Herbeigeeilten in sicherer Entfernung stehen, derart mit ihrer Gafferei beschäftigt, dass sie den Orks, die etwa zwanzig Schritte entfernt beieinander standen und nur stumm zu Boden starrten, keine große Beachtung schenkten.

Lediglich Ranek, der die Orks gerade nach draußen führen wollte, um das Eigentum des Herzogs zu schützen, wurde gefragt, was eigentlich geschehen war.

»Ach, diese Idioten von der Speichergilde!«, schimpfte der Großknecht abfällig über die gerade Sterbenden. »Ich habe sie gewarnt, die Fässer so hoch zu stapeln, aber dieses Pack weiß ja alles besser als wir Hafenknechte.«

Zustimmendes Gemurmel erhob sich unter den Zuschauern, die überwiegend auf den Kais und auf den Schiffen arbeiteten. Die Rivalität zwischen den einzelnen Gilden im Hafen blickte auf eine lange Tradition zurück, und an der hatte sich auch unter Gothars Herrschaft nichts geändert.

Auf die Idee, dass der hohe Fässerstapel erst durch die Orks errichtet und dann in einem günstigen Moment absichtlich zum Einsturz gebracht worden war, kam keiner der Hinzugeeilten. Und jene Hafenknechte, die es wie Ranek hätten bezeugen können, gehörten alle zur Skorks Vasallen.

Die Stadtwachen, die erst hinzukamen, als auch der Letzte den Todeskampf überstanden hatte, konnten nichts Gegenteiliges beweisen, und ebenso verhielt es sich mit den Schattenelfen, die sich erst gar nicht offen blicken ließen, sondern nur als schillernde Flecken in angrenzenden Schatten und Winkeln sichtbar wurden.

Alles, was Tabor und seine Getreuen tun mussten, um ungeschoren davonzukommen, war vollkommen ruhig zu bleiben und die ganze Zeit über mit leerem Blick auf dem Boden zu ihren Füßen zu starren. Kein sonderlich kriegerisches Verhalten, fürwahr, sondern eines voller Arglist und Heimtücke. Aber so war sie nun mal, die Art und Weise, wie die Menschen in Sangor kämpften.

Zumindest so viel hatten die Orks in den vergangenen Tagen gelernt.

In den Gewölben der Arena
Benir verfügte über keine besonderen Fähigkeiten, die es ihm erlaubten, anderen seinen Willen aufzuzwingen. Ein gesundes, mit Intelligenz beseeltes Wesen, ob nun Ork, Mensch oder Elf, hätte er niemals so einfach beeinflussen können. Aber zu Urok verspürte er eine besondere Verbindung, seit sich ihre unterschiedlichen Kräfte einen ausgedehnten Handschlag lang abgetastet und miteinander gemessen hatten. Nun, da ihm der große Muskelberg völlig entkräftet und fiebernd allein gegenübersaß, fiel es ihm leicht, den anderen mit seinem eigenen Geist wenn schon nicht zu übernehmen, so doch zumindest zu leiten, allerdings nur in Regionen, die Urok auch freiwillig betreten wollte.

Ihm den Atem des Himmels näherbringen zu wollen, war ein Fehler gewesen, das sah Benir ein, aber zum Glück hatte sich der Ork auf dem letzten Stück des Wegs ganz allein zurechtgefunden.

So ist es gut, wisperte eine wohlbekannte Stimme in seinem Kopf, von der er immer noch nicht wusste, ob sie nur seine eigenen Gedanken widerspiegelte, oder ob sie doch die Einflüsterungen einer übergeordneten Macht waren.

Füge!, forderte sie wieder, um dann, etwas weniger rätselhaft, hinzuzusetzen: *Und lehre dabei nicht nur, sondern lerne auch selbst!*

Zu lernen gab es wirklich einiges auf dieser gemeinsamen Reise. Die Kräfte, die Urok gerade selbstständig entfachte, waren ganz anders als alles, was Benir bisher kannte, ähnelten den seinen aber immer noch genug, dass er ihnen nachspüren, sie verstehen und entschlüsseln konnte.

Fasziniert beobachtete er mit seinen geistigen Fühlern, von denen er zuvor nicht einmal gewusst hatte, dass sie überhaupt existierten, wie das Blut der Erde in Urok eintrat, ihn bis in die letzte Haarspitze überflutete und dabei eine ungeheuer heilende Wirkung entfaltete, wie sie der Atem des Himmels so nicht hatte.

Eins stellte er dabei eindeutig fest: Das Blut der Erde war keineswegs stärker als der Atem des Himmels, sondern nur... anders.

Wenn Benir lernen konnte, es wie ein Ork zu beherrschen, würde das seine Kräfte auf einen Schlag verdoppeln!

In der Schwarzen Marsch

Der Anblick der im Morast vor sich hin dümpelnden Leiber erinnerte Feene unangenehm an ihre Erlebnisse auf einer von Teerfischern erbauten Pfahlhütte. Damals war sie gemeinsam mit Urok auf der Flucht gewesen – und hatte sich noch auf die Geburt ihres Kindes gefreut. Bei dieser Gelegenheit waren ihr auch erstmals amphibische Lindwürmer begegnet, die die sumpfigen Marschen von Arakia bevölkerten. Deren mit scharfen Zähnen bewehrten Mäulern war sie seinerzeit glücklich entkommen, aber nicht dem grausamen Schicksal, das ihr kein eigenes Kind vergönnte.

Und nun war sie auch noch von dem Sohn getrennt, den sie sich selbst genommen hatte. Ihr Leben war wirklich geprägt von großer Bitterkeit.

»Wir kommen gerade noch rechtzeitig«, flüsterte Geuse neben ihr und riss sie damit aus ihren trüben Gedanken.

Die Luft war noch kühl, das Wasser hingegen wurde von unterirdischen Quellen aufgeheizt. Auch wenn die Tierwelt noch schlief, das Schmatzen, mit dem sich modrig braune Blasen fortwährend auf der Oberfläche aufblähten und zerplatzten, war allgegenwärtig.

Die gegensätzlichen Temperaturen ließen nicht nur Wärmeblasen aufsteigen, sondern auch graue Nebel. In dichten Schwaden hing er über dem von Torf und Teerschlieren durchzogenen Gewässer, als wollte er die tief eingesunkenen Lindwürmer in ihrem

Schlaf behütend zudecken. Ihre Rückenhörner ragten trotzdem wie die Zacken monströser Sägeblätter aus den dunklen Fluten. An den fächerförmigen Schwanzenden spannten sich Schwimmhäute zwischen den spitz zulaufenden Verdickungen. Ansonsten lagen sie ebenso tief eingesunken unter der schwarz glänzenden Wasserfläche wie die langen Hälse.

Selbst die Schädel mit den Schnabelmäulern ragten erst oberhalb der Augen und Nüsternlinie hervor. Wer diese meistens grün, manchmal aber auch in allen Regenbogenfarben schillernden Giganten sah, mochte zuerst gar nicht glauben, dass sich unter ihren harten Schuppenpanzern zartes, nach Hühnchen schmeckendes Fleisch verbarg.

Allein bei dem Gedanken an einen frischen Braten lief Feene das Wasser im Munde zusammen. Obwohl Schattenelfen mit weitaus weniger Nahrung als menschliche Gardisten auskamen, wühlte auch in ihrem Magen der Hunger. Ein großes Heer wie das des Maar – sie weigerte sich inzwischen, es noch vor sich selbst als das des Königs zu bezeichnen – musste fortwährend mit ausreichend Wasser und Nahrung versorgt werden, sonst büßte es an Kampfkraft ein.

Anfangs war es in Arakias wildreichen Gründen kein Problem gewesen, die Versorgung sicherzustellen, doch inzwischen hatte die rücksichtslose Jagd die Bestände stark dezimiert und alle überlebenden Tiere vertrieben. Die Gardisten mussten immer tiefer in die dichten Wälder eindringen, das machte sie zu leichter Beute für feindliche Attacken.

Feene hatte deshalb dem Maar vorgeschlagen, sich den Schwarzen Marschen zuzuwenden, die im bereits eroberten Gebiet lagen. Die hiesige Sumpflandschaft eignete sich weitaus schlechter für einen Hinterhalt und wurde zudem von den Orks gemieden, wenn sie nicht gerade Teerlacher von der Wasseroberfläche abschöpften, um Pech zu gewinnen. Außerdem war die Jagd auf Lindwürmer sehr einträglich. Schon ein paar Dutzend ausgewachsene Exemplare reichten, um das komplette Heer für einige Tage zu versorgen.

Feene zählte acht große Rücken, die aus dem Wasser ragten. Denen konnte man gefahrlos zu Leibe rücken.

Vorsichtig richtete sie sich in dem Schilfdickicht auf, in dem sie sich mit Geuse und den anderen verbarg. Ein leichter Wind wehte ihr ins Gesicht. Solange er nicht drehte, konnte die Beute sie nicht wittern.

Links und rechts von Feene trieben weitere mit Birkenrinden bespannte Kanus im Röhricht. Schmal geschnittene, äußerst bewegliche Boote, mit denen zwei geschickte Paddler kräftig Geschwindigkeit aufnehmen konnten, während ein Bogenschütze im Bug auf die verletzlichen Augen der Lindwürmer zielte.

Die anderen Dreier-Besatzungen warteten bereits auf das Zeichen zum Angriff, doch Feene versicherte sich erst noch, dass die schwerfälligen Flöße der Gepanzerten nahe genug heran waren. Als sie dann auch noch die Umrisse der ersten Schädelreiter entdeckte, die sich von Norden her näherten, um ein Ausbrechen der umzingelten Tiere zu verhindern, hob sie die Hand als Zeichen, dass sich alle bereit machen sollten.

Es war allerhöchste Zeit. Noch überdeckte der Geruch der vierbeinigen Land-Lindwürmer die Witterung der auf ihnen reitenden Reptilienkrieger, aber auf kürzere Distanz würde sich das schnell ändern.

Feene ließ die erhobene Hand schlagartig in die Tiefe sausen.

Auf dieses Signal hin stachen acht Paddel gleichzeitig in die schmutzigen Marschfluten. Wieder und wieder tauchten sie vorsichtig ein. Nahezu lautlos schoben sich die vier Kanus zwischen den kreuz und quer wuchernden Uferpflanzen hervor.

Feene nahm den Bogen auf und spannte langsam die Sehne. Der Wellenschlag, den ihre Fahrt auslöste, verstärkte sich, aber noch übertönte das Schmatzen zerplatzender Wasserblasen das Eintauchen der Paddel. Wurzellose Schwimmpflanzen zogen vorüber, während die Kanus langsam auseinanderfächerten.

Die Jagd auf Lindwürmer barg so manche Gefahr, aber wenn sie schnell und effektiv über die schlafenden Tiere herfielen, würde schon alles vorbei sein, ehe die Viecher zum Gegenangriff übergehen konnten. Feene hatte ein gutes Gefühl…

Bis sie einige Strömungsbahnen bemerkte, die aus einer östlich von ihnen gelegenen Nebelbank hervorzogen. Sechs, nein, acht Stück an der Zahl!

Sie bewegten sich parallel zueinander auf den freien Raum zu, der zwischen den Schattenelfen und den schlafenden Lindwürmern klaffte. Falls es irgendein Tier war, das diese Kielwasserspur hervorrief, so blieb es auch außerhalb der dichten Nebelschwaden vollkommen unsichtbar.

Feene spürte, wie sich ihre Nackenhärchen aufstellten. Sie konnte sich dieses Phänomen beim besten Willen nicht erklären. Doch für einen Rückzug war es bereits zu spät. Darum hob sie den Bogen, zog die Pfeilhand bis an ihre rechte Wange und zielte auf den Kopf des am nächsten gelegenen Lindwurms.

Zischend ging der Pfeil auf die Reise. Im gleichen Moment, da die Metallspitze durch das Augenlid schlug, knickten die acht Wasserbahnen seitlich ab und hielten von nun an genau auf die vier Kanus zu, kleine Strudel markierten den Wendepunkt.

Erst da begriff Feene, dass sich das, was sich ihnen da näherte, *unterhalb* der Wasseroberfläche bewegte.

Mit einem gequälten Protestlaut schreckte das von ihr getroffene Tier in die Höhe.

Drei weitere Pfeile sirrten durch die Luft. Zwei von ihnen bohrten sich in die anvisierten Augenhöhlen anderer Lindwürmer, der andere verfehlte das Ziel; mit einem dumpfen Laut prallte er von den harten Stirnschuppen eines vierten Tiers ab.

»Vorsicht!«, brüllte Feene in dem sinnlosen Versuch, das schmerzerfüllte Kreischen der verletzten Lindwürmer zu übertönen. »Da taucht irgendetwas auf uns zu!«

Alle vier Bogenschützen hatten bereits ihre Sehnen neu gespannt. Weitere Schäfte jagten auf die emporgeschreckte Beute zu. Nur Feene sparte ihren Pfeil für die breite Wasserspur auf, die direkt auf sie zuhielt. Sie wollte schon auf die Spitze der anrauschenden Bewegung schießen, als sich die schlammigen Fluten abrupt vor ihr teilten und ein bunt schillernder Lindwurm an die Oberfläche brach.

Feene jagte ihm sofort den aufgezogenen Pfeil entgegen. Umsonst. Die Spitze hämmerte nur gegen die Unterseite des undurchdringlichen Schnabelmauls.

Neben dem Riesenvieh tauchten sieben weitere Lindwürmer auf – und ein jedes hatte einen mit Schwert oder Axt bewaffneten Ork auf dem Rücken, der sich nur kurz das Wasser aus dem Gesicht schüttelte und dann sofort zum Angriff überging!

Unnatürlich warmes Schlammwasser spritzte Feene ins Gesicht. Der Bug unter ihren Füßen tanzte auf den jäh anwachsenden Wellen, die ihrem Kanu entgegenschlugen. Die Schattenelfin hatte Mühe, ihr Gleichgewicht zu halten. Trotzdem registrierte sie, dass ihre Hintermänner wild mit den Paddeln arbeiteten, um das Boot so schnell wie möglich zu drehen.

Für eine Flucht war es jedoch zu spät. Über ihnen wuchsen die Hälse der sie attackierenden Tier höher und höher empor.

»Alles raus!«, befahl sie laut und sprang dann selbst über Bord.

Den Atem des Himmels in sich aufnehmend, verringerte Feene ihr Körpergewicht so stark, dass sie sich mit ihren Sohlen von den um sie herum auftürmenden Wellen abstoßen konnte. Drei, vier Mal klappte das ganz gut, aber dann sank sie bis zu den Knöcheln ein. Dauerhaft über das Wasser zu laufen, war auch ihr und ihresgleichen nicht möglich.

Doch Feene hatte Glück. Unversehens trieb ihr ein fortgeschleudertes Paddel des benachbarten Kanus entgegen. Rasch sprang sie hin, berührte mit der Fußspitze das breit auslaufende Blatt, das ihr wesentlich mehr Widerstand bot als die Wellenkämme, sodass sie sich hoch in die Luft katapultieren konnte, weit über die Köpfe der gegnerischen Tiere hinweg.

Auf dem Höhepunkt des Aufstiegs angekommen, winkelte sie die Beine an und ließ sich nach hinten fallen. Dabei glitt ihr Pfeilbündel aus dem Köcher und rieselte in einer hölzernen Wolke in die Tiefe, aber das war nicht weiter schlimm, sie hatte sich ohnehin längst des Bogens entledigt. Mit dem Gesicht nach unten hängend, verharrte Feene so lange in der halb ausgeführten Luftrolle, wie es ihr möglich war, um sich einen Überblick über das ganze Ausmaß der sie ereilenden Katastrophe zu machen.

Entsetzt stellte sie fest, dass einige andere aus den Kanus weniger Glück gehabt hatten als sie. Ein paar knieten sogar noch auf ihren Plätzen, als die geschuppten Leiber über sie hereinbrachen, andere erwischte es, weil sie sich nicht weit genug über das Wasser in Sicherheit hatten bringen können.

Bel-Bar, eine erfahrene Kriegerin, von der sie einst viel gelernt hatte, war bis zu den Knien im Wasser eingesunken, unfähig, wieder aus eigener Kraft aufzusteigen, als ihr ein Lindwurmschnabel in den Nacken hackte und sie mit einem einzigen lauten Zusammenschnappen köpfte. Das Blut schoss in einer Fontäne aus dem Stumpf zwischen ihren Schultern in die Höhe, ihr Kopf trieb wie ein Korken auf dem Wasser und hüpfte auf den Wellen auf und ab, und Feene glaubte, ihre Augen noch einmal blinzeln zu sehen.

Andere, die zu schwimmen versuchten, erwischte es auf ähnliche Weise, oder – noch schlimmer – sie verloren Arme oder Beine und ertranken jämmerlich, während ihr Blut das Wasser färbte. Und wer von ihnen nicht den Zähnen und Klauen der Tiere zum Opfer fiel, auf den drangen triefnasse Orkkrieger mit blankem Stahl ein, hackten mit ihren Äxten und Schwertern auf die aus dem Wasser ragenden Köpfe, in die Gesichter und Schädel.

Während sich Feene noch fragte, wie diese tumben Toren auf die Idee gekommen waren, die Rücken der Tiere zu besteigen, entdeckte sie etwas, das ihr das Blut in den Adern gefrieren ließ: Einer der acht Lindwürmer war gar keine mit Schwanzflosse versehene Amphibie, sondern ein vierbeiniger Artgenosse, der sogar noch den Sattel und das Zaumzeug eines Schädelreiters trug. Während sie ihr Schwert aus der Scheide zog, wurde Feene blitzartig klar, dass sie das Tier kannte, ja, es sogar schon einmal selbst geritten hatte.

Aber natürlich, Schädelform und Körperzeichnung ließen keinen anderen Schluss zu: Das war Hatra, die Feene und Urok zum heiligen Hort getragen hatte!

Bei allen fünf Winden, das durfte doch nicht wahr sein! Feene selbst hatte dieses elende Volk auf die Idee gebracht, dass auch Blutorks Lindwürmer reiten konnten.

Einen wütenden Schrei auf den Lippen, stürzte die Elfin kopfüber in die Tiefe. Gern hätte sie Hatra für sich zurückerobert, doch erst einmal musste sie sich mit dem Lindwurm begnügen, der ihr Kanu zerstört hatte.

Kurz bevor sie den geschuppten Rücken erreichte, drehte sich Feene noch einmal in der Luft, die Knie fest an die Brust gezogen, und landete mit den Füßen voran auf jener kammlosen Stelle, wo der Lindwurmrücken in den kräftigen Flossenschwanz überging.

Jeder normale Krieger wäre auf den teerverschmierten Schuppen ausgeglitten und ins Wasser gestürzt. Den Atem des Himmels nutzend, gelang es Feene jedoch mühelos, das Gleichgewicht zu halten. Der kurze Moment, in dem sie Widerstand unter den Füßen spürte, genügte ihr, um mit behänden Sprüngen den Rücken hinaufzueilen, an dem mit Schwimmhäuten bespannten Stachelkamm vorbei.

Der Lindwurm, der die Schritte auf seiner Oberseite spürte, riss den Kopf zurück, ebenso wie der muskelbepackte Krieger, der das Tier an einem primitiven Ledergeschirr zu führen versuchte. Die wilden Lindwürmer waren den Blutorks schon seit vielen Generationen zugetan, weil ihnen die Teerfischer lästige Sumpfzecken entfernten, bevor deren Befall die sonst vergleichsweise friedlichen Pflanzenfresser aggressiv machen konnte. Aber zum Reiten abgerichtet waren sie deshalb noch lange nicht. Und so reagierten Lindwurm und Ork auch nicht als Einheit, sondern einzeln für sich.

Blitzschnell wirbelte der Ork mit dem Oberkörper herum und schlug mit dem Schwert so weit wie möglich nach hinten. Eine eher unbeholfene Attacke, vor allem, weil er gleichzeitig um Halt kämpfen musste.

Feene, die mit ihren Stiefeln regelrecht an dem Schuppenpanzer klebte, egal, wie sehr sich das Tier auch aufbäumte und wand, musste bloß rechtzeitig zurückweichen, um dem stählernen Halbkreis zu entgehen. Gleichzeitig zuckte ihre eigene Klinge nach vorn und bohrte sich, direkt unterhalb der Schulterpanzerung, unbarmherzig in den grünen Oberarm.

Der Ork verzog das Gesicht, schrie aber nicht.

Feene zog das Schwert in einem blutigen Schwall zurück und schlug erneut damit zu. Die scharfe Schneide fraß sich tief durch Fleisch und Knochen, und der abgetrennte Arm flog davon.

Fassungslos starrte der Ork auf den blutigen Stumpf an seiner Schulter und bekam ihre erbarmungslose Kampfkunst auch am Hals zu spüren. Mit weit geöffneter Kehle, die plötzlich wie ein zweites Maul unter seinem Kinn aufklaffte, rutschte er zur Seite.

Feene sprang sofort näher heran und entwand ihm die Zügel aus den erschlaffenden Fingern, bevor sich das bockende Tier noch weiter in die Höhe schrauben konnte. Während der Sterbende unter ihr in die aufgewühlten Fluten klatschte, blieb sie wie festgewurzelt auf dem Lindwurmrücken stehen. Erst als sich das Tier anschickte abzutauchen, setzte sie sich mit einem kräftigen Sprung ab.

Das schmale Schwert fest in der Rechten, rauschte sie aufrecht durch die Luft, landete mit einem Fuß auf dem Kiel eines umgekippt dahintreibenden Kanus und drückte sich von dort sofort wieder ab, um einem herbeistürzenden Orkkrieger mitsamt Lindwurm zu entgehen.

Neben Feene spritzte plötzlich eine Fontäne in die Höhe. Ihrem ersten Schreck folgte ein Moment der Erleichterung, als sie aus den Augenwinkeln sah, dass es Geuse war, der sich, mit Schlamm und stinkendem Tang behängt, aus der Wassersäule löste. Der verlässliche Legionär hatte genau den umgekehrten Weg gewählt wie Feene, um der ersten Angriffswelle zu entgehen: Er war in die lichtlosen Tiefen der Marsch abgetaucht in der Hoffnung, dort irgendwann auf festen Grund zu treffen, von dem er sich entsprechend stark abstoßen konnte. Ein gefährliches Unterfangen, aber von Erfolg gekrönt.

Kampfeslustig attackierte er einen der Blutorks, Stahl schlug gegen Stahl, während Feene auf einen anderen Lindwurmreiter zuhielt.

Das Tier riss jedoch den Kopf herum, und das offene Schnabelmaul zuckte auf sie zu. Frisches Blut klebte zwischen den scharfen Zahnreihen, die den spitz zulaufenden Rachen säumten. An einigen von ihnen hingen noch Fetzen einer mintgrünen Kapuze, die Feene als die von Bel-Bar erkannte.

Rasch ließ sie sich in die Tiefe sacken, der lange Hals der Bestie schoss über sie hinweg. Knapp über der Wasseroberfläche bremste Feene ihren Sturz so weit ab, dass sie sich von einer emporschlagenden Welle abdrücken und wieder emporspringen konnte. Die Schwertklinge zwischen die Zähne geklemmt, packte sie die Zügel des Lindwurms mit beiden Händen und wirbelte daran herum, um sich auf den geschuppten Rücken zu schwingen, wo sie einem überraschten Ork mit gestreckten Beinen die Füße gegen die Brust rammte.

Sein Gesicht kam ihr auf Anhieb bekannt vor, auch wenn sie ihm keinen Namen zuordnen konnte.

»Baumläuferin!«, spie ihr der Krieger in einem Tonfall höchster Verachtung entgegen. Demnach war er wohl einer aus Gabor Elfenfressers Schar, denn dieser alte Trottel hatte sie ständig mit diesem Spottnamen aufzuziehen versucht.

Aber wo sie sich schon einmal begegnet waren, war egal. In diesem Moment waren sie erbitterte Gegner, die weder Gnade gewährten noch vom anderen erwarteten.

Statt mit seiner großen Streitaxt auszuholen, die im Nahkampf viel zu unhandlich war, warf sich der Krieger unversehens nach vorn, umklammerte ihre Schwerthand mit seiner mächtigen Pranke und drängte sie so heftig gegen den Lindwurmhals, dass sie jede Schuppe einzeln im Rücken spürte. Derart in ihrer Bewegungsfreiheit eingeschränkt, gelang es Feene nicht mehr, ihre überlegene Kampftechnik einzusetzen. Zumal als er auch noch ihre linke Hand, mit deren Fingern sie ihm die Augen ausstechen wollte, umklammerte.

Diese verdammten Orks waren stark, sehr stark sogar. Und auch viel zu schwer, um sie mit in die Luft zu zerren.

In ihrer Verzweiflung hämmerte ihm Feene die Stirn ins Gesicht, doch das einzige Blut, das danach an seiner Nase klebte, war das ihre. Sie hatte sich tatsächlich selbst eine Platzwunde zugefügt.

Ihr Schädel dröhnte, Tränen des Schmerzes verschleierten ihr den Blick, trotzdem konnte sie deutlich sehen, wie er sein riesiges Maul zu einem gehässigen Lachen öffnete. Immer größer und größer wuchs es über ihr heran, bis sie mit eisigem Schrecken erkannte, dass er ihr die Kehle durchbeißen wollte.

Im Kampf gegen einen gleichwertigen Gegner war jedes Mittel

recht, das galt also nicht nur bei den Ausbildern der Legion, sondern auch unter den Blutorks. Der strenge Geruch nach Blut und halbverdautem Essen, der Feene entgegenschlug, raubte ihr beinahe den Atem, trotzdem spannte sie den ganzen Körper an, um den Griff des Gegners zu brechen.

Vergeblich. Die Pranken des Orks ließen einfach nicht locker. Nicht mal, als etwas Großes, Rundes und furchtbar Gleißendes in seinen Rücken schlug. Mitten in der Bewegung erstarrt, begann er unkontrolliert am ganzen Körper zu zittern.

Feene glaubte schon, er würde ihr die Handgelenke brechen, da zuckte er wie unter einem Peitschenhieb zusammen. Gleichzeitig löste sich etwas aus seinem Rücken und spritzte unter einem lauten Knall über den Hinterleib des Lindwurms hinweg, eine dampfende, halb flüssige, halb breiige Masse, die zum größten Teil an den Schuppen haften blieb.

Als ihr Gegner endlich erschlaffte, riss Feene sofort ihre Arme zusammen und löste seine erstarrten Finger von ihren Handgelenken. Einen Ausdruck größten Erstaunens im Gesicht, rutschte er zur Seite.

Erst da sah Feene die kreisrunde Grube zwischen seinen Schulterblättern, die groß genug war, um zwei geballte Fäuste darin zu versenken. Weder Harnisch noch Knochen noch Fleisch hatten der Vernichtung widerstanden. Eine schwarze Brandkuhle, der noch feine Rauchfäden entstiegen, hatte sich tief bis in seinen Brustkorb gegraben.

Er kippte von seinem Reittier und klatschte leblos ins Wasser, das über dem Toten zusammenschlug, während sich aus dem Himmel weitere Kugelblitze lösten und auf die verbliebenen Orks niederregneten.

Diese zögerten nicht lange, sondern folgten umgehend Hatras Reiter, der seinen Lindwurm als Erster herumriss und mit ihm in die schwarzen Tiefen der Marsch abtauchte. Mehrere Sphären zischten haarscharf an ihnen vorbei und schlugen ins Wasser, wo sie nur ein paar aufsteigende Dampffontänen erzeugten.

Ein Lindwurm jedoch wurde am Kopf getroffen und bäumte sich auf, während sein Schädel, völlig von dem grellen Licht umhüllt, anschwoll, bis er in einer blutigen Wolke auseinanderplatzte.

Dem Ork, der auf seinem Rücken gesessen hatte, gelang es im letzten Moment, einem abtauchenden Tier hinterherzuhechten, um sich an seine Schwanzflosse zu klammern und sich an ihr in die schwarzen Tiefen mitreißen zu lassen.

Ohne noch einmal aufzutauchen entschwanden die Orks samt ihren Reittieren in die Tiefen der Marsch, über denen immer noch die schützenden Nebel lagen, aus denen sie kurz zuvor hervorgebrochen waren.

Der Lichtbringer, der hoch über ihnen am Himmel schwebte, verschwendete keine seiner glühenden Kugeln mehr. Stattdessen machte er die wilden Lindwürmer nieder, die die herbeigeeilten Schädelreitern auf seichterem Boden eingekreist hatten und die deshalb nicht wegtauchen konnten. Auch das Tier, auf dem Feene gekämpft hatte und das nun zu fliehen versuchte, wurde mit einem Treffer knapp unterhalb des Kopfes zur Strecke gebracht.

Die Schattenelfin hatte sich zu diesem Zeitpunkt schon mit einigen raschen Sprüngen in Sicherheit gebracht. Auf dem Rumpf eines kieloben treibenden Kanus sitzend, beobachtete sie, wie sich die Lage um sie herum allmählich beruhigte. Abgesehen von Geuse und ihr hatten nur drei weitere Schattenelfen den Angriff der Orks überlebt, die anderen waren halb oder ganz in den schlammigen Fluten versunken.

Von den acht angreifenden Orks war immerhin die Hälfte tot, aber was zählte das schon angesichts von sieben Elitekriegern aus der Legion der Toten? Feene stand kurz davor, ihr Gesicht in den

Händen zu verbergen, beherrschte sich jedoch, denn das wäre ihrer Stellung als Todbringer unwürdig gewesen.

Einige Gepanzerte versuchten auf ihren schwerfälligen Flößen eilig näher heranzukommen, doch es blieb ihnen nichts weiter zu tun, als die Jagdbeute zu bergen.

Die Schädelreiter hatten immer noch Mühe, ihre gezähmten Reittiere zur Ruhe zu bringen, denn die brachiale Weise, auf der ihre wilden Artgenossen zu Tode gekommen waren, hatte die Lindwürmer in Panik versetzt. Nachdem sie die Kadaver der abgeschlachteten Tiere mit Seilen gesichert hatten, damit sie nicht in den Fluten versanken, übergaben die Reiter deren Enden an die Gepanzerten und konnten sich endlich aus diesem nach Blut und Aas stinkenden Gebiet zurückziehen.

Erst nachdem sichergestellt war, dass die Kochtöpfe der Truppen an diesem Abend gefüllt sein würden, sank der Lichtbringer zu Feene herab. Allerdings nicht ganz; ungefähr eine Körperlänge über ihr verharrte er in der Luft. Seine auf und ab wallenden Schleier knisterten leise, als er ihr verkündete: »Du hast versagt, Todbringer!«

Es war selten, dass ein anderer als der Maar zu ihr sprach, aber angesichts all ihrer Verluste beeindruckte sie das wenig.

»Das Gleiche könnte ich zu dir sagen«, antwortete sie gereizt. »Warum hast du nicht eher mit dem Lichtschwert eingegriffen? Schließlich hat dich der Maar extra zu unserer Rückendeckung abkommandiert.«

Schweigend sah die gleißend weiße Gestalt auf Feene hinab, ob erbost oder von Schadenfreude erfüllt, war wegen der silbernen Maske nicht zu erkennen. Auch das konturenlose Weiß der Augen ließ keine Schlüsse auf irgendwelche Gefühle zu, vorausgesetzt dass Lichtbringer überhaupt zu Gefühlen fähig waren. Feene bezweifelte das.

»Die Jagd sollte unauffällig vonstattengehen«, antwortete der über ihr Schwebende unerwartet gesprächig. »Um unsere Gegner nicht auf uns aufmerksam zu machen, aber auch, um die Lindwürmer nicht zu vertreiben. Das wäre das Leben einiger Schattenelfen wert gewesen. Aber nicht das der höchsten von ihnen. Nicht deines, Todbringer. Du bist dem Maar zu wertvoll.«

Damit schwebte er wieder nach oben, ganz so, als wäre alles Wichtige gesagt.

»Und die anderen?«, rief ihm Feene aufgebracht hinterher. Mit ausgestrecktem Arm wies sie auf Bel-Bars halb im Morast versunkenen Leichnam; ihr abgetrennter Kopf war nicht mehr zu sehen, war irgendwohin abgetrieben worden. »Sind die etwa nicht wertvoll? Sind wir Schattenelfen nicht eure treusten Verbündeten, obwohl ihr uns derart mit Missachtung straft?«

»Dein Volk und treu?« Die Stimme der Lichtgestalt klang plötzlich kalt wie Eis. »Wart ihr es denn nicht, denen es eines Tages nicht mehr genügte, als Schattengänger zwischen den Kräften zu wandeln? Eins solltest du doch wissen: Ihr existiert nur deshalb noch, weil ein Leben in Qual schlimmer ist als der Trost des Todes, und aus keinem anderen Grund.«

ᛞ ᛋ ᛣ

Im Kerker

»Bist du bereit?« Benir sah zu dem Ork hinüber, der die Augen weiterhin geschlossen hielt. Dabei waren sie beide längst allein, die übrigen Gladiatoren schwitzten bereits in der brütend heißen Arena, und durch die Lüftungsschächte war das verzerrte Klirren aufeinanderprallender Übungsschwerter zu hören.

Die grüne Haut des Kolosses war noch immer mit zahlreichen Striemen und Schmissen übersät, die jedoch wesentlich schmaler und harmloser aussahen, als nach so kurzer Erholung zu erwarten gewesen wäre. Nachdem ihn das Blut der Erde längere Zeit intensiv durchflossen hatte, war Urok tags zuvor übergangslos in einen tiefen, aber zweifellos erholsamen Heilschlaf gefallen. Am frühen Morgen, noch ehe der erste Sonnenstrahl seinen Weg in einen der vergitterten Schächte gefunden hatte, war er erfrischt erwacht – Benir hatte es genau beobachtet –, tat seitdem aber so, als dämmerte er immer noch vor sich hin. Die Holzschüssel mit seinem Essen stand unberührt neben ihm.

Auch den Besuch des Feldschers hatte der Ork mit geschlossen Augen über sich ergehen lassen. Alle Versuche, ihn zu wecken, waren scheinbar gescheitert. So war dem kleinen und stark übergewichtigen Wundarzt, der im Aussehen einer fleischgewordenen Kugel ähnelte, nichts anderes übrig geblieben, als den duftenden Lederbeutel mit Dornbeeren, den er mitgebracht hatte, neben Urok abzustellen und sich ansonsten über die bereits so weit fortgeschrittene Genesung des Orks zu wundern.

»Geradezu unglaublich«, hatte der mit einem langen grauen Federmantel bekleidete Dickwanst immer wieder gemurmelt. »Die Konstitution dieses Scheusals kann es schon fast mit einem genügsamen Lindwurm aufnehmen. Ich komme noch einmal am Nachmittag wieder. Dann *muss* er mir einfach Rede und Antwort stehen.«

Danach war er endlich gegangen.

Ein schläfriges Knurren drang aus Uroks Mund. Während seine Zunge mehrmals kurz zwischen den wulstigen Lippen hervorschnellte, tastete er blind nach dem neben ihm stehenden Krug, umfasste ihn am bauchigen Unterteil und hob ihn an den Mund. Ohne auch nur einmal sichtbar zu schlucken, ließ er den kompletten Inhalt in sich hineinlaufen. Erst als sein Durst gelöscht war, öffnete er die Augen.

»Ahhh! Das hat gut getan!«

»Na endlich«, fuhr ihn Benir gereizt an. »Ich dachte schon, du wolltest den ganzen Tag über *Toter Krieger* spielen.«

Ohne auf die zänkischen Worte einzugehen, nahm sich Urok den Holzteller. Nach einem prüfenden Blick stellte er ihn auf seinem angewinkelten Knie ab und schaufelte alles, was darauf lag, in sich hinein: gebratenes Fleisch, gekochte Wurzelknollen und Brotstücke, dazu Granatfrüchte und Nüsse, die er mitsamt den Schalen zerkaute.

Die Kost der Gladiatoren war nahrhaft und reichlich, aber diese Männer sollten ja auch zur Freude des Publikums gegeneinander kämpfen und nicht entkräftet vor sich hin vegetieren wie normale Kerkerinsassen.

Am Schluss zerbrach der Ork den Knochen, den er abgenagt hatte, und saugte das Mark heraus. Doch erst, als auch noch der Teller ausgeleckt war, schien er wirklich zufrieden zu sein.

»Vergiss die Dornbeeren nicht«, neckte Benir.

Urok schnüffelte prüfend an dem offenen Beutel, zog den Kopf aber ruckartig zurück, als ihm der betäubende Geruch in die Nase stieg.

»Die sind zum Einreiben gedacht«, erklärte ihm der Elf. »Werden sie gegessen, entfalten sie eine berauschende Wirkung.«

Urok gönnte sich trotzdem drei Stück von den Beeren, bevor er die anderen über seine noch schmerzenden Körperstellen verrieb. Benir ließ ihn gewähren, denn eine leichte Benommenheit mochte Urok vielleicht dabei helfen, erneut störende Barrieren zu überwinden, wenn es hieß, sich den übergeordneten Kräften vorbehaltlos hinzugeben.

Doch der Ork, der da vor ihm saß, war längst nicht mehr der Gleiche wie gestern, das spürte Benir genau. Das Blut der Erde hatte Urok nicht nur geheilt, sondern auch verändert, ja, ihn bis auf den tiefsten Grund seiner Seele völlig durchdrungen. Der Grundstein war gelegt. Ab heute konnten sie sich schon an die Feinheiten begeben.

»Du musst lernen, das Blut der Erde so zu nutzen, dass es dir jederzeit zur Verfügung steht«, forderte Benir entschlossen. »Das würde dich unbezwingbar machen.«

Und mich auch!, fügte er in Gedanken hinzu, fest entschlossen, dem Ork nicht nur zu zeigen, wie er mit dem Blut der Erde umgehen konnte, sondern es auch selbst zu lernen.

»Glaubst du wirklich, dass ich meine Feuerhand bald nach Belieben kontrollieren kann?« Beide Hände noch voller zerdrückter Dornbeeren, sah Urok fragend zu ihm auf.

»Deine Feuerhand und noch viel mehr«, gab sich Benir überzeugt. »Mit genügend Übung sogar wie in diesem Blutrausch, von dem du mir erzählt hast.«

»Ohne dabei zu vergehen?« Uroks Stimme nahm einen ehrfürchtigen Klang an.

»Wenn deine Fähigkeiten weit genug ausgebildet sind. So wie ich den Atem des Himmels nutzen kann, ohne daran zu sterben.«

Benir beobachtete amüsiert, wie der Ork die verbliebenen Schalen und Kerne der zerquetschten Beeren wieder von Armen und Schultern streifte. Die flüssigen Bestandteile waren bereits in die Haut eingezogen und entfalteten dort ihre heilende Wirkung. Das würde den Wundarzt hoffentlich davon überzeugen, dass alles mit rechten Dingen zuging.

»Im Blutrausch bin ich unbezwingbar«, behauptete Urok, schon wieder reichlich kampfeslustig. »Ich schlage alle Türen ein und bahne uns einen Weg hinaus aus dieser grässlichen Stadt.«

»Unsinn!«, wies ihn Benir zurecht. »Auch du kannst es nicht allein mit ganz Sangor aufnehmen. Wir müssen mit Verstand vorgehen, selbst wenn das einem wie dir schwerfällt.« Die kränkenden Worte taten ihm schon leid, bevor er sie ganz ausgesprochen hatte, doch es war zu spät. Uroks Miene verfinsterte sich.

Ich muss selbst noch eine Menge lernen, dachte der Schattenelf, der doch auf den Ork mindestens ebenso angewiesen war wie dieser auf ihn. Darum hatte sich Benir auch fest vorgenommen, ihm ohne Vorbehalte zu begegnen, aber das war gar nicht so einfach wie gedacht. Sich etwas vorzunehmen und es wirklich auszuführen, waren nun mal zwei verschiedene Dinge.

Statt sich zu entschuldigen, schnitt Benir lieber ein anderes Thema an. »Es gibt noch einen Grund, warum wir – oder zumindest ich – nicht einfach wild um uns schlagen können«, erklärte er. »Feene hat meinen Sohn verschleppt. Ich muss wissen, wo er ist, und ihn mit mir nehmen, sonst werde ich ihn wohlmöglich nie wiedersehen.«

Dafür hatte Urok Verständnis, das war ihm deutlich anzumerken. Das wuchtige Kinn auf die rechte Hand gestützt, nahm sein Gesicht einen grübelnden Ausdruck an. »Wir brauchen Verbündete, die sich draußen für uns umsehen«, murmelte er. »Mit mir wurden auch noch andere Krieger aus Arakia gefangen genommen. Aber die sind mir nicht unbedingt wohl gesinnt.«

»Ich habe dafür schon jemand anderen im Auge«, eröffnete ihm Benir und erzählte von Tarren, der regelmäßig Besuch von vertrauten Frauen bekam, die für ihn in Sangor spionierten.

Ehe er dies jedoch genauer ausführen konnte, hörten beide mit ihren scharfen Ohren – in diesem Punkt standen sie sich in nichts nach – leise Schritte auf dem Gang. Es war der übliche Rundgang der Wache, die feststellen wollte, ob noch alles in Ordnung war.

Urok stellte sich sofort wieder schlafend, Benir lümmelte hingegen auf dem Boden herum, als hätte er fürchterliche Langeweile. Kurze Zeit später sah der Wächter durch die vergitterte Sichtluke zu ihnen herein. Da ihm Benir keine Beachtung schenkte, entfernte er sich bald wieder, kehrte aber nach genau dreiundzwanzig Schritten leise zurück und verharrte eine ganze Weile nahe der Tür, um abzuwarten, ob sich nicht doch noch etwas erlauschen ließ. Da aber alles still blieb und nur der Kampflärm aus der Arena zu hören war, wurde ihm bald langweilig, und er zog wieder ab.

Sobald der lästige Kerl verschwunden war, setzte sich Urok wieder aufrecht hin, schlug aber diesmal die Beine untereinander, so wie Benir es die ganze Zeit über machte. Besser hätte der Ork gar nicht zeigen können, dass er auf eine neue Übung brannte, die ihm das Blut der Erde näherbrachte.

»Konzentriere dich auf dein Innerstes«, forderte der Schattenelf von ihm. »Versuch die Flamme zu finden, die du schon gestern gesehen hast.«

Und Urok tat, wie geheißen.

Im Palast des Herzogs
Wie aus dem Nichts heraus stand der Schattenelf plötzlich vor ihr. Eben noch ein flirrender Schemen, der zum Fenster hereinschwebte, nahm sein Körper übergangslos fest umrissene Formen an. Er trug einen der hässlichsten Mäntel, die Inome je ge-

sehen hatte, ein wahrer Fusselteppich aus krausen Fäden in den unterschiedlichsten Farben, die ihn aussehen ließen wie ein verschmutztes Langhaarfell.

Was auf den ersten Blick wie die Kleidung eines umherziehenden Bettlers wirkte, war in Wirklichkeit von kundigen Meisterhänden geknüpft. Dazu hatten sie in unendlicher Geduld Myriaden von dünnen Garnen zu offen auseinanderfallenden Bündeln verwebt, die alle Grundfarben dieser Welt wiedergaben. Schlaff in die Tiefe hängend, mischte sich diese Vielfalt zu einem die Augen beleidigenden Farbengemisch, doch vom Atem des Himmels beseelt, richteten sich die dicht an dicht geknüpften Bündel so aus, dass genau die Fäden, die dem Farbton der Umgebung am besten entsprachen, die übrigen Fasern überdeckten, oder sie verdrehten sich mit anderen zu der entsprechenden Nuance. Dadurch verschwammen der Mantel und sein Träger umgehend vor dem gerade gegenwärtigen Hintergrund.

Ein wahrhaft magischer Vorgang, der den Schattenelfen viele Vorteile verschaffte, aber unter Sangors Einwohnern für erhebliche Unsicherheit sorgte.

»Du musst Kuma sein«, stellte Inome fest, nachdem der erste Schrecken verflogen war. »Herzog Garske erwartet dich bereits.«

Beflissen streckte sie die Hände aus, um ihm beim Ablegen zu helfen, doch er wehrte sie mit einer unwirschen Geste ab.

»Ich bleibe nicht lang«, erklärte er, sichtlich irritiert von ihrem aufreizenden Lächeln.

»Wie du wünscht, Legionär.« Statt sich von ihm abwimmeln zu lassen, wies ihm Inome den Weg und wich ihm nicht mehr von der Seite. Er versuchte vorauszueilen, doch trotz seiner schnellen Schritte hielten ihre langen Beine problemlos mit.

»Wirklich furchtbar heiß heute«, plapperte sie drauflos, um sein Misstrauen zu zerstreuen. Dabei fächerte sie sich mit der rechten Hand Luft zu, obwohl sie nur ein dünnes Seidenkleid trug, unter dem sich jede Bewegung ihrer auf und ab wippenden Brüste deutlich abzeichnete.

Immerhin war dieser Kuma Manns genug, einen vorsichtigen Blick aus den Augenwinkeln zu riskieren, das flößte ihr ein wenig Mut ein. Als sie nach links in einen schmalen Säulengang bogen, trafen sie auf Grindel, die, schwer auf einen Reisigbesen gestützt, ins Leere starrte und nicht die geringsten Anstalten machte, den vor ihr liegenden Boden zu fegen.

»Ach, dieses betäubte Miststück!«, fluchte Inome ungehalten. »Bringt nichts zustande und steht nur im Wege rum!«

Tatsächlich musste Kuma langsamer werden und die massige Gestalt der Ork umrunden, um in das herzogliche Audienzzimmer zu gelangen.

Die Gelegenheit war günstig. Rasch langte Inome nach dem Rücken des Elfen. Als er das Zupfen an seinem Mantel spürte, wirbelte er herum.

»Starrt ja vor Dreck, das Ding«, sagte sie und nahm ihm damit den Wind aus den Segeln, bevor er irgendetwas äußern konnte. »Das Orkweib soll sich darum kümmern.« Erneut machte sie Anstalten, Kuma beim Ablegen behilflich zu sein. »Grindel!«, rief sie dabei über die Schulter hinweg. »Arbeit für dich.«

Kuma wich ihr mit gleitenden Schritten aus. »Finger weg!«, zischte er. »Niemand berührt mich ohne meine Erlaubnis!«

»Huuu!«, sagte sie laut und hob dabei die Hände in einer übertrieben wirkenden Abwehrgeste. »Deine Amme hat dich früher wohl immer mit Maulschellen bedacht, wenn du schmutzig nach Hause gekommen bist, oder warum bist du sonst so empfindlich?«

Sie wusste natürlich, dass die Schattenelfen schon als Säuglinge den Armen ihrer Mütter entrissen wurden, trotzdem zuckte sie erschrocken zusammen, als Kuma nach dem Messer in seinem Gürtel langte. Grenzenloser Zorn funkelte in seinen Augen, doch er war klug genug, kein Blut im Hause des Statthalters zu vergießen.

»Bleib mir vom Leib!«, forderte er böse. »Oder du wirst es bereuen!«

Danach hielt sie größerem Abstand zu ihm, zumindest so lange, bis die Doppelwache in Sichtweite kam, die die Tür des Audienzzimmers flankierte. Wenigstens die beiden Vandorier erwiderten das Lächeln, das sie ihnen schenkte.

Herzog Garske lag auf einem Diwan, einen Silberkelch mit Wein in der Hand, als sie eintraten. Rasch klaubte er noch ein paar Trauben von einem Teller und setzte sich auf, um den Elfen zu empfangen. Die Fenster des Raums waren vergittert. Eine gute Vorsichtsmaßnahme in einer Stadt, in der einfach zu viele Personen den Atem des Himmels beherrschten.

»Kuma!«, rief der Herzog weinselig und winkte den Schattenelfen mit großer Geste näher. »Wie schön, dich zu sehen.«

Seine ungewöhnlich gute Laune erklärte sich durch einen kurzen Blick in den beinahe geleerten Weinkrug. Rasch eilte Inome auf den niedrigen Tisch zu, rückte den halb über die Kante hinausragenden Obstteller zurecht, füllte Garske nach und schenkte auch Kuma ungefragt ein. Sein Becher wurde nur noch halbvoll, trotzdem hob sie den Krug weit über den Tisch an, damit schon der langsam versiegende Weinstrahl deutlich machte, dass sie ihn bis auf den letzten Tropfen leerte.

»Und?«, wollte Garske mit schwerer Zunge wissen. »Was konnten deine Männer beobachten? Ist irgendetwas an diesen Gerüchten über die Orks dran?«

»Keinesfalls«, erklärte Kuma im Brustton der Überzeugung.

Garske, der seinen Silberkelch schon wieder an die Lippen führte, hielt mitten in der Bewegung inne. »Ist das alles?«, fragte er gereizt. »Einfach nur *keinesfalls?*«

Der jäh aufflammende Groll, der sich in seinen Augen abzeichnete, ließ ihn auf einmal stocknüchtern wirken. Kuma gab sich davon nicht beeindruckt, sondern schaute nur vielsagend zu Inome.

»Ach, das ist schon in Ordnung.« Garske versuchte vergeblich, nach ihren Hüften zu grabschen. »Sie ist Mätresse und Leibwächterin in einer Person. Ab-so-lut vertrauenswürdig.«

Geschickt wich sie seinen zupackenden Händen aus und hielt den leeren Krug in die Höhe. »Aber auch eine kluge Dienerin, die nicht bei wichtigen Staatsgeschäften stören will, sondern lieber etwas Wein holen geht. Einverstanden?«

Selbst der Elf nickte zustimmend. Vermutlich war er heilfroh, dass sie endlich verschwand.

Während er zu berichten begann, dass der Schwarze Mohn, den sie den Orks jeden Morgen verabreichten, seine volle Wirkung zeigte, eilte Inome zufrieden davon, an den Wachen aus Vandor vorbei und zurück in den Gang, in dem sich Grindel immer noch schläfrig auf den Reisigbesen stützte. Ihre Augenbrauen, die sich fragend in die Höhe wölbten, waren alles, was sich an ihr rührte.

Lächelnd fasste Inome in eine der vielen Falten ihres Seidenkleides und zog eines der Faserbündel hervor, die Kumas Tarnmantel bedeckten.

»Hier, wie gewünscht!« Mit ihren spitzen Fingernägeln war es für sie ein Leichtes gewesen, die Fäden aus dem Mantel zu zupfen.

Grindel warf nur einen kurzen Blick auf das seltsam schimmernde Gewimmel, bevor sie es in eine Tasche ihres Lederwamses verschwinden ließ.

»Was hast du eigentlich damit vor?«, wollte Inome wissen.

Grindel zuckte mit den Schultern. »Weiß ich noch nicht«, antwortete sie grinsend. »Aber vielleicht kann es uns noch einmal nützlich sein.«

Inome war zuerst verdutzt, bis ihr klar wurde, dass die Ork nur ihre eigenen Worte vom Untermarkt wiederholte.

»Und dafür laufe ich Gefahr, von diesem Verrückten abgestochen zu werden?«, brauste sie leise auf. »Wirklich sehr witzig, Grindel.«

10

Am Frostwall

Bava wusste, dass es mit ihm zu Ende gehen würde, wenn er nicht bald einen Unterschlupf fand. Verbissen kämpfte er sich durch einen peitschenden Hagelschauer voran. Wie mit scharfen Krallen schlugen ihm die harten Körner in das weiß verkrustete Gesicht. Blutige Schürfwunden überzogen seine Ellbogen und Knie.

Hinter dem tosenden Vorhang, der ihm die Sicht raubte, schimmerten immer wieder die dunklen Umrisse einer Bergspitze hervor, eines hohen, Schutz versprechenden Massivs, das er unbedingt erreichen musste. Was er da sah, war keine Sinnestäuschung, daran gab es keinen Zweifel. Es durfte ganz einfach keine sein, oder er würde jämmerlich zugrunde gehen.

Das einzig Gute an seiner Situation war, dass dieser elende, alles mit weißen Tüchern bedeckende Eissturm seine Spuren so restlos auslöschte, dass sie auch ein gewiefter Fährtenleser wie Gabor Elfenfresser nicht mehr würde aufnehmen können. Die Umgebung um ihn herum war schon nicht mehr dieselbe. Alte Erhebungen, die er noch am Morgen als Tagesziel festgelegt hatte, waren längst abgetragen, andere, bizarr und Furcht erregend in die Höhe ragend, neu hinzugekommen.

Bava fand sich nicht mehr zurecht, so viel stand fest, vielleicht rannte er auch schon längst im Kreis. Er wusste es nicht, wusste nur, dass er noch ein kleines Stück weiter musste, um wenigstens einen Hauch von Schutz zu finden.

Nur noch ein Stück, ein kleines Stückchen noch ...

Sein Verstand drohte immer wieder wegzudämmern, doch der Frost, der in seinen Wunden bohrte, hielt ihn unbarmherzig wach. Inzwischen fehlten drei Finger an seiner Hand, außerdem das rechte Ohr, das ihm Gabor in der vergangenen Nacht abgeschnitten hatte. Bava fühlte sich am Ende seiner Kräfte, doch wenn es nach seinem Peiniger ging, stand er erst am Anfang seiner Marter.

Als das stete Prasseln in seinem Gesicht nachließ, wagte er kurz, die Augen zu öffnen. Erfreut starrte er auf die vor ihm ansteigenden Grate und Kanten, die sich schon nach zwei Körperlängen im allumfassenden Weiß verloren. Tatsächlich, ein Windschatten. Er konnte es kaum glauben.

Erschöpft ließ er sich nach vorn fallen.

Das Gesicht auf die eisverkrusteten Ärmel gelegt, harrte er eine Weile aus, um Kräfte zu sammeln, die längst nicht mehr in ihm steckten. All seine Reserven waren verbraucht. Nur gut, dass es hier nirgendwo spiegelnde Flächen gab, in denen er sein ausgemergeltes Gesicht hätte sehen können, ihm hätte sonst der ehrlose Tod ins Auge geblickt.

So, wie er ihn verdient hatte.

Bava haderte so sehr mit sich selbst, dass er eine ganze Weile brauchte, um zu bemerken, dass der Schnee unter ihm nachgab. Nicht auf ganzer Linie, aber dort, wo sich sein rechtes Knie und die linke Hand befanden. Verblüfft beobachtete er, wie sich ein nach innen einfallender Trichter bildete, der sich schließlich zu einem schwarzen Loch auswuchs.

Bei Vuran! Konnte es denn wirklich sein? Befand sich da tatsächlich ein rettender Hohlraum, nur von einer armdicken Eisschicht bedeckt?

Seine steif gefrorenen Finger ließen sich nicht mehr krümmen, doch er konnte noch seinen Arm bewegen. Hastig schob er die Hand hin und her, bis er einen langen Spalt geschaffen hatte, der jedoch viel zu schmal war, um sich zwischen den massiven Schneeblöcken, die ihn einrahmten, hindurchzuzwängen, und Bava fehlte es einfach an Kraft, um einen größeren Zugang zu graben. Eine körnige Schnee- oder Hageldecke beiseiteschaufeln war alles, was er noch vermochte, zu mehr reichte es nicht mehr.

Wimmernd gab er die nutzlosen Versuche auf.

Konnte es denn wirklich sein, dass ihn das Blut der Erde so schrecklich strafte? Ihm nur Hoffnung machte, um sie ihm gleich darauf wieder mit aller Macht zu nehmen?

Lasst es endlich enden!, bat er im Stillen, während ihm zwei hervorquellende Tränen in den Augenwinkeln zu Eis erstarrten. *Blut der Erde, ich gebe dir mein Leben hin. Verfüge darüber, wie du es für richtig hältst.*

Ein warmes Gefühl, das er zuerst für Selbstmitleid hielt, stieg in ihm auf. Erst als er das helle Flackern hinter dem Spalt sah, wurde ihm klar, dass es dafür eine andere Erklärung gab. Verblüfft zog er seine Rechte wieder hervor und starrte auf die Flammen, die aus Handrücken und Fingern schlugen.

Seine Feuerhand, da war sie wieder! Er hatte gedacht, sie für immer verloren zu haben.

Bava hätte sie sich am liebsten fest ins Gesicht gedrückt, um die Kälte aus seinem Körper zu vertreiben, doch er durfte seine gepeinigte Haut nicht auch noch verbrennen.

Aber zumindest seine brennenden Finger tauten wieder auf, und so benutzte er sie, um den Spalt vor ihm zu erweitern.

Wieder und wieder grub er sie in den festen Schnee, der unter der starken Hitzeeinwirkung rasch nachgab. Von diesem Erfolg angetrieben, spürte Bava das Leben in sich zurückkehren. Unartikulierte Laute des Triumphs von sich gebend, kniete er sich hin und grub wie besessen weiter.

Der Flammenschub reichte gerade lange genug, um einen schmalen Durchschlupf zu schaffen, durch den er sich, mit dem

Kopf voran, hindurchzuzwängen vermochte. Von tiefer Dunkelheit umgeben, kam er im Inneren der Höhle an.

Als er sich mit dem Rücken an der Wand entlangschob, merkte er, dass es sich um überfrorenen Fels und nicht um eine Schneewehe handelte. Gleichzeitig schlug ihm Kot- und Aasgeruch entgegen – und noch etwas anderes, Undefinierbares, das irgendwie nach nassem Fell roch.

Nach all dem Tosen und Brausen des draußen wütenden Hagelsturms brauchten seine Ohren eine Weile, um sich an die in der Höhle herrschende Stille zu gewöhnen. Aber schließlich drang doch das gleichmäßige Brummen an sein Ohr, das in einem tiefer im Dunkeln liegenden Bereich erklang.

Ein Tier!, schoss es ihm durch den Kopf. Ja, kein Zweifel. Er war tatsächlich in die Behausung eines schlafenden Tiers geraten. Auch als sich seine Augen an die Dunkelheit gewöhnt hatten, konnte er nicht erkennen, um was es sich genau handelte, doch dem laut rasselnden Atmung nach musste es sich um ein verdammt großes Raubtier handeln.

Nachsehen wollte er lieber nicht, sondern streckte sich einfach erschöpft auf dem kalten Boden aus. Der Einstiegsspalt, den er freigelegt hatte, setzte sich bereits wieder mit neu herangewirbelten Hagelkörnern zu, und so schrumpfte auch der fahle Lichtstreifen, der durch die Öffnung zu Bava hereinfiel, immer mehr zusammen.

Bis er in völliger Dunkelheit lag und vor Erschöpfung einschlief.

Danke, Vuran, war sein letzter Gedanke. *Lieber bei lebendigem Leib gefressen werden, als weiter so elendig zu frieren.*

Am heiligen Hort
Auch über die große Entfernung hinweg war das Aufleuchten zwischen den weißen Wolken deutlich zu erkennen. Trotz des hell-

blauen Himmels sah es so aus, als würde am Horizont ein Gewitter toben.

Ursa wusste es besser. Fröstelnd schlang sie die Arme fester um den Leib, denn in Wirklichkeit verrichteten über der Schwarzen Marsch die Lichtbringer ihr blutiges Handwerk. Der bloße Gedanke verursachte ihr Übelkeit, trotzdem konnte sie sich nicht entschließen, ihren Beobachtungsplatz aufzugeben. Von hier oben, dem Rande des hoch über die Wälder aufragenden Horts aus, konnte sie sehen, wie tief die feindlichen Truppen bereits ihre Zähne in die heimischen Gründe der Blutorks geschlagen hatten. Und sosehr Ursa der Anblick auch schmerzte, durfte sie doch die Augen nicht vor der Wirklichkeit verschließen.

»Sie schlachten die Lindwürmer ab.« Rowan war den schmalen Pfad, der an der Innenseite der Rundwand hinaufführte, beinahe lautlos emporgestiegen. Er stellte sich neben sie und schaute ebenfalls in den leuchtenden Himmel. »Das ist meine Schuld.«

Die frische Narbe, die er beim Kampf gegen die Schattenelfen davongetragen hatte, zog sich feurig rot an der Kinnlinie entlang. Auch eine Hälfte des Ohrläppchens war dem vorbeistreifenden Pfeil zum Opfer gefallen.

»Unsinn!«, wies ihn Ursa zurecht. »Du hast alles versucht, um das Schlimmste zu verhindern, und ohne die Übermacht der Lichtbringer wäre es dir auch gelungen. Was macht es für die Lindwürmer schon für einen Unterschied, ob sie durch Pfeile oder das Lichtschwert sterben? Tot ist tot. Und niedergemacht hätten diese Bestien sie ohnehin, um ihren riesigen Moloch von Heer zu füttern.«

»Aber diese Mengen, in der die Lichtbringer sie schlachten!« Rowan klang verzweifelt. »So viel Beute können nicht mal ihre hungrigen Mägen verschlingen!«

»Sie legen eben Vorräte an«, entgegnete Ursa und klopfte ihm aufmunternd auf die Schulter. Es war schon seltsam. Seit er Hatra regelmäßig reiten durfte, ging dem jungen Krieger das Schicksal aller Lindwürmer sehr nahe, ob der heimischen, die die Marschen bevölkerten, oder der vierbeinigen, auf denen die Feinde ritten. Noch im letzten Winter hatten ihn die Tiere kaum interessiert.

Der Einmarsch von Gothars Truppen hatte aber auch sonst vieles verändert. Der Tod all der in Knochental gefallenen Veteranen hatte große Lücken gerissen und viele Hierarchien durcheinandergewirbelt, und auch sonst waren viele alte Strukturen zerschlagen worden. Manch einer musste sich inzwischen unter völlig neuen Umständen beweisen, nicht nur Rowan, sondern auch sie, die neue Hohepriesterin des Horts.

»Wir müssen die Gelegenheit zu einem Gegenschlag nutzen«, brach es jäh aus Rowan hervor. Ursa hatte sich schon gefragt, warum er den beschwerlichen Aufstieg auf sich genommen hatte, um allein mit ihr zu reden. Nun rückte er mit der Sprache heraus. »Jetzt, da sich so viele Lichtbringer über den Marschen aufhalten, bewachen nur noch ein paar ihre Festung«, breitete er seinen Plan mit feurigem Eifer aus. »Wir sollten so viele Scharen wie möglich sammeln und einen Vorstoß zur Schwarzen Pforte wagen. Vielleicht gelingt es uns sogar, König Gothar zu töten. Das würde seinem Heer allen Mut nehmen.«

Sie hörte sich alles in Ruhe bis zum Ende hin an, aber ihre Antwort hatte schon beim ersten Satz festgestanden. »Nein«, sagte sie in aller Deutlichkeit. »Schlag dir das aus dem Kopf, Rowan. Gothars Festung wird weiterhin von zahlreichen Lichtbringern bewacht, unsere Scharen würden bei so einem Vorstoß nur in ihr Verderben laufen.«

»Aber irgendetwas müssen wir doch tun!«, forderte Rowan heftig. »Wir können uns doch nicht die ganze Zeit auf unzugänglichen Höhen oder in den Tiefen der Wälder verstecken und uns mit kleinen Attacken aus dem Hinterhalt begnügen.«

Ursa ließ den Blick in die Runde schweifen, nach Osten, Norden und Süden, wo schwere Rauchwolken den Himmel verdunkelten, überall dort, wo sie über niederbrennenden Orkdörfern aufstiegen. Jeder, der über gesunde Augen verfügte, sah mit aller Deutlichkeit, dass ihr Volk derzeit keine Schlacht gewinnen konnte. »Uns bleibt im Moment nichts anderes übrig«, sagte sie traurig. »Gegen solche Übermacht und Wesen wie die Lichtbringer sind wir allein hilflos. Nur das Blut der Erde kann uns noch helfen, diesen Krieg zu gewinnen.«

»Ja, natürlich.« Der junge Krieger an ihrer Seite nickte heftig. »Aber warum hilft es uns nicht längst? Das frage nicht nur ich mich, sondern auch viele andere.«

Seine Worte schlugen wie eiskalte Krallen in ihren Brustkorb, wühlten unbarmherzig darin herum und umfassten ihr aufgeregt hämmerndes Herz. War es tatsächlich schon so weit?, fragte sie sich. Zweifelten bereits die Krieger, Weiber und Kinder an ihr, weil sie ihnen nicht die Antworten geben konnte, die alle so dringend hören wollten?

»Niemand zweifelt deine Fähigkeiten an«, sagte Rowan hastig, als hätte er ihre Gedanken gelesen. »Vuran hat dich zur neuen Hohepriesterin erwählt, das ist für alle deutlich.« Beinahe hätte er bei diesen Worten auf ihre Beine gezeigt, unterließ es aber im letzten Moment. »Doch uns fehlt eben ein Erzstreiter, der die Krieger in den Kampf führt. Vuran belohnt den Wagemutigen, das ist bekannt. Vielleicht wartet er nur darauf, dass einer von uns alles in die Waagschale wirft und ...«

»Der letzte Erzstreiter, der so blindlings vorgegangen ist, hat Tausende von Kriegern in den Tod geführt«, unterbrach sie ihn schroff. »Ich verbiete dir, gute Männer und Weiber für solch einen Vorstoß zu sammeln.«

Rowans Augenbrauen zogen sich zu einem buschigen Strich zusammen, unter dem er böse hervorblickte. »Das kannst du gar nicht«, knurrte er gereizt. »Du bist kein Erzstreiter, der einen freien Krieger unter sein Kommando zwingen kann.«

Das stimmte leider. Ursa ballte die Hände in hilflosem Zorn so fest zusammen, dass sich die Fingernägel tief in ihr Fleisch bohrten. Was sollte sie dem jungen Krieger nur sagen? Dass er ein tapferer Kämpfer war, aber nicht das Geringste von Taktiken oder Feldzügen verstand? Und ganz zu recht noch nicht das Zeichen eines Ersten Streiters trug?

Alles das hätte Rowan nur noch mehr aufgebracht und in seinem Entschluss bestärkt, das wusste sie. Darum sagte sie lieber: »Dann höre nicht auf mich, sondern auf die Stimme deiner Vernunft, Rowan. Vuran belohnt zwar den Wagemutigen, aber nicht den Dummen, der sein Leben sinnlos fortwirft. Sobald du das allein auseinanderhalten kannst, wirst du keine Ratschläge mehr von mir benötigen.«

Mit diesen Worten ließ sie ihn stehen, damit er darüber nachdenken konnte, während sie sich den schmalen Pfad hinabbegab. Rascher, als ihr ein Ork mit gesunden Beinen folgen konnte, schwebte sie in die Tiefe, um so rasch wie möglich die Blutkammer aufzusuchen.

Das Blut der Erde musste endlich mit ihr sprechen, musste ihr sagen, wie sie sich gegen Gothar zur Wehr setzen konnten, oder das Volk der Blutorks war endgültig dem Untergang geweiht.

In der Arena
Diesmal trug Urok kein besonderes Kettengeschirr, trotzdem fügte er sich, ohne auch nur einmal zu murren, perfekt in die Marschreihe ein, die vor Ordon zu stehen kam. Er schlug sogar wie die anderen die Hacken zusammen, allerdings einen Hauch zu spät, sodass das knallende Geräusch, mit dem sie zusammentrafen, wie das Echo der übrigen Gladiatorenstiefel klang.

Der Ausbilder musterte ihn zufrieden, weil Urok auch die Haltung seiner Nebenmänner imitierte, indem er seine großen Pranken an die Oberschenkel legte und den mächtigen Brustkasten herausdrückte. Der Blick des Orks war dabei stur geradeaus gerichtet, über die Köpfe der vor ihm stehenden Wachen hinweg, so wie es ihm Benir immer wieder eingeschärft hatte.

Menschen wie Ordon ließen sich von solchem Verhalten in Sicherheit wiegen, davon war der Schattenelf felsenfest überzeugt, und soweit Urok es beurteilen konnte, entsprach diese Einschätzung tatsächlich der Wahrheit.

»Das sieht doch schon viel besser aus als beim letzten Mal«, freute sich Ordon. »Außerdem wirkst du gut erholt, während deine drei Gegner immer noch das Krankenlager hüten müssen. Die Dornbeeren scheinen bei dir wahre Wunder zu wirken.«

Der Ork starrte weiter geradeaus, als ob es auf der gegenüberliegenden Rundmauer etwas besonders Interessantes zu sehen gäbe, selbst, als Ordon dicht an ihn herantrat und mit der flachen Hand mehrmals fest auf Uroks nackten Brustkorb schlug, um seine Schmerzempfindlichkeit zu prüfen.

»Mein Volk ist eben stark und widerstandsfähig«, leierte der Ork herunter, ohne eine Miene zu verziehen. »Leider fehlt es uns an taktischem Geschick, deshalb bitte ich um weitere Übungen, damit ich dem Schattenelf gegenübertreten kann.« Am liebsten hätte er sich über seine eigenen Worte vor Lachen ausgeschüttet, doch es gelang ihm, ernst zu bleiben.

So wie von Benir prophezeit, nahm Ordon jedes Wort für bare Münze. Die Hände auf dem Rücken verschränkt, drehte er sich zu Pelzauge um und tauschte ein wissendes Lächeln mit ihm. *Na also, ein Ork ist auch nicht schwerer zu brechen als ein Nordmann aus Bersk oder Vandor*, wollte er damit sagen. Und ahnte nicht, wie falsch er damit lag.

»Nun gut, wenn du schon so sehr darum bettelst, sollst du auch weitere Lektionen erhalten. In ein paar Tagen kämpfst du erneut gegen die Wolfshäuter, um dein neu erworbenes Wissen unter Beweis zu stellen. Streng dich also gut an.« Ordon streckte die Hand aus, um ein paar Gladiatoren für diese Aufgabe auszuwählen, als ihn Urok zum ersten Mal fixierte.

»Ich möchte gern gegen den Weiberhelden antreten!«, sagte er und deutete dabei auf Tarren, der einige Köpfe von ihm entfernt in der Reihe stand. »Wenn ich von ihm lerne, bekomme ich vielleicht auch so viel nächtlichen Besuch wie er!«

Einige der Gladiatoren lachten laut auf, zumal Tarren bis unter die Haarspitzen rot im Gesicht anlief. Ordon wirkte einen Moment lang völlig verblüfft, verzog dann aber die Lippen zu einem Grinsen.

»Von mir aus«, sagte er großmütig. »Wenn das hilft, deinen Eifer weiter anzufachen.« Danach bestimmte er mit Avak und Mondor noch zwei weitere Nordmänner zu Uroks Übungspartnern.

Angesichts all der Verletzungen, die sich die Wolfshäuter eingehandelt hatten, wurden die drei von niemandem beneidet. Auf einen Wink Ordons hin löste sich die Reihe auf. Lachend und scherzend strömten die übrigen Gladiatoren zu ihren Übungsplätzen, sichtlich froh darüber, dass der bittere Kelch an ihnen vorbeigegangen war.

»Möchte wissen, wer dem Ork diesen Unsinn mit den Frauen eingeredet hat«, flüsterte Ordon seinen Hilfsausbildern zu, doch dank seiner scharfen Ohren verstand Urok ihn auch inmitten des ganzen Tumultes. »Derjenige hätte eigentlich einen extra Krug Wein zur Belohnung verdient.«

Die meisten lachten pflichtschuldig, nur Pelzauge zog eine Grimasse. »Ich traue dem Frieden nicht«, gab er kund. »Was ist, wenn uns dieses Scheusal bloß in Sicherheit wiegen will?«

»Das wollen sie doch alle!«, knurrte Ordon, sichtlich über die Belehrung verstimmt. »Selbst der Schwächste von ihnen würde uns liebend gern das Messer durch die Kehle ziehen, wenn er nur könnte und damit ungestraft davonkäme.«

Alle Ausbilder, selbst der gescholtene Pelzauge, nickten grimmig bei diesen weisen Worten und fassten ihre Flammenpeitschen instinktiv fester. Einige sahen auch zu den Bogenschützen oberhalb der Rundmauer empor, die sie immer noch am besten vor jeder Art von Aufruhr schützten.

Ordon hatte jedoch noch etwas anderes zu bieten, um jeden Gedanken an Widerstand bereits im Keim zu ersticken.

»Urok zu mir!«, befahl er herrisch, während er auf den Bereich zuging, der vor der herzoglichen Loge lag. Auf der Höhe eines kreuzförmigen Prangers angekommen, machte er abrupt Halt und winkte einer Wache zu, die an der gemauerten Rampe postiert war, die in die Kerker hinabführte. Sofort lief der Mann in die Tiefe und brüllte irgendwelche Befehle in das Gewölbe hinein.

Außer dem Kläffen der Leichenhunde erhielt er keine hörbare Antwort, trotzdem kehrte er zufrieden zurück, als ob er gerade etwas ganz Großes in Gang gesetzt hätte. Und das hatte er in der Tat. Noch während Urok gemächlich zu Ordon heranschlurfte, begann der Boden unter seinen Füßen zu beben.

Überrascht starrte er auf den Sand hinab.

Zuerst ließ die Vibration nur einzelne Körner in die Höhe springen, aber das Rumpeln und Poltern aus der Tiefe nahm immer mehr zu, bis plötzlich Risse aufklafften. Oder vielmehr vier sauber verlaufende Fugen, die, über Eck aneinander anschließend, zu einem exakten Rechteck heranwuchsen, das langsam in der Erde absank, an von Menschenhand glatt geschliffenem Fels vorbei, der ringsum wie graue Mauern sichtbar wurde.

»Dass ich solch ein Magier bin, hättest du wohl nicht gedacht?«, fragte Ordon, stolz in die immer tiefer werdende Grube deutend. »Glaub mir, meine Hände vermögen nicht nur der Erde zu befehlen, sondern auch Wände und Türme zu versetzen.«

»Tatsächlich?«, gab sich Urok gebührend beeindruckt. »Und ich dachte schon, dafür gäbe es auch Winden, Seilzüge und drehbare Säulen, wie sie sich unterhalb der Arena befinden.«

Ordons zufriedene Miene fiel übergangslos in sich zusammen. »Hmm!«, brummte er verdrießlich. »Irgendeiner der Gladiatoren quatscht zu viel mit dir.«

Sicher wäre es klüger gewesen, sich dumm zu stellen. Trotzdem freute es Urok, dass er Ordons prahlerische Worte derart zu parieren gewusst hatte.

Dieser Triumph trat jedoch sofort in den Hintergrund, als er ein Prickeln in der linken Pranke spürte. Finger und Handrücken fühlten sich an, als wären sie in siedendheißes Fett getaucht. Er fürchtete schon, es könnten jeden Moment Flammen aus seinen Poren schlagen, doch das blieb zum Glück aus.

Stattdessen kam der Sandboden am Grund der vor ihm klaffenden Grube unversehens mit einem harten Schlag zum Stillstand. Gut zwei Orklängen war sie tief, mit glatten Felswänden, die selbst einem gewandten Kletterer nicht den geringsten Halt boten.

Abgesehen von einer schmalen Bodenöffnung an der Stirnseite schlossen sie rundum völlig ab. Sogar wasserdicht. Jedenfalls hatte Benir behauptet, dass diese Grube auch schon als Becken für Krokodilkämpfe benutzt worden war.

Urok ging ein Stück an der Längskante entlang, um mehr zu sehen. Als er dabei einen Blick durch das von hinten beleuchtete Loch erhaschte, brandete das Prickeln in seiner Hand über den ganzen Arm bis hinauf in die Schulter. Er hatte eine Steinwölbung entdeckte, in der ganz deutlich das Rad des Feuers eingeritzt war.

Der alte Hort – er lag also tatsächlich unter ihm. Wie gut er doch daran getan hatte, sich in die Arena werfen zu lassen.

Der Ausblick währte nur kurz, denn schon im nächsten Moment wurde die rechteckige Öffnung mit dem Ende einer hölzernen Schütte verschlossen, über die etwas in die Grube hineinrutschte. Es handelte sich um runde, sich windende Stränge in den unterschiedlichsten Farben, die wütend zu zischen und zu rasseln begannen, als sie übereinanderpurzelnd auf den Sandboden prallten.

Die giftigen Nattern streckten sich sofort wütend und schlängelten davon, um nicht unter weiteren Artgenossen begraben zu werden. Ob im gelben, roten oder schwarzen Schuppenkleid, ob mit rasselnden Hautringen an der Schwanzspitze wie die Klappernattern oder mit von Dornen übersäter Haut wie die Feuernattern, all diese Schlangen hatten gemein, das sie hochgiftig waren.

Körbeweise rutschte dieses elende Gezücht in die Grube, bis es den Sandboden flächendeckend von einer Ecke in die andere bedeckte.

Immer wieder erhob sich ein platter Schuppenkopf aus diesem lebenden Teppich und präsentierte sein weit aufgerissenes Maul mit den hervorstehenden langen Giftzähnen. Die Tiere waren erbost über die grobe Art ihrer Behandlung und reagierten entsprechend aggressiv. Wer in diesem Moment zwischen sie geriet, würde unweigerlich sterben, am ganzen Leib zerbissen und mit tödlichem Gift vollgepumpt.

Einige von ihnen versuchten sogleich, über die Schütte zurückzukriechen, doch die wurde bereits aus der Öffnung gezogen und durch einen schweren Stein ersetzt, der haargenau in die Umrandung passte. Um diesen Verschluss zu sprengen, fehlte ihnen die nötige Kraft. So blieb ihnen nichts anderes übrig, als weiterhin übereinander hinwegzuschlängeln und auf eine bessere Gelegenheit zu warten.

»Eine wirksame Maßnahme gegen ungehorsame Gladiatoren«, erklärte Ordon stolz. »Je schlimmer das Vergehen, desto tiefer wird der Delinquent über Kopf in die Grube gehängt. Die meisten werden dabei verrückt, selbst wenn die Schlangen nicht an sie herankommen. Andere, die zu tief hängen... Nun ja...«

Er führte nicht aus, was er schon alles zu sehen bekommen hatte, als wäre der Anblick sogar zu schrecklich, um ihn einem Ork zu schildern.

Urok zog ein wenig Schleim aus der Nase hoch und spuckte auf das Gewimmel in der Tiefe. »Verrückt geworden?«, fragte er dann. »Weil es um einen herum wimmelt, zischt und giftig ist?« Er zuckte mit den Schultern, bevor er den Blick über all die Menschen schweifen ließ, die um ihn herum in der Arena lärmten. »Kann mir nicht passieren. So komme ich mir nämlich schon vor, seit ich Sangor betreten habe.«

EINSTMALS

Von Weitem sah es tatsächlich so aus, als würde Raams Himmelsfeste mit seinen Türmen das klare Blau zwischen den Wolken berühren. Inmitten der von losem Geröll beherrschten Steinwüste erhoben sich die runden, alles Eckige vermeidenden Formen weithin sichtbar über die flache Landschaft. Selbst von dem hohen Küstenplateau aus, das einen der schönsten Blicke auf die Wogen des Südmeers bot, war dieses Bollwerk noch auszumachen.

Doch für einen Ausflug ans Wasser, so verlockend er auch sein mochte, bot sich ihnen keine Gelegenheit. Die Zeit drängte, und so ritten sie, eine hohe Staubfahne nach sich ziehend, auf ihren Lindwürmern durch die fruchtlose, nur von vereinzelten grünen Tupfern durchbrochene Öde.

Die meisten Pflanzen, die sie am Wegesrand sahen, waren allerdings braun und vertrocknet. Weiter östlich, in Richtung der Bergkette, hinter der sich Pathan verbarg, mochte es vielleicht mehr Kakteen geben, doch hier, so nahe dem ausgewalzten Hauptpfad, der sich schon tief in den Boden gegraben hatte, war längst alles niedergeholzt, was ein wenig Feuchtigkeit auf den Lippen versprach.

Mit Brennmaterial für die Nacht sah es ebenso schlecht aus. Da blieb nur, auf den getrockneten Dung der eigenen Reittiere zurückzugreifen.

Zum Glück hatten sie ihr Ziel schon beinahe erreicht, denn Vuran verspürte wenig Lust, eine weitere Nacht unter freiem Himmel zu verbringen, ohne die Möglichkeit, sich von dem feinen Sand zu befreien, der mühelos durch jede Kleidung drang. Erst einmal mit dem Schweiß zu einer klebenden Schicht verbunden oder in kleinste Körperfalten gelangt, begannen die Körner überall unbarmherzig zu scheuern, bis selbst die härteste Orkhaut wund geworden war.

Trotz der tief ins Gesicht gezogenen Kapuzen waren auch ihre Nasenlöcher und Münder voll Staub. Kirrak war wirklich ein Land, in dem sich nur Reptilien wohl fühlen konnten.

Endlich am großen Wassergraben angelangt, der die Festung breiter als mancher Binnensee umfasste, stiegen sie von ihren Lindwürmern und klopften sich ausgiebig den Staub von den Umhängen.

Eine Brücke oder sonstige Übergänge gab es nicht, doch ihre Ankunft war bemerkt worden. Zwei Schlangenpriester in langen schwarzen Mänteln, die wie dunkle Lederschwingen in der Luft auf und ab flatterten, lösten sich bereits aus einem der Türme und schwebten zu ihnen herüber.

»Ob uns diese Audienz wirklich Aufklärung bringt?« Ulke, ein junge Priester aus dem heiligen Hort von Rabensang, der Vuran begleitete, sah ihn plötzlich unsicher an.

Warum hat mir Wulfralla nicht gleich einen Novizen mitgegeben?, ging es Vuran durch den Kopf, doch der Erste Streiter der Hortgarde wischte den Gedanken sofort wieder beiseite.

Er fühlte sich müde und schmutzig und war überreizt, darum urteilte er ungerecht, das wusste er selbst. Wulfralla hatte gut daran getan, ihm einen unbedeutenden Priester an die Seite zu stellen, um der Audienz nicht mehr Gewicht zu verleihen, als zurzeit guttat. Und dass jemand wie Ulke, der die Himmelsfeste zum ersten Mal in seinem Leben sah, bei ihrem Anblick von Ehrfurcht überwältigt wurde, war vollkommen normal.

Nur die Ruhe, schärfte sich Vuran im Stillen ein. *Es kommt nur auf mich an. Dieser Ulke ist bloß Blendwerk, um alles harmloser erscheinen zu lassen. Ich muss ganz vorsichtig vorgehen, oder die Spannungen zwischen der Völkern werden noch größer.*

Die beiden Schlangenpriester verharrten noch eine Weile in der Luft, bis sich der von den Lindwürmern aufgewirbelte Staub verzogen hatte. Aus der Nähe war das Zeichen der geflügelten Schlange, das auf ihren schwarzen Kutten prangte, nicht zu übersehen.

Vuran führte ihre Reittiere näher ans Ufer und pflockte sie so an, dass sie jederzeit mit ihren langen Hälsen ans Wasser gelangen konnten. Er selbst konnte der Versuchung nicht widerstehen, sich wenigstens kurz die Hände zu waschen.

Die Wasseroberfläche schimmerte klar und blau in der Sonne, deshalb schöpfte er auch ein wenig Flüssigkeit an die Lippen, um wenigstens seinen ärgsten Durst zu löschen. Das war ein Fehler. Wohlschmeckend wie das Wasser war, weckte es nur seinen Wunsch nach mehr, trotzdem riss er sich zusammen. Raam würde ihnen schon noch eine Erfrischung anbieten, so lange musste er sich noch gedulden.

Ulke ließ sich natürlich nicht dazu herab, seinem Beispiel zu folgen. Feinsinniger Priester, der er war, bedachte er Vuran sogar mit missbilligenden Blicken.

Zwergenarsch!, dachte Vuran, und diesmal schämte er sich nicht für seine beleidigenden Gedanken. *Wollen erst mal sehen, wie du bei deiner Ankunft aussiehst.*

Die beiden Schlangenpriester brachten sie in Windeseile zur Festung. Vuran hatte solche Flüge schon häufiger mitgemacht, trotzdem waren sie auch für ihn jedes Mal ein besonderes Ereignis.

Für Neulinge wie Ulke, der die Kunst der Levitation noch nie am eigenen Leib erfahren hatte, galt das in ganz besonderem Maße. Vielen schlug die haltlose Sicht in die Tiefe auf den

Magen, doch obwohl Ulke verkrampft wirkte, hielt er sich wacker, das ließ sich nicht anders sagen. Ein wenig taumelnd, aber ohne sich zu übergeben, machte er nach seiner Landung die ersten Schritte.

Vuran fasste ihn am Arm, um ihn zu stützen. Ulke ließ ihn nicht nur gewähren, sondern schenkte ihm auch ein dankbares Lächeln. Der lautlose Disput am Ufer war damit vergessen. Von nun an waren sie wieder zwei Blutorks, die Schulter an Schulter auftraten.

Ihre Begleiter hatten sie ganz in der Nähe des Thronsaals abgesetzt. Durch einen eckenlosen Vorraum gelangten sie direkt dorthin.

Aus Muscheln und Seesternen geformte Mosaiken säumten das große Rund. Die abstrakten Motive ergaben für Vuran keinen rechten Sinn, während Ulkes Augen im Vorübergehen aufleuchteten, als gäbe es darauf alle Geheimnisse dieser Welt zu sehen. Es ging wohl um den Anfang aller Zeiten, als das Blut und der Atem noch um die Vorherrschaft gerungen hatten, so viel wusste Vuran auch schon, ohne dadurch mehr zu erkennen.

Der Thronsaal selbst sprengte in seiner ungeheuren Ausdehnung jede räumliche Vorstellungskraft. Wände und Decken verschwanden hinter dem gleißenden Licht der Sonne, das auf geheimnisvolle Weise durch die von außen massiven Wände sickerte. Allein das laute Hallen, das ihre Sohlen bei jedem Schritt auf dem weißen Marmorboden hervorriefen, zeugte davon, wie groß der Saal war.

Raam erwartete sie auf seinem klobigen Steinthron sitzend, der in krassem Widerspruch zu der filigranen Umgebung stand. Er war wohl ein Relikt aus uralter Zeit, als seine noch umherschlängelnden Vorfahren schattenfreie Steinplätze besonders zu schätzen gewusst hatten, weil die Sonne ihr kaltes Blut dort entsprechend erwärmte.

Statt eines Mantels wie seine Priester trug er ein leichter geschnittenes Gewand, ebenfalls schwarz, aber ohne Kapuze und mit kurzen Ärmeln, sodass seine schmalen Hände mit den unnatürlich langen Fingern und der braunweiß gemusterte Schuppenkopf zu sehen waren.

»Nehmt es mir nicht übel, dass ich euch nach eurer langen, beschwerlichen Reise gleich zu mir gebeten habe«, empfing er sie freundlich, wobei seine lange, weit eingespaltene Zunge bei jedem zweiten Wort zwischen der lippenlosen Mundspalte hervorschlüpfte, ein Anblick, der bei Warmblütern, egal ob Orks, Menschen oder Elfen, immer wieder tiefste Urängste auslöste. »Aber mir ist bereits zu Ohren gekommen, dass euer Besuch nicht aus reiner Höflichkeit erfolgt. Darum ist es mir wichtig, dass wir gleich miteinander sprechen, bevor ihr für den Rest des Tages in den Dampfbädern verschwindet. Aber nehmt euch doch erst mal etwas zu trinken. Ihr müsst ja umkommen vor Durst.«

Vuran und Ulke gingen auf einen kleinen Tisch zu, auf dem ein Silbertablett mit einigen Bechern und einer Wasserkaraffe stand. Ulke goss ihnen beiden ein, aber sie nippten nur an dem köstlichen Nass, weil ihnen jede Lust, sich den Staub aus den Kehlen zu spülen, beim Anblick der Zunge vergangen war.

»Die verdammten Wasserelfen verspritzen ihr Gift gegen uns«, kam Raam gleich zur Sache. »Nicht dass das etwas Neues wäre, von Neid zerfressen, wie sie sind. Aber wie ich höre, verbreiten sie nun sogar, dass unsere Priester Mörder wären, die es nach Blutopfern gelüstet.«

»Nichts in dieser Hinsicht wird verbreitet«, versicherte Vuran schnell. »Es gibt nur einen Vorfall in Rabensang, der uns Rätsel aufgibt, und ich ... wir sind hier, in der Hoffnung, dass du uns bei der Aufklärung helfen kannst.«

»Ein Vorfall?« Die Zunge huschte doppelt so lang wie üblich hervor. »Ist mit diesem *Vorfall* vielleicht der feige Mord an einem meiner Priester gemeint, der durch einen Elfen hinterrücks gemeuchelt wurde?«

Vuran spürte, wie ihm heiß wurde. Verdammt, Raam wusste längst über alles Bescheid. Das würde ein sehr unangenehmes Gespräch werden.

»Ich versuche derzeit herauszufinden, was wirklich geschehen ist«, antwortete er vorsichtig. »Bei dieser Sache kam auch ein Novize des Horts zu Tode. Du siehst also, wir haben gemeinsame Interessen.«

Raam sah ihn aus seinen schwarzen Reptilienaugen finster an. »So gehen wir also gemeinsam gegen Sevak und die Priester des Leibes vor?«, brach er sein Schweigen mit einer lauernden Frage.

Schweiß sammelte sich in Vurans Nacken. Dass ihn das erste Gespräch mit Raam derart in die Ecke drängen würde, hatte er sich nicht vorgestellt. Der Schlangenherrscher schien ihm in allen Belangen einen Schritt voraus zu sein.

»Ich bin der Erste Streiter der Hortgarde von Rabensang«, stellte er mit fester Stimme klar, um etwas Zeit zu gewinnen. »Ich gehe gegen jeden vor, der unsere Novizen ermordet. Bisher weiß ich aber noch nicht mit Gewissheit, wer oder was dahintersteckt. Ich bin hier, um deine Meinung und deinen Rat einzuholen.« *Und um zu prüfen, ob nicht du der heimliche Drahtzieher bist*, fügte er in Gedanken hinzu.

»Die Elfen sind an allem schuld«, behauptete Raam. »Sie wollen in den natürlichen Lauf der Kräfte eingreifen und maßen sich Dinge an, die ihnen nicht zustehen.« Er beugte leicht den Kopf vor. »Weißt du das denn nicht?«

Auf eine kurze Geste mit den dünnen Schlangenfingern hin kam ein kalter Windzug auf, der in die gleißende Lichtwand zu ihrer Rechten fegte und dort so lange herumwirbelte, bis sich einzelne Konturen abzeichneten. Konturen, die Arme, Beine und

Köpfe ausformten sowie feine spitze Ohren, wie sie den Elfen eigen waren.

»Und mit Anmaßungen meine ich keine kleinen Verfehlungen, wie ihr Orks sie euch gern leistet«, fuhr Raam fort, während das Trugbild deutlicher wurde, »etwa wie Menschen zu Priestern zu machen oder einen widernatürlich engen Kontakt zu ihnen zu pflegen.« Mit den letzten Worten wollte er wohl zum Ausdruck bringen, dass er alles über Vuran und Monea wusste.

»Es ist natürlich allein eure Sache, ob ihr euch selbst schwächen wollt, uns geht das nichts an.« Raam versuchte Gleichgültigkeit zu heucheln, dabei aber glitt ihm die gespaltene Zunge fast bis in den Schoß hinab. »Was die Elfen hingegen planen, werden wir unter keinen Umständen dulden.« Seine Aufregung war derart gewachsen, dass der rote Strang nicht mehr in seinen Mund zurückkehrte. Dabei wurde sichtbar, dass der Reptilienrachen fast genauso hell schimmerte wie die umliegenden Wände. »Sieh doch selbst, welche Frevler Sevak und seine Kumpane sind.«

Das schwebende Trugbild zeigte tatsächlich den Kommandanten der Elfengarde und einige seiner Getreuen inmitten einer Waldlichtung. Sevak erhob sich plötzlich aus dem Gras, ohne jedes Hilfsmittel, und stieg mindestens zwei Körperlängen weit in die Luft. Die um ihn herumstehenden Elfen brachen in Hochrufe aus. Daraufhin lief Sevak auf eine kleine Buche zu, katapultierte sich mit einem riesigen Satz in die Luft, federte über einige Äste weiter in die Höhe und setzte schließlich, nachdem er wieder sanft zu Boden geschwebt war, unverletzt im Gras auf.

Die Kunst der Levitation – die Elfen hatten es geschafft, ihre Geheimnisse zu ergründen!

»Sie missbrauchen den Atem des Himmels für ihre eigenen tölpelhaften Zwecke«, tobte Raam vor Wut, während das Trugbild verschwand. »Dazu haben sie kein Recht! Das ist ihnen verboten!«

Vuran versuchte den obersten Herrscher aller Schlangenmenschen zu beruhigen. »Aber zu mehr als einem schwachen Abglanz eurer Kräfte wird es bei ihnen nie langen!«

Falls er wirklich gehofft hatte, Raams Zorn ließe sich dadurch mildern, wurde er rasch eines Besseren belehrt.

»Was soll das heißen?«, keifte der Reptilienherrscher. »Billigst du etwa dieses Verhalten? Oder steckst du sogar mit den Elfen unter einer Decke?«

Bei diesen Anschuldigungen zuckte Vurans Hand instinktiv an die Hüfte, dorthin, wo normalerweise sein Schwertgriff am Wehrgehänge hervorragte. Zum Glück hatte er seine Waffen bei den Lindwürmern gelassen, sonst wäre es wohl um ihn geschehen gewesen.

»Unsere Priesterschaft ist sich noch uneins, wie sie zu diesen Bestrebungen stehen soll«, sprang ihm Ulke zu Hilfe. »Wir rufen Tag für Tag das Blut der Erde an, doch statt zu antworten, formt es immer wieder drei Gesichter mit den Zügen eines Knaben, eines Kriegers und eines Greises. Einige Priester sind davon überzeugt, dass uns das Blut damit zeigen will, dass sich alles im Leben fortwährend verändert.«

»Unsinn!«, rief Raam aufgebracht. »Damit beweist das Blut der Erde nur die Unabänderlichkeit der drei Kräfte und derer, die sie gebrauchen dürfen. Erkennt ihr Narren das denn nicht?«

Diesmal fiel sein Zischeln so laut aus, dass es in den Ohren schmerzte. Einige Schlangenpriester, die sich bisher außer Sichtweite gehalten hatten, drängten hastig in die Halle und nahmen Positionen links und rechts des Throns ein, als stände ein Attentat zu befürchten.

Ulke wagte daraufhin nichts mehr zu sagen, und das war wohl auch besser so. Raam beruhigte sich unterdessen wieder.

»Verzeiht mein Aufbrausen«, bat er, plötzlich wieder die Freundlichkeit selbst. »Ich habe mich gehen lassen, das ist unverzeihlich. Schließlich habt ihr den langen Weg auf euch genommen, um mit uns zusammen das Beste für alle Völker zu erreichen. Das rechne ich euch hoch an. Warum erfrischt ihr euch nicht erst einmal, und wir setzen unser Gespräch bei einem gemeinsamen Mahl in aller Ruhe fort?«

In diesen Vorschlag willigten die Orks nur zu gern ein.

Nachdem man ihnen ihre Räumlichkeiten zugewiesen und den Weg in ein Dampfbad gezeigt hatte, wurden sie allein gelassen. Vuran dachte, damit das Schlimmste überstanden zu haben, bis er Ulkes steinerne Miene sah, die so gar nicht zu dem jungen Gesicht des Priesters passen wollte.

»Keine Sorge«, versuchte ihn Vuran zu beruhigen. »Die lassen uns schon wieder lebend gehen.«

»Das ist es nicht, was mich beunruhigt«, antwortete Ulke düster. »Mich quält etwas ganz anderes, nämlich: Was ist, wenn Raam recht hat?« Den Blick plötzlich fest auf Vuran gerichtet, flackerte ein feindseliges Funkeln in seinen Augen auf. »Was ist, wenn das Blut der Erde nicht gutheißt, was Monea und du treiben?«

WENN LICHTBRINGER STERBEN …

ᚦ 11 ᚦ

Am Tempel der Liebe

Kuma näherte sich dem Freudenhaus im Schutze seines Tarnmantels – nicht aus Scham, sondern um den allgegenwärtigen Augen der goldenen Tauben zu entgehen, die im Auftrag des verbliebenen Lichtbringers die Dächer der Stadt überwachten. Über seinen Besuch bei Herzog Garske hatte er dem Maskenträger sofort Bericht erstatten müssen, das wollte er in diesem Fall unbedingt vermeiden.

Den Atem des Himmels tief in seiner Lunge, kletterte er an einem tönernen Abflussrohr empor, glitt im zweiten Stockwerk am Außensims entlang und klammerte sich schon wenige Herzschläge später an der marmornen Umrandung eines Bogenfensters fest.

Er hatte Glück, denn es war kein wollüstiges Stöhnen, das aus dem dahinterliegenden Raum drang, sondern leises Geflüster, wie es zwischen sich heimlich Liebenden oder – in diesem Gebäude viel wahrscheinlicher – heimtückischen Ränkeschmieden üblich war.

»Ich kann also ruhig noch eine weitere Freundin mitbringen?«, fragte gerade eine weibliche Stimme, die zweifellos Namihl, der rothaarigen Hure, gehörte.

Ihr Freier, von dem Kuma eindeutig wusste, dass er der Diebesgilde angehörte, lachte rau. »Aber natürlich, Milchhaut! Wenn sie genauso willig ist wie du und die andere, wird sich schon noch ein Gildenbruder finden, der sie zu nehmen weiß.«

»Sie ist aber ein wenig fülliger als Inome und ich«, warnte Namihl ungewöhnlich deutlich, als ob sie von der Dritten im Bunde nicht sonderlich viel hielte.

»Macht nichts, wir haben auch Blinde in unseren Reihen.«

Die Hure kicherte beflissen, aber viel zu unecht, um ihren üppigen Liebeslohn wirklich zu verdienen. Doch es war ohnehin ihre bleiche Eishaut, die Sangors Männer verrückt machte, und nicht das Talent zur Verstellung, über das viele andere Tempelschwestern verfügten.

»Also gut«, verkündete Namihls Freier zufrieden. »Heute Nacht, wenn der Mond zwei Handbreit am Himmel steht, an der verabredeten Stelle. Lasst euch nicht einfallen, früher zu kommen. Skork darf auf keinen Fall etwas von diesem Handel erfahren.«

Ein Vergehen, so groß, dass sie den Meister der Diebesgilde fürchten muss. Kuma lächelte. *Das ist ja sehr erfreulich!*

Alle Zweifel, dass ihm einer der fünf Winde nicht gewogen sein könnte, waren auf einen Schlag zerstreut. Mit dem ganzen Leib flach an die Fassade gepresst, wartete er in Ruhe ab, bis drinnen die Tür klappte.

Als er sich kurze Zeit später durchs Fenster schwang, lag Namihl immer noch ausgestreckt auf dem großen Himmelbett. Schweißperlen glitzerten auf ihren kleinen, im Liegen beinahe knabenhaft wirkenden Brüsten. Um ihren weich geschwungenen Mund lag ein bitterer Zug, den ihre Freier wohl nie zu sehen bekamen.

Die tief eingegrabenen Kerben verschwanden in dem Moment, da Kuma die tarnende Wirkung des Mantels aufhob. Erschrocken raffte sie das weiße Laken, das ihren Leib nur nachlässig bis zum Bauchnabel bedeckt hatte, in die Höhe, um ihre Nacktheit zu verbergen. Ein ungewöhnliches Verhalten für eine Hure, wie er fand, aber was verstanden Elfen schon von dem, was in Menschen vor sich ging?

»Was willst du hier?«, rief sie. Die anfängliche Überraschung war verflogen, und ein zorniges Funkeln blitzte in ihren Augen, als ihr der am nächsten liegende Grund für seinen Besuch in den Sinn kam. »Wenn du zu einer von uns willst, musst du wie alle anderen unten ans Tor klopfen«, stellte sie fauchend klar. Und, um ihre persönliche Ablehnung noch deutlicher zu machen: »Schattenelfen zahlen grundsätzlich das Doppelte!«

Kuma machte eine wegwerfende Handbewegung, denn sein Interesse war ganz anderer Natur. Sicher, ihre blutleere Haut hatte etwas Anregendes, aber Ähnliches fand er in seinen eigenen Reihen zuhauf. Und wie erfüllend es war, sich unter dem gemeinsamen Einfluss des Himmelsatems zu vereinen, würden Menschen und andere niedere Wesen nie begreifen.

»Still, Bergweib!«, herrschte er sie an. »Ich bin wegen Skorks Gildenbruder hier, mit dem du insgeheim dunklen Handel treibst! Leugnen ist zwecklos, ich habe euch beide gerade belauscht!«

Ihre Augen weiteten sich vor Schreck, doch sie hatte genügend Geistesgegenwart, um nicht laut aufzuschreien oder in Tränen auszubrechen. Nach einer Zeit des Schweigens, in der sich Kuma an ihrer abgrundtiefen Furcht ergötzte, erklärte er ihr, was er wirklich von ihr wollte.

»Du verkehrst regelmäßig mit einem der Gladiatoren«, sagte er ihr auf den Kopf zu. »Streite es nicht ab, denn ich weiß es genau.«

Das ohnehin helle Gesicht der Hure wurde kalkweiß. Ihre Hände verkrampften sich in das Laken, das nun auch ihre Brüste bedeckte, und sie sprach kein Wort, sondern nickte nur bestätigend.

Genau die Reaktion, die er erwartet hatte.

»Hör gut zu«, forderte er eindringlich. »Richte deinem Freier eine Botschaft aus, für den Schattenelfen, der mit ihm im Kerker sitzt. Er soll Benir sagen, dass es seinem Sohn gut geht. Alle Schattenelfen haben ein Auge auf ihn. *Sie* wird ihm ebenfalls kein Haar krümmen, denn sie ist fest davon überzeugt, dass es ihre Bestimmung ist, den Befreier aufzuziehen. Und ehrlich gesagt, ich glaube das auch. Mag ihr Herz auch kalt sein – wenn es denn eine vermag, ein Kind dem Staub der Kaserne zu entziehen, ist sie es und niemand sonst.«

Namihl sah ihn mit wachsendem Unverständnis an.

»Wer ist *sie*?«, verlangte sie zu wissen, am ganzen Körper bebend. »Und von wem soll ich diese Botschaft ausrichten?«

Sie war zwar verängstigt, aber weiterhin gerissen, das musste er ihr lassen.

Drohend legte Kuma eine Hand auf den Schwertgriff an seiner Hüfte, um seinen nächsten Worten besonderen Nachdruck zu verleihen. »Namen sind ohne Belang«, stellte er klar. »Wichtig ist nur, dass du ganz genau übermittelst, was ich dir aufgetragen habe, und zu sonst niemanden ein Wort verlierst. Ansonsten wäre ich nämlich gezwungen, Skork mitzuteilen, dass du heimliche Absprachen mit seinen Männern triffst, verstanden? Und glaub mir, mit dem König der Diebe Kontakt aufzunehmen, ist für mich keine große Kunst.«

»Ich werde alles so ausführen, wie du es von mir verlangst«, erklärte sie eilig. Nun, da sie wusste, dass es nur um eine rätselhafte Botschaft ging, entspannte sie sich allmählich wieder.

Kuma ließ sie trotzdem mehrmals jeden Satz wiederholen, um sicherzugehen, dass sie auch alles richtig verstanden hatte.

»Gut!«, nickte er nach einer Weile zufrieden, denn für eine Barbarin hatte sie eine gute Auffassungsgabe. »Falls alles zu meiner Zufriedenheit geschieht, brauchst du bloß hinterher alles zu vergessen, um mein Wohlwollen zu erlangen. Sollte ich aber irgendwo Gerüchte zu Ohren bekommen, die meinen Besuch bei dir betreffen, kehre ich noch einmal persönlich zurück und ziehe dir die Haut bei lebendigem Leibe vom Körper ab.«

Mit dieser Drohung ließ er sie allein; ehe sie noch ein Wort erwidern konnte, verschwand er auch schon unter dem Mantel und war zum Fenster hinaus.

An der Schwarzen Pforte
Selbst jene, denen die Kunst der Levitation ein unlösbares Rätsel war, versammelten sich in ehrfürchtigem Schweigen, als die abgestürzte Festung zu beben begann. Die über ihr schwebenden Lichtbringer stiegen und fielen unruhig auf und ab, als müssten sie laufend die Stabilität des Bollwerks überprüfen. In Wirklichkeit waren es jedoch die entfesselten Kraftströme, die sie in der Luft umhertanzen ließen.

Auch Feene fühlte sich, als würden unsichtbare Finger nach ihr langen, sie durchbohren, zerreißen und ihr Innerstes nach außen stülpen. Es war der Atem des Himmels, der sie auf so heftige Weise attackierte, doch diesmal strömte er nicht von allen Seiten auf sie ein, nein, er durchdrang sie aus einer einzigen Richtung, deren Ursprung ganz eindeutig in der bizarr geformten Festung lag.

Erst in diesem Moment wurde ihr wirklich bewusst, dass es sich bei dem Hauptquartier des Maar nicht nur um eine uneinnehmbare Bastion handelte, sondern auch um einen Fokus, in dem sich die Kräfte zentrierten, ganz ähnlich den Vulkanen, die das Gleiche für die Blutorks darstellten.

Die starke Vibration, die sich durch den Boden fortpflanzte, war im gesamten Tal zu spüren. Die Stiefelsohlen kitzelten längst unangenehm an den Füßen, als die Festung zum ersten Mal emporruckte. Anhaftende Erdklumpen lösten sich und fielen zur Seite hin ab, während der Koloss höher und höher stieg.

Die Gardisten um Feene herum, die das Schauspiel mit ihr zusammen aus sicherer Entfernung beobachteten, hielten den Atem an. Ein jeder von ihnen fürchtete wohl insgeheim, die gewaltige Felsmasse könnte ins Trudeln geraten und zu Boden stürzen, ja, sogar wohlmöglich bersten und sie alle unter gewaltigen Trümmerhaufen begraben.

Ein zerbrochener Krug lässt sich nicht wieder leimen... Solche und ähnliche Weisheiten hatten immer wieder heimlich die Runde gemacht. Wer wollte es den Toren schon übel nehmen, dass sie so dachten? Woher sollten sie auch ahnen, dass die Schwebende Festung etwas war, das zusammenwachsen konnte, ähnlich einer gebrochenen Rippe, die wieder ausheilte.

Ganz genau wusste es Feene zwar auch nicht, doch alle Zweifel erwiesen sich als unbegründet. Drei Speerlängen über dem Tal schwebend, richtete sich die Festung kerzengerade auf, bis ihr halbrunder Felssockel nach unten deutete.

Rasch wichen die Lichtbringer zur Seite, um Platz zu schaffen. Von da an stieg die Festung immer schneller empor, vorbei an den Felsketten, die die Schwarze Pforte zu beiden Seiten säumten, bis weit hinauf in den Himmel, wo sie zu einem kleinen schwarzen Punkt gefror, kaum größer als ein Nadelstich, der ein blaues Samttuch perforierte.

Das unangenehme Ziehen in Feenes Lungen verschwand. Endlich, die Kraftströme rückten zurück ins Lot.

Nun, da sie sicher waren, dass ihnen die Festung nicht mehr auf den Kopf fallen würde, brachen auch die Gardisten in lauten Jubel aus. Feene ließ sie eine Weile gewähren, bevor sie alle wieder zurück an die Arbeit schickte.

Die Zeit drängte. Es warteten immer noch unzählige abgezogene Lindwurmleiber darauf, gesalzen und gepökelt in Fässer eingelegt zu werden. Ihrer Autorität als Todbringer wagte sich niemand zu widersetzen, und so ging bald wieder alles seinen gewohnten Gang.

Der Schlachtplatz, auf dem die Tiere zerteilt wurden, schwamm bereits im Blut. Der Boden war schon so vollgesogen, dass er keinen einzigen Tropfen mehr aufnehmen konnte. Rot glänzende

Pfützen reihten sich dicht aneinander. Und immer noch schleppten die in der Schwarzen Marsch eingesetzten Lichtbringer neue Beute herbei.

Damit es schneller ging, bedienten sie sich der Levitation. Zwei, manchmal sogar drei Tiere im unsichtbaren Griff, schwebten sie aufrecht heran, die erschlafften Lindwürmer zu ihren Füßen transportierend.

Doch die Abstände, in denen sie erschienen, wurden größer und größer. Die gnadenlose Jagd hatte die Bestände bereits stark dezimiert, und jene Tiere, die noch lebten, waren vorsichtiger geworden. Viele hatten sich schon in den sumpfigen Norden, in die ausgedehnten Wyrm-Marschen zurückgezogen.

Aber das machte nichts. Auch so stapelten sich an diesem Platz schon mehr Lindwurmschuppen, als sich zu Harnischen verarbeiten ließen, und das Pökelfleisch vermochte ihre Truppen so lange zu ernähren, wie Raams Nachtauge brauchte, um aus dem schwarzen Nichts heraus zu einem vollen gelben Rund anzuwachsen.

Aus den Höhen des Himmel heraus, der sich strahlend blau über ihr spannte, schwebte eine weiße Gestalt langsam zu ihnen nieder. Die Gardisten in ihren blutbespritzten Lederschürzen wagten kaum den Kopf zu heben, denn es handelte sich um den Maar persönlich, der, im Inneren der Festung ausharrend, mit in die Wolken aufgestiegen war.

Nur Feene sah ihm furchtlos entgegen. Etwa eine Pfeilschusslänge über ihren Köpfen verharrte er mitten in der Luft.

»König Gothar will den Todbringer sprechen«, verkündete er so laut, dass es alle auf dem Platz hörten. Auf eine kurze Geste von ihm hin fühlte sich Feene von unsichtbaren Kräften angehoben und zu ihm emporgetragen. Vermutlich wäre die Handbewegung überhaupt nicht nötig gewesen, um die entsprechenden Kräfte freizusetzen. Aber die Schlächter am Boden sollten genau wissen, wem Todbringer den Aufstieg zur Festung verdankte.

Kaum beim Maar angelangt, ging es auch schon weiter hinauf. Feene verspürte deshalb keine Angst, obwohl sie bald Höhen erreichten, aus denen auch sie sich nicht mehr abzufangen vermochte. Erste Wolkenfetzen zogen vorüber.

»Warum dieses Schauspiel?«, fragte sie unvermittelt. »Warum gaukelt ihr den Heeren vor, dass sie für König Gothar marschieren, obwohl sie in Wirklichkeit den Lichtbringern dienen? Gab es überhaupt je einen Gothar? Oder hast du seinen Namen nur erfunden?«

Der Maar schwieg zunächst, aber sie hatte auch nicht ernsthaft mit einer Antwort gerechnet. Eher damit, dass er sie kurz in die Tiefe stürzen ließ, um seine Übermacht zu demonstrieren. Aber Feene hatte keine Angst mehr vor solchen Spielchen, denn sie wusste nur zu genau, dass der Maar sie viel zu dringend brauchte, um sich ihrer wegen ein paar lästiger Fragen zu entledigen.

»Es gab ihn wohl«, drang es plötzlich unter der Maske hervor. »Gothar war einer der vielen, die in der Zeit des Chaos, die nach Vurans Sturm auf die Himmelsfeste folgte, die Macht an sich zu reißen suchten. Ich habe ihm meine Hilfe angeboten, weil er leichter zu beeinflussen war als andere. Und ihn rasch unter meine Kontrolle gebracht, so wie die anderen, die in seinem Namen folgten, als er das Zeitliche segnete.«

So viel zu König Gothars Geheimnis der ewigen Jugend.

Eine schöne Enttäuschung.

»Aber warum überhaupt ein Strohkönig?«, hakte sie nach. Der gelungene Aufstieg der Festung machte den Maar gesprächig, das musste sie ausnutzen. »Warum nicht ganz einfach Maar, der Tyrann? Euch Lichtbringern kann ohnehin niemand trotzen.«

Der Blick der gleißenden Augen hinter der Maske schien sich

auf sie zu richten. Feene spürte Unbehagen in sich aufsteigen, dennoch hielt sie dem Blick stand.

»Weil die Menschen, wie alle anderen Warmblüter, den Reptilien von Natur aus misstrauen«, erklärte er grollend. »Und solches Misstrauen ist eine starke Macht, die nicht zu unterschätzen ist. Das mussten wir einst erfahren.«

Die kühlen Luftmassen, in denen die Festung schwebte, ließen Feene jäh frösteln. Vielleicht aber auch der Blick hinter den Schleier der Vergangenheit, der ihr gerade gewährt worden war. Es hatte also auch für die Lichtbringer schon eine Zeit der Schwäche gegeben, vor der Zeit des Chaos, an die sich alle nur noch als eine Abfolge unendlich vieler Schlachten erinnerten, in denen jeder gegen jeden gekämpft hatte.

In einem der Eingangsportale angekommen, rieb sie sich verstohlen über die kalten Arme, um das eisige Gefühl zu vertreiben. Der Maar wies ihr einen Bereich zu, in dem sie sich aufhalten durfte, während er selbst noch einmal alle Tunnel, Türme und Mauern auf Schäden überprüfen wollte.

Alles musste vollständig ausgeheilt sein, wenn es gegen die letzte Bastion des Feindes ging, in der sich ebenfalls Kräfte zentrierten und kanalisiert werden konnten – den heiligen Hort von Arakia.

»Das Kind«, hielt Feene ihn zurück, bevor er davonschweben konnte. »Ich will es behalten, auch wenn es älter ist. Wenn du mir diesen Wunsch erfüllst, werde ich alles tun, um euren Strohkönig für die Menschen am Leben zu erhalten.«

Der Maar lachte. Zum ersten Mal, seit sie ihn kannte. Das zischelnde Gekicher ließ ihr Blut in den Adern erstarren.

»Du hoffst doch wohl nicht, den Befreier aufzuziehen?«, fragte er mit ätzendem Spott. »Armer, dummer Todbringer. Diese Prophezeiung beruht auf keiner Urkraft, sondern nur auf dem puren Wunschdenken deiner geknechteten Vorfahren.«

Feene fühlte sich ertappt und bis auf die Knochen durchschaut, trotzdem schüttelte sie entschieden den Kopf. »Ich will einfach nur, was mir zusteht«, behauptete sie. »Schließlich habe ich meine eigene Leibesfrucht im Kampf gegen die Orks geopfert.«

Der Maar lachte immer noch, bis ihr Tränen der Wut in die Augen traten.

»Solange du tust, was wir dir sagen, kannst du das Kind behalten«, erklärte er endlich. »Das wird dich zum gefügigsten Todbringer machen, den wir je hatten. Aber glaub mir, du hast nichts davon. Wir entreißen euch Elfen nur deshalb euren Familien, weil euch das zu entwurzelten, rücksichtslosen Kriegern macht, nicht, weil wir ein Kind zu fürchten hätten, das in den Armen einer liebenden Mutter aufwächst.«

Feene sah ihm noch lange nach, selbst als er schon längst hinter einer dunklen Tunnelbiegung verschwunden war. *Eine Prophezeiung aus purem Wunschdenken!* Ihre Augen glitzerten feucht, während die Worte des Maar in ihrem Kopf nachhallten. *Und wenn schon*, dachte sie trotzig. *Auch so eine Prophezeiung kann einen Befreier hervorbringen.*

12

Am Frostwall

Es war der quälende Hunger, der Bava Feuerhand aus seinem bleiernen Schlaf riss. Während er sich unruhig umherwälzte, hielt der rasselnde Atem des nahe bei ihm liegenden Raubtiers den gleichmäßigen Takt. Ein verführerischer Duft von geronnenem Blut und angefaultem Aas erfüllte die Höhle.

Nach einer Weile hielt es Bava einfach nicht mehr aus. Vorsichtig wälzte er sich auf die Knie und kroch der Quelle des Geruchs entgegen. Nur Stück für Stück schob er seine tastenden Hände voran, stets darauf gefasst, gegen etwas zu stoßen, das ihn schon im nächsten Herzschlag zu töten versuchte.

Das Schnarchen vor ihm wurde immer lauter. Aber was sollte er machen? Nur dort, wo das Raubtier lag, konnte er auch Nahrungsreste finden.

Seine Fingerkuppen stießen gegen etwas Hartes, Kaltes, das unter seiner Berührung zurückwich. Sein Herz hämmerte wie wild gegen die Rippen, doch nichts geschah. Das Tier schlief weiter. Allen Mut zusammennehmend, streckte er die Hand weiter aus und ertastete auf einmal einen großen Knochen unter den Fingern. Einen, an dem noch ein paar Reste klebten.

Sofort hob ihn Bava an die Zähne und begann daran zu nagen. Einige Sehnen und Fleischfetzen, viel mehr war nicht mehr dran, aber allein der Geschmack von Nahrung, der sich daraufhin in seinem Mund ausbreitete, verschaffte dem gepeinigten Körper ein wenig Linderung. Und so bearbeitete er ihn weiter mit den Zähnen, bis nicht mal mehr ein trockner Blutstropfen daran zu finden war. Ebenso die anderen Gebeine, die Bava nach und nach zu fassen bekam.

Sein wertvollster Fund war jedoch ein unversehrter Markknochen, den er mit zurück zum Eingang nehmen wollte. Von so viel Glück berauscht, wurde Bava unvorsichtig. Hektisch versuchte er noch mehr zu finden, das ihm den Magen füllen sollte, als sich seine Finger plötzlich in etwas Kaltes, Zottiges bohrten, das ihn an das Frostbärenfell auf dem Nachtlager in seiner Hütte erinnerte. Nur mit dem Unterschied, dass sich unter dem Fell, das er gerade berührte, noch Leben befand.

Die rasselnden Atemgeräusche der Bestie setzten für vier schmerzhaft lange Herzschläge aus, bevor der gewohnte Rhythmus zurückkehrte. Den Markknochen fest an die Brust gepresst, rutschte Bava vorsichtig auf den Knien zurück und ließ sich erneut am zugewehten Eingang nieder. Von draußen drang weiterhin das Tosen und Brausen des Hagelsturms herein.

Zufrieden schob er den unterarmlangen Knochen zwischen seine scharfen Zähne und kaute vorsichtig darauf herum, bis er knackend zerbrach. Das hervorquellende Mark ließ ihn geradezu genießerisch die Augen schließen. Mit leisem Schlürfen saugte er beide Hälften bis auf den letzten Tropfen aus.

Das kräftigte seinen ausgemergelten Körper, zweifellos. Aber reichte es auch aus, damit er beim nächsten Mal mit bloßen Händen auf einen schlafenden Frostbären losgehen konnte?

In der Arena
»Ahhh!« Tarren brachte sich mit einem großen Rückwärtssprung außer Reichweite seines Gegners, ließ das stumpfe Schwert fallen und rieb sich den getroffenen Arm.

Urok schaute ihm dabei verdutzt zu. So fest hatte er gar nicht zugeschlagen. Oder etwa doch?

»Eins steht fest«, knurrte der Barbar gereizt. »Im Kampf Mann gegen Mann brauchst du keine Unterweisung mehr. Besser, wir zeigen dir noch mal, wie man gegen eine Einheit antritt.« Er winkte Avak und Mondor herbei, damit sie neben ihm Aufstellung bezogen.

»Nein«, schritt Ordon ein. »Der Ork hat euch schon genügend zugesehen, jetzt muss er erst mal verinnerlichen, was er gelernt hat. Reiht ihn mit bei euch ein, und zeigt ihm, wie er Seite an Seite in einer Linie zu kämpfen hat. So versteht er am besten, wie militärische Verbände denken und handeln.«

»Wie du befiehlst, Herr, aber ich glaube, er wird die Wolfshäuter beim nächsten Mal auch so besiegen.« Tarren war offensichtlich nicht wohl bei dem Gedanken, einen Ork in die tieferen Geheimnisse der Kriegsführung einzuweihen. Für ihn waren Blutorks immer noch übermächtige Feinde, die sich nur durch eine genau aufeinander abgestimmte Kampfweise bezwingen ließen. Sie entsprechend zu unterweisen schien ihm gefährlich.

Ordon dachte hingegen weiter.

»Sobald der Schattenelf bezwungen ist, kommen ganz neue Aufgaben auf uns zu«, erklärte er, die Stimme zu einem gedämpften Murmeln herabgesenkt; nicht mal Pelzauge, der in der Nähe ein paar andere, mit Visierhelmen geschützte Gladiatoren beim Übungskampf überwachte, sollte etwas hören. »Nach dem Sieg über Arakia werden die überlebenden Orks in Gothars Streitmacht eingegliedert, genau so, wie es unseren eigenen Völkern einst ergangen ist. Was glaubt ihr wohl, was dann Männer wert sein werden, die fähig sind, diesen Scheusalen Disziplin und taktische Finessen beizubringen?«

Tarren und die anderen Nordmänner, allesamt ehemalige Gardisten wie Ordon, hielten den Atem an, als sie begriffen, wovon ihr Ausbilder gerade sprach: von einer Möglichkeit, lebend aus der Arena herauszukommen.

Urok indes beobachtete eine goldene Taube, die über dem Sandplatz kreiste, während die Menschen um ihn herum weiterhin belangloses Zeug schwätzten.

Aufmerksam verfolgte er, wie sich der metallisch glänzende Vogel auf einen der Holzmasten niederließ, von denen die Baldachine herabhingen, und direkt zu Urok herüberäugte. Zumindest bei Tage waren die Boten des in Sangor verbliebenen Lichtbringers allgegenwärtig. Die Lichtgestalt selbst schwebte irgendwo hoch droben, zwischen den Wolken, und ließ sich nur selten blicken. Das war auch gar nicht nötig. Allein das Wissen um seine unsichtbare Gegenwart sowie die überall umherflatternden Tauben wirkten drohend genug, um die Ordnung in Sangor aufrechtzuerhalten.

»Wird es nach einem Sieg über Arakia überhaupt weitere Kriege geben?«, fragte Mondor zwischenzeitlich überrascht. »Ist denn nicht alles endgültig befriedet, sobald die ganze Welt unter Gothars Knute ächzt?«

Die anderen Menschen lachten verächtlich über so viel Dummheit, aber nur Tarren machte sich die Mühe, den begriffsstutzigen Gladiator aufzuklären.

»Glaubst du wirklich, König Gothars Machthunger endet am Frostwall oder an den Schwaden des Nebelmeers?«, fragte er kopfschüttelnd. »Nein, mein friedliebender Vandorier. Hält der Tyrann erst mal die Quelle des mächtigen Blutstahls in Händen und marschieren die Orks unter seinem Banner, findet er auch einen Weg, in neue Gefilde vorzustoßen, selbst wenn der Maar persönlich aufsteigen müsste, um ihm mit dem Lichtschwert eine Schneise in den Frostwall zu schlagen.«

Mit abgehackten Bewegungen ihres Kopfes sah die Taube immer wieder von links nach rechts, um den Überblick über das Geschehen in der Arena zu behalten. Am Ende starrte sie aber immer wieder geradeaus, direkt zu Urok herüber.

»Weiter geht's, du Tölpel!«, riss Ordon den Ork unsanft aus seiner Beobachtung. »Reih dich in die Linie der Nordmänner ein und zeig mir, dass du mit ihnen Seite an Seite zu kämpfen vermagst, oder ich lasse dich die Flammenpeitsche schmecken.«

Solche Drohungen vermochten Urok schon lange nicht mehr zu schrecken. Erfreut rollte er mit den Schultern, um seine Muskeln zu lockern, denn er gierte förmlich danach, noch mehr von der menschlichen Waffenlist zu erlernen.

In der Blutkammer

Ursa hatte alles versucht, sogar die neu gewonnene Kraft ihrer Beine hatte sie dem Blut der Erde angeboten. Ja, sie war wirklich bereit, wieder auf ihren Knien durch den Hort zu rutschen, wenn sie dafür nur eine Antwort erhalten würde, wie ihr Volk dem immer engeren Würgegriff der feindlichen Truppen begegnen konnte. Doch meistens schwieg die Stimme oder gab nur rätselhafte Antworten, die ihr nicht weiterhalfen.

Wirf alle Fesseln ab, Urtochter, und gib dich dem Blut der Erde hin, orakelte sie wieder einmal, als Ursa am Ufer des brodelnden Glutsees stand. *Nur im natürlichen Fluss der Dinge, ohne erzwungene Dämme, wirst du die Wahrheit entdecken.*

Die junge Hohepriesterin wusste mit dieser Forderung einfach nichts anzufangen, und auch die altgedienten Hohen wie Finske und Vokard konnten ihr nicht weiterhelfen.

»Wer bist du überhaupt?«, fragte sie verärgert, weil sie einfach nicht weiterkam.

Wir sind die Seelen aller!, raunte es daraufhin in ihren Ohren. *All derer, die einst im Blut der Erde aufgegangen sind.*

Es war also nicht Vuran, mit dem sie sprach! Ursa atmete erleichtert auf, ohne dass sie sich dessen bewusst war. Ihr Bild von dem angeblichen Feuergott hatte durch die aus Glut und Hitze geschaffenen Trugbilder erheblich gelitten.

»All derer, die im Blut der Erde aufgegangen sind?«, echote sie laut. »Kann ich dann auch mit meinem Vater sprechen?«

Das geht leider nicht, erklang es bedauernd. *Es gibt keinen Einzelnen mehr, nur noch uns alle.*

Ursa nickte mit zusammengepressten Lippen, um sich die Enttäuschung nicht anmerken zu lassen. Gleichzeitig spürte sie einen Hauch von Freude. Immerhin bedeutete die gerade erhaltene Antwort, dass ihr Vater im Blut der Erde aufgegangen war. Der erzwungene Felltod hatte ihm also nicht den Weg versperrt.

Befreie dich endlich von solchen Gedanken, tadelte die wispernde Stimme. *Und öffne deinen Geist – so wie dein Bruder! Er ist inzwischen bereit, sich zu fügen, doch seine Lage ist schwer. Nur wenn er sich aus eigener Kraft befreien kann, vermag ihm das Blut der Erde zu helfen. Du hingegen bist körperlich frei, legst dir aber selbst geistige Fesseln an.*

»Was für Fesseln?«, rief sie verzweifelt. »Sagt es mir doch endlich. Ich weiß überhaupt nicht, wovon ihr sprecht!«

Du weißt es längst!, beharrte die Stimme auf ihrem Standpunkt. *Doch der Samen des Vergessens keimt noch zu stark in dir, du musst ihn endlich ausreißen und deine Sinne weiten.*

Worum ging es bei all diesen Forderungen nur?

Ursa wusste es nicht, wirklich nicht. Nur ab und an, wenn die Verzweifelung beinahe übermächtig zu werden drohte, dämmerte in ihr der böse Verdacht, dass es etwas mit den Trugbildern über Vuran zu tun haben könnte, die ihn mit dieser Menschenfrau zeigten. Er nannte sie meist Monea, titulierte sie aber auch immer wieder als Königin.

Nichts ist von Dauer, alles ist im steten Fluss, sprach die Stimme drängend auf sie ein. *Erst wenn du das begreifst, wirst du Raam widerstehen können.*

»Raam?«, entfuhr es ihr überrascht. »Wer ist das denn nun wieder?« Sie hatte schon häufiger gehört, dass die Menschen in

Gothars Reich von Raams Tag- oder Nachtauge sprachen, wenn sie die Sonne oder den Mond meinten, aber ansonsten war ihr der Name nicht weiter geläufig.

Raam ist dein wahrer Feind, wisperte die Stimme, wesentlich leiser als zuvor. *König Gothar hingegen nur eine austauschbare Strohpuppe.*

Wieder so eine Antwort, die nichts aufklärte, sondern nur weitere Fragen aufwarf. »Was hat das zu bedeuten?«, rief Ursa ergrimmt. »Erklärt mir gefälligst genau, was damit gemeint ist.«

Statt zu antworten zog sich die Stimme zurück, das spürte sie.

Anderswo klopft das Blut stärker an die Tore, legte sie ihre Beweggründe dar. *Raam begeht Fehler, die es zu nutzen gilt. Außerdem steht dir alles zur Verfügung, was du brauchst. Du musst nur deine Sinne weiten und darauf zugreifen…*

Entnervt warf Ursa die Arme in die Luft. *Warum bin ich nur Priesterin geworden?*, haderte sie mit sich selbst. Als Kriegerin, die ihre Kämpfe mit dem Schwert austragen konnte, wäre ihr Leben um einiges unkomplizierter gewesen. Einfach nur zuschlagen und dem Gegner beim Sterben zusehen.

Diese Überlegung schien die Stimme zu erzürnen.

Wisse eins, Urtochter, schwoll sie noch einmal an. *Nicht jeder Wellenschlag im steten Fluss ist allen gleich zuträglich. Manch einer ertrinkt darin, ohne es zu verdienen, denn alles, was wertvoll ist, muss nun einmal erkämpft werde. Doch ohne Opfer gäbe es auch keinen steten Fluss der Veränderung, und ohne diesen wäre die Welt zwischen Nebelmeer und Frostwall noch eine glühende Lavawüste, die mit dem Atem des Himmels um die Vorherrschaft ringt.*

In der Arena
Mochte Ordon auch ein ehrloser Hund sein, der als Erster Streiter einer Orkschar von seinen Kriegern nur angespuckt worden wäre, in einem hatte er zweifelsfrei recht: Indem Urok Seite an Seite mit

den Nordmännern focht, verstand er viel besser, wie sie reagierten und warum der eine zurückwich, während der andere blitzschnell hinter dem Schild hervorschnellte und zustach.

Als sie dann auch noch gegen eine andere Vierergruppe antraten, kam sogar ein schwaches Band der Kameradschaft auf, denn es vereinte ganz einfach, sich gegenseitig vor schmerzhaften Schlägen zu decken und zusammen gegen einen gemeinsamen Feind vorzurücken.

Von Tarren gab es immer wieder lobende Worte, die Urok noch mehr dazu anspornten, den Stahl nicht nur allein für sich, sondern auch zum Vorteil der anderen zu schwingen. Das Einzige, womit er haderte, je länger die Übung andauerte, war, dass all diese Erkenntnisse zu spät für ihn kamen. Hätte das Volk der Orks nur etwas mehr von jener Schlachtordnung verstanden, wie sie bei Ordon gelehrt wurde, hätte sich die Niederlage in Knochental vermeiden lassen, davon war Urok überzeugt.

Doch seine Vorschläge und Bedenken waren auch damals schon von den anderen Orks ignoriert worden. Warum sollte also in Zukunft jemand auf ihn hören?

Trotzdem musste er gegen das übermächtige Schicksal ankämpfen, das lag nun einmal in seiner Natur. Und stand nicht auch das Blut der Erde auf seiner Seite, um seine verworrenen Wege in die richtigen Bahnen zu lenken? Ohne die Zeichen der Feuerhand und der wispernden Stimme hätte er schließlich niemals in die Arena gefunden, zu dem vergessenen Hort und einem Schattenelfen, der ihm mehr beibringen konnte als die eigene Priesterschaft!

Dieser Gedanke fachte den Funken seiner erlöschenden Zuversicht rasch wieder an, und so hieb er – Seite an Seite mit Tarren, Avak und Mondor – auf die Gegner ein, bis diese so viel Prügel bezogen, dass sie jaulend das Weite suchten.

»Das ist ungerecht!«, beschwerten sich die geflohenen Gladiatoren, als Pelzauge sie für ihre Feigheit die Peitsche schmecken ließ. »Mit dem Ork in ihren Reihen sind uns die vier dort baumhoch überlegen.«

Ordon wirkte mäßigend auf seinen Gehilfen ein, denn die Unterlegenen sprachen die Wahrheit. Uroks übermächtige Kraft gepaart mit menschlicher Taktik führte zu einem absoluten Übergewicht in der Auseinandersetzung.

»Morgen tretet ihr gegen doppelt so viele Gegner an«, verkündete er dem verschwitzten Tarren, der sichtlich zufrieden mit seiner Arbeit war. »Das gleicht die Kräfte ein wenig aus und macht den Ausgang des Kampfes spannender.«

Tarren nickte nur vergnügt, denn er stand lieber einer menschlichen Übermacht als Urok gegenüber. Auch Avak und Mondor hatten ihre anfängliche Zurückhaltung abgelegt und klopften dem zwischen ihnen aufragenden Kampfgefährten anerkennend auf die Schultern.

Urok hob sofort die eigene Hand, um diese Geste zu erwidern, erinnerte sich aber noch rechtzeitig an Tarrens schmerzverzerrtes Gesicht, nur weil er seinen Arm ein kleines bisschen mit dem Übungsschwert gestreichelt hatte. Menschen waren gefährlich, aber auch sehr zerbrechlich, darum begnügte er sich schließlich mit einem grunzenden Lachen.

Der Horizont auf der westlichen Arenenseite begann sich schon rot zu färben, als sie endlich zu den Waschzubern geführt wurden, an denen sie sich den Staub abwaschen konnten. Urok, der nach dem Kampf gegen die Wolfshäuter stinkend, wie er gewesen war, in den Kerker geschleift worden war, konnte es von allen am wenigsten erwarten, sich endlich zu reinigen.

Ausgelassen rannte er den anderen vorweg, sprang mit einem großen Satz mitten in den Bottich, und unter lautem Klatschen schlug er, mit der Kehrseite voran, in das von der Sonne angewärmte Wasser.

Sein mächtiger Körper sorgte natürlich für eine gewaltige

Verdrängung. Schlagartig geriet der Pegel in Bewegung und schwappte als hoch aufschlagende Flutwelle über den Zuberrand hinweg. Danach hockte der Ork, die Beine hoch vor ihm aufragend, in einem kümmerlichen Rest, der gerade mal seinen Bauchnabel bedeckte.

»Bei Vuran!«, fluchte er laut. »Wieso fließt hier kein Fluss, in den sich ein reinlicher Ork anständig hineinstürzen kann?«

»Du bist ja wirklich ein selten dämlicher Esel«, beschied ihm Tarren, der als Erster am Bottich erschien, einen schweren Holzeimer mit eiskaltem Wasser in Händen, den er Urok ohne weitere Kommentare über dem Kopf ausleerte.

Prustend schnaubte der Ork die große Nase frei, fühlte sich aber ansonsten angenehm erfrischt. Darum feixte er auch nur, als weitere Gladiatoren auftauchten, die lachend Tarrens Beispiel folgten.

Von allen Seiten schüttete es plötzlich auf Urok herab, doch er ließ den anderen ihren Spaß, denn er hatte seinen eigenen damit. Besonders als er die goldene Taube sah, die über ihren Köpfen hinweg aus der Arena flog, hinauf zu dem Lichtbringer, um ihm von dem tumben Ork zu berichten, der viel zu dumm war, um eine Gefahr darzustellen.

Urok lachte laut los, obwohl ihm der Mund sogleich wieder mit einem Schwall kalten Wassers verschlossen wurde.

13

Sangor bei Nacht

Der Schwarze Mohn, der eigentlich Grindel zugedacht war, zeigte auch bei Herzog Garske hervorragende Wirkung. Sobald er schnarchend neben ihr lag, schlüpfte Inome aus dem Bett und eilte zu einer schmalen Geheimtür; sie war hinter einem der vielen blau gefärbten Tücher verborgen, die sich vor den Marmorwänden spannten.

Durch einen sehr hohen, aber nur zwei Ellen breiten Gang, der zwischen den Steinwänden verlief, gelangte sie direkt in das Garskes Mätressen vorbehaltene Zimmer. Zwar stand auch vor deren Tür ein Doppelposten, doch es gab hier ein kleines, von Pflanzen verdecktes Fenster, aus dem Grindel am Nachmittag ohne große Kraftanstrengung die Querstrebe herausgebrochen hatte.

Als Kind der Berge fiel es Inome nicht schwer, über die Außenfassade nach unten zu klettern. Ein Marmorsims und ein hölzernes Rosengitter erleichterten noch dieses Unterfangen. Fahles Mondlicht wies ihr den Weg, trotzdem wäre sie im Innenhof beinahe in eine riesige Gestalt gerannt, die unversehens aus dem Schatten eines Bogengangs auf sie zutrat.

Inome erschrak, bis sie die mächtigen Zahnreihen sah, die unter der tief ins Gesicht gezogenen Kapuze aufblitzten. Grindel! Unter dem unförmigen Mantel, der ihre Konturen erfolgreich verwischte, hätte sie die Ork beinahe nicht wiedererkannt.

Eigentlich handelte es sich bei dem Kleidungsstück um eine Stoffbahn, die sie in einem wenig begangenen Flügel der Villa zwischen zwei Säulen abgehängt und mit wenigen Stichen umgearbeitet hatten, doch in der Dunkelheit erfüllte das Teil seinen Zweck.

Sich nur mit einem kurzen Wink verständigend, eilten die beiden in den kleinen Innengarten, in dem Blumen, Zierbüsche und mehrere kleine Obstbäume wuchsen. Ein künstlicher Wasserfall übertönte ihre Schritte, als sie an die hohe Mauerumrandung traten. Mit Grindels Hilfe gelangte Inome mühelos hinauf.

Oben auf der Krone angekommen, überlegte sie schon, wie sie sich revanchieren konnte, doch die schwere Ork heraufzuziehen war nicht nötig. Mit einer Behändigkeit, die ihr angesichts ihrer gigantischen Ausmaße nicht zuzutrauen war, zog sich Grindel selbst in die Höhe und schwang sich noch vor Inome auf die andere Seite.

Draußen eilten sie sofort in eine angrenzende Gasse, um nicht doch noch von einer patrouillierenden Wache überrascht zu werden.

»Da seid ihr ja endlich«, begrüßte sie Namihl am verabredeten Treffpunkt. Sie trug ebenso einen dunklen Kapuzenumhang wie die anderen beiden, schüttelte aber bei Grindels Anblick missbilligend den Kopf. »Noch auffälliger ging's wohl nicht, was?«

»Hallo, Kupferschopf«, begrüßte sie die Ork mit einem leise knurrenden Unterton.

»Sag das noch mal, und ich schlitz dir die Kehle auf!« Namihl fasste bei diesen Worten tatsächlich unter ihren Umhang.

Grindel schlug ihre Kapuze zurück, entblößte ihr Gebiss in einem fürchterlichen Grinsen und beugte sich so tief zu Namihl hinab, dass sie die Stirn der Barbarin beinahe mit ihrer breiten Orknase berührte. Dabei sprach sie kein Wort, aber das war auch nicht nötig.

Namihl schluckte laut hörbar und sah zu Boden.

»Hört auf zu streiten!«, schimpfte Inome mit den beiden. »Für solche Albernheiten ist jetzt keine Zeit.«

Grindel nickte zustimmend, dann versetzte sie Namihl einen leichten Klaps auf die Schulter, der die Barbarin trotzdem nach vorn stolpern ließ, und sagte freundlich: »Komm schon, Kupferschopf. An meiner Seite wird dir schon nichts passieren.«

Von nun an schweigend, machten sie sich gemeinsam auf den Weg. Wo es ging, nutzten sie den Schatten der hoch aufragenden Fassaden und mieden das kräftige Mondlicht, das so manches Marmorpflaster mit silbrigem Glanz überschüttete. Ihnen kamen nur wenige Personen entgegen, und die, die sie sahen, torkelten zumeist, weil sie aus einer Taverne heimkehrten.

Um eine besonders üble Spelunke machten sie einen Bogen, weil sich gerade, als sie kamen, die Eingangstür öffnete und jemand ins Freie taumelte, um sich, noch in dem hellen Rechteck des nach draußen fallenden Lichtscheins, laut würgend zu übergeben.

Das allein wäre noch nicht so schlimm gewesen, aber dem Angetrunkenen folgten sogleich mehrere andere Gäste, die sich in gebührendem Abstand um ihn gruppierten und ihn mit hämischen Bemerkungen bedachten. Dadurch füllte sich die Gasse so stark, dass Grindel nicht mehr, ohne Aufsehen zu erregen, die Schenke hätte passieren können.

Ihre größte Sorge galt aber den goldenen Tauben, die auch des Nacht, wenn auch in kleinerer Zahl, anzutreffen waren.

Zum Glück konzentrierten sie sich auf den Hafen und andere belebte Plätze, sodass die drei unbemerkt zu dem verabredeten Treffpunkt gelangten, nahe des Untermarkts, nicht weit von Ogus, dem Holzhändler entfernt.

Canera, anerkanntes Gildenmitglied und Namihls Stammfreier, erwartete sie bereits. »Oha«, entfuhr es ihm, als er Grindels ansichtig wurde. »Eure Freundin ist aber wirklich ganz schön drall.«

Obwohl die Ork gebeugt ging, überragte Grindel die sie umgebenden Menschen. »Hihihi!«, kicherte sie so hell sie nur konnte, ganz so, wie es ihr Inome zuvor aufgetragen hatte.

Canera ließ sich davon tatsächlich in Sicherheit wiegen. Rasch winkte er den dreien, ihm zu folgen. Er führte sie in einen engen Hinterhof, der zu einer aufgegebenen Schänke gehörte. Dort befand sich auch ein offener Einstieg, den eigentlich nur Wasserknechte betreten durften.

Bei diesem Einstieg wartete ein zweiter Dieb aus Skorks Gilde. Er machte bei Grindels Anblick große Augen und stellte umgehend klar, dass er sie dankend dem Dritten, noch nicht Anwesenden aus ihrem Bunde überlassen würde.

»Hihihi«, machte Grindel, und alle waren zufrieden.

Der Einstieg in die Kanalisation war glücklicherweise groß genug, um auch ihre Körpermassen aufzunehmen. Die hinabführenden Stufen waren schlüpfrig vor Feuchtigkeit. Unten brannten zwei Pechfackeln in eisernen Wandhalterungen.

Canera und sein Kumpane nahmen sie an sich, um ihnen den Weg in Richtung Stadtmauer zu leuchten.

Grindel traute den Kerlen, die sie führten, nicht über den Weg, doch mit den beiden großen Küchenmessern, die sie im Gürtel trug, brauchte sie keinen der beiden abgebrochenen Zwerge zu fürchten.

Nachdem sie eine Weile dem Kanal gefolgt waren, wechselten die Hellhäuter über einen verborgenen Durchgang in ein tiefer gelegenes Höhlensystem, das die Kriegerin verblüffend an den heiligen Hort von Arakia, aber mehr noch an den von Rabensang erinnerte. Die auf- und abwärts führenden Rampen und die Rinnen an den Seiten, durch die einmal flüssige Glut geflossen war, um die Stollen zu erleuchten, schlossen jeden Zweifel aus.

Wie es wohl kam, das so viele Menschenstädte auf alten Horten errichtet waren? Schade, dass Urok nicht in der Nähe war, er hätte vielleicht eine Antwort auf diese Frage gewusst.

Die beiden Gildenbrüder kannten sich in diesem Labyrinth sehr gut aus, kamen sich aber weitaus klüger vor, als sie in Wirklichkeit waren. Indem sie zwischendurch immer wieder die Fackeln löschten und sie im Dunkeln weiterführten und dabei zweimal im Kreis gingen, glaubten sie den wahren Weg, den sie nahmen, zu verschleiern.

Aber Grindel konnte sich trotzdem orientieren, und notfalls fand sie den Weg zurück allein mithilfe ihres Geruchssinns. Das aufdringliche Parfüm, das Namihl benutzte, reizte schon die ganze Zeit über ihre Nase.

Nachdem die Fackeln zum zweiten Mal erloschen waren, spürte Grindel plötzlich den fordernden Griff einer Hand auf ihrem Hinterteil, aber nur so lange, wie sie brauchte, um danach zu langen und sie mit einem kurzen, harten Griff so fest zusammenzuquetschen, dass ihr Besitzer vor Schmerz leise aufstöhnte.

Es war Canera selbst, wie sie erkannte, als er die Frauen außerhalb der Stadtmauer wieder ins Freie führte. Die Rechte fest an den Leib gepresst, um sie zu schonen, bog er mit der anderen Hand eine dichte Schwarzdornenranke zur Seite, die von oben herab über ein flach auslaufendes Erdloch wucherte. Mit verkniffenem Gesicht ließ er sie alle drei passieren.

»Hihihi«, machte Grindel, ohne damit seine Laune zu bessern.

»Holt euch ab, was auch immer euch geliefert wird«, wandte sich Canera an Namihl, nachdem auch sein Kumpan ins Freie getreten war. »Wir warten hier auf euch und darauf, dass ihr euren Lohn entrichtet. Fridka lauert in der Nähe, um sicherzustellen, dass ihr uns keinen Hinterhalt gelegt habt. Das nur als Warnung.«

Namihl hauchte ihm einen angespitzten Kuss auf die Lippen, der ihn stärker besänftige als Grindels Kichern. Danach kletterten sie zu dritt aus der Grube und wandten sich nach Süden, wo sich eine schmale, von zahlreichen Haselnusssträuchern gesäumte Senke befand.

Erst dort wurde ihnen richtig bewusst, wie weit sie unterirdisch gelaufen waren. Die Stadtmauer lag so weit entfernt, dass sie sich mit vier Fingern einer Menschenhand verdecken ließ.

Goldene Tauben waren nirgends auszumachen, und auch der Lichtbringer ließ sich nicht blicken, trotzdem langte Grindel alarmiert nach den Messern in ihrem Gürtel, denn sie vernahm gleichmäßiges Getrappel, das sich unversehens aus der Senke näherte. Nur der leise Jubel, mit dem Inome und Namihl dieses Geräusch begrüßten, hielt sie davon ab, die behelfsmäßigen Waffen zu ziehen.

Augenblicke später tauchten zwischen den Sträuchern groteske Wesen auf, wie sie die Ork noch nie zu sehen bekommen hatte.

Groß waren sie, die Männer der Barbarenstämme, größer als ein Ork, mit vier langen, schlanken Beinen und zwei Häuptern. Der untere dieser unterschiedlichen Köpfe war lang nach vorn gezogen und halbmondförmig gebogen, mit einem schmalen, über den langen Hals reichenden Haarkamm, ganz ähnlich dem, den Tabor nun trug.

Der obere hingegen sah nach einem ganz normalen Hellhäuter aus und saß auch auf einem entsprechenden Oberkörper, der allerdings in einen lang nach hinten gestreckten, klobigen Unterleib überging.

Angesichts von so viel Hässlichkeit empfand Grindel Mitleid mit den Barbarinnen. Kein Wunder, dass die beiden in Sangor jede Möglichkeit nutzten, mit normalen Hellhäutern – die nun wirklich schon abstoßend genug waren – das Lager zu teilen.

Insgesamt fünf von diesen Barbarenmännern sprengten auf sie zu. Ein Exemplar mit schwarzem, rundum aufgebläht wirkendem

Kraushaar, der eine Kette mit fünf Bärenklauen um den bartlosen Hals trug, führte sie an.

»Inome! Namihl!«, rief er, wild mit der rechten Hand winkend, als gäbe es keine Stadtmauer mit Wehrgängen in der Nähe.

»Zavos!«, antwortete Namihl nicht gerade leiser und lief ihm entgegen.

Kurz bevor sie unter die langen Läufe der Kreaturen geraten wäre, warfen diese ihre unteren Köpfe zurück und stemmten sich so abrupt in den Untergrund, dass Staub aufwallte.

Was als Nächstes geschah, verblüffte Grindel zutiefst: Auf einmal platzte Zavos in der Mitte auseinander. Ganz leise, ohne auch nur einen Tropfen Blut zu vergießen, stand er plötzlich zweigeteilt vor Namihl.

Während der untere Teil mit dem lang gezogenen Kopf nach den spärlichen Grashalmen auf dem Boden zu suchen begann, lief der andere, der auf einmal zwei Beine aufwies und auch sonst wie ein ganz normaler Hellhäuter aussah, auf Namihl zu, packte sie an den Schultern und küsste sie wild.

Erst als Grindel den Ledersattel auf dem Rücken des Unterteils im Mondlicht ausmachte, dämmerte ihr, dass sie einem Irrtum erlegen war. Die Barbarenkrieger waren ganz normale Hellhäuter, sie ritten nur auf ungewöhnlichen Tieren, wie sie die Ork noch nie zuvor gesehen hatte.

Vorsichtig ging sie auf das von Zavos zu und streckte ihre Hand aus, um es am Kopf zu streicheln. Lindwürmer ließen sich das gern gefallen, doch dieses wich sofort ängstlich zurück und stieß dabei einen lang gezogenen, schrillen Laut aus.

»Das sind wohl die ersten Pferde, die du zu sehen bekommst«, sagte Inome, die an ihrer Seite geblieben war.

»Pferde?«, wiederholte Grindel überrascht. »Die gibt es wirklich? Ich dachte, das wären nur Legenden, so wie Trolle oder Zwerge.«

Staunend ließ sie den Blick über das hellbraune Kurzhaar der verletzlich, aber sehr beweglich wirkenden Tiere schweifen, während Inome die übrigen Barbaren begrüßte.

»Was gibt es für Neuigkeiten?«, wollte Zavos wissen. »Wir alle halten die Ungewissheit nicht mehr aus. Als Gladiator ist Tarren seines Lebens nicht mehr sicher. Wir müssen endlich handeln, bevor es zu spät ist und...«

»Es geht meinem Bruder gut!«, unterbrach Namihl seinen Redeschwall. »Außerdem haben wir Verbündete gewonnen, die Gothar ebenso hassen wie wir. Auch einige von ihnen müssen in der Arena um ihr Leben kämpfen. Mit ihrer Hilfe wird es uns gelingen, Tarren zu befreien, ohne dass jemand gegen die Stadtmauern anrennen muss.«

Geduld war nicht Zavos' Stärke. Die Aussicht auf eine noch längere Zeit untätigen Wartens verübelte ihm die Laune.

»Verbündete?«, stieß er verächtlich hervor. »So wie die Fette da? Was sollen uns die schon helfen?«

Grindel drehte sich zu ihm um, schlug die Kapuze zurück und machte: »Hihihi!«

Ihr Anblick raubte dem Barbaren mit der Klauenkette die Fassung. Entsetzt stolperte er zurück und langte nach dem Schwert an seiner Seite.

Namihl sprang ihm sofort hinterher und umklammerte seine Hand. »Lass das!«, fuhr sie ihn scharf an. »Grindel ist eine verlässliche Gefährtin, die uns schon oft geholfen hat.« So überzeugend, wie sie das vorbrachte, klang es so, als würde sie es auch so meinen.

Eine verlässliche Gefährtin! In der Sprache dieser Barbarin war das wohl eine Kriegerin, die anderen treu zur Seite stand. In Grindels Ohren hörte sich das gut an.

Nachdem Namihl eine Zeit lang auf ihn eingeredet hatte, gelang es Zavos, den Gedanken zu akzeptieren, dass es offenbar auch Orks gab, denen man nicht gleich die Klinge durchs Auge jagen musste.

»Morgen gibt es einen kleinen Schaukampf für den Herzog«, wusste Inome anschließend zu berichten. »Er will prüfen, ob Urok schon für einen Kampf gegen Benir bereit ist. Ich werde Gothar begleiten und mit etwas Glück Tarren endlich einmal wiedersehen.«

Auch Namihl setzte alles ein, um Zavos zu überzeugen. Die versammelten Krieger aus Bersk, die sich in den umliegenden Hügeln versteckt hielten, mussten noch eine Weile ausharren, während sie mit Inome einen Plan zu Tarrens Befreiung aushecke. Nicht nur mit klugen Worten überredete sie ihn, sondern auch mit vertraulichen Gesten und Liebkosungen, denen er sich auf Dauer nicht zu widersetzen wusste.

»Orks und sogar ein Schattenelf!« Zavos schüttelte den Kopf. »Ihr lasst euch wirklich was einfallen, das muss ich euch lassen. Deshalb will ich euch noch ein letztes Mal Zeit einräumen. Aber nicht mehr als drei Tage, versteht ihr?« Dabei hob er die rechte Hand, deren Daumen auf dem gekrümmten kleinen Finger lag, während die anderen drei abgespreizt in die Höhe standen. »Einen Tag für jede von euch, die den gefährlichen Weg zu uns auf sich genommen hat, aber keinen mehr! Wenn ihr bis dahin keine andere Möglichkeit gefunden habt, Tarren aus der Gefangenschaft zu befreien, werden wir gegen die Stadtmauern anrennen, wie es sich für echte Krieger geziemt. Und sollten wir dabei unterliegen, so doch wenigstens in ehrenvollem Kampf.«

»Gut gesprochen«, lobte Grindel, die dem Krauskopf so viel Tapferkeit gar nicht zugetraut hätte.

»Ach, halt doch den Mund!«, fuhr Namihl sie an. »Setz lieber wieder die Kapuze auf, wir müssen zurück!«

Zavos, der unversehens eine Verbündete in ihr sah, zeigte Grindel erneut die drei Finger, um ihr zu bedeuten, dass die Frist unwiderruflich in drei Tagen ablief. Dann küsste er ein letztes Mal seine Geliebte, schwang sich wieder auf sein Reittier und galoppierte mit seinen Begleitern davon.

Grindel und die beiden Menschenfrauen kehrten in die mit Schwarzdornen bewachsene Grube zurück, in der inzwischen drei Männer auf sie warteten.

»Ich wüsste ja zu gern, was ihr und diese Barbaren schmuggelt«, empfing sie Canera mit mürrischem Gesicht. »Allzu groß kann es nicht sein, denn offenbar tragt ihr es in euren Gewändern verborgen. Na ja, ist ja eure Sache, solange wir unseren Lohn erhalten.«

Angesichts des Mondes, der schon hoch am Himmel stand, hatte er es plötzlich sehr eilig. Grob stieß er Fridka mit dem Handrücken an.

»Da!«, beschied er ihm. »Die Dicke ist für dich.«

Fridka, der die beiden anderen um einen Kopf überragte und auch nicht gerade von schmaler Statur war, nickte zufrieden. »Die ist wirklich groß«, sagte er mit glänzenden Augen. »Die gefällt mir.«

»Hihihi«, machte Grindel und langte nach den Messern in ihrem Gürtel. »Komm her, dann zeig ich dir, wie ich ohne Mantel aussehe.«

Fridka, der sich das nicht zweimal sagen lassen wollte, eilte erfreut auf sie zu, prallte aber zurück, als wäre er gegen ein unsichtbares Hindernis gelaufen, als Grindel tatsächlich den Umhang ablegte.

»Eine Or…«, versuchte er noch die anderen zu warnen, bevor seine Stimmbänder unter dem scharfen Stahl zersprangen, den Grindel ihm tief durch den Hals zog.

Zufrieden sah Grindel auf den sprudelnden Quell in seiner Kehle, dann sprang sie über seinen einknickenden Körper hinweg und rammte dem vor Schreck erstarrten Canera das lange Küchenmesser in ihrer Rechten bis zum Heft ins Herz.

Sein namenloser Kumpane wollte davonlaufen, aber kaum war er herumgewirbelt, jagte ein silberner Reflex auf seinen Rücken zu. Es war das zweite Messer, dessen Klinge im Mondlicht blitzte, bevor es sich unterhalb der rechten Schulter in sein Fleisch bohrte.

Grindel hatte eigentlich auf die linke Seite, in Höhe des Herzens gezielt, aber diese Klingen waren zu schlecht ausbalanciert, um mit ihnen richtig zu treffen.

Verzerrte Schmerzenslaute ausstoßend, beugte der Dieb den Rücken durch, doch seine Rechte tastete vergeblich nach dem Stahl, der dort steckte.

Schon war Grindel bei ihm, packte ihn und den Griff des Messers und drehte es einmal in der Wunde herum, bevor sie es herausriss und den Hellhäuter losließ, der röchelnd zu Boden ging. Sogleich wandte sie sich achtlos von ihm ab. Feiglinge hatten keinen Gnadenstoß verdient.

Namihl und Inome weinten den drei Kerlen keine Träne nach, trotzdem wirkten sie unzufrieden. »Wirklich schlau«, höhnte die Blonde. »Und wie kommen wir jetzt wieder zurück?«

»Es wird Zeit, dass ihr euch endlich wie echte Kriegerinnen verhaltet«, entgegnete die Ork gelassen. »Folgt mir einfach.«

Nachdem sie auch die zweite Waffe wieder an sich genommen hatte, holte sie das kleine Fadenbündel hervor, das Inome aus Kumas Tarnmantel gezupft hatte, und klemmte es zwischen Caneras Finger, damit es so aussah, als ob er es im Kampf abgerissen hatte. Falls Skork die Toten fand, und das würde er sicher, würde er diese Verluste den Schattenelfen zuschreiben.

»Du hast ja wirklich an alles gedacht«, sagte Inome erstaunt. »Hattest du das von Anfang an vor?«

»Das ist nicht die erste falsche Fährte, die ich lege«, beschied ihr Grindel. »Wir Orks sind von jeher sehr listig.«

»Und so bescheiden«, ätzte Namihl.

»Aber je länger ich unter euch Hellhäutern weile«, fuhr Grindel unbeirrt fort, »desto leichter fällt es mir, auch *hinter*listig zu sein.«

Inome sah sie einen Moment lang betreten an, dann zuckte sie gleichgültig mit den Schultern. »In Ordnung! Geh vor, wenn du wirklich weißt, wie wir zurückkommen. Wir beide laufen lieber hinter dir her, das ist sicherer für uns!«

ᛒ 14 ᛓ

Rabensang

Dieser verdammte Raubkrake, sein Auftauchen hatte das gesamte Leben in dieser Stadt komplett verändert! Seit dem Kampf in den Tiefen des Frostgewölbes, den der Eisvogt nur mit knapper Not überlebt hatte, verging keine Nacht, in der er nicht von mit Hornkrallen besetzten Tentakeln träumte, die überraschend aus der Dunkelheit hervorbrachen, nach ihm schlugen und ihn verletzten und ihn schließlich so fest umschlangen, dass er langsam zu Tode gequetscht wurde.

Ohne das große Orkweib, das damals an seiner Seite gefochten hatte, wäre er tatsächlich auf diese scheußliche Weise zu Tode gekommen.

Der Eisvogt zitterte immer noch unkontrolliert am ganzen Leib, wenn er nur daran dachte, dass die Bestie schon seit Äonen dort unten gelauert hatte, nur durch eine klafterhohe Eisschicht eingeschlossen. Niemand, der nicht mit dabei gewesen war, konnte sein Entsetzen nachfühlen. Leider hatte außer ihm kein Mensch überlebt, nur zwei Orks und ein Halbling, die weiter nach Sangor gezogen waren.

Aber auch so hatte das Grauen auf ganz Rabensang übergegriffen.

Der rasche Temperaturwechsel in den Gewölben und der Todeskampf der tobenden Bestie hatten viele Stollen zum Einsturz gebracht, das war für die Oberfläche nicht ohne Folgen geblieben. Ein ganzes Viertel war in Mitleidenschaft gezogen worden, aber auch in den Randbereichen hatte sich der Boden stellenweise gesenkt und mit ihm die Fundamente der darauf erbauten Häuser. So manches Dach war noch über den Köpfen der Bewohner zusammengestürzt, aber nirgendwo hatte es die Menschen so schlimm getroffen wie rund um den Eingang zu den Frostgewölben, wo sich die Erde einfach aufgetan und alles verschlungen hatte.

Rabensangs Einwohner, sofern sie nicht das Weite gesucht hatten, waren seitdem unruhig geworden, unzufrieden, stellenweise sogar aufsässig.

Die Angst ging um, dass sich der Vorfall jederzeit wiederholen und es beim nächsten Mal sogar noch schlimmer werden könnte. Was auch immer dort unten in Bewegung geraten war, rumorte weiterhin. Immer wieder drang dichter Qualm aus Rissen und Erdspalten hervor und nebelte wallenden Leichentüchern gleich die Trümmerfelder ein, aus denen Balken und Mauerreste wie die toten Finger eines erschlagenen Giganten emporragten.

Letztendlich brauchte man aber nur in den Himmel zu blicken, um zu sehen, wie ernst die Lage wirklich war. Drei Lichtbringer verharrten dort zwischen den Wolken, alles beobachtend oder in stillem Zwiegespräch vereint, wer wusste das schon zu sagen? Den Eisvogt machte es jedenfalls nervös, dass nun auch schon Schleierwesen aus anderen Städten anrückten, um die Präsenz in Rabensang zu erhöhen.

Beide Hände tief in den Taschen seines Wamses vergraben, balancierte der Eisvogt über eine umgestürzte Außenmauer, von der aus er auf einen tiefer gelegenen Lehmziegelhaufen springen konnte. Seine Männer, die sich immer noch Eisknechte nannten, so wie er weiterhin den Titel des Eisvogts trug, obwohl die Frostgewölbe in Trümmern lagen, winkten zu ihm empor, als sie ihn erblickten.

»Wir haben neue Eisenhaken eingeschlagen«, rief ihm einer zu

und präsentierte dabei das Seil, an dem gleich alle ziehen wollten.
»Jetzt wird es gehen!«

Der Eisvogt nickte ihnen aufmunternd zu, auch denen, die gerade aus einem ausgefranst wirkenden Erdloch hervorkrochen. Schmale Rauchsäulen stiegen kerzengerade aus der Tiefe empor bis hinauf in den windstillen Himmel, wo sie nur langsam verwehten.

Obwohl es in den eingestürzten Stollen längst wärmer als an der Oberfläche war, trugen die meisten Knechte weiterhin ihre mit Fell gefütterten Stiefel und Wämse. Der Schock über die Katastrophe saß einfach noch zu tief. Den meisten war immer noch nicht klar geworden, dass es keine Rückkehr zu den alten Gildenprivilegien mehr gab.

Der Vogt hatte dagegen längst leichtere Kleidung angelegt, nur auf seine lehmfarbene Kappe mit den Aussparungen für die Ohren, das Symbol seines alten Standes, mochte er nicht verzichten.

Seine Männer nahmen das dicke Tau auf, das zwischen ihnen auf dem Boden lag. Auf sein Kommando hin begannen sie damit, gemeinsam im Takt zu ziehen. Obwohl fast zwanzig an der Zahl, mussten sie sich gewaltig mit ihren Hacken in den schuttübersäten Untergrund stemmen, um das schwere Gewicht, das am anderen Ende hing, zu bewegen.

Handbreit um Handbreit wanderte das Seil aus dem Loch. Ihre Arbeit war nicht ungefährlich, denn das Trümmerfeld, in dem sie standen, war schon mehrmals ins Rutschen geraten, und mehrere Männer hatten während der Aufräumarbeiten schwere Knochenbrüche erlitten, einer war beim Vordringen ins Stollensystem sogar verschüttet worden und hatte nur noch tot geborgen werden können.

Trotzdem spannten sie alle Muskeln an und legten sich ins Zeug, obwohl sie jeder Kiesel, der sich aus den umliegenden Ziegelhaufen löste, sofort zusammenzucken ließ.

Weitaus gefährlicher wäre jedoch gewesen, die Befehle der Lichtbringer zu verweigern, darum zerrten, stöhnten und schwitzten sie so lange, bis das, was sie da bargen, auch den letzten Engpass überwunden hatte.

Als die schwarzölig glänzende Spitze endlich ans Tageslicht gelangte, ging alles ganz schnell. Unter einem satten Schmatzen quoll der üblen Verwesungsgestank verströmende Tentakel aus der Öffnung hervor, zuerst so dick wie ein Unterarm, aber nach hinten hin immer stärker aufquellend, bis er den Durchmesser eines Baumstamms erreichte. Scharfer Stahl hatte den Fortsatz vom Rest des Körpers getrennt, und tief ins Fleisch versenkte Metallhaken hatten anschließend das Herausschleifen ermöglicht.

Fast in Lindwurmlänge ringelte sich der abgetrennte Tentakel auf dem steinernen Untergrund, als er zur Gänze heraus war. Oben, bei Tageslicht, ohne den gnädigen Mantel der Dunkelheit, wirkte er noch abstoßender als zuvor.

Der schleifende Transport blieb nicht ohne Folgen. Aus der Tiefe heraus wurde Steinschlag hörbar, wenn auch nicht laut genug, um jemanden nervös zu machen. Das leise Rauschen, mit dem die Lichtbringer herabschwebten, trieb die Knechte dagegen in Windeseile auseinander.

Ehrfürchtig verfolgten sie aus sicherer Entfernung, wie die Schleierwesen bis kurz über dem Grund absanken, tief genug, dass sich ihre weißen Säume zu schmalen Rollen ausformen konnten, deren Spitzen vorsichtig, wie mit lebenden Fühlern, über das verrottende Fleisch strichen, ohne auch nur den geringsten Schmutzhauch aufzunehmen.

Ihre Arme pressten sie dabei gegen die hageren, kerzengerade aufgerichteten Körper, und auch sonst zeigten sie keinerlei sichtliche Regung, nicht einmal eine kurze Kopfwendung, um miteinander Blicke auszutauschen. Trotzdem standen die geheimnisvollen Wesen in engem Kontakt zueinander, das war deutlich zu erkennen, wahrscheinlich über ihre wogenden Schleier, die einander berührten.

Nach einer kurzen, aber auf den Eisvogt beinahe unendlich wirkenden Zeitspanne, stiegen sie wieder in den Himmel auf, viel höher als zuvor, und verharrten dort gemeinsam, zu einem weißen Fleck verschmolzen, bis sie sich gänzlich voneinander lösten. Zwei von ihnen flogen weit davon, der eine über Dunkeltann hinweg, der andere in Richtung Sangor.

Der dritte, ständig in Rabensang verweilende kehrte dagegen in den hohen Turm zurück, von dem aus er seit jeher über die Stadt wachte. Ohne sich für die gefährliche Arbeit zu bedanken, die der Eisvogt und seine Männer geleistet hatten, entschwand er ihren Blicken.

Wie es nun einmal die Art der Lichtbringer war.

Am Frostwall
Noch während Bava darüber grübelte, wie sich ein ausgewachsener Frostbär mit steif gefrorenen Händen überwältigen und aufschlitzen ließ, erstarb das Schnarchen neben ihm. Unversehens erklangen in der Dunkelheit neue, weitaus gefährlichere Laute – das Schniefen und Schmatzen eines aus tiefstem Schlaf erwachenden Frostbären.

Bava schwankte noch zwischen Flucht und Angriff, als die Bestie bereits seine Witterung auffing. Grollend wälzte sie ihren schweren Körper herum. Der eisbedeckte Boden erzitterte unter den entfesselten Massen, trotzdem stürzte der Ork dem Poltern entgegen. Lieber mit dem Kopf voran im offenen Maul enden, als von den Stiefeln an, Stück für Stück, in blutige Fetzen gerissen zu werden. Das wäre genauso schlimm, wie unter Gabors Messer zu enden.

Mit vorgehaltenen Händen prallte er gegen die zottigen Fleischmassen. Die verbliebenen Finger seiner Linken krallten sich darin fest, während die Rechte suchend umhertastete, verzweifelt darum bemüht, den Kopf des Tieres zu finden. Ein angriffslustiges Fauchen, direkt neben seinem Ohr, klärte ihn umso schneller darüber auf, wo sich die Augen des Tieres befanden.

Noch aus der Drehung heraus stieß Bava die versteiften Finger nach vorn, mitten in die Finsternis hinein, auch auf die Gefahr hin, sie im Maul des Tieres zu verlieren. Das war nun mal die einzige Möglichkeit eines schnellen Siegs – die spitz zulaufenden Nägel tief in das Gehirn der Bestie zu bohren –, aber er verfehlte das blind anvisierte Ziel um eine ganze Handbreite.

Nutzlos pflügten die Finger durch das verfilzte Fell, bevor sie im Ohr hängen blieben. Sein Versuch, wenigstens das Trommelfell anzukratzen, ergrimmte den Bären so sehr, dass er wütend nach vorn schoss.

Bava verlor umgehend den Boden unter den Füßen. Gekrümmt auf der rechten Schulter des Tieres hängend, wurde er durch die Höhle getragen. Scharfe Bärenfänge fuhren durch seine Kleidung und schnappten unterhalb seiner linken Achsel zusammen. Bava bleckte schon die eigenen, nicht eben kleinen Orkhauer, als er mit dem Rücken gegen die steinharten Eisbrocken prallte, die den Eingang versperrten.

Ein Keuchen entrang sich seiner Kehle, während glühender Schmerz die Wirbelsäule hinaufschoss.

Die harte Erschütterung löste unzählige Eiskristalle aus dem Abgang, sodass ihm kalte Schauer ins Gesicht rieselten, während er in die Tiefe rutschte.

Schmale, durch frisch aufgeplatzte Spalten einfallende Lichtbahnen zerschnitten auf einmal die vor ihm liegende Dunkelheit. Deutlich zeichneten sich darin die Konturen seines Angreifers ab.

Bava sah noch die Pranke herabsausen, dann schmetterte auch schon etwas mit solcher Gewalt gegen seinen Brustkorb, dass er durch die Wand in seinem Rücken gedrückt wurde. Der Lederharnisch verhütete das Schlimmste, trotzdem drangen die Klauen bis zu ihm durch und schlitzten sein Fleisch vierfach auf.

Unter einem lauten Bersten krachte er mitsamt den verkeilten Eisblöcken ins Freie. Eingehüllt in eine weiße Wolke flog er hinaus. Prompt brachen über ihm mehrere unterarmlange Eiszapfen von der Decke des Höhleneingangs, doch er jagte schneller unter ihnen hindurch, als sie zu Boden fielen.

Eine Flut von scharfkantigen Splittern regnete auf Bava herab, während er das Kinn aufs Brustbein presste und sich unbeholfen rückwärts über die Schultern abrollte. Zweimal überschlug er sich, dann blieb er auf dem Bauch liegen. Feinkörniger Schnee presste sich in die frischen Wunden.

Draußen war es taghell. Instinktiv kniff er die Augenlider zu schmalen Schlitzen zusammen, um die großen Pupillen vor dem grellen Lichteinfall zu schützen.

Vier rote Striemen im Schnee hinterlassend, federte er wieder in die Höhe – gerade noch rechtzeitig, um die anstürmende Muskelmasse, die ihn zu überrennen drohte, mit ausgestreckten Armen abzufangen.

Auf allen vieren stürmte der Bär herbei, in dem brutalen Versuch, ihm die Beine unter dem Körper wegzureißen. Auch das Tier war geblendet, das ließ einen Teil seiner Angriffswucht verpuffen.

Erneut schnappten scharfe Zahnreihen nach Bava, der durch den Aufprall emporgehoben und über den Frostbären hinweggeschleudert wurde. Es gelang ihm nur dürftig, sich festzuklammern, und so genügte schon eine einzige Körperdrehung, um ihn abzuschütteln.

Auf der Stelle machte der Bär kehrt und stürzte ihm nach, warf sich knurrend auf den Ork, um ihn mit seinem bloßen Körpergewicht zu Boden zu drücken, dort festzunageln und anschließend in Ruhe zu zerfetzen. Er war ein ausgewachsenes Exemplar, das Bava an Größe, Masse und Gewicht bei Weitem übertraf.

Mit dem Mut der Verzweiflung hechtete der ehemalige Erzstreiter zur Seite. Seine ausgestreckten Hände milderten den Sturz. Tief in frisch gefallenem Schnee vergraben, riss er sie sofort wieder in die Höhe. Eine weiße Wolke schlug dem Bären entgegen und nahm ihm alle Sicht.

Brüllend vor Wut richtete sich die Bestie auf.

Ihre kräftige Stimme hallte weit über die leergefegte Landschaft hinaus und erklang dabei so mächtig, dass sie nicht nur ein Echo, sondern auch eine Lawine nach sich zog. Zum Glück löste sich der Abgang ein gutes Stück weiter südlich, sodass er ihnen nicht gefährlich wurde.

Unter dem grollenden Donner attackierte der Bär erneut, aufrecht auf zwei Beinen, mit wuchtig niedergehenden Schlägen. Pfeifend jagten die halbrund eingedrehten Krallen dem grünen Hals des Orks entgegen. Bava musste sich nach vorn werfen, um ihnen zu entgehen, oder sie hätten ihm die Kehle aufgeschlitzt.

Sofort schlug er dem Bären seine eigenen Pranken in den Leib, doch steif gefroren, wie er war, fehlte ihm die nötige Kraft, den dicken Zottelpelz zu durchdringen.

Da fühlte er auch schon zwei Krallenreihen auf dem Rücken, die ihn in eine tödliche Umarmung zogen. Dem Biss in seine Halsschlagader konnte Bava gerade noch durch eine instinktive Körperdrehung entgehen, dafür versenkten sich die Tierfänge in seiner rechten Schulter.

Dem mächtigen Druck von Ober- und Unterkiefer hatte selbst sein Harnisch auf Dauer nichts entgegenzusetzen. Von Schmerz gepeinigt brüllte Bava auf, als die Zähne bis zum Schlüsselbein vordrangen.

Das triumphierende Knurren der Bestie, die ihren Kopf reißend hin und her warf, entzürnte den Ork aufs Äußerste. Endlich kroch der absolute Widerstandswille, der ihn einst zum Streitfürsten gemacht hatte, aus seiner tiefen Versenkung hervor.

Grollend entblößte er die eigenen Zahnreihen und schlug sie dem Bären in den Hals.

Damit hatte das mächtige Tier nicht gerechnet. Einen von Überraschung durchzogenen Klagelaut ausstoßend, ließ es von Bava ab und versuchte ihn von sich fortzudrücken.

Doch anstatt die Gelegenheit zur Flucht zu nutzen, trieb der Ork seine Hauer unter wildem Kopfschütteln noch tiefer ins Fleisch der Kreatur. Blut sprudelte ihm in den Rachen, aber bei Weitem nicht genug. Fluchend musste er sich eingestehen, dass er die Hauptschlagader verfehlt hatte.

Als das angeschlagen umhertapsende Tier zu taumeln begann, sprang er doch lieber zurück, um nicht unter ihm begraben zu werden. Grollend ließ sich der Bär auf alle viere fallen, drehte sich zweimal um sich selbst und sprang dann wieder auf den Ork zu.

Bava hatte damit gerechnet und stürzte dem emporsteigenden Tier mit ebenbürtiger Wildheit entgegen. Ein dumpfer Schlag untermalte den Zusammenprall, der beide Körper bis ins tiefste Mark hinein erschütterte.

Kurz schienen die beiden Kontrahenten mitten in der Bewegung zu erstarren, dann aber setzte sich doch die größere Masse des Bären durch. Die eisigen Temperaturen, die Bava so sehr zusetzten, waren nun einmal die natürliche Heimat dieses Tiers. Es fror nicht unter seinem Pelz und war ausgeruht in den Kampf gegangen. Er hingegen hatte Mühe, seine erstarrten Glieder richtig zu bewegen, außerdem waren seine letzten Kraftreserven aufgebraucht.

Schwindel stieg in ihm auf. Seine Beine knickten ein wie trockene Halme im Sturm, und so fand er sich unversehens mit dem Rücken im Schnee wieder.

Die Bärenpranken fuhren über ihn hinweg, zerschlitzten Umhang, Wams und Haut, doch in erster Linie pressten sie seine Arme nieder. Das Tier setzte sein ganzes Gewicht ein, um ihn bewegungsunfähig zu machen. So tief in den weichen Untergrund versunken, dass links und rechts der Schläfen weiße Schneeklumpen herabbrachen und in seinen buschigen Augenbrauen kleben blieben, konnte er nur noch hilflos in den weit aufgerissenen Schlund starren, der so dicht über ihm schwebte, dass er fast das gesamte Blickfeld ausfüllte. Betäubender Gestank raubte ihm die Luft zum Atmen.

Bava zuckte mit dem Oberkörper empor, in dem nutzlosen Versuch, das Raubtier zuerst zu beißen, doch es brauchte nur den weiß bepelzten Kopf in den Nacken zu werfen, um seiner Attacke zu entgehen.

Von nun an spielte es mit ihm, so wie es der grausamen Natur dieser Kreatur entsprach, indem es seine Kiefer krachend vor Bavas Gesicht zusammenschnappen ließ, ihm dabei aber nur die Spitze seiner Nase abtrennte und ungekaut verschluckte. Blut lief dampfend über Bavas Gesicht.

Als der Bär erneut den Kopf hob, um ein letztes Mal mit aller Macht in die Tiefe vorzustoßen, sah der Ork einen unförmigen Schatten hinter dem rechten Pelzohr anwachsen: den Umriss einer von Kopf bis Fuß weiß verkrusteten Gestalt, die einen der armlangen Eiszapfen in Händen hielt, die am Eingang der Höhle abgebrochen waren.

Zitternd richtete sich das nadelspitz zulaufende Ende auf den Rücken des Tiers und fuhr mit einem harten Ruck nach unten.

Die Bestie, eben noch im Begriff, Bava zu zerfetzten, zuckte zusammen, beugte den Rücken durch und stieß einen lang gezogenen Laut höchster Qual aus. Sein Versuch, sich unter der Attacke aufzurichten, scheiterte an Bava, der sofort hochschnellte und seine mächtigen Orkhauer diesmal zielgenau in den pelzigen Hals versenkte.

Warmes, wohlschmeckendes Blut benetzte seine Lippen, während er den gegnerischen Kehlkopf packte und mit einem harten Ruck herausriss. Ausgehungert, wie er war, zerkaute er das noch zuckende Fleisch und schluckte es herunter.

Danach umschloss er die klaffende Halswunde mit seinem Maul und begann das in seinen Rachen schießende Blut mit gierigen Schlucken zu trinken.

Der Bär versuchte noch, sich aus der tödlichen Umklammerung zu befreien, aber da war schon die fremde Schneegestalt heran, setzte ihm eine Klinge aus Blutstahl in den Nacken und durchtrennte das Genick mit zwei schnellen Schnitten.

Das unter dicken Eiskrusten verborgene Gesicht des Retters war nicht zu erkennen, aber das machte nichts, Bava wusste, dass es nur Gabor Elfenfresser sein konnte.

Aus Angst, dass ihm der unbarmherzige Verfolger das Kräfte spendende Blut entreißen könnte, saugte Bava noch schneller, doch statt sich um ihn zu kümmern oder auch nur ein Wort zu verlieren, setzte Gabor sein Messer im Rücken des Bären an und begann den noch warmen Körper mit schnellen, geübten Schnitten zu häuten. Wie besessen zerrte er die zottige Haut vom toten Körper des Tiers, das er erst herumwälzte, als es an die Bauchdecke ging.

Noch mit großen Fleischbrocken behaftet, aber in Windeseile gelöst, schlang er das Fell, mit der blutigen Seite nach außen, um seinen durchgefrorenen Leib. Er wollte sich wärmen, bevor er noch ein großes Stück aus der Lende säbelte.

Bavas Befürchtung, dass als Nächstes ein Körperteil von ihm dran glauben musste, erfüllte sich nicht. Die Eisschicht, die Gabors Lippen bedeckte, platzte bis zu den Mundwinkeln hin ab, als er endlich ein paar Worte sprach.

»Deine Nase wäre auch für mich die nächste Wahl gewesen«, grollte er mit kratziger Stimme. »Heute hat ein Frostbär meine

Arbeit getan. Aber glaub bloß nicht, dass du noch eine geruhsame Nacht in einer Höhle verbringen darfst. Du kannst von mir aus ruhig elendig erfrieren, so wie du es mir zugedacht hast.«

Damit stolperte er in Richtung Höhle davon. Steifbeinig staksend, aber mit einem Fell und einer Klinge bewehrt, die ihn am Leben erhalten würden.

Bava aber hockte erneut in der unwirtlichen Kälte, und die nächste dunkle Wolkenfront zog bereits heran. Ohne lange nachzudenken, rammte er die Krallen seiner rechten Hand in den Bauch des gehäuteten Tiers und schlitzte und riss den Leib bis hinauf zum Brustbein auf.

Die Innereien dampften hell, als sie in die Kälte rutschten.

Bava musste nicht lange wühlen, bis auch das Herz und die Lunge vor ihm lagen. Danach schaute er zufrieden auf den Hohlraum, der in dem langsam auskühlenden Kadaver entstanden war.

Groß genug für einen genügsamen Ork!, stellte er zufrieden fest und begann sich vorsichtig hineinzuschlängeln.

Die Wärme des fremden Leibs, der ihn hauteng umschloss, tat äußerst wohl, ebenso das rohe Fleisch, das er von innen heraus mit den Zähnen anzunagen begann.

Wenn es denn eine Möglichkeit gab, noch eine Nacht zu überleben, dann auf diese Weise.

Im Thronsaal der Schwebenden Festung
Wie gut es doch tat, die Schwebende Festung am Himmel zu wissen! Zum ersten Mal seit ihrem Absturz wieder zu einer geistigen Einheit verschmolzen, tauchten der Maar und seine Vasallen in das leuchtende Farbenmeer ein, das ihnen die Welt der übergeordneten Kräfte offenbarte. Gemeinsam spürten sie den weißen Linien nach, die den Atem des Himmels symbolisierten und weit über Arakia hinausreichten.

Äußerlich in tiefer Entrückung versunken, suchten sie Kontakt zu jenen, die das Hinterland kontrollierten. Mit weit offenen Sinnen, die alles Körperliche abgestreift hatten, folgten sie den fünf Winden, bis sie auf die geistigen Fühler der anderen Lichtgestalten stießen.

Gleich das erste Echo, das sie erreichte, löste Unruhe bei ihnen aus. Es war von dreifacher Gewalt, weil es Ksar, Sirs und Rss für nötig befunden hatten, sich über Rabensang zu versammeln. Die Neuigkeiten, die sie zu verkünden hatten, schmerzten, auch nachdem die drei dazu übergingen, ihre lauten Gedanken zu dämpfen.

Der im ewigen Eis schlafende Raubkrake war aus irgendeinem Grund erwacht und hatte einen Einsturz im erloschenen Hort verursacht!

Wie war das nur möglich? Hatte das Blut der Erde etwa die Zeit ihrer Machtlosigkeit genutzt, um seine Fesseln zu lockern? Gab es denn nach Ulkes Tod überhaupt einen Priester, der über die Macht verfügte, die Stockungen zu lösen und es wieder in seine alten Bahnen zu lenken?

Nein, das konnte nicht sein. Die Einzige, die ihnen gefährlich zu werden vermochte, Ursa, die Hüterin mit der Lederschürze, weilte immer noch im Hort von Arakia, das spürte der Maar mit jeder Faser seines Leibes. Also musste es die verfluchte vierte Kraft sein, deren Existenz sich nicht leugnen, sondern nur bekämpfen ließ, die sich in ihrem Rücken erhob.

Der Maar hatte immer gewusst, dass es gefährlich sein würde, auch das letzte aktive Widerstandsnest auszumerzen, denn die Lichtbringer waren nur noch wenige und der stete Strom der Veränderung ein heimtückisches Geschwür, das immer dann zu wuchern begann, sobald ihre Aufmerksamkeit nachließ.

Kehrt in eure Außenposten zurück, befahl er Ksar und Rss, *und haltet mit eiserner Knute Ruhe. Der Sieg in Arakia darf nicht durch Aufruhr im Hinterland erkauft werden. Wir werden inzwischen eilen, den Orks und ihrem Widerstand das Genick zu brechen.*

Nachdem aus den übrigen Teilen des Reichs absolute Ruhe vermeldet wurde, flaute die Aufregung in ihrem Zirkel wieder ab.

Gemeinsam spürten der Maar und die seinen noch lange den weißen Kraftlinien nach und versuchten den Atem des Himmels zu befragen, was sie am besten tun sollten, um des möglicherweise aufziehenden Widerstands Herr zu werden.

Doch die fünf Winde vermochten ihnen nur zu raten, was sie ohnehin schon wussten.

Arakia musste fallen, und das so schnell wie möglich.

15

In der Arena

Herzog Garske ahnte nicht, in welch große Gefahr er sich jedes Mal begab, sobald er dem Orkweib an seiner Seite den Kopf tätschelte. Grindel war laufend versucht, ihm die Hand abzubeißen, und nur Inomes eindringlich warnende Blicke hielten sie davon ab. Es fiel der Ork nicht leicht, ihre kriegerische Natur zu unterdrücken, doch sie hatte Inome bei ihrer Ehre geschworen, sich friedfertig zu verhalten, und an diesen Schwur fühlte sie sich gebunden.

Nur weil sie diesem Versprechen vertraute, hatte sich die Barbarin dafür eingesetzt, dass Grindel sie und den Fürsten in die Arena begleiten durfte. Ein paar Einflüsterungen im Bett, mehr war nicht nötig gewesen, um Herzog Garske davon zu überzeugen, dass es seinen Triumph über die grünhäutigen Scheusale noch kräftig mehren würde, wenn nicht nur ein Orkkrieger in der Arena ums Überleben kämpfte, sondern auch noch ein entsprechendes Weib als Sklavin zu seinen Füßen hockte.

Inomes Vorschlag war offenbar auf fruchtbaren Boden gefallen, denn voller Stolz, als hätte er Grindel mit eigener Klinge im Kampf besiegt, räkelte sich Garske auf seinem herzoglichen Sitz und sah immer wieder mit Siegerblick auf sie hinab. Um ihre Gefährlichkeit vor aller Welt zu demonstrieren, trug sie ein Kettengeschirr, aber auch diese Fesseln hätten Grindel nicht davon abhalten können, den Herzog mit bloßen Händen zu erwürgen. Nicht mal ein Dutzend in den Rücken gebohrter Mondsporne hätte das vermocht, hätte sie es wirklich gewollt.

Doch ihr wacher Verstand riet ihr zur Gerissenheit. Um Menschen zu besiegen, mussten Orks die gleiche Arglist wie diese an den Tag legen, das hatte Grindel inzwischen gelernt und sich darum auf das schmutzige Spiel eingelassen.

Sie bereute diesen Entschluss keinen Atemzug lang, denn die Arena bot einen gewaltigen Anblick, wie ihn bisher nur wenige ihres Volkes zu sehen bekommen hatten.

Der Anflug von Achtung, den sie der Baukunst der Hellhäuter entgegenbrachte, wurde jedoch von etwas übertroffen, das noch weitaus ehrfurchtgebietender war: die Aura der Macht, die der nahe einer Säule stehende Lichtbringer verströmte. Sie flößte sogar Grindel Respekt ein.

Das geheimnisvolle Wesen war einfach schwerelos vom Himmel zu ihnen herabgeschwebt und blickte nun, nur wenige Schritte von Garskes stufenförmig ansteigenden Marmorthron entfernt, schweigend auf die Arena hinaus. Reglos beobachtete er den Einzug der Gladiatoren, die soeben über die Bodenrampe in das sandige Oval einmarschierten.

Grindel hingegen musste an sich halten, um nicht begeistert aufzuspringen, als sie Urok entdeckte. Zwischen einigen großen Nordmännern eingereiht, ragte er über all seine Mitgefangenen hinaus. Auch über Tarren, der direkt hinter ihm ging und den Grindel an der Halskette aus Bärenklauen erkannte, die der von Zavos bis aufs Lederband glich.

Inome, die ihren Liebsten schon lange nicht mehr gesehen hatte, behielt sich ebenfalls bewundernswert in der Gewalt, doch wer sie gut genug kannte und die Zeichen entsprechend zu deuten wusste, konnte trotzdem die Aufregung in ihrem stark geröteten Gesicht erkennen.

»Ich hoffe, diese Wolfshäuter schlagen das Monstrum in Stücke!« Thannos, der Großgardist, der ebenfalls in der Loge weilte, machte aus seiner Abneigung gegenüber Urok keinen Hehl. Das brachte ihm nicht nur einen missbilligenden Blick des Herzogs ein, sondern bescherte ihm auch die Aufmerksamkeit des Lichtbringers; allein dessen kurze Kopfdrehung reichte aus, um das wie Hefeteig aufgequollene Gesicht des Offiziers erbleichen zu lassen.

»Nicht dass ich mir irgendetwas wünschen würde, das den herzoglichen Plänen zuwiderläuft«, versicherte Thannos eilig, »aber immerhin hat mir diese grüne Bestie das Nasenbein zertrümmert!«

Mitleid heischend deutete er auf das blau angelaufene Etwas, das unförmig in der Mitte seines Gesichts prangte. Die rot verschorften Narben, die es bedeckten, tanzten bei jedem Wort, das zwischen seinen zersprungenen Lippen hervordrang.

»Schon gut!« Garske winkte entnervt ab. »Du bist hier, um Genugtuung zu erhalten. Aber genieße sie gefälligst ein wenig leiser.«

Der Offizier nickte eifrig und zog es von nun an vor, das Geschehen schweigend zu verfolgen.

Unten auf dem von hölzernen Übungs- und Strafgeräten bestandenen Sandplatz nahmen inzwischen die Gladiatoren vollständig Aufstellung; nur der Schattenelf war noch im Verlies verblieben. Unter den wachsamen Augen ihrer Aufseher traten die Männer zu drei Seiten eines Karrees an, dessen offene Seite durch eine tief im Boden klaffende Schlangengrube begrenzt wurde.

Leises Klappern und Zischen klang daraus hervor. Der Marschtritt hatte die bisher träge vor sich hin dämmernden Nattern aufgeschreckt. Unruhig schlängelten sie übereinander, zu einem abstoßenden Gewimmel vereint, das den sandigen Grund beinahe vollständig bedeckte.

Auf der links von der Loge aus gesehenen Seite standen Urok und Tarren unter den Gladiatoren und ihnen gegenüber, nur durch die Länge des Kampfplatzes getrennt, drei in Wolfshäute gehüllte und mit starken Blessuren übersäte Krieger. Das mussten die Kerle sein, die Urok vor den Augen des Herzogs prüfen sollten.

Grindels Wulstlippen spalteten sich zu einem spöttischen Grinsen, als Urok erstaunt zu ihr in die Höhe sah. Nach einem unauffälligen Blick in die Runde, der ihr zeigte, dass sich alle in der Loge auf das Geschehen in der Arena konzentrierten, zog sie einen kleinen Zweig unter ihrem Lederwams hervor, den sie von dem Granatapfelbaum in Garskes Ziergarten abgebrochen hatte. Ungefähr eine Handspanne lang und sich nach oben hin verästelnd, ähnelte seine Form weit genug der eines kahlen Baums, um darauf durch das Abkratzen der Rinde an den richtigen Stellen und das Abknicken zweier Zweige eine Botschaft entstehen zu lassen.

Wie zufällig hielt sie den Zweig in die Höhe, bis in Uroks Augen das Erkennen aufflackerte, dann vernichtete sie den verräterischen Beweis auf die denkbar einfachste Weise: Sie ließ ihn im Mund verschwinden und zermahlte ihn zwischen den Zähnen, bis nur noch ein Faserbrei übrig war, der sich mühelos hinunterschlucken ließ.

Frische Triebe gehörten normalerweise nicht zu Grindels Lieblingsspeise, aber hungernde Orks hatten schon ganz andere Dinge gegessen. Garske, der ihr in diesem Moment aus den Augenwinkeln heraus einen Blick zugeworfen hatte, tadelte Inome spöttisch: »Du musst unser kleines Scheusal besser füttern! Sonst frisst sie uns im Mohnrausch noch den ganzen Garten ab!«

Danach wandte er seine Aufmerksamkeit wieder dem Ausbilder der Gladiatoren zu, ohne zu ahnen, was sich gerade unter seinen Augen abgespielt hatte. Wie furchtbar dumm die Hellhäuter doch waren. Abgesehen von Inome, deren Lippen ein wissendes Lächeln umspielte.

Auch über die große Entfernung hinweg vermochten Uroks scharfe Augen jede einzelne Markierung auf Grindels Zweig zu erkennen. *Mein Geist ist frei*, teilte ihm die Madak-Kriegerin dadurch mit. Und: *Du findest eine Verbündete an meiner Seite.*

Direkt neben ihr saß zwar niemand anderes als Herzog Garske, aber die Schrift der Orks war nicht so genau wie die der Menschen, sodass derartige Botschaften großzügig auszulegen waren. Es hätte nicht des kurzen Blickkontakts zwischen Grindel und der blonden Barbarin an Garskes anderer Seite bedurft, um Urok Klarheit zu verschaffen.

»Inome!«, murmelte Tarren neben ihm, leise seufzend wie ein liebeskranker Troll. Da die herzogliche Loge ansonsten nur mit Männern besetzt war, wusste Urok somit auch, wie die Menschenfrau hieß und warum Tarren so gut über Benir und alles andere, was in der Arena geschah, informiert war.

»Vier Gladiatoren sind bereit, in die Schatten zu gehen!«, verkündete inzwischen Ordon, an den Herzog gewandt, mit lauter Stimme.

»Dann lasst sehen, was sie zu bieten haben«, gab Garske gelangweilt zurück, doch allein die Anwesenheit des Lichtbringers bewies, dass der Ausgang dieses Kampfes für ihn von höchster Wichtigkeit war.

Als der Ausbilder die Flammenpeitsche knallen ließ, trat Urok, wie zuvor befohlen, zwei Schritte vor. Gelangweilt auf der Stelle tretend, sah er zur Loge hinauf, bedachte Thannos mit einem höhnischen Grinsen und spuckte in den Sand zu seinen Füßen. Auf der gegenüberliegenden Seite folgten die drei Wolfshäuter seinem Beispiel, allerdings waren ihre Blicke ausschließlich auf ihn gerichtet.

Nahogs Fellumhang starrte nur so vor Dreck, als hätte er ihn erst vor kurzem mehrmals durch den Schlamm gezogen. Er bot einen jämmerlichen Eindruck, was auch an seinem durchgeprügelten Körper lag. Aber das böse Funkeln in seinen Augen bewies deutlich, dass er nach Rache für seine Niederlage dürstete. Seine Kumpane, die ihn wie beim ersten Mal links und rechts flankierten, schauten ebenso entschlossen drein, nur dass die Heimtücke in ihren Blicken noch überwog.

Pelzauge persönlich brachte Urok die Streitaxt, mit der er kämpfen sollte. Keine große, schwere, wie sie der Ork einst in den Fluten des Glutsees verloren hatte, sondern eine für Menschenhände geschmiedete, die für ihn so leicht wie eine Feder wog. Immerhin hatte sie scharf geschliffene Schneiden. Mehr brauchte er nicht, um seinen Gegnern den Garaus zu machen.

Die Wolfshäuter ließen sich große Schwerter und Rundschilder reichen. Nahog steckte zudem eine Geißel in seinen Gürtel, eine stabile Lederknute mit vier flexiblen Strängen, die in eisernen, mit scharfen Spitzen gespickten Kugeln endeten.

»Du wirst nicht lange genug leben, um danach zu greifen«, beschied ihm Urok grinsend, ohne damit eine sichtbare Reaktion zu provozieren.

Auf Ordons Wink hin setzten sich die Wolfshäuter in Bewegung.

Selbst die rundum postierten Schützen reckten erwartungsvoll die Köpfe. Zum ersten Mal, seit Urok zurückdenken konnte, standen sie mit gesenkten Bogen da. Alle verließen sich auf die Anwesenheit des Lichtbringers, dem auch ein mit scharfer Klinge bewaffneter Ork nicht viel entgegenzusetzen hatte.

Eine geschlossene Front mit einander überlappenden Schilden bildend, rückten die drei Wolfshäuter vor. Sie wollten ihn von Anfang an in die Enge treiben, wohl wissend, dass die Mauer aus lebenden Leibern, die hinter ihm zusammenrückte, den Befehl hatte, jeden, der aus dem Karree hinausgedrängt wurde, darin zurückzuwerfen.

Urok ließ die drei näher kommen, obwohl er ihre Taktik durchschaute. Erst als sie nur noch vier Schritte entfernt waren, wich er behände zur Seite hin aus, genau auf die Schlangengrube zu. Mit seinen langen Beinen ließ er sie geschwind hinter sich, außerdem verloren sie Zeit, weil sie ihre Wende in einer gemeinsamen Kehre vollzogen. Genauso, wie er es vorausgesehen hatte.

Mit dem Rücken zur Grube stellte er sich erneut in Position.

Seine Gegner frohlockten, als sie sahen, dass die Hacken seiner Stiefel den Grubenrand berührten. Sand rieselte in die Tiefe. Das Zischen und Rasseln der Giftnattern schwoll an.

Urok verspürte deswegen nicht den geringsten Anflug von Angst. Eiskalt wartete er ab, bis der schmale Schildwall ganz nahe heran war, und wich erneut schneller zur Seite, als die Wolfshäuter geschlossen folgen konnten.

»Buh!«, brüllte Thannos von oben herab, weil er gern gesehen hätte, wie Urok in die Schlangengrube gestürzt wäre. Viele Blutorks aus Arakia hätten bedenkenlos in diese Schmähung mit eingestimmt, doch Urok schämte sich längst nicht mehr für eine Taktik, die auch Ausweichbewegungen und Rückzüge kannte. Wer gegen die vereinte Kampfkraft der Menschen gewinnen wollte, musste sie mit ihren eigenen Mitteln schlagen.

Darum stoppte er die Seitwärtsbewegung, zu der Nahog und seine Mannen gerade ansetzten, mit einem Axthieb in die äußerste der drei Schildrundungen und wirbelte an den dreien vorbei direkt in die ungeschützten Rücken der Gegner. Entsetzt gaben die ihre Schildbindung auf und drehten sich herum, das hölzerne Rund fest an die Brust gezogen. Dabei kam es unter ihnen zu kleineren Rempeleien, die Urok Zeit gaben, mit einem großen Satz nach vorn zu stürzen, und noch ehe die Wolfshäuter richtig begriffen, dass *sie* es nun waren, die mit dem Rücken zur Schlangengrube standen, tauchte er schon vor ihrer linken Flanke auf und trat, den rechten Fuß bis auf Schildhöhe emporgerissen, mit voller Kraft zu.

Krachend prallte sein Stiefel gegen den Schildbuckel, mit einer Wucht, der der Attackierte nichts entgegenzusetzen hatte. Wie von einem heranschießenden Fels getroffen, wurde er in die Höhe katapultiert und bis weit über den Grubenrand hinausgetragen. Mit einem lauten Schrei stürzte er rücklings in die Tiefe, den angriffslustig emporschießenden Schlangenköpfen entgegen.

Nahogs rechte Flanke erstarrte vor Schreck, er selbst stieß das Schwert nach vorn, ohne auch nur einen einzigen Blick an seinen fallenden Wolfsbruder zu vergeuden. Urok wich der Attacke durch eine Körperdrehung aus und ließ seinerseits die Axt kreisen.

Der stürzende Wolfshäuter schlug mitten in den Schlangen auf, und man hörte das hässliche Krachen brechender Knochen. Trotzdem federte der Unglückliche sofort wieder in die Höhe, laut kreischend und mehrere fest in seinem Leib verbissene Reptilien mit sich reißend. Seinen Armen, seiner Brust und selbst seinem Gesicht entsprangen grotesk umherpeitschende Fortsätze, die ihn mit Gift vollpumpten.

Urok sah es, weil er einen schnellen Blick in die Grube warf, und ihm fiel auch der unnatürlich abgewinkelte Unterschenkel auf, der bei der erneuten Landung unter dem Körpergewicht des Wolfhäuters vollends auseinanderbrach. Wie ein gefällter Baum klappte der Mann zur Seite, direkt in das zischelnde Gewimmel, das ihn sogleich wieder attackierte und sich gnadenlos in ihn verbiss. Alles Aufbäumen half nichts, schreiend versank der Unglückliche in dem Meer aus Reptilienschuppen, wie ein Ertrinkender unter der Wasserlinie.

Die nur langsam verklingenden Schmerzensschreie trieben die beiden verbliebenen Wolfshäuter zu noch größeren Anstrengungen an, doch Urok wusste sich zu wehren. Die Axt in seinen Händen zischte ruhelos von einem zum anderen und deckte beide Gegner unentwegt mit schnellen, harten Schlägen ein, sodass sie in die Defensive gerieten und keinen eigenen Angriff mehr durchführen konnten.

Doch trotz der Angst, die in ihren Augen flackerte, bewahrten sie eiserne Disziplin und deckten sich gegenseitig mit den Schilden, ja, es gelang ihnen sogar, sich im Halbkreis um Urok herumzubewegen und sich dabei von dem gefährlichen Grubenrand zu entfernen.

Wütend darüber, dass die Menschenaxt zu klein war, um die gegnerischen Schilde damit in Stücke zu hacken, suchte Urok nach einer anderen Möglichkeit, den Kampf so schnell wie möglich zu beenden. Die Erinnerung an den in der Schlangengrube zur Seite gekippten Wolfshäuter brachte ihn auf eine Idee. Noch während er seine Gegner mit wirbelnden Schlägen aus dem Handgelenk bedrängte, brachte er sich durch einen schnellen Zwischenschritt näher an sie heran und trat dem rechten der beiden von oben herab gegen das Schienbein. Die Wucht seines herabsausenden Stiefels brach den Knochen krachend in zwei Teile.

Der Wolfshäuter stürzte kreischend zu Boden. Die bis zu seinen Knien emporgewickelten Felle sogen sich umgehend mit Blut voll, und auch im Liegen ragte das Bein unnatürlich zur Seite hin ab. Während er schreiend versuchte, es wieder gerade zu rücken, drang Urok mit unverminderter Härte auf den letzten der noch aufrecht stehenden Gegner ein: Nahog.

Um nicht das Schicksal seiner Wolfsbrüder zu erleiden, ging der Hüne selbst zum Angriff über. Wütend stemmte er sich dem Drängen des Orks entgegen, obwohl sein oberer Schildrand bereits ausfranste. Unter der Wucht der auf ihn einprasselnden Schläge sank die hölzerne Deckung immer weiter nach unten, bis sich für Urok die Gelegenheit ergab, ihm mit einem schnellen Hieb den Schädel zu spalten.

Doch im gleichen Moment, da der Ork den Arm zu einem von oben angesetzten Hieb hob, riss Nahog den Schild blitzschnell über den Kopf und stach mit seinem Schwert darunter hindurch heimtückisch auf den ungeschützten Körper des Orks ein.

Einem unerfahrenen Krieger wäre der scharfe Stahl tief in den

Leib gefahren, doch Urok hatte schon in zahlreichen Kämpfen gefochten, und auch die Übungseinheiten der vergangenen Tage hatten ihn so manches gelehrt. Darum hatte er diese Finte vorausgesehen und zog seine Axt im letzten Moment im Halbkreis nach unten, statt sie auf den Rundschild krachen zu lassen. Mit solcher Wucht kreiselte sie herum, dass sie mühelos durch Fleisch und Knochen schnitt, als sie den vorzuckenden Schwertarm passierte.

Nahogs triumphierendes Grinsen verwandelte sich übergangslos in eine Miene maßlosen Erstaunens, als er auf die abgeschlagene Hand starrte, die zusammen mit seiner Waffe in den Sand fiel. Blut spritzte, zuerst in dicken Strahlen, dann, als er verzweifelt versuchte, die zuckenden Pulsadern des Stumpfes mit der Schildhand zu verschließen, wie feiner Sprühnebel, der die Luft ausfüllte.

Ein Axthieb in seine Halsbeuge machte die unsinnige Hoffnung, sein Leben auf diese Weise zu verlängern, endgültig zunichte.

»Ich habe dir doch prophezeit, dass du nicht mal Zeit haben wirst, nach der Geißel zu greifen!« Die bluttriefende Waffe in der Rechten, sah Urok auf den Sterbenden hinab. Der kurze Kampf hatte den Ork nicht einmal ins Schwitzen gebracht. Sein Brustkorb hob und senkte sich etwas stärker als gewöhnlich, das war aber auch schon alles.

Unter den umstehenden Gladiatoren erhob sich ein wohlfälliges Brummen. Besonders in der Reihe, in der Tarren und die anderen beiden Barbaren standen, die ihm beigebracht hatten, solche Finten, wie sie Nahog hatte anwenden wollen, zu durchschauen. Auf der Tribüne blieb es ruhig, aber Garskes selbstzufriedenem Gesicht war deutlich anzusehen, dass er glaubte, den richtigen Gegner für Benir gefunden zu haben.

Eigentlich wollte Urok seine Gegner nun enthaupten und die frisch abgetrennten Köpfe zur Tribüne emporschleudern, doch Grindels Anwesenheit brachte ihn auf eine bessere Idee. Mit einem harten Tritt fegte er den Schild des toten Nahog zur Seite und ließ die Axt auf den noch zuckenden Leichnam niederfahren. Mit schnellen, sicheren Hieben schlug er große Wunden entlang beider Arme und Beine. Außerdem brach er den rechten Oberschenkel des Wolfshäuters mit zwei gezielten Tritten, sodass er ihn in einem schrägen Winkel abspreizen konnte wie einen auf unnatürliche Weise zur Seite geknickten Ast.

Um ihn herum schrien die Menschen protestierend auf, sofern ihnen die Verstümmelungen nicht so sehr auf den Magen schlugen, dass sie laut zu schlucken oder zu würgen begannen.

»Scheusal!«, brüllten einige und unterstellten gleich darauf lauthals, dass Urok schlimmer als ein Raubtier wäre. Einzig und allein Grindel auf der Tribüne erkannte sehr wohl, dass er dem Toten keine sinnlosen Wunden zufügte, sondern nach dem gleichen System vorging, mit dem Orks sonst Baumrinden abschälten und Äste abknickten, um Angehörigen ihres Volkes Nachrichten zu hinterlassen.

Urok hatte mehr mitzueilen, als sich mittels eines Leichnams darstellen ließ, deshalb wandte er sich auch noch dem Wolfshäuter mit dem zertrümmerten Bein zu.

»Nein!«, brüllte dieser entsetzt, als er die blutbefleckte Axt über sich kreisen sah, doch der Blutverlust hatte ihn schon zu sehr geschwächt, als dass er noch genügend Kraft zum Davonkriechen gehabt hätte.

Ein wohl gezielter Hieb in den Rücken beendete seine Flucht, noch ehe sie richtig begonnen hatte. Mit einem schmatzenden Laut löste sich die Axtschneide wieder aus dem Nacken, nur um sofort wieder hinabzufahren und weitere Wunden in den nun toten Körper zu schlagen.

»Genug!«, forderten die umstehenden Gladiatoren angesichts des blutigen Schauspiels. Und an die Bogenschützen auf den Tribünen gewandt: »Beendet dieses unwürdige Treiben!«

Herzog Garske jedoch ließ den Ork gewähren. Vielleicht, weil er dachte, dass es dem Publikum einen zusätzlichen Nervenkitzel brachte, wenn Urok mit dem Schattenelfen ebenso verfuhr.

Ein kurzer Augenkontakt zwischen Urok und Grindel genügte, um sicherzustellen, dass sie seine Botschaft verstanden hatte. Zufrieden blickte er zu Garske hinauf, der ihm gerade müden Applaus spendete.

»Das sind keine Gegner, die du für mich auswählst«, beschied er dem Herrscher hoch erhobenen Hauptes, »sondern nur müdes Schlachtvieh, das den Nacken beugt! Lass mich lieber gegen jemanden antreten, der sich zu wehren versteht!« Zähnefletschend deutete er auf den Lichtbringer am Rande der Loge. »Wie wär's mit dem da? Falls er sich traut, mir Auge in Auge am Boden entgegenzutreten, will ich ihm gern den Schädel spalten!«

Rund um Urok wurde es schlagartig still, seine Herausforderung verschlug allen die Sprache. Allen – außer Garske, dem das Blut ins Gesicht schoss, während er wütend von seinem Marmorsitz in die Höhe fuhr.

»Du primitive Kreatur!«, brüllte er mit glühenden Wangen. »Wie kannst du es wagen, irgendwelche Forderungen zu stellen, da du doch dankbar sein musst, überhaupt noch am Leben zu sein?«

Während der Herzog am ganzen Leib vor Zorn bebte, blieb der Lichtbringer scheinbar gelassen. Nur seine ineinander verschränkten Hände glitten leicht auseinander. Urok sah den Lichtblitz, der zwischen den Fingerspitzen entsprang, erst, als dieser schon auf ihn zuraste. Die Sphäre war kleiner als üblich, aber dafür doppelt so schnell. Als sie in seinen Brustkorb schlug, fühlte es sich an, als würde er von rotglühendem Stahl durchbohrt.

Verdammt, mit dieser Attacke hatte er nicht gerechnet!

Die Hitze, die in ihm wühlte, breitete sich explosionsartig nach allen Seiten aus, bis sein ganzer Oberkörper prickelte und bebte.

Schwankend versuchte er sich auf den Beinen zu halten, doch die heißen Wallungen jagten auch sein Rückgrat empor und überfluteten seinen Kopf, der sich auf einmal anfühlte, als würden darin Myriaden von Insekten umherkrabbeln. Plötzlich fiel ihm das Atmen schwer. Seine Lungenflügel waren gelähmt, ebenso die Waden, die sein Gewicht trugen, und alle Gedanken, die zum Durchhalten aufriefen, versiegten.

Seine Befürchtung, dass sein Körper anschwellen und zerplatzten würde, bewahrheitete sich zwar zum Glück nicht, dafür aber geriet er ins Schwanken und stürzte der Länge nach zu Boden.

»Der Keim der Rebellion hat in diesen Mauern dunkle Wurzeln geschlagen!« Die Lichtbringer erhoben nur selten die Stimme, doch wenn sie einmal sprachen, fuhr es allen Menschen durch Mark und Bein. Selbst Herzog Garske erbleichte, während das maskierte Wesen an seiner Seite fortfuhr: »Der tückische Schattenelf, der längst tot sein sollte, hat ihn eingeschleppt, ich spüre es genau.«

Garske sank auf seinem Marmorsitz zusammen, wohl wissend, dass dieser Vorwurf einzig und allein ihm galt.

»Schon morgen werden der Blutork und der Schattenelf gegeneinander antreten!«, befahl der Lichtbringer in einem Tonfall, der keinen Widerspruch duldete. »Und sie werden sich dabei entweder gegenseitig zerfleischen oder von unseren Elitetruppen als warnendes Beispiel niedergemacht! Wie sie in der Arena sterben ist mir einerlei, aber sie *werden* sterben – oder über Sangor bricht ein Strafgericht herein, wie es für gewöhnlich nur der Maar auf eine Stadt hinabschleudert. Mag auch mancher von euch Morgenluft wittern, weil die Schwebende Festung nicht mehr über euren Köpfen steht, so seid dennoch gewarnt: Ich werde die Disziplin in dieser Stadt mit eiserner Faust aufrechterhalten!«

Selbst den rundum postierten Bogenschützen brach bei diesen

Worten kalter Schweiß aus, obwohl sie sich nicht das Geringste hatten zuschulden kommen lassen. Eine Woge der Angst zurücklassend, stieg der Lichtbringer in den Himmel auf und verschwand in einem weißen Wolkenband.

Sobald er fort war, wandelte sich die allgemeine Furcht in Wut auf die Kreatur, der man den Groll dieses mächtigen Wesens zu verdanken hatte.

»Packt diesen verdammten Ork!«, brüllte Garske, der sich als Erster wieder fasste, und lenkte damit die allgemeinen Gefühle in die richtigen Bahnen. »Lasst ihn über Nacht die Schlangengrube aus der Nähe sehen, ganz gleich, ob er dabei zu Tode gebissen wird oder ihm der Kopf platzt! Ich will, dass ihn der Schattenelf morgen gleich mit dem ersten Streich der Länge nach aufgeschlitzt!«

Da Urok noch immer wie gelähmt am Boden lag, bereitete es den eilig herbeistürmenden Gladiatoren keine Mühe, ihm die Hände auf den Rücken zu binden. Als Nächstes zogen sie ihm die Stiefel aus und legten ihm Fußschellen an. Deren Verbindungskette wurde in ein Seil gehakt, das über ein hölzernes Gestell am Rande der Schlangengrube führte.

Alsdann zogen sie Urok mit vereinten Kräften in die Höhe. Kopfüber in der Luft schwebend, wurde er mit dem Schwenkarm des Strafgerätes über die Grube hinausgeschoben und langsam tiefer gelassen, bis sein Gesicht knapp über den sich immer höher aufrichtenden Schlangen schwebte.

Erst danach zurrten die Gladiatoren das Haltseil fest und ließen ihn anschließend hilflos so hängen.

Grindel, die alles stumm mit ansah, hatte große Mühe, ihre Mundwinkel daran zu hindern emporzuzucken. Denn im Gegensatz zu den Menschen um sie herum wusste sie, dass Garske mit dieser Strafe genau das tat, wozu ihn Urok durch seine Aufsässigkeit hatte provozieren wollen.

16

Am heiligen Hort

»Lichtbringer!« Der gellende Warnruf, der die allgemeine Ruhe zerriss, wurde von Mund zu Mund weitergetragen. »Lichtbringer am Himmel!«

Allein die Ankündigung trieb alle, die sich draußen befanden, zu höchster Eile an. Mütter packten ihre Kinder und eilten mit ihnen in die angrenzenden Wälder oder zu dem Eingang, der in das unterirdische Höhlensystem führte. Gleichzeitig rannten Krieger und Bogenschützinnen herbei, um die Verteidigung des Allerheiligsten zu übernehmen, egal wie übermächtig der Gegner auch sein mochte.

Das gleißende Rund der hoch stehenden Sonne im Rücken, zeichneten sich die fünf weiß schimmernden Gestalten anfangs nur undeutlich vor dem blendenden Licht ab, doch je tiefer sie sanken, desto deutlicher traten ihre Konturen hervor. Trotzdem hatte man sie erst sehr spät ausgemacht, und so hielten die goldenen schimmernden Sphären, die sie zielsicher zur Erde sandten, reiche Ernte unter den Fliehenden. Dort, wo die Orks von den Kugeln getroffen wurden, platzten gleich darauf Körper auseinander. Anderswo sprengten sie kleine Krater in den Felsboden, der unter den Einschlägen so stark erzitterte, dass Männer, Weiber und Kinder gleichermaßen zu Fall kamen – und dadurch zu leichter Beute für weitere Sphären wurden, die nun immer dichter zu Boden prasselten.

Erste Pfeilschwärme stiegen in den Himmel, wischten aber

allesamt unterhalb der Lichtbringer hinweg. Die Getreuen des Maar wussten ganz genau, wie tief sie hinabsinken durften, um völlig gefahrlos angreifen zu können. Unbarmherzig visierten sie daraufhin diejenigen an, die Widerstand zu leisten wagten.

Moa gehörte zu den Wagemutigen, die ihr Heil nicht in der Flucht suchten, sondern auf die Kraft ihrer Beine vertrauten, die sie vor den herabjagenden Sphären rechtzeitig in Sicherheit bringen sollten. Er hielt sich innerhalb des hohen Felsenrunds auf, das den oberen Hort umgab, und stürzte Ursa sofort entgegen, als sie aus den Tiefen des Labyrinths an die Oberfläche schwebte.

»Vuran sei Dank, sie sind nur zu fünft!«, rief er ihr atemlos zu. »Und zu feige, sich unseren Pfeilen zu stellen! Du findest gewiss einen Weg, sie vom Himmel zu fegen.« Mit dieser Hoffnung stand er sicherlich nicht allein.

»Kümmer dich um die Verletzten!«, unterbrach sie seinen Redefluss. »Schaff so viele wie möglich in die unteren Ebenen, denn dorthin werden sich die Lichtbringer nicht wagen!«

Ohne eine Antwort ihres Knappen abzuwarten, schwebte sie auf den engen Felspfad zu, der hinauf zum oberen Hortrund führte. Früher hätte sie eine kleine Ewigkeit gebraucht, diese Steigung zu bezwingen, nun glitt Ursa sie schneller empor, als jeder andere Ork sie hätte erklimmen können. Selbst Moa mit seinen jungen Beinen hätte sie nur aufgehalten, darum jagte sie ganz allein, ohne Begleitschutz, in die Höhe. Größte Eile war geboten. Nur wenn sie sich so schnell wie möglich einen Überblick verschaffte, konnte sie etwas für ihr Volk tun.

Ein direkter Angriff auf den heiligen Hort! Der Maar musste sich inzwischen sehr sicher fühlen, wenn er das wagte. Ahnte er etwa, wie begrenzt Ursas Macht über das Blut der Erde in Wirklichkeit war?

Immerhin, ihr Erscheinen in der oberen Bastion löste Bestürzung unter den Lichtbringern aus. Die wie schwerelos gleitende

Ork war den fünfen noch gut von der Schlacht im Knochental in Erinnerung. Dort hatte Ursa nicht nur die Schwebende Festung zum Absturz gebracht, sondern auch immer wieder die Luftsäulen unterbrochen, auf denen die Lichtbringer schwebten, und so drei von ihnen mehrmals in die Tiefe trudeln lassen.

Aber das war im Zustand höchster Entrückung geschehen, nach vielen Tagen gemeinsamer Beschwörungen durch die dreißig stärksten Priester des Horts. Noch wusste Ursa keinen Weg, solche Kräfte allein freizusetzen, auch wenn ihr die Fähigkeit, aufrecht zu schweben, erhalten geblieben war.

Die Lichtbringer konnten das natürlich nicht wissen, höchstens ahnen, weil sie seitdem noch nicht wieder von Ursa attackiert worden waren. Bei ihrem Anblick stellten die fünf deshalb sofort jeden Beschuss ein und glitten ringförmig auseinander, sodass sie im Falle eines Absturzes auf Baumwipfeln und nicht auf hartem Fels landeten.

Diesen Rückzug feierten die Orks rund um den Hort bereits wie einen Sieg.

»Hol sie herunter, Hohe!«, forderten sie lautstark, ihre Schwerter und Äxte drohend in den Himmel gereckt. »Hol sie zu uns auf die Erde, damit wir sie in Stücke hacken können!«

Ursa hätte ihnen am liebsten zugerufen, dass sie die Gelegenheit nutzen und sich in Sicherheit bringen sollten, aber dann hätten die Lichtbringer sofort gewusst, dass ihre Vorsicht nicht notwendig war. Darum blieb der Hohepriesterin nicht anderes übrig, als die Augen zu schließen und das Blut der Erde um Hilfe anzurufen, während ihre Gegner noch überlegten, ob sie sich wieder näher wagen konnten oder lieber aus weiter Ferne zuschlagen sollten.

»Vuran!«, riefen die Krieger und Priester, die immer zahlreicher zusammenströmten, um den Kampf an Ursas Seite aufzunehmen. »Vuran ist mit uns!«

Vuran!, dachte sie nur verächtlich, statt ihren Geist zu leeren. *Vuran ist gar nicht der Feuergott, für den ihn alle halten, sondern nur ein einfacher Krieger aus unserer Mitte. Einer, der...*

Öffne deinen Geist!, forderte eine wohlbekannte Stimme, die wie aus weiter Ferne wisperte, doch diesmal hörte Ursa sie zum ersten Mal außerhalb der Blutkammer. Was sie forderte, war ihr allerdings immer noch ein Rätsel.

»Mein Geist ist für alles offen!«, erklärte Ursa laut, um ihre Worte auch vor sich selbst zu bekräftigen. »Also helft mir, wenn ihr könnt!«

Das Blut der Erde steht bereit, doch es braucht eine Urtochter oder einen Ursohn, der es ergreift und in die richtigen Bahnen lenkt!

»Dann sagt mir endlich, wohin ich greifen soll!«, forderte Ursa ungehalten. »Nur dann kann ich es lenken, wie damals in Knochental.«

Dazu musst du erst deinen Stolz überwinden, drängte die Stimme, *und fügen, was zusammengehört.*

Ursa spürte, wie ihr das Blut heiß ins Gesicht stieg. »Es gibt keinen Stolz, der mir im Wege steht«, behauptete sie gekränkt. »Ich bin bereit, alles zu tun und alles aufzugeben, um meinem Volk zu helfen. Das habe ich schon oft genug angeboten!«

Sie hörte, wie eine Sphäre in nackten Fels schlug. Lautes Wutgeheul brandete unter den Orks auf.

Dann flehe Vuran um Hilfe an!, forderte die Stimme.

»Niemals!«, entfuhr es ihr ungewollt, doch der ablehnende Ausbruch tat ihr nicht im Geringsten leid, darum bekräftigte sie leidenschaftlich: »Vuran ist nicht, was er vorgibt zu sein, darum hat er unser Flehen nicht verdient!«

Weitere Einschläge wurden laut, gefolgt von Schmerzensschreien. Unter das Wutgeschrei mischten sich erste enttäuschte Klänge.

Akzeptiere die vierte der elementaren Kräfte! Nur, wenn du alle

Fesseln ablegst, kann das Blut der Erde ungehindert durch deine Adern fließen!

Der nächste Einschlag erfolgte nicht unten, am Fuß des Horts, sondern ganz in Ursas Nähe, so dicht, dass feine Felssplitter gegen ihren Körper prasselten. Als sie die Augen öffnete, sah sie, dass die Lichtbringer den Ring langsam, aber sicher enger zogen. Immer näher wagten sie sich, und einer von ihnen visierte sie sogar direkt mit seinen Händen an.

»Ursa! Vorsicht!« Es war die Stimme ihres Knappen, die vom Pfad aus heraufdrang; statt ihre Anweisungen auszuführen war er ihr nachgeeilt.

Dummer Junge, dachte sie, drehte sich aber nicht zu Moa um, sondern hielt den Blick weiterhin auf den über dem Waldrand schwebenden Lichtbringer gerichtet, der sorgsam auf sie zielte.

»Wenn ich wirklich die Barriere bin, die das Blut daran hindert zu fließen, bin ich bereit, meinen Platz zu räumen«, murmelte sie leise. »Gern gebe ich mein Leben für das meines Volkes. Die Entscheidung liegt nun allein bei euch.«

Und statt hinter dem schützenden Fels abzutauchen, stieg Ursa noch ein Stück höher, um ein besseres Ziel abzugeben.

Auf diese Weise kannst du die Hilfe nicht erzwingen!, beschwor die wispernde Stimme sie. *Nur wer sich den Elementen unterwirft, kann sie beherrschen!*

»Hohe!« Moas Stimme war kaum mehr als ein Keuchen, so sehr strengte ihn der schwere Lauf an. »Öffne die Augen, und sieh die Gefahr!«

Ursa sah es genau: die kleinen Blitze zwischen den weiß schimmernden Fingerspitzen des Lichtbringers. Sie verästelten sich und verwoben sich immer stärker miteinander, bis sie eine runde Kugel bildeten. Nicht mehr als zwei oder drei Herzschläge dauerte dieser Vorgang, dann jagte ihr die Sphäre des Lichtbringers auch schon entgegen.

Hilf mir, Blut der Erde!, bat sie stumm. *Oder nimm mein Leben und lass mein Volk weiterexistieren!*

Die auf sie zujagende Kugel wuchs immer mehr heran. Unter ihr gellten Schreie auf, ausgestoßen von jenen, die erkannten, dass die Geschossbahn unweigerlich bei Ursa enden musste.

Dein Stolz macht jedes Opfer wertlos!, mahnte die Stimme in ihrem Kopf. *Doch ein Opfer ist wohl nötig, um dich zur Besinnung zu bringen!*

Ursa verstand nicht, was damit gemeint war, bis ihr Blick auf die heranrasende Sphäre unversehens von einem fliegenden Schatten verdeckt wurde. Im selben Moment, da sie Moas Gestalt erkannte, wurde diese auch schon von wabernden Lichtmassen umhüllt; die Sphäre war ihm in den Rücken geschlagen, weil er sich zwischen das Lichtgeschoss und Ursa geworfen hatte, um die Hohepriesterin zu retten, statt sie aus dem Gefahrenbereich zu reißen, denn natürlich hatte Moa nicht gewagt, Hand an sie zu legen, nun, da sie die Höchste der ganzen Priesterschaft war.

Schreie des Entsetzens gellten in der Tiefe auf.

Ursa hörte sie nur dumpf, wie durch Moosbüschel hindurch, die ihre Gehörgänge verstopften. Gleichzeitig sah sie, wie der Lichtbringer eine weitere Sphäre zwischen seinen Händen bildete.

Plötzlich hatte sie den Eindruck, als würden um sie herum alle Bewegungen einfrieren. Nur für ein oder zwei Herzschläge, doch lange genug, um endlich die Wahrheit zu erkennen. Eine kurze Zeitspanne, in der sie voller Bitterkeit begriff, wie sehr ihr der Stolz den Blick auf die Wahrheit verstellt hatte und wie kleingeistig ihre Bedenken gegenüber Vuran gewesen waren.

Das war der Moment, in dem sie zum ersten Mal begriff, was das vierte, das unsichtbare Element war, und dass es etwas sein konnte, das ihr nicht immer gefallen musste, aber dass es trotzdem unabänderlich existierte, so wie das Blut, der Atem und der Leib!

Ein lauter Schrei brachte um sie herum wieder alles in Bewegung. Ein Schrei, von dem sie erst allmählich begriff, dass sie ihn selbst ausstieß, ein Schrei, mit dem sie all die Trauer herausbrüllte, die sie beim Anblick des zu ihren Füßen zerplatzenden Körpers empfand.

»O Vuran!«, flehte sie, während sich Moas Hirnmasse über die ganze Bastion verteilte und auch auf ihre Stiefel spritzte. »Mir ist egal, wer du bist und was du getan hast! Hilf mir einfach nur, unsere Feinde zu vernichten!«

Ein Grollen ertönte, noch während ihre Worte durch die Luft hallten, ein gewaltiges Rumoren aus den Tiefen der Erde, das nicht nur den Hort, sondern auch die umliegenden Wälder erzittern ließ. Der Lichtbringer, der auf sie zielte, erschrak deswegen so sehr, dass er die Sphäre, die er ihr entgegenschleuderte, im letzten Moment verriss. Wieder schlug die Energiekugel zwei Körperlängen neben ihr ein, und wieder prasselten ihr scharfe Steinsplitter gegen die Hände und ins Gesicht. Aber was machte das schon angesichts des toten Knappen zu ihren Füßen?

Weitere Lichtkugeln jagten auf sie zu, von zwei anderen Gegnern geschleudert, doch noch während sie durch die Luft schnitten, spaltete sich rund um den Hort die Erde, und aus Brüchen und Fugen schoss heißer Wasserdampf in die Höhe, jagte unter hohem Druck mit der Kraft explodierender Geysire empor, an manchen Stellen als massive Wassersäule, an anderen in einer dünnen, aber lang gezogenen Wand, die rasch die Umgebung einnebelte.

Eine der baumdicken Springquellen fuhr direkt unter den Lichtbringer, der sie beschossen hatte, und verbrühte ihn hinauf bis zum Unterleib, bevor er sich kreischend in höhere Gefilde flüchten konnte. Zwei der aufschießenden Mauern hingegen schirmten die Bastion ab, und als die anjagenden Sphären mit ihnen kollidierten, platzten sie umgehend auseinander, ohne nennenswerten Schaden anzurichten.

Auch die übrigen Lichtbringer wurden von massiven Springfluten bedrängt. Keiner von ihnen wurde so stark getroffen wie der Erste, doch auch ihre Schmerzlaute klangen unangenehm grell in den Ohren. Einer von ihnen versuchte noch, mit seinen Sphären etwas gegen die nachdrängende Wassersäule auszurichten, erreichte damit aber nur, dass sie sich teilte und ihn, wie ein sich windendes lebendiges Tier, von zwei Seiten attackierte. Daraufhin folgte er den anderen, die schon so weit aufgestiegen waren, dass sie bereits wieder mit dem gleißenden Rund der Sonne verschmolzen.

Erst einmal den Blicken vom Boden aus entzogen, verschwanden sie genau so, wie sie gekommen waren: blitzschnell, ohne dass einer der Orks zunächst begriff, was eigentlich vor sich ging.

So erklang das Freudengeheul am Fuße des Horts auch erst mit einiger Verzögerung, als die kochenden, vom Blut der Erde angeheizten Springfluten schon wieder versiegten. Ursa kniete bereits neben Moas Leichnam, drückte den kopflosen Torso fest an ihre Brust und ließ ihren Tränen freien Lauf.

»Warum nur?«, fragte sie sich selbst leise. »Warum war das nur nötig?«

Nicht jeder Wellenschlag im steten Fluss ist allen gleich zuträglich, raunte ihr die Stimme wie zur Antwort zu. *Manch einer ertrinkt in seinen Fluten, ohne es zu verdienen, denn alles, was wertvoll ist, muss nun mal unter großen Opfern erkämpft werde. Denn wisse: Ohne Opfer gäbe es keinen steten Fluss der Veränderung, und ohne diesen wäre die Welt zwischen Nebelmeer und Frostwall noch immer eine glühende Lavawüste, die mit dem Atem des Himmels um die Vorherrschaft ringt.*

Ursa ahnte mehr, als dass sie wirklich verstand, was ihr das Blut der Erde mit diesen Worten sagen wollte. Wie gern hätte sie noch ein paar weitere Fragen gestellt, doch die Stimme wurde bereits wieder leiser und zog sich in unbekannte Fernen zurück, während unterhalb der Bastion harte Schritte erklangen. Ursa wusste, dass es Rowan war, der dort nahte, noch bevor er sich schützend vor sie stellte.

»Sieg!«, verkündete er, obwohl der Blick, mit dem er auf Moa herabsah, tiefe Bestürzung verriet. Der Knappe und er waren nie Freunde geworden, doch sie hatten einiges zusammen durchgestanden. Außerdem war jeder tote Ork, der den Lichtbringern zum Opfer fiel, einer zu viel.

»Sieg!«, wiederholte Rowan deshalb, noch eine Spur trotziger als zuvor. »Du hast die verdammten Schleiereulen verjagt! Bestimmt lassen sie sich jetzt nicht mehr so schnell bei uns blicken.«

Ursa schüttelte traurig den Kopf, denn es hatte keinen Sinn, derart falsche Hoffnungen in Kriegern wie Rowan aufkeimen zu lassen.

»Natürlich kommen die Lichtbringer wieder«, belehrte sie ihn mit brüchiger Stimme. »Diese fünf waren nur die Vorhut, die prüfen sollte, ob ich ihren Flug ins Wanken bringen kann. Da ich es nicht vermochte, werden sie beim nächsten Mal mit der Schwebenden Festung kommen, und gegen die lässt sich mit ein paar Geysiren nichts ausrichten.«

ᛞ 11 ᛣ

In der Schlangengrube

Je mehr die Lähmung nachließ, desto stärker schmerzten die eisernen Fußfesseln, die ihm tief ins Fleisch einschnitten. Urok wusste selbst nicht genau, wie lange er schon mit dem Kopf nach unten hing, doch unter seiner Schädelwölbung wuchs allmählich ein dumpfer Druck an, als würde sich dort alles Blut aus seinem Körper stauen. Von Zeit zu Zeit presste er das Kinn aufs Brustbein, um zumindest das Pochen in seinen Schläfen zu lindern, aber das half nur wenig.

Zum Glück hielten die harten Schädel der Orks mehr aus als die von verweichlichten Menschen oder Elfen. Weitaus stärker als die Sorge, dass sein Kopf in Kürze zerplatzen könnte, plagte Urok deshalb der Gedanke an die aufgeregt unter ihm hin und her zischelnden Schlangen.

Inzwischen hatten die Reptilien eingesehen, dass der tote Wolfshäuter, der zwischen ihnen lag, zu groß war, um ihn zu verschlingen, aber das dämpfte keineswegs ihre Angriffslust. Ganz im Gegenteil. Der pendelnde Schatten über ihren Köpfen fachte ihren Beutetrieb immer wieder aufs Neue an. Wütend rollten sie sich zu engen Schuppenkringeln zusammen und schnellten dann mit der Elastizität einer eng gespannten Stahlfeder zu ihm empor.

Anfangs schlugen die Giftfänge noch zwei Handbreit unter seiner Stirn zusammen, aber die Reptilien lernten rasch dazu und verfeinerten ihre Technik. Dabei tat sich besonders eine schwarze Königsnatter hervor, die ihre Artgenossen an Länge und Kraft bei

Weitem überragte. Obwohl die Sonne längst so weit am Horizont weitergewandert war, dass die Grube vollständig im Schatten lag, ließ das Reptil nicht in seinen Bemühungen nach. Und bei jedem Versuch, Urok ins Gesicht zu beißen, kam es seinem Ziel ein Stück näher.

Den Attacken der Schlange wehrlos ausgesetzt, geriet der Ork mächtig ins Schwitzen. Solange einer wie er kämpfen konnte, verspürte er keine Angst, doch zum Ausharren und Stillhalten verdammt zu sein, zerrte brutal an seinen Nerven.

Schließlich musste Urok sogar den Kopf in den Nacken werfen, damit ihm die Schlange nicht eine seiner Wangen anritzte. Ganz vermochte er dem Angriff trotzdem nicht zu entgehen. Die Schlange wischte knapp einen Fingerbreit unter seinem Kinn entlang und verhedderte sich danach in seinen herabhängenden Zopf, wo sie instinktiv zuschnappte. Fest in den Haaren verbissen, hing das große, schwere Tier über den anderen Nattern in der Luft und zappelte wild umher, bis Urok die Kopfhaut zu schmerzen begann.

»Elendes Dreckvieh!«, fluchte er und versuchte die Schlange durch wilde Kopfbewegungen abzuschütteln. Vergeblich. Beharrlich klebte sie an ihm und mühte sich sogar, ihren Hinterleib zuerst in die Höhe und dann um seinen Hals zu winden.

Urok stieß ein ärgerliches Grollen aus. Wie gern er das verdammte Reptil doch gepackt und in kleine Stücke gerissen hätte! Doch sosehr er auch zerrte, es gelang ihm einfach nicht, die hinter seinen Rücken gefesselten Hände zu befreien.

Durch den Erfolg der Königsnatter angespornt, verstärkten auch die übrigen Schlangen ihre Bemühungen. Einige peilten dabei gezielt das über ihnen schwebende Schuppenbündel an und versuchten an ihm emporzugleiten. Dadurch vereitelten sie ungewollt, dass sich die Königsnatter tatsächlich um Uroks Kehle schlängeln konnte.

Für den Ork aber war das kein Grund zum Frohlocken, denn die gelben Sandvipern, die diese Taktik verfolgten, visierten eindeutig seine Augäpfel an, die sie bequem herunterschlingen konnten. Mit einem Teil ihres Leibes auf das Natternknäuel an seinen Haaren gestützt, mochte es ihnen sogar gelingen, sie zu erreichen. Urok sah sich schon mit leeren Augenhöhlen über der Grube pendeln, als eine der Vipern versehentlich in den Leib der Königsnatter biss – und diese daraufhin den Zopf freigab, um sich gegen die vermeintliche Attacke zu wehren.

Laut zischend stürzten die beiden Tiere zu Boden, wo sie sich sofort zu einem scheinbar unentwirrbaren Knäuel vereinten und so lange ihre Fänge in das jeweils andere Schuppenkleid schlugen, bis die gelbe Sandviper erschlaffte.

Auch die Königsnatter blutete aus mehreren punktgroßen Wunden, doch das Gift ihrer Gegnerin schien ihr nicht das Geringste auszumachen. Triumphierend löste sie sich aus dem Gewirr und überließ die Sandviper den übrigen Schlangen, die sofort an dem toten Leib zu zerren begannen, während sich die Königsnatter wieder direkt unter Urok zusammenringelte und auf ihre nächste Attacke vorbereitete.

Selbst dem hartgesottenen Ork stieß es sauer auf, in welch kannibalischer Gier die übrigen Mäuler an der Sandviper zerrten und sie zu zerreißen suchten. Ein Blick zu dem Wolfshäuter war ebenso wenig dazu angetan, Uroks Laune zu heben. Nicht nur, dass dem Leichnam beide Augen und das weiche Wangenfleisch fehlten, nein, einige Reptilien hatten sich inzwischen auch in jede nur denkbare Körperöffnung des Toten gezwängt. Ihrem natürlichen Drang folgend, der sie bei Anbruch der Dämmerung möglichst warme und geschützte Plätze aufsuchen ließ, wand sich eine Fleckenviper durch die beiden ausgefransten Wangenlöcher, während sich eine andere Schlange gerade den menschlichen Schlund hinabarbeitete.

Obwohl ihn dieser Anblick anwiderte, brachte er Urok auf eine Idee, wie er sich gegen die Königsnatter zur Wehr setzen konnte.

Er warf wieder einen Blick auf das schwarz geschuppte Tier. Das schlängelte sich gerade über die Körper einiger im Fressrausch befindlicher Artgenossen hinweg und rollte sich zu einem letzten, alles entscheidenden Angriff auf. Von ihrer nun erhöhten Position aus konnte ihn die Königsnatter auch erreichen, selbst wenn er den Kopf in den Nacken warf, das erkannte Urok sofort. Darum hob er sein Gesicht nur so weit an, dass es auf den Boden der Grube gerichtet war, und öffnete das eigene Maul so weit, wie es gerade ging.

Misstrauisch hob die Königsnatter den Kopf, um zu sehen, was dort über ihr vor sich ging, und je länger sie auf die pendelnde Höhlung starrte, desto stärker wiegte sich der aufgerichtete Teil ihres Körpers im gleichen Takt. Wie unter einem fremden Zwang streckte sie sich Uroks Mundhöhlung immer weiter entgegen, bis sie alle Kraft in die am Boden verbliebenen Muskeln steckte und mit einer blitzartigen Bewegung in die Höhe schnellte.

Urok sah, wie sie ihm entgegenschoss, in dem deutlichen Versuch, tief in seine Mundhöhle vorzustoßen und ihm in die Zunge oder den Gaumen zu beißen. Trotz der tödlichen Verletzungen, die dabei zu befürchten standen, wartete er mit der Geduld des geborenen Jägers bis zum letzten Moment ab, bevor er seine mächtigen Kiefer zusammenknallen ließ. Und zwar genau in dem winzigen, aber entscheidenden Augenblick, in dem der flache Schlangenkopf die beiden scharfen Zahnreihen passiert hatte.

Uroks Schleimhäute wurden vorübergehend taub, als sich mehrere Gifttropfen von den Fängen der Natter lösten, doch noch ehe sie ihre spitzen Zähne in seinem Rachen versenken konnte, biss ihr Urok Nacken und Hals durch. Blut sprühte aus der offenen Wunde hervor, während der sich krümmende und windende Schlangenleib zurück in die Grube fiel. Urok spuckte den Kopf sofort hinterher, bevor das Gift doch noch stärkere Wirkung entfalten konnte.

Die lidlosen Augen der Königsnatter wackelten ebenso wild umher, wie sich der Unterkiefer reflexartig öffnete und schloss. Er zuckte sogar noch, als er im ausgeklinkten Maul einer Sumpfnatter verschwand.

Das in der Grube ausströmende Blut lockte auch jene Tiere an, die bisher einigermaßen ruhig in den Ecken gelegen hatten. Noch mehrmals kräftig ausspuckend, verfolgte Urok, wie der schwarze Leib der Königsnatter zerbissen und verschlungen wurde. Danach wurde es ruhiger auf dem Grubenboden. Der ärgste Hunger war gestillt, außerdem verspürten die übrigen Reptilien allesamt keine Lust mehr, nach dem über ihnen pendelnden Etwas zu schnappen.

Zufrieden wartete Urok die Nacht ab, deren Kälte die Schlangen langsam erstarren ließ.

Hoffentlich findet der Schattenelf tatsächlich einen Weg ins Freie, dachte er irgendwann, als bereits das erste Sternenlicht zu ihm herabsickerte. *Sonst war dieser Schlangenfraß umsonst.*

In Feenes Gemächern
Morn hatte sich seinen Aufenthalt in Sangor ganz anders vorgestellt. Sicher, er wurde hier nicht so schikaniert wie auf Arnurs Wehrhof, aber es lief seinem freiheitsliebenden Wesen ausgesprochen zuwider, den ganzen Tag zwischen steinernen Wänden und dazu noch in Gesellschaft einer menschlichen Amme und eines Elfenkinds zu verbringen. Der Halbling fühlte sich eingesperrt.

Lange Zeit dumpf vor sich hin brütend, schreckte ihn erst der schwere Flügelschlag einer goldenen Taube aus den trüben Gedanken. Das schräg einfallende Licht der untergehenden Sonne überzog ihr Gefieder mit einem metallischen Schimmer, während sie durch eines der Bogenfenster hereinsegelte und zu Morns Füßen landete.

Das Baby jauchzte erfreut in den Armen der Amme und streckte eines seiner kleinen Händchen aus, um lachend auf das Tier zu deuten. Morn langte hingegen nach dem Griff seines Wellenschwerts, obwohl er wusste, dass die Vögel vor allem als Beobachter und Boten dienten.

»Lass deine Waffe stecken!«, forderte eine Stimme neben ihm, der er zunächst keinen Ursprung zuordnen konnte, bis Kuma vor seinen Augen aus dem Nichts heraus Gestalt annahm. »Weder ich noch die Taube wollen dir ein Leid zufügen.« Der Schattenelf bedachte Morn mit einem wohlwollenden Blick, als wollte er damit die Wachsamkeit des Halblings würdigen. »Ich habe mit dir zu reden«, erklärte er knapp, bevor er mit einem kurzen Seitenblick auf die Amme hinzufügte: »Am besten draußen im Flur.«

Inea tat so, als hätte sie die Bemerkung nicht gehört, doch ihr ohnehin hartes Gesicht verfinsterte sich noch mehr, bevor sie sich herumdrehte, um den kleinen Elf zurück in die Wiege zu legen.

Morn stand als Erster an der zweiflügligen Tür. Sobald er die linke Seite geöffnet hatte, erhob sich die Taube vom Boden, setzte knapp über seinen Kopf hinweg und landete sofort wieder. Ihre goldenen Krallen klackten unangenehm auf dem Marmorboden, als sie in eine Ecke tippelte und dort abwartend Platz nahm.

Kuma schloss die Tür leise hinter sich und winkte Morn noch ein Stück weiter in den Gang hinein, bevor er das Gespräch begann.

»Was ich dir jetzt sage, ist nur für die Ohren echter Legionäre bestimmt«, erklärte er mit gedämpfter Stimme. »Sei dir darüber im Klaren, dass du jedes meiner Worte für dich behalten musst! Auch die Amme darf nichts von dem erfahren, was ich dir gleich erzählen werde!«

Morn nickte beflissen, stolz darauf, dass ihm so viel Vertrauen entgegengebracht wurde.

Kuma schien mit dieser Reaktion zufrieden zu sein, denn er fuhr umgehend fort: »Es gibt Aufruhr im Land, Halbling. In Rabensang, aber auch anderswo. Der Lichtbringer hat deswegen besondere Achtsamkeit befohlen. Es muss unbedingt verhindert werden, dass es auch in Sangor zu Unruhen kommt. Deshalb lässt er morgen in der Arena vorsorglich ein Exempel statuieren. Bis es Wirkung zeigt, stehen überall Gepanzerte in Bereitschaft, um bereits beim kleinsten Anlass einzugreifen. Wir Schattenelfen verteilen uns in der ganzen Stadt, um im Ernstfall das Kommando zu übernehmen. Die Boten des Lichtbringers helfen uns, den Überblick zu behalten.« Kuma deutete auf die Taube, die immer noch reglos in der Ecke kauerte. »Eine von ihnen lasse ich hier bei dir! Sobald in der Kaserne etwas vor sich geht oder der Nachwuchs des Todbringers bedroht ist, schickst du sie los, damit wir dir zu Hilfe eilen können. Bis dahin bist du auf dich allein gestellt und musst selbst mit allem fertig werden, verstanden?«

»Natürlich.« Morn hämmerte so fest mit der rechten Faust auf seinen Brustkorb, dass zwei dumpfe Laute erklangen. »Wenn es sein muss, werde ich mein Leben für das Kind geben.«

»Genau das wollte ich hören.« Kuma lächelte zufrieden. »Heute Nacht postiere ich noch einen meiner Männer vor dieser Tür, aber ab Sonnenaufgang stellst *du* dich hier draußen auf. Der Bote des Lichtbringers sitzt die ganze Zeit auf diesem Sims, damit er bei Gefahr sofort aufsteigen kann.«

Der Elf hatte noch nicht ausgesprochen, als die Taube auch schon an ihm vorbeiflatterte und auf der bezeichneten Fensterbank landete. Eine abendliche Brise wehte herein, ohne ihr Federkleid aufzubauschen. Mit klackernden Tippelschritten drehte sie sich so herum, dass sie direkt in den langen Gang hineinsah, der auf Feenes Gemächer zuführte. In dieser Position verharrte sie, wie zu einer goldenen Statue erstarrt, und würde sich – so viel wusste Morn inzwischen über diese Tiere – erst wieder bewegen, sobald sie eine Gefahr sah oder einen anderslautenden Befehl erhielt.

In den Kerkern der Arena
All die vielen Tage der einsamen Übungen trugen allmählich Früchte. Benir konnte mittlerweile nicht nur die rechte Hand entflammen lassen, ohne sich zu verbrennen, sondern auch alle Hitze in seinen Fingerspitzen konzentrieren.

Füge!, drängte eine leise Stimme jedes Mal in seinem Hinterkopf, wenn er die neue Fähigkeit erprobte. Auf Dauer war diese geheimnisvolle Forderung nicht sonderlich hilfreich. Kein Wunder, dass die fünf Winde in der Vergangenheit stets die Oberhand behalten hatten!

Trotzdem blieb Benir nichts anderes übrig, als auf das Blut der Erde zu vertrauen, denn der Maar und seine Getreuen würden den Atem des Himmels für alle Zeiten besser beherrschen als jeder Schattenelf, deshalb musste er auf diesem Gebiet zwangsläufig dem Lichtbringer unterliegen.

Während um ihn herum die meisten Gladiatoren in den Schlaf versanken, zwang Benir seine Gedanken zur Ordnung. Sein Herzschlag beschleunigte sich, während er das Blut der Erde anrief. Er konnte spüren, wie die angestauten Kräfte tief unter ihm rumorten und gegen die unsichtbaren Dämme pochten, die sie endlich durchbrechen wollten. Sie anzuzapfen war inzwischen beinahe ebenso einfach wie sich des Atems des Himmels zu bedienen, doch Benir würde sich wohl nie an den feurigen Schmerz in seinen Adern gewöhnen, der ihn dabei durchströmte. Vom Ellbogen bis in die Hand pflanzte sich die innere Lohe fort, bis die Kuppen von Zeigefinger und Daumen zu glühen begannen.

Sofort kniete er neben der stählernen Strebe nieder, die er schon mehrmals bearbeitet hatte. Diesmal musste die Hitze einfach reichen, um die geschmiedete Naht aufzuweichen. Benirs Arm erzitterte, als stünden seine Adern und Venen unter hohem Druck. Er fürchtete ernstlich, dass ihm jeden Moment das Fleisch von den Knochen platzen könnte, dennoch hielt er durch, auch als das Metall unter seiner Haut unangenehm heiß wurde.

Er presste die Finger nicht direkt auf die Naht, trotzdem reichte die ausströmende Hitze aus, die schmiedeeiserne Verbindung zu verflüssigen. Mit der freien Hand rüttelte er zwischendurch immer wieder an der Strebe, die längst an Spiel gewonnen hatte, bis der zähe, aber weich gewordene Ring allmählich nachgab.

Knirschend rutschte die Strebe aus der Grundfuge und kratzte leicht über den davorliegenden Steinboden. Sie ließ sich nicht sehr weit nach außen biegen, doch für den kleinen, schmal gebauten Elfen reichte es aus, um sich durch die im unteren Bereich entstandene Kluft hindurchzuzwängen.

Benir versuchte es nur so weit, bis er wusste, dass es funktionieren würde, danach zog er sich wieder ins Innere des Käfigs zurück und zog die Strebe wieder in die stählerne Fuge.

Tarren, der alles mit angesehen hatte, machte ein zufriedenes Gesicht. Avak und Mondor, ebenfalls wach gehalten von der Neugier, schüttelten triumphierend die Fäuste. Andere, die durch die Geräusche aus dem Schlaf hochgeschreckt waren, wurden von ihnen leise, aber nachdrücklich ermahnt, sich besser blind und taub zu stellen. Da das Wort dieser Nordmänner großes Gewicht unter den Gladiatoren hatte, blieb es tatsächlich ruhig.

Die anschließende Zeit des Wartens dehnte sich für Benir länger als eingetrockneter Fischleim, obwohl das durch die Luftschächte einfallende Mondlicht höchstens einen Fingerbreit über den Boden wanderte, bevor die Wachen kamen, um Tarren zum üblichen Schäferstündchen abzuholen. Das anzügliche Gegröle, das ihn normalerweise beim Hinausgehen begleitete, blieb diesmal aus, aber das kümmerte Garskes Schergen nicht. Sie verschwanden mit dem Barbaren so schnell, wie sie gekommen waren, das hörten Benirs feine Ohren, mit denen er ihre Fußtritte verfolgte, genau.

Zufrieden schob er die unten gelöste Strebe so weit es ging nach außen und zwängte sich ins Freie. Mehrere Gladiatoren, die sich nur schlafend gestellt hatten, sahen auf, als der Schattenelf erstmals den Käfig verließ. Halblaute Warnungen, die ihnen Avak und Mondor zuriefen, hielten sie jedoch davon ab, Alarm zu schlagen.

»Jeder, der den Elfen verrät, bekommt es bei der erstbesten Gelegenheit mit uns zu tun«, stellten sie in scharfem Ton klar, aber doch leise genug, um die wirklich Schlafenden nicht auch noch zu wecken.

Mit diesen beiden Barbaren als Rückendeckung konnte sich Benir tatsächlich an den nächsten Schritt wagen. Einmal tief einzuatmen reichte ihm, um senkrecht emporzusteigen, bis hinauf zu dem Luftschacht, der direkt über ihm in der Decke klaffte. Jemand mit einer breiteren Statur als der seinen hätte nicht durch den schmal in den Fels gehauenen Durchbruch gepasst. Selbst er musste die Hände über den Kopf strecken, denn mit Brust und Rücken schabte er am Stein entlang.

Als er die über ihm verlaufenden Streben erreichte, umklammerte er sie mit beiden Händen und zog sich seitlich empor, um sich mit den Beinen im Schacht festzuklemmen. Nur zur Erde rieselnder Staub und der Schatten in dem Lichtkarree am Boden verrieten noch, dass er über den Köpfen der anderen hing.

Von unten drang kein einziger Laut hinauf. Alle, die wach waren, verfolgten gespannt, wie es weitergehen würde. Außer Tarren und seinen Vertrauten wusste natürlich niemand, dass Urok schon am Vortag von außen an das in gemauertem Stein verankerte Gitter getreten war und eine der Stangen mit seinen mächtigen Armen gelockert hatte. Eine entsprechend von den Nordmännern angesetzte Übungseinheit hatte ihm dazu die Gelegenheit gegeben.

Wieder zu Atem gekommen brauchte sich Benir tatsächlich nur zweimal gegen das entsprechende Eisen zu stemmen, um es in die Höhe zu drücken. Die dabei entstehende Lücke reichte für seine Schulterbreite. Erneut den Atem des Himmels nutzend glitt er geräuschlos nach draußen, hinein in die Arena.

Dem Stand des Mondes nach war es kurz vor Mitternacht. Lautes Kläffen stieg über die steinerne Rampe empor. Die Leichenhunde wurden gerade an den Ketten zurückgezogen, damit Tarren in den jenseits der Kerker gelegenen Trakt gebracht werden konnte.

Benir schlüpfte in einen nahen Mauerschatten und legte die lose Stange vorsichtig in den Sand. Danach entledigte er sich seiner Kleidung. Noch ehe er völlig nackt dastand, hatte sich seine hell schimmernde Haut tiefschwarz gefärbt. Nur mehr ein dunkler, lichtschluckender Schemen, lief er geschmeidig durch den Sand auf die Schlangengrube zu, ohne fest aufzutreten, nahezu unhörbar für menschliche Ohren, aber dennoch zu laut für einen an den Füßen aufgeknüpften Ork. Noch ehe Benir am Grubenrand anlangte, warf sich Urok mit einer kurzen Schulterbewegung so weit herum, dass seine klobigen Zehen mit den vorstehenden Fußnägeln direkt auf Benir zeigten. So brauchte er nur das Kinn an die Brust zu drücken, um zu den Elfen in die Höhe zu ziehen. Dessen Körper zeichnete sich für scharfe Orkaugen im fahlen Mondschein besser ab, als Benir annahm.

»Nackt?«, ertönte es fragend aus der Tiefe. »Ich hoffe, du elender Elf bist nicht hier, um meine Hilflosigkeit auszunutzen.«

Benir stieß einen entnervten Laut aus, bevor er kopfschüttelnd antwortete: »Verschon mich mit solchen Schmähungen. Ich will gar nicht wissen, was ihr tumben Fleischberge an euren Lagerfeuern über mein Volk erzählt.«

»Stell dich nicht so an«, entgegnete Urok knurrend. »Du musstest heute schließlich noch in keine Schlangenköpfe beißen.«

Den ganzen Nachmittag lang über Kopf zu hängen, machte auch freundlichere Geschöpfe als einen Ork mürrisch, dass musste Benir eingestehen. Darum machte er sich sofort daran, Urok höher zu ziehen und den Schwenkarm zurückzudrehen, bis sich der Muskelberg wieder über festen Boden befand.

»Rasch«, mahnte Benir flüsternd, während er die Verbindung zwischen Strick und Fußfesseln löste. »Wenn eine der verdammten goldenen Tauben vorbeifliegt, sind wir erledigt!«

Menschliche Wachen hatten sie in der Arena nicht zu fürchten, die patrouillierten nur innerhalb des rundum verlaufenden Gebäudes und in den Tiefen des unterirdischen Gewölbes.

Statt mit dem Kopf voran in den Sand zu knallen, wurde Uroks Sturz durch etwas gebremst, sodass er genügend Zeit hatte, einen Buckel zu machen und sich über den Rücken abzurollen.

»Wie ist das möglich?«, fragte der Elf verblüfft, der deutlich die Kraft des Himmelsatems gespürt hatte. »Wie hast du das hinbekommen?«

»Was hinbekommen?«, fragte Urok begriffsstutzig, während er sich erhob und Benir den Rücken zuwandte, damit ihm der Schicksalsgenosse die Handfesseln lösen konnte.

»Dich so abzufangen!«, erklärte Benir.

»Was hast du erwartet?«, giftete Urok, während er sich bückte und sich selbst von den Fußschellen befreite; dafür musste er nur zwei Bolzen aus den Schellen ziehen und sie aufklappen. »Dass ich alles daransetze, den Staub zu küssen?«

Sie hatten keine Zeit, das Thema weiter zu erörtern, deshalb schob Benir den Schwenkarm zurück, damit es bei einem nur flüchtigen Blick so aussah, als würde noch immer jemand daran hängen. Danach machte er sich bereit, in die Grube zu springen. Urok zögerte sichtlich, ihm zu folgen, doch als Benir seine rechte Hand entflammen ließ, sprang der Ork schließlich doch hinterher.

Mit nackten Füßen landeten sie nacheinander auf den durch die nächtliche Kälte erstarrten Schlangen. Urok zerquetschte zwei Vipernköpfe unter seinen punktgenau herabhämmernden Fersen, bevor er weitere Tiere, die den Boden vor dem versiegelten Schütteneingang bedeckten, mit schnellen Tritten zur Seite fegte. Benir ging genauso vor, bis sie sich eine Armlänge weit Raum geschaffen hatten, dann ging Urok in die Knie und führte seine brennende Hand einmal im Kreis herum.

Die immer noch benommenen Schlangen fürchteten instinktiv das Feuer und versuchten sich durch lahme Schlängelbewegungen weiter ins Dunkel der Grube zu flüchten. Das alles klappte besser, als Benir zu hoffen gewagt hatte.

Der Ork an seiner Seite warf sich bereits mit der Schulter gegen den großen Steinblock, der das Loch der Schlangenschütte verschloss. Obwohl Uroks Muskeln nach der langen Zeit des Hängens noch nicht wieder richtig geschmeidig waren, war der rechteckige Klotz seinen gewaltigen Kräften nicht lange gewachsen. Knirschend wich er aus der Fassung zurück und kippte auf ein tiefer stehendes Podest. Urok musste nur noch durch die entstandene Öffnung langen und den Stein zur Seite rücken, danach konnten sie das offene Rechteck passieren. Auf der anderen Seite angekommen, setzten sie den Stein sofort wieder ein, damit ihnen keiner der Schlangen folgen konnte.

Ohne die Flammen, die Benirs Fingern entstiegen, hätten sie kaum etwas in der Dunkelheit gesehen. So aber schälte sich ein Gewirr von versenkbaren Säulen, Kettenzügen und großen, von mehreren kräftigen Männern zu bedienenden Winden aus der umliegenden Schwärze. Und die Wölbung eines Hortzuganges, über dem immer noch das Rad des Feuers in einem sonst auseinandergeschlagenen Kreis prangte.

Einige straff gespannte Ketten verschwanden in der stark erweiterten Öffnung. An ihren anderen Enden hingen vermutlich schwere Gegengewichte, die das Anheben und Absenken der ganzen Grube überhaupt erst ermöglichten.

Urok schaute ein wenig grimmig auf die eigenen Hände, während sie sich der Halbkugel näherten. Dabei zog er ein Gesicht, als ob er sich seiner ureigensten Fähigkeiten beraubt fühlte. Benir konnte das verstehen. Sicher wurmte es den großen Klotz, dass ein Schattenelf das Blut der Erde besser zu nutzen wusste als er, die Feuerhand.

Füge!, forderte die Stimme in seinem Kopf wieder einmal, doch sie wurde von dem schweren Schritt anmarschierender Stiefel übertönt.

Benir löschte mit einem entsprechenden Gedanken umgehend die Flammen. Im gleichen Moment, da sie an seinen Fingern versiegten, wurden er und der Ork von schützender Dunkelheit umhüllt.

Einen guten Steinwurf von ihnen entfernt tastete sich hingegen zuckender Fackelschein über die Wände heran. Tarren hatte also nicht gelogen, nachdem ihn Urok während der Übungseinheiten ins Vertrauen gezogen und zu einem Gespräch mit Benir durch die Lüftungsschächte überredet hatte: Der Weg des Barbaren führte, wenn man ihn zu den Treffen mit seiner Schwester brachte, am Horteingang vorbei.

Im Dunkel stehend warteten sie, bis der Barbar und die Wachen vorüber waren, dann schlichen sie näher an den Hort heran. Ob sie wohl an den Ketten in die Tiefe steigen mussten, um das Blut in neue Bahnen zu lenken? Diese und andere Fragen stellte sich Benir, während er mit Urok über das in den Stein gemeißelte Muster des Feuerrads tastete.

Endlich!, seufzte die wispernde Stimme in seinem Kopf. *Endlich fügen die Ursöhne zusammen, was zusammengehört.*

»Was hat das zu bedeuten?«, fragte Benir leise, weil seine Hand auf einmal von ganz allein entflammte. »Es ist doch noch gar nichts weiter passiert!«

Urok antwortete ihm nicht darauf. Und als Benir sich zu ihm umdrehte, war der Ork auf einmal von seiner Seite verschwunden!

Überrascht kreiselte Benir auf der nackten Ferse herum, doch sosehr er seine brennende Hand auch durch die Gegend schwenkte, von dem großen Ork war weit und breit nichts mehr zu sehen.

»Bei allen fünf Winden!«, entfuhr es ihm gereizt. »Urok! Wo bist du?«

Ein leiser, sehr verhaltener Ruf war die einzige Antwort.

»Hilfe« lautete das Wort, das der Schattenelf vernahm, eine Bitte, die so gar nicht zu dem Ork passte, den er kennengelernt hatte, und dennoch war das Wort eindeutig aus Uroks Mund gekommen. Viel schlimmer an der ganzen Sache war jedoch, dass die Stimme aus der Höhe herabgedrungen war.

Als Benir die brennende Hand anhob, blieb ihm beinahe das Herz stehen. Denn genau über ihm schwebte, alle viere weit von sich gestreckt, die massige Gestalt des Blutorks. Wenn der Koloss unversehens herabstürzte, würde er den Elfen, wenn er ihn unter sich begrub, sicherlich erschlagen.

»Ganz ruhig«, forderte Benir, während er sich im Entengang zur Seite bewegte, um dem drohenden Unheil zu entgehen. »Richte dich einfach auf, so als ob du vom Boden aufstehen wolltest. Und denk dabei ganz fest daran, dass du mit den Füßen voran absinken willst.«

Zuerst schaukelte Urok nur hilflos umher und trieb dabei soweit zurück, dass er mit den nackten Fußsohlen an die hinter ihm liegende Außenmauer der Schlangengrube stieß. Dieser kurze Kontakt half ihm jedoch, die Orientierung zurückzuerlangen.

Schon wenige Atemzüge später schwebte er senkrecht in der Luft und sank langsam ab, bis er wieder neben Benir stand.

»Was ... was war das?«, fragte er völlig verwirrt. »Was ist da gerade über mich gekommen?«

»Der Atem des Himmels«, antwortete Benir. »Zumindest nehme ich das an.«

Endlich haben die Ursöhne gefügt, was schon so lange wieder zusammengehört, meldete sich die wispernde Stimme zurück. *Nun kann das Blut der Erde auch in Sangor wieder in den alten Bahnen fließen.*

»Endlich!« Der Ork, der die Stimme ebenfalls zu hören schien, ballte streitlustig die Rechte zur Faust. »Die Zeit des großen Kampfes ist gekommen!«

Noch ist es nicht so weit!, milderte die Stimme seinen Eifer. *Es geht um Größeres als eure persönliche Rache. Lasst das Blut erst wieder zirkulieren. Außerdem ist der Lichtbringer für euch im Moment nur hier in der Nähe des Hortes zu bezwingen. Bezähmt euch also noch, und wartet den richtigen Augenblick ab!*

Benir verdrehte entnervt die Augen. Ihm lagen mindestens ein halbes Dutzend Bemerkungen über die Unterlegenheit des Blutes auf der Zunge, doch er sprach keine einzige davon aus, denn Urok war auch so die bittere Enttäuschung ins Gesicht geschrieben.

Bezähmt euch, und wartet den richtigen Augenblick ab, mahnte die Stimme erneut.

»Wann ist denn endlich der richtige Augenblick?«, fragte der Ork, lauter, als für sie alle gut war.

Ihr werdet es spüren, wenn es so weit ist!, antwortete die Stimme, dabei leiser werdend, ein sicheres Zeichen dafür, dass sie sich zurückzog.

»Heißer Teer und Elfenrotz!« In hilfloser Wut schlug Urok gegen die Felskugel, die den Horteingang überdachte.

»Still!«, befahl Benir wütend. »Mach gefälligst nicht solchen Lärm!«

Nachdem sich beide eine Weile lang schweigend versichert hatten, dass keine alarmierte Wache herbeieilte, fuhr der Elf fort: »Vielleicht ist es ganz gut so. Die Rettung meines Sohnes darf nicht übers Knie gebrochen werden. Er ist der Befreier, der uns allen geboren wurde, um uns von der Tyrannei des Maar zu erlösen.«

»Willst du wirklich so lange warten, bis dein Balg erwachsen ist?« Urok stieß ein verächtliches Schnauben aus. »Nun, ich jedenfalls werde den Maar niederkämpfen, bevor er Arakia vernichten kann. Sicher bin ich ebenfalls der Richtige dafür. Nachdem ich jetzt wieder festen Boden unter den Füße habe, fühle ich mich nämlich wie neugeboren!«

Ohne ein weiteres Wort an den verblüfften Benir zu verschwenden, stapfte der Ork in Richtung des Gangs davon. Den Kopf voller frevelhafter Gedanken, sah ihm der Schattenelf mit offenem Mund hinterher.

Ja, konnte es vielleicht sein, dass dieser tumbe Trollschädel die Wahrheit viel mehr begriffen hatte als er? Wer sagte denn, dass es sich bei dem Befreier, der den Staub der Kasernen nicht kannte, wirklich um ein Neugeborenes handeln musste und nicht um einen Erwachsenen, der nach allem, was er durchgemacht hatte, nicht mehr derselbe war wie zuvor?

Um einen Schattenelfen etwa, der plötzlich über das Blut der Erde gebot! Oder einen Ork, der mithilfe des Himmelsatems in der Luft schweben konnte!

»Kommst du endlich?« Bereits am vorüberführenden Gang angekommen, hatte sich Urok noch einmal umgedreht und wippte ungeduldig mit dem rechten Bein.

Benir drängte alle Gedanken und Zweifel, die ihn bestürmten, beiseite und folgte dem Kampfgefährten einfach.

Die Zeit, die ihnen noch blieb, war wirklich knapp, darum eilten sie so schnell wie möglich auf die von außen verriegelte Zelle zu, in der sich Tarren und Namihl befanden. Wie erhofft, war auch die unter einer weiten Kutte verborgene Grindel bei ihnen.

Urok trat sogleich auf die Kriegerin zu und schlug seine Stirn gegen die ihre, bevor er ihr hastig erklärte, was am nächsten Tag zu tun war. Benir, der sich seiner Nacktheit nicht schämte, stimmte sich ebenso eilig mit Tarren und Namihl ab, denn die Zeit drängte. Urok und Benir mussten zurück ins Verlies und auf ihre jeweiligen Plätze, bevor Tarren von den Wachen in den Kerker zurückgebracht wurde.

Doch sie wussten, dass sie es schaffen würden. Der schwerste Weg lag bereits hinter ihnen, und sie hatten das Blut der Erde auf ihrer Seite. Und vielleicht sogar den Atem des Himmels.

18

Die Kaserne der Legion

Die goldene Taube auf dem hohen Giebel war das schwerste Hindernis, das es aus dem Weg zu räumen galt. Um den aufmerksamen Vogel so mit einem Schuss zu erlegen, dass er anschließend auf das Dach der darunterliegenden Arkade fiel, bedurfte es schon eines herausragenden Bogenschützen, der sein Ziel mit höchster Präzision zu treffen imstande war. Unter Skorks Männern gab es keinen, der das vermochte, doch zum Glück stand ihnen Grindel zur Seite.

Der große Nordmann-Bogen, den sie ihr mitgebracht hatten, wirkte beinahe zierlich in ihren grünen Pranken. Als ihn die Orkkriegerin mühelos bis zur Belastungsgrenze spannte, glaubten die meisten aus der Diebesgilde, er würde ihr zwischen den Fingern zerbrechen, doch sobald der Pfeil unter leisem Zirpen auf die Reise ging, waren alle Zweifler eines Besseren belehrt.

»Gut gemacht!«, lobte Skork, als sie zu ihm in den schützenden Schatten einer wild wuchernden Hecke zurücktrat. »Den Rest übernehmen meine Männer.«

Die meisten der an die Kaserne angrenzenden Häuser standen leer, weil die Einwohner von Sangor die Schattenelfen viel zu sehr fürchteten, als dass sie mit ihnen in unmittelbarer Nachbarschaft leben mochten. Auf Skorks Wink hin entstand Bewegung in diesen stark bewachsenen und von fortschreitendem Verfall bedrohten Gebäuden. Gut zwei Dutzend Männer der Diebesgilde, die sich darin versteckt gehalten hatten, drangen auf die Gasse, die sie mit wenigen Schritten überwanden, bevor sie sich mit geschmeidigen Bewegungen daranmachten, die Ostmauer der Kaserne zu überwinden. Mit Wurfankern und Kletterseilen zu arbeiten, wäre bei Tageslicht viel zu auffällig gewesen, doch auch so kamen die gut aufeinander eingespielten Langfinger schnell voran.

Links und rechts des großes Tores knieten sich drei von ihnen nieder und boten ihre Rücken dar, die von jeweils zwei Nachfolgern als Podest genutzt wurden, auf das sie sich stellten und sich mit den Händen an der Mauer abstützten. Über deren Schultern wiederum konnte der Rest der Bande bis auf die Mauerkrone gelangen und sie mit raschen Flankensprüngen überwinden.

Ebenso wie ihr Anführer auch wurden sie alle von dem Wunsch getrieben, sich für den Mord an Canera und den übrigen Gildenbrüdern zu rächen, aber keiner von ihnen hätte wohl gewagt, die Kaserne anzugreifen, hätte sich noch ein einziger Schattenelf darin aufgehalten. Zum Glück waren die Kräfte von Gothars Elitetruppen durch den Feldzug in Arakia geschwächt. Außerdem hatte der Späher, der hier postiert war, seit sie das schillernde Fadenbündel zwischen Caneras steifen Fingerspitzen gefunden hatten, am frühen Morgen eine Wachübergabe an menschliche Gardisten beobachtet, bevor die neun Schattenelfen, die sich noch in Sangor befanden, in alle Himmelsrichtungen verschwunden waren, um sich über die ganze Stadt zu verteilen. Daraufhin war Skork nur zu gern bereit gewesen, sich auf den Plan einzulassen, den ihm Namihl, Caneras Favoritin, noch in der Nacht unterbreitet hatte.

Kaum dass die ersten Diebe mit gezückter Klinge in die Tiefe gesprungen waren, erklangen auch schon gedämpfte Schmerzenslaute. Einem Gegner von hinten den Mund mit der freien Hand zu verschließen, während ihm die andere mit dem Messer die Kehle durchschnitt und ihm dann die Klinge ins Herz stieß, war für die Diebe kein Kunststück. Anschließend entfernten sie den schweren Querbalken, der den Eingang verriegelte.

Noch ehe die beiden Torflügel nach innen schwenkten, rannte Grindel bereits los, um als Erste auf den Innenhof zu stürmen. Inome und Namihl, noch immer in durchscheinende Seide gehüllt, aber längst mit barbarischem Stahl bewaffnet, folgten ihr auf dem Fuß, und ebenso Skork und die übrigen Diebe, die der Gildenmeister für diesen Überfall zusammengezogen hatte.

Einen Pfeil auf der halb gespannten Sehne, rannte Grindel über das mit Mustern versehene Pflaster und umrundete das leer stehende Wachgebäude mit langen Schritten. Sie kannte das Innere dieser Kaserne besser als alle anderen, denn am Tag ihrer Ankunft in Sangor hatte man auch sie hierhergebracht. Darum wusste sie auch, wo die gefangenen Orks den einschläfernden Trank des Schwarzen Mohns eingeflößt bekamen, bevor sie zu den erniedrigendsten Arbeiten in der Stadt eingesetzt wurden.

Die meisten Stammesbrüder hatten bereits einen Schluck aus der Schöpfkelle erhalten, als Grindel in den schmalen Hof vor den Kerkern einbog, aber das machte nichts, denn Skork hatte Tabor und die anderen schon vor Tagen mit einem Gegenmittel versorgt.

Die Gardisten, die für die Verabreichung der täglichen Mohnration zuständig waren, sahen verblüfft auf, als Grindel auf sie zugerannt kam. Sie alle hatten in Arakia gekämpft und doch vergessen, wie überraschend schnell und beweglich so ein groß gewachsener Ork sein konnte.

Grindel strafte all die offenen Münder, die ihr entgegenstarrten, mit purer Missachtung, denn sie interessierte sich nur für einen Einzigen aus der ganzen Garde – für Meusel, den räudigen Hund, der die gefräßigen Samen der Pasekpflanze an seinen Hüften trug. Sobald sie seiner ansichtig wurde, hielt sie kurz im Lauf inne, hob ihren Bogen an und rannte auch schon wieder weiter, noch ehe der gefiederte Blitz, den sie durch die Luft gesandt hatte, in seine Kehle schlug.

»Auf!«, rief sie dabei ihren Orkbrüdern zu. »Der Tag der Rache ist gekommen!«

Ein von leisem Schluchzen untermaltes Röcheln begleitete ihre Worte. Fassungslos auf den Holzschaft starrend, der seiner Kehle entwuchs, hob Meusel noch die Hände, um den Blutstrom aufzuhalten, während er wie trunken umhertaumelte. Auf halbem Weg zum Hals erstarrten seine Arme mitten in der Bewegung. Vielleicht weil ihm gerade aufgegangen war, dass er lieber zu den Kristallen in den Metallgestellen hätte langen sollen, doch inzwischen war es dazu längst zu spät. Kraftlos brach er in die Knie und schlug mit dem Gesicht voran aufs Pflaster. Der Pfeil, der ihm dabei noch tiefer in den Hals getrieben wurde, splitterte mit einem hässlichen Geräusch.

Die übrigen Gardisten standen wie erstarrt da, unschlüssig, was sie mehr entsetzte: der Tod ihres jüngsten Kameraden oder dass sich die vermeintlich betäubten Orks an ihrer Seite plötzlich mit grimmiger Miene auf sie warfen.

Mit bloßen Fäusten gingen Tabor und die anderen auf die Gardisten los, und ohne die Bedrohung durch die Flugsamen gab es nichts mehr, was sie davon abhielt, ihre Bewacher niederzukämpfen. Das Kettengeschirr, das sie trugen, verhinderte zwar, dass sie zu kräftigen Hieben ausholen konnten, doch es konnte die Orks nicht davon abhalten, ihre gewaltigen Pranken um die Hälse der Menschen zu legen und ihnen das Leben aus dem Leib zu quetschen.

»Kein Blutvergießen!«, mahnte Grindel, während die ersten Gardisten entwaffnet wurden. »Keine kreisende Taube darf später sehen, was hier vorgefallen ist! Packt alle Menschen und werft sie in die Verliese!«

Obwohl sie kein Erster Streiter war, hörten alle auf ihre Anordnungen. Ihr Überraschungsangriff hatte die Bedrohung durch die Flugsamen ausgeschaltet, damit hatte sie sich das Anrecht erworben, das weitere Vorgehen zu bestimmen. Selbst Tabor ordnete sich widerspruchslos unter.

Grinsend packte er einen Gardisten an der Kehle, der unter seinem Gewicht hilflos wie ein auf dem Rücken liegender Käfer zappelte, und zerrte ihn in Richtung des Kerkergewölbes. Die übrigen Krieger folgten seinem Beispiel. Grindel aber zog sich den Bogen über die Schulter und ging auf den toten Meusel zu. Von tiefem Grimm erfüllt, nahm sie die beiden kristallähnlichen Zapfen aus seinen Metallhalterungen und ging mit ihnen zum Kerker.

In die fensterlosen Tiefen des abwärtsführenden Gangs geworfen, aber vom harten Druck an ihren Hälsen befreit, wurden die ersten Gardisten schon wieder aufmüpfig. »Das wird euch noch leidtun!«, prophezeite einer von ihnen. Dem ledernen Kamm nach, den er auf dem Helm trug, handelte es sich um einen Offizier. »Sobald die Schattenelfen von eurer Flucht erfahren, hetzen sie euch zu Tode!«

»Mag sein«, antwortete Grindel, in deren Händen die beiden milchig weißen Zapfen allmählich klar anliefen. »Aber du und deine Getreuen werdet nicht mehr lange genug leben, um euch daran zu erfreuen.«

Die übrigen Orks bildeten eine Gasse, sodass sie ungehindert bis an die bogenförmige Türöffnung treten konnte. Zwischen ihren Pranken ging bereits der Schlüssel herum, mit dem sich die Kettengeschirre öffnen ließen.

In den mittlerweile durchsichtigen Zapfen tanzten die darin befindlichen Samen auf und ab. Der Offizier erschrak bei diesem Anblick ebenso wie seine Männer. Sein hilfloser Versuch, noch eine Entschuldigung zu stammeln, verebbte, als Grindel die Zapfen ins Innere des Gewölbes schleuderte. Klirrend zerbrachen sie an der gegenüberliegenden Steinwand. Die zwischen den Splittern hervorwirbelnden Samen wuchsen umgehend an, als sie mit der Luft in Berührung kamen.

Schreiend versuchten einige Gardisten ins Freie zu stürmen, doch noch ehe sie die Stufen der Steintreppe erreichten, hatte Grindel die schwere Eichentür zugeworfen und Tabor den Querbalken vorgelegt. So blieb den Menschen nichts weiter übrig, als gegen das massive Holz zu hämmern und um Gnade zu flehen. Die rasch anwachsenden Wüstensamen, die nach jeder Form von Flüssigkeit gierten, bevorzugten die Ausdünstungen des Schwarzen Mohns, doch wenn diese nicht aufzuspüren waren, fielen sie auch über jede andere Quelle her, das wussten die Soldaten genau.

Erste Schmerzenschreie wurden laut, und wer – wie die Orks – schon einmal hatte mit ansehen müssen, wie die Samen ein Opfer leersaugten, der wusste, was für grauenvolle Szenen sich gerade hinter den dicken Steinmauern abspielten. Einige der Unglücklichen versuchten wohl noch zu fliehen, denn ihr Geschrei wurde ein klein wenig leiser, aber auch das verzögerte nur das Unvermeidliche. Die Samen waren unerbittlich. Früher oder später würden sie sich auch an den Letzten dort unten festheften und ihm alle Flüssigkeit entziehen, bis er vollkommen eingetrocknet war und zu Staub zerfiel.

Selbst Grindel, die die Menschen diesem furchtbaren Schicksal übergeben hatte, fühlte plötzlich einen kalten Schauer über ihren Rücken rieseln. Vor allem wenn sie daran dachte, dass dies genau das Schicksal war, das ihnen die Gardisten im Falle von Widerstand zugedacht hatten.

Während die Todesqualen der Menschen weiter gedämpft durch die Tür drangen, trafen Inome, Namihl und die Gildenmitglieder auf dem Innenhof ein. Knurrend wandten sich Tabor und einige andere Orks den Neuankömmlingen zu, doch Grindel klärte sie sofort auf.

»Das sind Verbündete, die geholfen haben, euch zu befreien«, sagte sie. »Obwohl sie zum Volk der Menschen gehören, sind sie Gothar und seinen Schergen ebenso feindlich gesinnt wie wir!«

»Das ist wahr«, bestätigte Inome, deren Schwert frische Blutspuren trug. »Darum war es uns auch ein besonderes Vergnügen, die Kaserne von allem Wachpersonal zu säubern.«

»Und dass *wir* auf derselben Seite stehen, brauche ich ja wohl nicht extra zu betonen.« Ebenfalls von leichten Kampfspuren gezeichnet, trat Skork zwischen seine Männer hervor. »Schließlich habe ich euch mit dem Gegenmittel für den Schwarzen Mohn versorgt.«

»Ja, aber nur, damit wir dir helfen, die Herrschaft über Sangor zurückzuerlangen!« Tabor spuckte verächtlich auf den Boden, bevor er gereizt fortfuhr: »Aber gut, um Gothar zu bezwingen ist mir jedes Mittel und auch jedes Bündnis recht. Doch von nun an suchen wir uns unsere Gegner wieder selbst aus, wie es sich für echte Orks geziemt. Jeder Gardist, Schattenelf oder Schädelreiter, dem wir von nun an begegnen, ist dem Tod geweiht, dessen kannst du dir sicher sein. Geh also besser zurück zu den deinen, die unter den Straßen der Stadt kriechen, und sag ihnen, dass Sangor bald schutzlos sein wird, sodass ihr es brandschatzen und plündern könnt.«

»Das ist eine Ankündigung, die ich gern vernehme«, entgegnete Skork und lachte so zufrieden wie seine Männer, die es ebenfalls sehr erfreute, solch mächtige Verbündete wie die Blutorks gefunden zu haben. »Da unsere Arbeit getan ist, ziehen wir uns also wieder zurück, bevor noch eine vorüberziehende Taube oder ein streunender Schattenelf bemerken, was vorgefallen ist. Und falls ihr euch doch noch durch unser Tunnelsystem absetzen wollt, so stehen wir euch jederzeit zur Verfügung.«

»Das wird nicht nötig sein«, lehnte Grindel ab, die im Gegensatz zu Tabor wusste, dass die Orkschar auf keinerlei Führung durch das Labyrinth angewiesen war. »Wir kapern lieber ein Schiff und setzen uns übers offene Meer ab, das scheint uns allen sicherer.«

Inome und Namihl, mit denen sie sich vorher entsprechend abgesprochen hatte, nickten zustimmend. Skork zuckte nur gleichgültig mit den Schultern, bevor er sich mit seinen Mannen ganz nach Diebesart absetzte: lautlos wie ein Schatten und schnell wie ein Pfeil mit Rückenwind.

Schon wenige Herzschläge später waren die beiden Barbarinnen die einzigen Menschen, die den Hof noch mit den Orks teilten. Ohne sie weiter zu beachten wollte auch Tabor davoneilen, um Tod und Zerstörung über die Stadt zu bringen, die sie zu Sklaven gemacht hatte, doch Grindel hielt ihn zurück.

»Ihr könnt später alle in euren eigenen Scharen kämpfen, wie es euch beliebt«, erklärte sie, »aber zuvor schuldet ihr mir noch Hilfe bei einem Plan, den Urok und der Schattenelf Benir ersonnen haben, um uns alle aus den Fängen König Gothars und seiner Vasallen zu befreien.«

Allein die Erwähnung von Uroks Namen sicherte ihr die ungeteilte Aufmerksamkeit sämtlicher Orkbrüder. Da sie ihr außerdem die Befreiung von den Flugsamen verdankten, stemmten alle die Hände in die Hüften und hörten Grindel mit angespannten Mienen aufmerksam zu, selbst Tabor, der früher lieber selbst das Wort geführt hatte, auch dann, wenn es für ihn nicht das Geringste zu sagen gab. In diesem Punkt hatte er sich beinahe genauso stark gewandelt wie in der Art, in der er seine Haare trug.

»Dort oben!« Grindel deutete auf das höchste Stockwerk eines Gebäudes am anderen Ende der Kaserne. »Dort oben gibt es ein Kind, das wir zuerst befreien müssen.«

ᚦ 11 ᚧ

Im Anflug auf den heiligen Hort

Große Teile der Legion befanden sich in der Schwebenden Festung, über die unteren Stockwerke des gesamten Bollwerks verteilt, doch nur Feene durfte den Thronsaal betreten, in dem fünf zu einem Beschwörungskreis vereinte Lichtbringer reglos in der Luft hingen. Waagerecht zu ihren Füßen schwebte der Artgenosse, der von heißen Wasserdämpfen verbrüht worden war. Starke Energieströme durchflossen seinen Körper und beschleunigten den Heilungsprozess. Ein Gutteil der starken Rötungen war schon wieder verblasst, und auch seine zusammengeschmolzenen und verklumpten Schleier nahmen allmählich wieder die alten Formen an.

Noch bevor der Angriff auf den heiligen Hort erfolgte, sollte er wieder allein zurechtkommen, doch obwohl die ärgsten Blessuren bereits abgeklungen waren, würde sicherlich der eine oder andere Vollmond bis zu seiner endgültigen Heilung verstreichen. So wie bei dem Lichtbringer, der weiterhin die Spuren von Feenes Schwerthieb auf dem Rücken trug.

»Ein paar Geysire, mehr hat Ulkes Nachfolgerin nicht zu bieten«, kommentierte der Maar verächtlich. »Während der Schlacht um Knochental hat sie von Ulkes Beschwörung gezehrt, doch diesmal fehlen ihr die nötigen Kräfte, um die Festung zum Absturz zu bringen.«

Feene sah den Höchsten aller Lichtbringer mit verkniffenen Lippen an, wagte aber kein Wort des Widerspruchs.

»Trotzdem ist Eile geboten«, gestand der Maar ein. »Sobald die Macht der feindlichen Priesterschaft gebrochen ist, steigt ihr Legionäre in die umliegenden Wälder hinab und säubert sie von all jenen Orks, die nicht kopflos davongestürmt sind. Kontrollieren wir erst den heiligen Hort von Arakia, ist das Rückrat des Widerstands gebrochen. Darum darf der Vulkan auf keinen Fall in die Hände des Feindes zurückfallen. Nachstoßende Schädelreiter werden euch schon in wenigen Tagen unterstützen, falls das überhaupt noch nötig sein wird. Wenn wir heute siegen, brauchen wir die zerschlagenen Reste der Orkstreitmacht wahrscheinlich nur noch zu Tode zu hetzen oder ihnen den Gnadenstoß zu versetzen.«

»Wir sind die Legion der Toten«, leierte Feene die alte Treueformel herunter, die eigentlich König Gothar galt, aber genauso auf den Maar passte, der ohnehin schon immer die wahre Macht in Händen gehalten hatte. »Wir gehen dorthin, wohin du befiehlst, und kämpfen, bis kein Leben mehr in unseren Körpern steckt.«

Der Maar sah einige Atemzüge lang schweigend auf sie hinab. »Dies ist kein Todeskommando«, erklärte er ungewöhnlich entgegenkommend. »Wir haben noch viel mit euch Elfen vor.«

Seiner zischelnden Stimme war nicht anzuhören, ob er das freundlich meinte, darum setzte Feene für sich in Gedanken hinzu: *Wir wollen euch noch so lange wie möglich für eure Verfehlungen leiden lassen.* Was für Verfehlungen das auch immer sein mochten. Sie wusste es nicht.

Ein rötliches Flackern über ihren Köpfen, das die Aufmerksamkeit des Maar erregte, beendete abrupt das Gespräch. Rasch stieg er zu dem Beschwörungskreis auf, der nicht nur den Verletzten heilte, sondern auch ein nebelhaftes Gebilde zwischen sich erzeugte, durch das rote, blaue und weiße Linien zogen. Die roten Linien symbolisierten das Blut der Erde, so viel hatte Feene schon herausgefunden, die weißen hingegen den Atem des Himmels, der sich in der klar umrissenen Dunstwolke wie ein dichtes, fein zerfaserndes Spinnengewebe nach allen Seiten hin erstreckte. Die roten und blauen Stränge wurden durch die weißen vielfach umflossen, umwoben und auch von ihnen abgeschnürt. Trotzdem leuchtete der Nebel noch zweimal rot auf, ohne dass sich der Ursprung dieses Phänomens feststellen ließ.

»Eile ist geboten«, sagte der Maar laut, aber wohl eher an die übrigen Lichtbringer als an Feene gerichtet. »Das Blut der Erde versucht, die Zeit des Chaos zu nutzen, um in seine alten Bahnen zurückzukehren. Sobald Arakia besetzt ist, werden wir unsere Macht auch im übrigen Reich neu festigen müssen, so viel Opfer es auch kosten mag!«

Was er weiterhin sagte, hörte Feene nicht mehr, denn sie stahl sich heimlich aus dem Thronsaal davon, bevor der Maar noch durch irgendetwas an ihre Anwesenheit erinnert werden konnte. Denn eines hatte sie im Verlauf dieses Feldzugs gelernt: Zu viel zu wissen konnte in Gegenwart dieser mächtigen Wesens manchmal gefährlich, wenn nicht sogar tödlich sein...

In der Arena
Auf den Tribünen der Arena drängten sich viel zu viele Zuschauer um viel zu wenig Plätze. Die zahlungskräftige Menge hatte längst alle Hemmungen abgelegt und gebärdete sich als das, was sie unter dem dünnen Mantel der Zivilisation immer geblieben war: eine von primitiven Instinkten beherrschte Meute, die mit bloßen Händen aufeinander losging, schlagend, tretend, kratzend und an Ohr- und Nasenringen ziehend, nur um einen vermeintlich besseren Blick auf das bevorstehende Spektakel zu erhalten. Die mit Knüppeln und Krummsäbeln ausgerüsteten Wachsoldaten hatten mehr denn je zu tun, aber die Wasserknechte, Weinhändler und andere Büttel machten das Geschäft ihres Lebens.

Obwohl Herzog Garske seinen Zehnten von all ihren Einnahmen erhielt, war ihm als Einzigem jede Vorfreude an dem Zweikampf zwischen Ork und Elfen vergangen. Seit er von dem Lichtbringer für seine Nachlässigkeiten getadelt worden war, fand er einfach keine Ruhe mehr. Die Gegenwart des mächtigen Wesens erfüllte ihn mit größter Nervosität. Aus diesem Grund war er auch ohne persönliche Liebesdienerin erschienen. Je weniger Menschen bemerkten, wie aufgewühlt er war, desto besser. Außerdem lag Unruhe in der Luft, ja, sie war förmlich mit der Zunge zu schmecken.

Der Lichtbringer spürte es wohl auch oder verfügte über Informationen, von denen der Statthalter nichts ahnte. Jedenfalls glitzerten auf Sonnendächern und vor Marmorsäulen immer wieder die Umrisse von Tarnmänteln auf. Schattenelfen bevölkerten das Oval der Tribüne, und als würde das noch nicht genügen, hatte auf dem Sandplatz eine Einheit der Gepanzerten Aufstellung genommen.

Vergeblich suchte Garske mit seinen Blicken die angrenzenden Ränge nach der Amme ab, die sich sonst zu jedem Kampf des Schattenelfen mit seinem Sohn im Arm unter die Zuschauer mischte. Beeindruckte Benirs Warnung sie tatsächlich mehr als der Befehl des neuen Todbringers? Oder war in ihrer Abwesenheit viel mehr ein weiteres Indiz für die umfangreichen Sicherheitsvorkehrungen des Lichtbringers zu sehen?

Das Geschrei auf den Rängen ebbte ein wenig ab, als ein vielfaches Knarren vom Sandplatz aufstieg. Das schabende Geräusch, mit dem Hornplatten über Hornplatten rieben, löste bei Sangors Einwohnern instinktive Furcht aus, denn dort, wo Gepanzerte aufmarschierten, floss für gewöhnlich Blut, und den seelenlosen Kriegern in den dunkel glänzenden Chitin-Rüstungen war es herzlich egal, ob ihre wellenförmigen Hornklingen Unschuldige töteten oder nicht.

Mit eckigen Bewegungen marschierten die rundum gepanzerten Krieger in einer Zweierreihe quer über den Platz, bevor sie in alle Richtungen ausschwärmten und mit dem Rücken zur hohen Umfassungsmauer Aufstellung nahmen. Von den Übungs- und Strafgeräten, die dort noch am Vortag gestanden hatten, fehlte ebenso jede Spur wie von der Schlangengrube, die am frühen Morgen geleert und wieder aufgestockt worden war. Der Anblick des über Kopf hängenden Orks hätte unter den wettbegeisterten Zuschauern schlicht und ergreifend für zu viel Unruhe gesorgt, darum war ihm eine Erholungspause in den Kerkergewölben eingeräumt worden.

Garske hoffte trotzdem, dass der elende Troll unter den ersten Schwerthieben des Schattenelfen fiel – und dass sich dieser Benir danach am besten in die eigene Klinge stürzte, damit dies alles so schnell wie möglich vorbei war.

Auf einen kurzen Wink des Lichtbringers hin wurden die Fanfaren geblasen. Nicht mal diese herrschaftliche Geste wurde Garske zugestanden. Er war längst zum einfachen Zuschauer seiner eigenen Vorstellung degradiert worden.

Normalerweise sorgten die dunklen Töne der vandorischen Berghörner rasch für gespannte Ruhe in der Arena, doch der hitzig geführte Streit um viele Sitzplätze war vielerorts noch immer in vollem Gange. Der Lichtbringer zeigte sich daraufhin von einer äußerst ungeduldigen Seite. Ohne jede Vorwarnung schuf er eine kleine Lichtsphäre zwischen seinen Händen und sandte sie in die Richtung des größten Unruheherds. Als die Kugel direkt über den Köpfen der Streitenden zerplatzte, erstarrte das ganze Stadion vor namenlosem Schrecken.

Gleich darauf war aller Zwist vergessen. Sogar blutig geschlagene Männer, die sich noch zwei Atemzüge zuvor mit den Fäusten traktiert hatten, teilten sich übergangslos die heiß umkämpften Plätze, auch wenn das bedeutete, dass sie dabei mehr auf- als nebeneinander saßen.

Gleich darauf öffnete sich das Fallgitter am Fuße der Kerkerrampe. Dem Rasseln der Ketten folgte der Marschtritt von zwei Dutzend Gladiatoren, die Urok und Benir zuerst ins Tageslicht und dann in die Mitte des Sandplatzes begleiteten. Dort angelangt, nahmen sie den Kontrahenten die Kettengeschirre ab und zogen sich wieder über die Rampe zurück.

Ork und Schattenelf hingegen strebten, ohne sich eines einzigen Blickes zu würdigen, in entgegengesetzte Richtungen davon, direkt auf die Waffenhaufen zu, die für sie bereitlagen. Jedem von ihnen standen drei Mondsporne und ein zu ihrer Größe passendes Schwert zur Verfügung. Während sich beide daranmachten, die Langwaffe sorgsam umzugürten, wurden die Menschen auf den Rängen so still, dass selbst die kleinste Blähung, die einem von ihnen entfuhr, unangenehm laut durch die Reihen hallte.

»Herzog!« Der Lichtbringer sprach zu ihm, ohne ihn dabei anzusehen. »Walte deines Amtes!«

Garske wusste, was von ihm erwartet wurde. Beide Arme hoch über den Kopf erhoben, stand er auf und verkündete: »Heute erwartet uns ein Kampf, wie es ihn nur selten zu sehen gibt! Ein Blutork aus den Weiten Arakias und ein verstoßener Schattenelf sind angetreten, bis zum Tode gegeneinander zu fechten!« Eigentlich waren diese Worte überflüssig und nur dazu gedacht, den Gladiatoren zu erklären, dass sie mit dem blutigen Schauspiel anfangen konnten. »Möge es lange dauern und der Bessere gewinnen!«, rief Garske aus, bevor er sich wieder niederließ. Im Stillen hoffte er jedoch, dass alles so schnell wie möglich vorbei sein möge.

Unter erneuten Fanfarenstößen nahmen sich die Kontrahenten jeweils einen Mondsporn und marschierten aufeinander zu. Kurz bevor sie zusammentrafen, nahm jeder von ihnen eine gebückte Haltung ein, dann begannen sie sich lauernd zu umkreisen.

Beide zeigten Respekt voreinander und täuschten zunächst nur kurze Stöße mit der Spitze an, um die Reaktion des anderen zu testen. Dabei verwunderte es nicht, dass der taktisch besser geschulte Elf den Ork immer weiter in die Enge trieb.

Garske wollte deshalb schon frohlocken, doch kurz bevor Urok mit dem Rücken gegen den ersten Gepanzerten stieß, ließ er seinen Mondsporn einfach fallen, verschränkte die Pranken ineinander und fiel auf die Knie.

Noch ehe der Herzog begriff, was das zu bedeuten hatte, sprang Benir mit seinem rechten Stiefel in die dargebotenen Handflächen und ließ sich über die Schulter des Orks hinwegschleudern. Mit vorgestrecktem Spieß rauschte er beinahe waagerecht durch die Luft, obwohl der Lichtbringer den Himmelsatem innerhalb der Arena konsequent unterdrückte. Reiner Schwung und Körperbeherrschung reichten jedoch aus, um den anvisierten Gepanzerten zu überraschen.

Ehe die Kreatur überhaupt reagieren konnte, bohrten sich die Spitzen der beiden Mondhälften in den fingerbreiten Schlitz, der den flachen Helm zwischen zwei vorspringenden Wülsten auf Augenhöhe durchlief. Der Schattenelf trieb die Klinge bis ganz tief hinein und riss sie, mit einer rot durchzogenen Gallertmasse verschmiert, gleich wieder zurück.

Statt eines Schmerzenslautes gab der Getroffene nur ein hektisches Klappern von sich. Es stammte von zwei spitz zulaufenden und an die Scheren eines Meereskrebses erinnernden Kieferzangen, die jäh unterhalb des Helms aus einer nässenden Hautfalte hervorzuckten. Wieder und wieder schnappten sie zusammen, ohne Benir zu gefährden, denn es handelte sich bloß um den letzten Reflex eines Sterbenden.

Während der Gepanzerte wie ein gefällter Baum zu Boden stürzte, drang Benir bereits auf den nächsten ein. Seite an Seite mit Urok, der lieber auf sein Schwert vertraute und damit gezielt von unten herauf in die Achselhöhle, eine der wenigen Schwachstellen des rundum gepanzerten Gegners, schlug. Nachdem er ihm auf diese Weise tatsächlich einen Arm abgetrennt hatte, bot sich Urok die Gelegenheit, den schwankenden Feind durch die nun offene Stelle in der Rüstung zu attackieren.

Ork wie Elf wussten offensichtlich sehr genau, was sie da taten, denn sie töten zwei weitere der gefürchteten Gepanzerten, noch ehe sich die übrige Einheit unter ihrem charakteristischen Scheppern daranmachte, von allen Seiten auf die Gladiatoren einzudringen.

Unter den Zuschauern kam Begeisterung auf, verhaltene Freude darüber, dass einige der verhassten Gepanzerten vor ihren Augen das Leben aushauchten. Der Lichtbringer sah deshalb schon unwillig in die Runde.

»Bei allen fünf Winden«, seufzte Garske so leise, dass es niemand außer ihm hören konnte. »Schlimmer hätte es nicht kommen können.«

Aber auch in diesem Punkt sollte er irren.

Am heiligen Hort
Als die Schwebende Festung am Himmel erschien, hatte Ursa bereits ihren Platz auf der Bastion am oberen Rund eingenommen. Schwer auf eine Doppelaxt gestützt, stand Rowan neben ihr, der sie persönlich beschützen wollte. Sie wusste diese Geste zu schätzen – und hätte ihn doch am liebsten fortgeschickt, so wie alle anderen, die sich rund um den Hort versammelt hatten, um ihrem nächsten Sieg über die Lichtbringer beizuwohnen.

Ursa hatte allen offen gesagt, dass sie nicht wüsste, ob ihr das Blut der Erde noch einmal helfen würde, aber das wurde ihr allgemein als übertriebene Bescheidenheit ausgelegt. Selbst Rowan verließ sich fest darauf, dass sie wieder im entscheidenden Augenblick über sich hinauswuchs.

»Pass nur auf, dass du die Festung nicht direkt über dem Hort zum Absturz bringst«, sagte er, als er den dunklen Punkt am Himmel gewahrte. »Sonst könnte auch hier unten einiges zu Bruch gehen.«

Hätte sie seine Zuversicht doch nur teilen können! Sie befürchtete eher, das ganze Volk der Blutorks ins Verderben zu reißen, weil sich alle auf Fähigkeiten verließen, deren sie sich keineswegs sicher war.

Unten, am Glutsee, beschworen Finske, Vokard und die anderen Hohen voller Inbrunst das Blut der Erde. Ursa konnte nur hoffen, dass ihr das im entscheidenden Augenblick helfen würde. Was blieb ihr auch anderes übrig? Den Hort kampflos zu räumen hätte den Blutorks erst recht allen Mut zum Widerstand geraubt.

Hab Vertrauen!, wisperte die Stimme in ihrem Inneren, von der sie immer weniger wusste, ob sie die von Vuran oder die des Bluts der Erde war oder nur Ausdruck ihrer eigenen widerstreitenden Gefühle. *Der Maar wird es nicht wagen, den Hort zu zerstören, er weiß es bloß noch nicht.*

»Gebt mir Kraft«, bat Ursa leise. »Gebt mir die Kraft, das Rad des Feuers zu entfachen und all unsere Feinde zu vernichten!«

Nein!, entgegnete die Stimme ungewohnt scharf. *An diese Möglichkeit darfst du noch nicht einmal denken! Die Gewalten einer solchen Beschwörung würden den Hort auf ewig in Mitleidenschaft ziehen!*

Bei diesen Worten glaubte Ursa von innen heraus zu erfrieren. »Aber ...«, stammelte sie hilflos. »Wie sonst, wenn nicht mit unserer stärksten Waffe, sollen wir uns gegen den Maar und seine Schergen zur Wehr setzen?«

Gar nicht, lautete die wenig Vertrauen erweckende Antwort.

Ursa konnte nicht glauben, was sie da vernommen hatte. Entsetzt schüttelte sie den Kopf, um die heimtückische Stimme aus ihren Gedanken zu vertreiben, aber das half nicht.

Hab Vertrauen!, forderte die Stimme erneut, doch statt ihr dadurch Mut einzuflößen, pflanzte sie Ursa etwas Stärkeres als bloße Furcht ins Herz.

Vor Feenes Gemächern
Bis kurz vor ihrem Ziel kamen sie mühelos voran, ohne auf einen einzigen Wachposten zu treffen. Das gesamte Gebäude lag wie ausgestorben vor ihnen. Sie konnten sich zuerst selbst nicht erklären warum, bis sie vorsichtig durch das Schlüsselloch der großen Doppeltür spähten, die den Trakt des Todbringers von den Gemächern der einfachen Schattenelfen abtrennte, und die dreifache Hürde sahen, die jeden Überraschungsangriff auf die Amme unmöglich machte: den langen Gang, aber auch den Halbling und die goldene Taube, die an seinem Ende postiert waren. Viel zu weit entfernt, um sie mit ein paar schnellen Schritten zu erreichen und auszuschalten.

»Einen könnte ich wohl mit einem gezielten Pfeil treffen«, erklärte Grindel, nachdem sie sich zur Beratung ein Stück zurückgezogen hatten. »Aber welchen der beiden? Erlege ich die Taube, hat Morn genügend Zeit, sich in den Gemächern zu verbarrikadieren. Wenn es dort einen Hinterausgang gibt, könnte er mit Nerk und der Amme durch die umliegenden Gassen entkommen.«

»Vielleicht hat er aber auch Befehl, das Kind zu töten, ehe es in fremde Hände fällt«, gab Namihl zu bedenken. »Nach allem, was sich die Menschen über Todbringer erzählen, ist ihr alles zuzutrauen.«

»Bring zuerst den verdammten Halbling um!«, verlangte Tabor mit befehlsgewohnter Stimme. »Zwar ist ein schneller Tod viel zu gut für ihn, wo er uns doch auf dem Weg nach Sangor so gepiesackt hat, aber das Leben eines Neugeborenen zu gefährden wäre unehrenhaft.«

»Das ist wahr«, gestand Grindel ein, trotzdem machte sie eine unschlüssige Miene. »Aber diese Taube sitzt doch nicht zufällig an

Morns Seite. Sicher soll sie sofort Verstärkung herbeiholen, wenn etwas passiert: Schattenelfen, Schädelreiter oder sogar den Lichtbringer persönlich!«

»Und wenn schon!« Tabor schüttelte unwillig die Faust, um seine Angriffslust zu demonstrieren. »Seit wann haben wir Orks Angst, uns den Weg quer durch ein Heer von Feinden zu bahnen? Ich bin gern dazu bereit, diese Kaserne in ein Schlachthaus zu verwandeln. Mögen Gothars Schergen zu Hunderten kommen, wir werden ihnen die Bäuche aufschlitzen und alle Glieder abschlagen, bis sie im Meer ihres eigenen Bluts ersaufen. Und sollten wir dabei selbst bis zum letzten Krieger unser Leben lassen, so wird Vuran wohlgefällig auf uns herabsehen, weil wir im Angesicht eines überlegenen und unbezwingbaren Feindes großen Mut und gewaltige Kampfkraft bewiesen haben!«

Seine mit immer lauter anschwellender Stimme gehaltene Rede bewegte sichtlich die übrigen Orks. Bei jedem Wort strafften sie ihre Haltung etwas mehr, und als vom Tod in den eigenen Reihen die Rede war, schwenkten sie sogar die erbeuteten Waffen der Gardisten, die geradezu winzig in ihren großen Pranken wirkten.

Inome wurde beinahe schlecht bei diesem Gerede, zumal sich auch Grindel davon mitreißen ließ. »Aufhören!«, forderte sie ungehalten. »Ihr seid ja wirklich noch dämlicher als die Männer meines Stammes!«

Die vor ihr stehenden Orks verstummten überrascht, wirkten aber auch reichlich erbost. Unter ihren finsteren Blicken löste Inome den Schwertgurt von ihrer Taille und drückte ihn dem größten der sie anstarrenden Großmäuler in die Pranken: Tabor, der sein Haar als Einziger nicht zum Zopf gebunden trug, sondern als schmalen Streifen, in dem die vor Schmutz starrenden Strähnen strubbelig in die Höhe standen.

»Halt das mal!«, fuhr sie ihn an. »Und pass gut auf, wie so eine Sache erledigt wird, ohne den eigenen Tod heraufzubeschwören.«

Tabor öffnete den Mund, um etwas zu erwidern, doch was auch immer er eigentlich sagen wollte, blieb ihm im Halse stecken, als Inome vor seinen Augen das blonde Haar aufschüttelte und danach ihr Seidengewand so straff zog, dass sich ihre großen Brustwarzen wie harte Kirschkerne durch den Stoff bohrten.

»Zuerst auf die Taube schießen«, schärfte sie Grindel ein, bevor sie sich der Tür zum Trakt des Todbringers zuwandte.

Tabor versuchte noch, sie an der Schulter zu packen, um sie aufzuhalten, doch Grindels Hand, die sich hart um seinen Unterarm schloss, hielt ihn zurück.

»Was soll das?«, fuhr er die Kriegerin an. »Siehst du nicht, dass die Menschenfrau alles verderben wird?«

Grindel schüttelte den Kopf. »Unterschätz Inome nicht. Sie ist wirklich sehr listig!«

20

In der Arena

Die Brust- und Rückenplatten der Gepanzerten widerstanden sogar härtestem Blutstahl, das hatte Urok schon einmal beim Kampf gegen diese seelenlosen Wesen feststellen müssen.

Die Waffe, die ihm jetzt zur Verfügung stand, war dagegen geradezu lausig. Mochte das Nordmannschwert in seinen Händen auch einigermaßen solide geschmiedet sein, dem Vergleich mit einer Orkwaffe hielt es nicht stand.

Darum erwartete Urok auch keine große Durchschlagskraft, als er abwechselnd auf die beiden Gegner einhieb, die von zwei Seiten auf ihn eindrangen – bis die Klinge plötzlich Fäden zog, als sie nach einem Körpertreffer zurückfederte.

Der Gepanzerte hielt mitten in der Bewegung inne, scheinbar selbst überrascht, was ihm gerade widerfahren war. In der harten Schale, die seinen gedrungenen Oberkörper umfasste, klaffte plötzlich ein tiefer Schmiss, aus dem weißer Schleim hervorsickerte. Unter ihrer schwer zu durchdringenden Hornschicht lag ein weiches Innenleben, das war Urok bekannt.

Verwundert blickte der Ork auf sein Schwert und bemerkte erst da, dass dessen Schneiden glühten, als käme es gerade frisch aus dem Feuer der Esse. Erleichtert atmete er auf. Hatte er sich bisher so beklommen gefühlt, als wäre sein Brustkorb von massiven Eisenringen eingeschnürt, schienen diese auf einen Schlag von ihm abgefallen zu sein. Vuran sei Dank, das Blut der Erde war schon seit dem ersten Schlag mit ihnen!

Nun konnten sie den Kampf tatsächlich gewinnen.

Wie ein Messer durch einen Klumpen Schmalz, so fuhr seine Klinge fortan durch die Gepanzerten, die nur mühsam damit zurechtkamen, dass ihnen ihr allergrößtes Gut, ihre nahezu vollständige Unverwundbarkeit, abhandengekommen war. Und obwohl sie inzwischen von allen Seiten auf den Ork eindrangen, gelang es ihnen nicht, ihm eine ihrer scharfen Hornklingen in den Rücken zu rammen.

Mit schnellen Sprüngen wirbelte Urok immer wieder aus der drohenden Umklammerung hervor, ja, sprang manchmal sogar über die Köpfe seiner Gegner hinweg, als würde er den Atem des Himmels beherrschen.

Dabei war es das Blut der Erde, das Benir und ihm half. Eine Kraft, die der Lichtbringer nicht zu unterdrücken vermochte, so sehr er es auch mit hektischen Gesten versuchte.

Vor Feenes Gemächern
Entschlossen trat die Barbarin in den vor ihr liegenden Gang, ohne die Tür wieder hinter sich zu schließen.

Morns rechte Hand zuckte zum Schwertgriff an seiner Hüfte, doch statt die mächtige Wellenklinge zu ziehen, starrte er ihr verblüfft entgegen, zuerst ins Gesicht, dann auf die wippenden Brüste und schließlich – und am längsten – auf die wiegenden Hüften, mit denen sie sich ihm näherte.

»Ach, hier steckst du also!«, rief sie ihm mit einem strahlenden Lächeln zu. »Ich habe dich schon im ganzen Gebäude gesucht!« Neugierig sah sie sich nach allen Seiten um, als würde sie sich für all das Silber und den Marmorprunk interessieren, der ihr von den Säulen und der Gewölbedecke entgegenschimmerte. Dabei galt ihr Interesse einzig und allein der goldenen Taube, die sich nicht von der Stelle rührte, da sie in Inome keine Gefahr sah. »Schön hast du es hier, das muss ich dir lassen.«

»Du hast mich gesucht?«, fragte der Halbling verdutzt, die Hand weiterhin auf dem Waffengriff ruhend.

»Aber natürlich!« So munter tänzelnd, wie sie ausschritt, schmolz die Entfernung zwischen ihnen schneller zusammen als Schnee in der Wüstensonne. »Wir haben uns doch neulich auf dem Markt getroffen, erinnerst du dich nicht mehr? Zusammen mit der armen Grindel, der du gegen das Diebesgesindel geholfen hast.«

Morn nickte bestätigend und ließ den Blick erneut an ihr herabwandern, diesmal distanzierter und vorsichtig prüfend. Sofort vollführte sie eine kurze Drehung auf der Stelle, als ob sie die ganze Pracht um sich herum noch einmal genau betrachten wollte, in Wirklichkeit jedoch, um ihm zu offenbaren, dass sie keine verdeckte Klinge am Körper trug. Dass sie selbst gefährlicher als jede Waffe war, würde der Halbling hoffentlich erst zu spät oder gar nicht begreifen.

Inzwischen war Inome bis auf zwei Schritte an ihn heran. Ihr Anblick ließ seinen Adamsapfel mehrmals hektisch auf und nieder hüpfen. Alles andere hätte sie auch furchtbar enttäuscht.

»Wie bist du an den Wachen im Hof vorbeigekommen?«, wollte er wissen.

»Indem ich nach dir gefragt habe.« Sie bewegte noch einmal die Hüften, weil ihm das offensichtlich am besten gefiel. »Sie hatten großes Verständnis für mein Anliegen.«

»Was für ein Anliegen?« Sein bronzefarbenes Gesicht färbte sich noch eine Spur dunkler, weil ihm das Blut ins Gesicht schoss. »Was meinst du damit?«

»Jetzt hör aber auf, nun stellst du dich aber absichtlich dumm, oder?« Die Lippen zu einem perfekten Schmollmund geformt, überwand sie die zwischen ihnen verbliebene Entfernung mit einem langen Schritt und drängte sich ganz dicht an seinen kräftigen Körper. »Dich wiederzusehen, natürlich. Kannst du dir denn gar nicht vorstellen, wie sehr ich mich nach deiner Gegenwart verzehre?«

Er zuckte zusammen, als sie sich mit ihrem ganze Leib an den seinen drängte, und wich sogar einen halben Schritt zurück, blieb dann aber doch stehen, um den festen Druck ihrer weichen Brüste an seinem Wams zu genießen.

»Tat-tatsächlich?« Seine spitz zulaufenden Ohren, die den Halbling verrieten, glühten förmlich.

»Was bist du denn so abweisend?«, fragte sie in spielerischem Tadel, während sie mit dem Zeigefinger unter seinem Kinn entlangstrich. »Hast du etwa schon eine Schattenelfin, die dir das Lager wärmt?«

Er räusperte sich verlegen und wagte nicht, mit seinen Händen nach ihr zu greifen. Sie nutzte die Zeit, um einen Blick auf die Taube zu werfen, deren Kopf herumgeruckt war, sodass sie nun in ihre Richtung sah, doch sie erkannte weiterhin keine Bedrohung in Inome. Fragen der Moral oder Pflichtauffassung spielten für das kleine Gehirn der magisch erschaffenen Kreatur keine Rolle, darum wanderte der Blick der schwarzen Knopfaugen wieder zurück in den Gang.

Genau in dem Augenblick, in dem sich Grindels Pfeil in den Kehlsack des Vogels bohrte!

Das goldene Gefieder war widerstandsfähiger als normale Vogelfedern, trotzdem durchschlug der Schaft den ganzen Hals mit einem leisen metallischen Schaben. Das Geräusch klang überlaut in Inomes Ohren, aber Morn war viel zu abgelenkt, um es zu bemerken oder ihm irgendeine Bedeutung zuzuordnen.

»Auf Arnurs Wehrhof gab es ein paar Mädchen, die ich mochte«, erklärte er gerade, verlegen zur Decke schauend, während die Taube vom Sims verschwand und lautlos in die Tiefe stürzte. »Aber die wollten nie etwas mit mir zu tun haben. Wegen ... na ja, wegen meiner Orkmutter, die mich eines Sommers vor dem Tor abgelegt hat.«

»Diese dummen Dinger«, empörte sich Inome und strich dabei mit beiden Händen über seine Brust. Das gab ihr die Möglichkeit, den eigenen Oberkörper so weit zurückzulehnen, dass sie hoffentlich nicht mit Blut bespritzt wurde, wenn der nächste Pfeil Morns Hals durchbohrte.

Doch der gefiederte Tod blieb aus.

Warum dauert das so lange?, fragte sich die Barbarin, während sie der Halbling bei den Schultern fasste und auf sich zuzog. Seine großen Lippen senkten sich langsam auf sie herab und suchten die ihren zu küssen, als plötzlich Schritte neben ihnen erklangen.

Erstaunt sah der Halbling zur Seite – und bekam statt Inomes Mund Tabors geballte Faust zu schmecken!

Der Schlag traf ihn so heftig, dass ihm der Kopf in den Nacken flog. Blutperlen spritzten durch die Luft, während er mit dem Rücken gegen die von ihm bewachte Tür knallte und an ihr herab zu Boden rutschte.

»Uäähh«, äffte ihn Tabor mit übertrieben weinerlicher Stimme nach, »die Mädchen auf Arnurs Wehrhof wollten nie etwas mit mir zu tun haben!« Dann setzte er grollend nach: »Du würdelose Memme bist ja nicht mal ein Stück Stahl zwischen den Rippen wert! Sei froh, dass sich keiner von uns mit deinem Tod besudeln möchte! Aber, Vorsicht: Wir haben ein paar Menschen an unserer Seite, die es nicht so genau nehmen.«

Tatsächlich war es Namihl, die ihm die blanke Schwertspitze an den Hals setzte, ohne jedoch zuzustechen. Dabei wäre diese Drohung gar nicht nötig gewesen.

Morns Augen füllten sich mit Tränen. Reglos blieb er einfach am Boden sitzen, von einer Wunde gelähmt, wie sie keine noch so scharfe Klinge zu schlagen vermochte.

In der Schwebenden Festung
Der Maar glaubte sich endlich am Ziel seiner langen Reise, als der heilige Hort von Arakia unter den Wolken sichtbar wurde. Wie ein grauer Fleck in einem sattgrünen Teppich, so ragte er zwischen den Wäldern hervor: der einzige Hort, der nie unter der gemeinsamen Kontrolle des Atems, des Blutes und des Leibes gestanden hatte und dadurch dem Gegenzauber des Maar hatte trotzen können. Nur wegen dieses Horts hatte Arakia allen Feldzügen so lange widerstehen können, doch jetzt würde auch sein Feuer erlöschen und der Atem des Himmels für alle Zeiten über die konkurrierenden Kräfte triumphieren.

Siegesgewiss schaute der Maar in die Tiefe.

Erste Lichtsphären lösten sich aus dem Grund der Festung. Rasend schnell jagten sie in die Wälder hinab und wuchsen dort zu großen, alles zerstörenden Energiekugeln heran. Selbst die größten Baumriesen zerstoben unter ihrer Gewalt in Myriaden kleinster Splitter. Erde, Holz und Getier verwirbelten auf diese Weise zu einer gemeinsamen Masse, die sich nie wieder voneinander trennen ließ.

Ein Band aus tiefen Kratern zurücklassend, rückte die Schwebende Festung dem Vulkan immer näher. Nicht mehr lange und alles Leben in und um den Hort würde ausgelöscht sein. Dann konnten sie die Festung auf dem Hort absetzen und ...

Ein durchdringendes Geräusch, das aus weiten Fernen an seine Ohren drang, ließ all seine Pläne auf einen Schlag zerplatzen. Auch wenn er es nicht wahrhaben wollte, der Maar wusste genau, was er da hörte: einen Schrei größter Verzweifelung, den Schrei eines Sterbenden.

In der Arena
In Windeseile hatten Urok und Benir die Hälfte der Gepanzerten bezwungen. Der Lichtbringer wurde bereits nervös, weil er

als Einziger spürte, dass da etwas nicht mit rechten Dingen zuging.

Und die Zuschauer? Sie applaudierten vor Freude über die in Scharen hingeschlachteten Schergen des Tyrannen. Woher die Überlegenheit der ungleichen Waffenbrüder rührte, war ihnen augenscheinlich herzlich egal.

Herzog Garske war längst auf dem Marmorsitz in seiner Loge zusammengesunken, weil er das nahende Unheil kommen sah, während sich die Zuschauer auf den Rängen immer ungenierter freuten. Doch schon im nächsten Moment zuckten sie wie unter einem heftigen Schlag zusammen, und gleich darauf erklang ein lautes Rumoren, das alle erschaudern ließ. Erst, als auch die Gepanzerten um ihn herum haltlos zurücktaumelten, wurde Urok bewusst, was geschehen war.

Die Erde unter ihren Füßen – sie hatte gebebt!

Das Zittern, das sich durch den Sand bis in seine Fußsohlen fortsetzte, ließ ihn alle Strapazen vergessen. Endlich! Das Blut der Erde kehrte in seine alten Bahnen zurück! Ja, mehr noch, es schickte sich an, Sangor für seinen Hochmut zu strafen.

Nur umso wütender rannten zwei Gepanzerte gegen Urok an, in dem gemeinsamen Versuch, ihn mit der puren Wucht ihrer massiven Körper umzureißen. Doch die beiden kamen nicht weit. Ein neues Beben spaltete den Sand zu ihren Füßen und formte einen breiten Riss, genau dort, wo sie gerade hatten auftreten wollen. Knietief versanken sie im dunklen Nichts und blieben in dem nach unten hin schmaler werdenden Schlund stecken.

Urok brauchte ihnen nur noch die Köpfe abzuschlagen, um sich ihrer zu entledigen, was er beim ersten auch tat. Beim zweiten begnügte er sich jedoch damit, ihn mit einem kräftigen Tritt gänzlich in den frischen Spalt zu befördern. Mitsamt den nach innen brechenden Sandmassen rutschte der Gepanzerte tiefer hinab und wurde schon bei der nächsten Erdbewegung zwischen den wieder dichter zusammenrückenden Schollen zerquetscht.

Es knackte und knirschte, und weiße Gallertmasse quoll zwischen den Fugen der Hornrüstung hervor, doch Urok sah sich schon längst nach neuen Gegnern um.

Rücken an Rücken mit Benir stand er bereit, weitere Wellenschwerter abzuwehren, doch statt nachzurücken taumelten die Gepanzerten verstört und orientierungslos umher.

»Was hat das alles zu bedeuten?«, fragte ihn der Schattenelf über die Schulter hinweg.

»Das ist das Blut der Erde!«, rief Urok und lachte schallend. »Spüre seine Macht! Und vertraue darauf, das es die Richtigen straft!«

Links von ihnen, am schmalen Ende des Arenenovals, zischte eine Dampfsäule zwischen den Zuschauern empor und nebelte die Ränge mit einer alles verbrühenden Wolke ein. Die Unglücklichen, die sich im Zentrum des Wasseraustritts befanden, wurden auf der Stelle bei lebendigem Leibe gegart, jenen, die mehr am Rande standen und noch zu flüchten versuchten, platzte die Haut überall am Körper auf. Halb blind und mit entstellten Gesichtern stolperten sie übereinander hinweg und trampelten alles um sich herum rücksichtslos nieder.

Panik kam auf. Vor allem, als auch noch von außen einschwebende Ascheflocken auf die Haupttribüne herabzusinken begannen. Das Beben beschränkte sich also nicht auf die Arena, sondern hatte auch umliegende Gebiete erfasst.

Langsam dämmerte selbst dem Lichtbringer, dass dieses Unheil kein Zufall sein konnte. »Erschießt die beiden!«, verlangte er mit donnernder Stimme. »Erschießt den Ork und den Schattenelfen!«

Es gab niemanden mehr, der diesen Befehl hätte ausführen können. Ob bewaffnet oder nicht, um ihn herum befanden sich längst alle Menschen auf der Flucht. Selbst Garske und seine Leibgarde versuchten die Loge zu verlassen und sich durch den rückwärtigen Zugang über die Treppen zu retten. Auch von der Handvoll Schattenelfen, die sich noch immer unter ihren Tarnmänteln verbarg, feuerte niemand einen Schuss ab.

Daher löste sich der Lichtbringer aus dem Schatten der ohnehin schwankenden Marmorsäule und schwebte auf den Kampfplatz hinaus. Die Sphäre, die er zwischen seinen Händen bildete, jagte direkt auf Urok und Benir zu, doch indem sie sich gemeinsam voneinander abstießen, erlangten sie beide genügend Schwung, um sich aus dem unmittelbaren Gefahrenbereich zu katapultieren. Sand spitzte in die Höhe, während sie sich überschlugen und abrollten.

Ohne Hast glitt der Lichtbringer näher und wandte sich dann ausschließlich Urok zu. Noch während der Ork überlegte, in welche Richtung er als Nächstes davonspringen sollte, bockte erneut der Boden unter seinen Füßen.

Diesmal bildeten sich nicht nur Risse, es kam auch zu schweren Verwerfungen. Die große Erdscholle, die unter Urok emporbrach, schleuderte ihn fast bis ans Ende des Kampfplatzes. Benir auf der anderen Seite erging es ebenso. Nur Vurans schützender Hand war es zu verdanken, dass sie in keiner der mahlenden Spalten, sondern auf weichem Boden landeten.

Der Lichtbringer stand offenkundig nicht unter Vurans Schutz. Direkt unter ihm platzte der Boden mit großem Getöse auseinander, Sandbrocken wurden bis weit über die Arena hinaus durch die Luft geschleudert, und eine dichte Staubsäule fuhr kerzengerade in den Himmel und pilzte sich zu allen Seiten hin auf. Ihr folgte eine rotflüssige Springflut, die mit so großer Kraft nach oben schoss, dass ihr der Lichtbringer nicht mehr auszuweichen vermochte.

Es war das Blut der Erde, das ihn von unten packte, umhüllte und gen Himmel spie, eine lodernde Säule, die ihn von oben bis unten versengte, bevor sie auseinanderbrach und auf die umliegende Stadt hinabregnete.

Die Menschen in den Straßen und Gassen, die von den glühenden Tropfen getroffen wurden, heulten vor Schmerz auf, aber ihr ganzes Geschrei war nichts im Vergleich zu dem infernalischen Laut, den die brennende Gestalt über ihnen ausstieß.

Sämtliche Schleier des Lichtbringers waren auf einem Schlag zu einem schwarzen Nichts verschmort, während der einst weiß leuchtende Körper weiterhin von aus dem Leib schlagenden Flammen geschüttelt wurde. Höher und höher stieg er auf, einer lebenden Fackel gleich, während ihn das Feuer von innen heraus verzehrte.

Selbst für empfindliche Orkohren bewegten sich seine gellenden Schreie an der Grenze des Hörbaren. Trotzdem drangen sie jedem in der Stadt und auch weit darüber hinaus bis tief ins Mark. Angewidert ließ Urok seine Waffe fallen und presste beide Hände fest auf die Ohrmuscheln, um den enervierenden Ton zu dämpfen.

Es war schon seltsam. Zu Lebzeiten lösten die mächtigen Lichtbringer bei ihren Gegnern so manches Wehgeschrei aus, ohne die geringste Regung zu zeigen, aber wenn sie selbst starben, kreischten sie erbarmungswürdiger als drei Dutzend verängstigte Menschenkinder zusammen.

Der helle und immer noch höher anschwellende Ton hielt tatsächlich so lange an, bis sich die hoch in den Wolken schwebende Gestalt völlig in Ruß und Asche auflöste und zu schwarzen Flocken zerfiel, die nur langsam zur Erde zurücktrudelten.

Am heiligen Hort
Ursa wusste nicht, was in der Schwebenden Festung vor sich ging. Sie konnte nicht sehen, wie der Maar voller Hast in den Thronsaal zurückkehrte, in der Hoffnung, dass er sich vielleicht doch irren

möge. Aber die Nebelkugel im Beschwörungskreis belehrte ihn eines Besseren. Strahlend rot pulsierte dort plötzlich ein Strang, der eigentlich hätte abgeschnürt sein sollen.

Der Ursprung dieses Frevels lag eindeutig in Sangor!

Von dort aus pulste das Blut durch die Hauptschlagader und verteilte sich auf zahllose Nebenstränge. Von dort aus vernahm er aber auch den gepeinigten Laut, der eigentlich niemals hätte ertönen dürfen, denn sie waren ohnehin schon so wenige!

»Ksar stirbt!«, raunten die in Trance verharrenden Lichtbringer, die den Todesschrei noch viel genauer als er wahrnahmen. »Gefallen durch die Hand eines Orks und eines Schattenelfen, die Rücken an Rücken kämpfen!«

»Nein!«, entfuhr es dem Maar, der plötzlich glaubte, in einen Albtraum geraten zu sein. »Das kann nicht sein!«

»Ein Ork und ein Elf, die Rücken an Rücken kämpfen«, wiederholten die fünf unnachgiebig. »Beide verfügen über die Gabe der Feuerhand.«

Zum ersten Mal seit sehr langer Zeit – seit dem großen Kampf gegen die vereinigten Kräfte von Menschen, Orks und Elfen, um genau zu sein – verspürte der Maar echte Furcht in seinem Herzen. Seine Haut fühlte sich plötzlich an, als würden sich Eisstücke unter ihr entlangschieben und durch die viel zu kleinen Poren nach außen drängen.

Fieberhaft versuchte er zu ergründen, was das alles zu bedeuten hatte. Ksars Tod, der Ork und der Elf, die sich verbündet hatten, und das Blut der Erde, das sich von Sangor aus plötzlich in seine alte Bahn wälzte und in Richtung Arakia pumpte...

»Eine Falle!«, zischelte er vollkommen unkontrolliert. »Wechselt sofort den Kurs! Die verdammte Feuerhand und seine Schwester haben uns eine Falle gestellt!«

All diese Vorgänge blieben Ursa verborgen.

Sie sah nur, was auch alle anderen Orks am Hort von Arakia sahen: dass die Schwebende Festung, die noch eben so drohend auf sie herabgesunken war, um ihre alles vernichtenden Sphären auf sie zu schleudern, plötzlich abdrehte und zurück in Richtung Ragon flog.

Unbeschreiblicher Jubel brandete auf, denn ob Krieger, Weib oder Kind, ein jeder Ork in ihrer Nähe nahm natürlich an, dass sie, die Hohepriesterin, den Feind in die Flucht geschlagen hätte.

Dein Bruder hat gute Arbeit geleistet, wisperte die wohlbekannte Stimme in ihrem Ohr. *Von nun an werden dir alle Stämme bedingungslos folgen. So muss es sein, denn nur vereint kann das Volk der Blutorks gegen den mächtigen Feind bestehen.*

»Aber warum habt ihr die Festung nicht einfach zerstört und so allem gleich hier ein Ende gemacht?«, fragte Ursa verwirrt. »Wenn eure Macht so groß ist, dass ihr sogar den Maar in die Flucht schlagen könnt, dann müsst ihr doch auch ...«

Der Weg des Maar ist der falsche, belehrte die Stimme sie. *Du und das Blut der Erde müssen einen anderen gehen, auch wenn er manchmal schmerzhaft ist. Führe daher die vereinigten Stämme zu den Gründen der Vendur. Im Land der Kristallseen können Gothars Truppen ihre taktische Überlegenheit nicht mehr so gut ausspielen. Suche dort die Hauptschlagader, denn du wirst das Blut der Erde brauchen, um diesen, den letzten aller Kriege, für dein Volk zu gewinnen.*

In Feenes Gemächern
Die Amme hatte den Lärm auf dem Flur gehört und die richtigen Schlüsse daraus gezogen. Sie stand bereits an der Wiege und hielt Nerk in den Armen, als Inome und die Orks ins Schlafgemach stürmten. Ihr von grauen Strähnen durchzogenes Haar wirkte zerwühlt, und ein paar rot geränderte Kissenabdrücke im Gesicht

zeugten davon, dass sie geschlafen hatte, doch angesichts der drohenden Gefahr war sie hellwach.

Mit einem Blick erkannte sie, dass es vor der Übermacht kein Entkommen gab, und flüchtete in die einzige Richtung, die ihr noch sinnvoll erschien: hinüber zu den großen Bogenfenstern.

Inome, die ihre Absicht als Erste durchschaute, schnitt ihr mit raumgreifenden Schritten den Weg ab. Dass sie als Einzige keine Waffe trug, erwies sich zusätzlich als Vorteil. So konnte sie die Amme mit beiden Armen umklammern und am Weiterrennen hindern.

Verzweifelt versuchte sich die Alte aus ihrem Griff zu befreien. Die Todesangst verlieh ihr zusätzliche Kräfte, die sie der wesentlich jüngeren Barbarin ebenbürtig machten. Für einen kurzen Moment rangen die beiden Frauen so heftig miteinander, dass der schreiende Nerk zu Boden zu fallen drohte, dann aber gewann die Fürsorge der Amme wieder die Oberhand. Schlagartig stellte sie jeden Widerstand ein.

Stattdessen ergab sie sich in einer Flut von Beschimpfungen, in der die Worte *Hure* und *barbarisches Miststück* noch die harmlosesten waren.

»Beruhige dich!«, forderte Inome ungehalten. »Dem Jungen wird nichts geschehen. Wir wollen ihn seinem leiblichen Vater zurückbringen!«

»Benir?« Das faltige Gesicht der Alten erbleichte. »Ihr seid im Auftrag des Schattenelfen hier?« Sie hielt das weinende Kind weiterhin fest umklammert, selbst als Inome ihre Handgelenke so fest packte, dass es schmerzte. Wahrscheinlich hätte sie sich tatsächlich lieber die Arme brechen lassen, als Nerk herzugeben, wenn nicht Grindel hinzugetreten wäre.

Aus purer Angst, dass die Ork nach dem Kleinen langen könnte, drückte ihn die Amme rasch in die Arme der Barbarin.

Und verfolgte nur umso entsetzter, dass er sogleich an die große Kriegerin weitergereicht wurde.

Mit einer Behutsamkeit, die selbst Inome erstaunte, nahm Grindel das schreiende Bündel entgegen und bettete es vorsichtig auf ihren rechten Arm, den sie so geschickt hin und her wiegte, das Nerk umgehend verstummte.

»Nehmt mich mit!«, flehte die Amme plötzlich, ungeachtet all des Unflats, mit dem sie die Barbarin noch wenige Atemzüge zuvor überschüttet hatte. »Nur ich kann für den Kleinen vernünftig sorgen.« Dass sie sich tatsächlich den drohend auf sie herabblickenden Orks anschließen wollte, die sie dicht umringten, sagte einiges über die Furcht aus, die sie vor den Schattenelfen und ihrem Todbringer verspürte.

»Stell dich nicht so an!«, herrschte Inome die Alte an, während sie sich nach etwas umsah, mit dem sie ihr Hände und Füße verschnüren konnte. »Du bist nur die Amme, dir wird niemand einen Vorwurf machen.«

Einer der Orks, der ihren Blick richtig deutete, riss eine der Seidenbahnen herab, die sich als Dekoration vor den Wänden spannten. In feine Streifen zerrissen, gaben sie ein paar gute Fesseln ab.

»Das ist meine Strafe für Neras Tod«, murmelte die Alte, während der kostbare Stoff unter den kräftigen Pranken des Orks auseinanderfetzte.

Inome kam nicht mehr dazu zu fragen, wer Nera war. Ein jäher Schmerz, der ihr Schienbein emporflammte, ließ sie in den Knien einknicken. Noch ehe sie begriff, dass sie das glühende Stechen einem Tritt verdankte, hatte ihr die Amme auch schon einen Stoß versetzt und sich von ihr losgerissen.

Mit großen Sprüngen stürmte sie davon. Diesmal war sie der Fensterfront schon zu nahe, als dass sie noch aufzuhalten gewesen wäre. Sie erreichte eine der Öffnungen, doch angesichts der großen Höhe zögerte sie und klammerte sich am steinernen Rahmen fest.

Einen Herzschlag lang lag ihr Gewicht mehr außerhalb als innerhalb des Fensters, aber sie hätte sich noch gefangen, hätte sich nicht in diesem Moment das ganze Zimmer geschüttelt. Selbst Inome hatte Mühe, sich auf den Beinen zu halten. Der Boden zu ihren Füßen, die Wände und die Decke – alles um sie herum schien sich auf einmal zu verschieben.

Die Finger der Amme rutschten ab, sie konnte sich nicht mehr halten. Ihr Sturz erfolgte so lautlos, dass der anschließende Aufschlag bis zu den Schlafgemächern emporschallte. Dumpf klang er, wie bei einem nassen Lappen, der auf eine Tischplatte klatschte.

Obwohl niemand von ihnen ahnte, dass sie dasselbe Fenster gewählt hatte, durch das auch Nerks Mutter in den Tod gesprungen war, sahen alle schweigend nach draußen und hinab. Weder die Orks noch die Barbarin konnten die Entscheidung der Amme nachvollziehen. Dazu waren sie unter zu gefahrvollen Bedingungen aufgewachsen und daran gewöhnt, sich auch im Moment größten Leids noch gegen das Schicksal aufzulehnen.

Einzig Nerk sah in eine andere Richtung. Er hatte nur Augen für Grindel, der er seine kleinen Ärmchen entgegenstreckte.

Weitere Beben trieben sie zur Eile an. Als sie das Gemach wieder verließen, bedrohte Namihl immer noch den am Boden sitzenden Halbling mit der Klinge. Einer der bei ihr verbliebenen Orks hatte das Wellenschwert an sich genommen und gürtete es gerade um.

»Das gehört Urok«, sagte Grindel.

»Er kann darauf Anspruch erheben, falls er den Kampf in der Arena überlebt«, entgegnete der Vendur und erhielt keinen Widerspruch.

Danach gingen Grindel, Tabor und die übrigen Orks durch den Flur davon. Tatsächlich erachteten sie Morn nicht einmal für würdig, von ihnen erschlagen zu werden. Vielleicht lag es an dem Tod der Amme, aber sein vorwurfsvoller Blick aus tränenverhangenen Augen löste Schuldgefühle in Inome aus.

»Bleib uns vom Leib«, riet sie ihm, während sie sich mit Namihl entfernte. »Dann findest du eines Tages schon einen Wehrhof, auf dem du besser behandelt wirst.«

In der Arena
Erst, als das durchdringende Geschrei des sterbenden Lichtbringers verklungen war, vernahm Urok wieder andere Geräusche. Etwa das Knistern der ringsum auflodernden Brände oder das Stöhnen der verbrühten und niedergetrampelten Zuschauer auf den Rängen. Und das Gebell der Leichenhunde, die in den unter ihm liegenden Gewölben wie wahnsinnig an ihren Ketten zerrten.

Nachdem er sich wieder mühsam auf die Füße gekämpft hatte und zu der steinernen Rampe gewankt war, sah Urok die Verwüstungen, die das Beben in der Tiefe angerichtet hatte. Große Risse klafften in der Pflasterung des Aufgangs und der ihn umgebenden Feldsteinmauern. Das Fallgitter am unteren Ende war aus seiner Verankerung gebrochen. Dunkler, fetter Qualm quoll durch den offenen Rundbogen. Hustend tasteten sich daraus einige der Gladiatoren hervor, die Urok und Benir in die Arena begleitet hatten.

Einer jähen Eingebung folgend, lief er ihnen entgegen und half ihnen bei der Flucht ins Freie. »Wo sind Tarren und seine Nordmänner?«, fragte er jeden, den er mit einem kräftigen Ruck an die frische Luft zog.

Niemand konnte ihm darauf eine Antwort geben, bis jemand meinte: »Diese Narren sind tiefer hinein ins Gewölbe, um die Gefangenen in den Kerkern zu befreien.«

Urok hatte sich schon etwas Derartiges gedacht, und sogleich wollte er selbst in das verräucherte Gewölbe vordringen.

»Lass das!«, versuchte ihn der Gladiator, den er gerade gerettet hatte, zurückzuhalten. »Die sehen wir nie wieder! Aus dem Trakt der Wächter dringt bereits Lava hervor!«

Der Ork ließ sich jedoch nicht aufhalten. »Feuer und Hitze werden uns verschonen!«, erklärte er mit einer Überzeugung, die nur aufbringen konnte, wer an das Blut der Erde glaubte.

Das aufgeregte Kläffen der Leichenhunde wies ihm den Weg, bis es in ein infernalisches Geheul überging, das abrupt verstummte. Glutroter Schein, der aus dem Trakt der Wächter drang, ließ ihn ahnen, was mit den Tieren passiert war. Jenseits des Gitters, das den schwer bewachten Bereich absperrte, waberte tatsächlich flüssiges Gestein über den Boden. Einige verkohlte Hundekadaver wurden davon überspült, aber auch Menschen waren dem plötzlich einbrechenden Blut der Erde zum Opfer gefallen, obwohl sie nicht angekettet gewesen waren.

Einer hatte es sogar bis zum Gitter geschafft und noch versucht, das Schloss zu öffnen. Er musste dabei schon in Flammen gestanden haben, denn er ruhte, auf seinen durch die Streben geschobenen Armen lehnend, als schwarz verbrannter Leichnam an der weiterhin verschlossenen Tür. Kleidung und Haut waren miteinander verschmolzen. Vom Rücken stiegen noch kleine Rauchfahnen auf.

Urok nahm den Schlüsselbund an sich, der auf seiner Seite des Gitters zu Boden gefallen war, und eilte weiter, tiefer hinein in das Gewölbe, auch auf die Gefahr hin, dass die ansteigende Glut, die die Menschen Lava nannten, ebenfalls den Kerkertrakt überspülen konnte.

An den Zellen angekommen, traf er auf Tarren, Avak und Mondor, die gerade verzweifelt versuchten, die Eichentür in ihrem verzogenen Rahmen aufzudrücken.

»Lasst mich ran!«, forderte Urok, bevor er Anlauf nahm und sie mit der Schulter voran einrannte. Mit dem Schlüsselbund ging er sodann daran, alle, die noch hustend in dem Verlies saßen, von ihren Wandketten zu befreien.

»Wir sind trotzdem gefangen«, haderte Mondor mit ihrem Schicksal. »Wir können nur hinaus auf den Kampfplatz, doch von dort führt kein weg in die Freiheit.«

»Auf dem Kampfplatz liegen genügend Gepanzerte herum, die sich nicht mehr rühren«, brummte Urok. »Stapelt sie einfach an einer Stelle der Umfassung auf, dann können wir über ihre Leichen in die Höhe steigen. So haben wir es schon oft gemacht, wenn wir die Mauern einer Menschenstadt überwinden wollten.«

»Ihr habt Gepanzerte aufgehäuft?«, wunderte sich Tarren.

»Nein, erschlagene Menschen.«

Mondor zog es vor, keine weiteren Fragen zu stellen, sondern eilte hinaus, um in der Arena ihre weitere Flucht vorzubereiten. Nachdem alle befreit waren, setzten sich auch Urok und Tarren ab.

Als sie an der Gittertür mit der verbrannten Wache ankamen, stellten sie fest, dass die Lava dort bereits wadenhoch stand, aber, wie durch eine unsichtbare Barriere zurückgehalten, nicht zwischen den Stäben hindurchfloss. Erst, als sie vorbei waren, geriet der aufgestaute Pegel in Bewegung. Bei einem letzten Blick über die Schulter, kurz bevor Urok ins Freie stürmte, stellte er fest, dass das Blut der Erde nun auch in Richtung der Kerker floss.

Draußen angekommen sah Urok, dass Mondor und die Seinen bereits die Hälfte der Gepanzerten vor der herzoglichen Loge aufeinandergeworfen hatten. Der Leichenberg reichte etwa bis zur Hälfte der Mauer, danach hatten sie ihre Arbeit eingestellt. Warum, war auf den ersten Blick ersichtlich.

Benir war nicht mehr der einzige Schattenelf in der Arena.

Vor ihm standen vier Legionäre, deren Tarnmäntel allesamt große Brandflecken aufwiesen. Sie hielten blanke Waffen in den

Händen, drangen aber nicht auf Benir ein, sondern machten unentschlossene Gesichter.

»Hätte nicht gedacht, noch mal einen Lichtbringer sterben zu sehen«, sagte gerade der älteste von ihnen, dessen offenes Haar einen starken Stich ins Gelbliche aufwies. »Aber das war ziemlich dumm von dir, denn der Maar wird dafür fürchterliche Rache nehmen.«

»Unsinn!«, entgegnete Benir. »So, wie dieser Lichtbringer gestorben ist, wird es auch den anderen ergehen. Selbst der Maar ist vor den Kräften, die Urok und ich entfesseln können, nicht sicher.«

Der andere Elf sah ihn zweifelnd an. »Glaubst du wirklich, es mit dem Maar aufnehmen zu können?«

»Natürlich«, gab Benir selbstbewusst zurück. »Vor euch steht der Befreier, auf den unser Volk schon so lange gewartet hat!«

Einem kurzen Moment der völligen Verblüffung folgte ein vierstimmiges Gelächter. »Du bist ja völlig übergeschnappt«, erklärte schließlich der Anführer der Legionäre und hob seine Klinge, um Benir niederzustechen.

»Warte, Kuma!«, hielt ihn ein anderer zurück. »Was ist, wenn er die Wahrheit sagt?«

»Und ob ich die sage!« Benirs Lippen kräuselten sich in einem überlegenen Grinsen. »Denn wenn ich nicht der Befreier wäre, der im Staub der Arena neu geboren wurde, wie wäre ich dann in der Lage, dies hier zu tun?«

In einer lockeren Geste hob er beide Hände, über deren Finger plötzlich kleine Flammen liefen, bis sie gänzlich in Brand standen. Verblüfft starrten die anderen vier auf dieses Phänomen und warteten vergeblich darauf, dass sich auf der Haut Brandblasen bildeten.

»Steht gefälligst nicht im Weg herum, bloß weil ihr noch nie eine Feuerhand gesehen habt!«, raunzte sie Urok ungeduldig an.

»Es gibt hier noch ein paar Menschen und einen Ork, die einen Krieg zu führen haben!«

Ohne weiter auf die Waffen in ihren Händen zu achten, klemmte er sich die Leichname zweier Gepanzerter unter die Arme und warf sie auf den bereits angehäuften Stapel. Tarren und einige andere Gladiatoren folgten seinem Beispiel, und so war der Leichenberg gleich darauf hoch genug angewachsen, um darüber in die Loge gelangen zu können.

»Was für einen Krieg wollt ihr führen?«, fragte Kuma, die Schwertspitze bereits ein Stück gesenkt.

»Einen, der uns von Gothars Tyrannei befreien wird«, antwortete der Ork, der den Menschen an seiner Seite mit einem Wink signalisierte, dass sie endlich verschwinden sollten.

Tarren machte den Anfang. Mit geschmeidigen Bewegungen sprang er über die Hornschalen hinweg. Einige der Toten bewegten sich unter der Last seines Gewichts, doch keiner von ihnen geriet ins Rutschen.

Kurz bevor Tarren den Gipfel des Leichenhügels erklimmen konnte, benutzte einer der Legionäre den Atem des Himmels, um an ihm vorbei bis auf die Mauerkrone hinaufzuschweben. Uroks Befürchtung, dass er den Barbaren oben mit dem Schwert in Empfang nehmen wollte, bestätigten sich zum Glück nicht. Stattdessen stieß der Elf die Waffe zurück in die Scheide und streckte seine Hand aus, um dem Menschen in die Höhe zu helfen.

Diese Geste wirkte wie ein Signal. Nun steckten auch Kuma und die anderen ihre Waffen fort und schwebten zur Loge empor, um dem Beispiel ihres Kameraden zu folgen.

Urok versuchte es ihnen gleichzutun, brachte aber nicht mehr als einen Hüpfer bis auf halbe Höhe zustande. Darum wartete er ab, bis alle Menschen oben waren, und nahm dann den gleichen Weg wie sie. Doch er war schwerer als sie und brachte den Berg ins Wanken. Als eine der Leichen unter ihm zur Seite rutschte, versuchte er noch einmal mithilfe des Himmelsatems aufzusteigen, und diesmal reichte es aus, um ihn mit einem großen Sprung in die Loge zu befördern.

Einige der Gladiatoren, vor allem die, die aus Sangor stammten, hatten sich bereits unauffällig abgesetzt. Mit dem Rest machten sich Urok und Benir so schnell wie möglich auf den Weg nach draußen, denn inzwischen sprudelte das Blut der Erde schon die Steinrampe empor und begann die Arena zu füllen.

Über brennende Balken und stark verkohlte Leichen hinweg, kämpften sie sich ins Freie vor. Erst dort wurde für sie das Ausmaß der Feuersbrunst deutlich, die Sangor erfasst hatte. In welche Himmelsrichtung sie auch sahen, überall hingen dicke Qualmwolken über den Dächern der Stadt, deren Häuser im Widerschein der Flammen zu glühen schienen.

Erschöpft, aber glücklich feierten sie ihr bloßes Überleben wie einen Sieg.

Tarren bot allen Gladiatoren an, mit ihm zu seinem Stamm zu kommen. Die meisten, die noch bei ihnen standen, nahmen dankbar an, nur einige Männer von Imog wollten lieber ein Schiff im Hafen kapern und zurück zu ihrer Insel. Niemand erhob dagegen ein Wort, und so verabschiedete man sich von ihnen in aller Freundschaft.

Angesichts des allgemeinen Chaos und des weit über den Dächern der Stadt gestorbenen Lichtbringers hatten sie keine geordnete Gegenwehr mehr zu befürchten. Gardisten und Schädelreiter hatten genug damit zu tun, der überall wütenden Brände und der gleichzeitig einsetzenden Plünderungen Herr zu werden. Skorks Gilde leistete ganze Arbeit, das erkannten sie bereits, als die ersten Straßenzüge hinter ihnen lagen. Aber auch viele aus der normalen Bevölkerung witterten nach dem Tod des gefürchteten Lichtbringers Morgenluft.

Überall kämpften Menschen gegeneinander, egal wo sie auch vorbeikamen, und manchmal sogar Gardisten gegen Schädelreiter.

»Was ist mit deinem Sohn?«, fragte Kuma, als er merkte, dass Benir nicht die geringsten Anstalten machte, sich in Richtung Kaserne zu begeben.

»Keine Sorge«, antwortete Benir. »Um Nerk haben sich bereits andere gekümmert. Ich sagte doch, dass ich der Befreier bin.«

Urok bezweifelte, dass der Schattenelf wirklich an seine eigenen Worte glaubte, aber wenn sie dazu nutzten, ihre kleine Streitmacht weiter anwachsen zu lassen, sollte es ihm recht sein.

Am vereinbarten Treffpunkt warteten bereits Grindel, Tabor und die übrigen Orks auf sie, außerdem zwei leicht geschürzte Barbarinnen und ein schreiendes Bündel, das Grindel in den Armen hielt und bei dem es sich um den kleinen Nerk handeln musste.

Dass diese Voraussage eingetroffen war, beeindruckte die Schattenelfen deutlich, und so scharten sie sich um Benir, der seinen Sohn überglücklich in die Arme schloss.

Die große Anzahl an Orks machte einige der Gladiatoren sichtlich nervös, trotzdem schlossen sie sich an, als Grindel die Führung übernahm und sie durch einen Einstieg in das unterirdische Tunnelsystem der Diebesgilde führte. Alle anfänglichen Befürchtungen, dass sie dort in einen mit Lava gefluteten Stollen geraten könnten, erwiesen sich zum Glück als unbegründet.

Urok behielt recht mit seiner Einschätzung, dass ihnen das Blut der Erde ganz bewusst den Weg freihielt, und das brachte so manchen Barbaren, der seine Berge, Bäume oder Flüsse anbetete, kräftig ins Grübeln.

Die einsame Gestalt, die ihnen folgte, bemerkten sie allerdings nicht. Dichte Rauchschleier, die überall die Luft schwängerten, trübten ihre Augen und Nasen, außerdem war Eile geboten.

Es ging schon auf den Abend zu, als sie vor den Stadtmauern auf Zavos und seine Getreuen stießen, die bereits ungeduldig auf sie warteten. Sangor war zu einer riesigen Feuerwand vor dem Blau des Meeres geworden.

Lange Kolonnen rußverschmierter Flüchtlinge entströmten den Stadttoren, allesamt froh, überhaupt das nackte Leben gerettet zu haben. Wer noch immer in der Stadt umherirrte, war praktisch verloren.

Das Feuer fraß eine Schneise der Vernichtung durch die Straßen. Ganz Sangor brannte wie ein Fanal, das weit über die Stadtmauern, ja, über ganz Ragon hinausleuchtete.

EINSTMALS

»Das Blut sei mit euch«, begrüßte Vuran die Delegation der Schlangenpriester, aber natürlich ganz besonders Raam, dem er stellvertretend für alle die Hände zum Gruße reichte. »Eure Anwesenheit ist ein wichtiges Zeichen an die Bevölkerung im ganzen Land.« Die Reptilienhaut fühlte sich kalt und rau an, als sie einander an den Unterarmen umfassten, aber der Erste Streiter ließ sich das Unbehagen nicht anmerken, das er bei der Berührung empfand.

Auf seine einladende Geste hin folgten ihm die Schwarzgekleideten zu der aus Eichenbohlen errichteten Tribüne, die den religiösen Führern der drei großen Kräfte und ihrem Gefolge vorbehalten war. Auf Raams Wink hin nahm Vuran an dessen linker Seite Platz. Eine solch hohe Ehre stand ihm als Erstem Streiter der Hortgarde eigentlich nicht zu, doch die Schlangenpriester wohnten dem Zeremoniell natürlich nicht nur aus Höflichkeit und Respekt bei, sondern auch, weil sie sich Neuigkeiten über seine Nachforschungen erhofften.

Am Rande des großen Sees, der sich nahe der Stadtmauern erstreckte, hatten die Wasserelfen alles für ihr höchstes Fest, den Tag der Quelle, aufgebaut, und wie es schien, stand selbst die Sonne auf ihrer Seite. Nach vielen Tagen des peitschenden kalten Regens zeigte sie sich in ihrem vollen Rund am wolkenlosen Himmel, und die Menschen, Orks und Elfen, die aus Rabensang, Dunkeltann und den umliegenden Dörfern hergepilgert waren, dankten es durch ihr zahlreiches Erscheinen und das fröhliche Gelächter, mit dem sie sich am Ufer drängten. Die hohe Erwartung der Zuschauer war mit Händen zu greifen, denn es hieß, dass die Elfen diesmal ein ganz besonderes Schauspiel vorbereitet hätten.

»Was gibt es Neues über den Mord an unserem Priester?«, wollte Raam unvermittelt wissen, halblaut, den Blick weiterhin auf die um sie herum drängende Menge gerichtet. Das Misstrauen, das ihm dabei aus vielen Gesichtern entgegenschlug, war nicht zu übersehen. Die üblen Gerüchte über die blutigen Rituale der Kaltblüter wollten einfach nicht verstummen.

Vuran hatte Raams Frage natürlich erwartet, wenn auch nicht so früh, mitten unter aller Augen. Aber vielleicht war es ganz gut, dass der Hohepriester schon jetzt das unangenehme Thema ansprach. Hier in der Öffentlichkeit war er gezwungen, die Form zu wahren.

»Ich wünschte, ich könnte dir etwas Zufriedenstellendes mitteilen«, erklärte Vuran wahrheitsgemäß. »Aber leider liegt für mich weiterhin im Dunkeln, wie unser Novize und dein Priester ums Leben kamen.« Er wollte noch hinzufügen, dass es niemanden in der Stadt gab, der die beiden Toten zusammen gesehen hatte, aber Raam kam ihm zuvor.

»Tatsächlich?«, fragte der Hohepriester lauernd, das Gesicht nun doch Vuran zugewandt. »So hast du also auch keine Beweise dafür gefunden, dass dieser Andro von meinem Mann geopfert wurde, um dem Blut der Erde zu schaden, wie überall in Ragon behauptet wird?«

Vuran hätte beinahe den Blick unter den stechenden Schlangenaugen gesenkt, doch obwohl eine eisige Klaue nach seinem aufgeregt pochenden Herzen zu greifen schien, sah er Raam weiterhin an. »Assra und unser Novize kamen im selben Raum zu Tode«, erklärte er, »das ist weiterhin der einzige Beweis für die Schuld eures Mannes.«

»Und das Wort Sevaks«, fügte Raam, wie immer bestens unterrichtet, leise zischelnd hinzu.

»Auch der Kommandant der Elfengarde hat nicht mit eigenen Augen gesehen, wie unser Novize getötet wurde«, wehrte Vuran ab, »sondern nur Schlüsse gezogen. Aus den Umständen, die er vorgefunden hat, und aus der Flucht des Schlangenpriesters. Es besteht aber die Möglichkeit, dass euer Mann die Färberei erst kurz zuvor betreten und nur befürchtet hat, genau dessen beschuldigt zu werden, für was ihn die Elfen nun tatsächlich anklagen.«

»So glaubst du also, dass Sevak selbst ein Mörder ist, der den Tod verdient?« Die Stimme des Schlangenpriesters schwankte zwischen Hohn und Verachtung. Ehe Vuran hastig verneinen konnte, fuhr Raam schon voller Empörung fort: »Aber nein, Erster Streiter von Rabensang, natürlich glaubst du selbst nicht daran, dass Assra vor einem dieser elenden Elfen in Angst davongelaufen wäre! Vielmehr vertraust du den Trugbildern, die die Elfen euch Orks und den Menschen zeigen, um aller Welt ein Komplott der Schlangenpriester vorzugaukeln!«

Vuran spürte Ärger in sich aufsteigen. »Nein«, antwortete er so scharf, dass einige tiefer unter ihm sitzende Orkbrüder die Köpfe wandten; auch Ulke war unter ihnen. Trotzdem fuhr Vuran unnachgiebig fort: »Ich glaube grundsätzlich nicht an Trugbilder, weder an die deinen noch an die der Elfen.«

Raams Mundwinkel zuckten zufrieden in die Höhe. »So freut es mich zu hören, dass es noch einen Ork gibt, der unvoreingenommen nach der Wahrheit sucht. Vielleicht erkennst du eines Tages, was wirklich gespielt wird, wenn du einsiehst, dass *meine* Nebelbilder die Wahrheit zeigen.«

Ehe Vuran etwas darauf erwidern konnte, erfüllte ein lautes Raunen die Luft und richtete seine Aufmerksamkeit auf die fünf Fontänen, die unvermittelt dem See entstiegen. Die mittlere von ihnen war purpurfarben und am höchsten von allen, die beiden sie flankierenden waren ein wenig herabgestuft und blutrot und die zwei golden schimmernden an Anfang und Ende dieser Reihe am niedrigsten. Vom Ufer aus gesehen musste ihre Einfärbung wie ein Wunder anmuten, doch von der Tribüne aus waren unter der Wasseroberfläche die Schatten der speziell gezüchteten Raubkraken zu sehen, die die Springfluten mit dichten Wolken aus ihren Tintendrüsen speisten.

Nachdem alle Gespräche verstummt waren, fielen die Wassersäulen wieder in sich zusammen. Nun traten die höchste aller hiesigen Elfen und die Königin von Ragon auf einem extra am Ufer für sie freigehaltenen Streifen zusammen. Sabu und Monea versicherten sich ihrer gegenseitigen Hochachtung und tauschten noch weitere Artigkeiten aus, bevor sie das große Schauspiel zu Ehren des Leibes für eröffnet erklärten.

Als sie danach zu ihren Plätzen gingen, sah Monea zu Vuran auf und schenkte ihm ein kurzes, nur für ihn bestimmtes Lächeln, das er nicht zu erwidern wagte.

Von einer dunklen Vorahnung heimgesucht, warf er Raam einen kurzen Seitenblick zu. Der Hohepriester und seine Vasallen wirkten vollkommen entspannt, doch in ihren Augen lag ein erwartungsvolles Glitzern, das Vuran fröstelnd ließ.

Die Fontänen auf dem See schossen unterdessen erneut empor, noch viel höher als beim ersten Mal. Dazu gesellten sich unzählige schäumende Wasserpilze, die sich wie in großen Wellen hoben und senkten und die gesamte Oberfläche zum Wabern brachten.

Mehrere von Elfenpriestern gebildete Beschwörungskreise waren für dieses einzigartige Schauspiel verantwortlich. Ihre miteinander vereinten Kräfte sorgten für immer neue Formationen und Bewegungen, die das Auge erfreuten, insbesondere wegen der häufig wechselnden und ineinanderfließenden Farben, die sich zu immer neuen Schattierungen mischten und wieder voneinander trennten.

Anfangs war dabei nur ein gleichmäßiges Rauschen zu hören, doch je stärker die Fontänen in Bewegung gerieten, desto höhere Töne erfüllten die Luft. Die Klänge verwoben sich zu einer sphärische Melodie, einem Lied von überirdischer Schönheit, das alle Zuschauer – zumindest alle warmblütigen – tief im Herzen berührte.

Selbst Vuran erschauerte, als die ersten Tänzer das Ufer verließen. Elfen waren allgemein als Wasserläufer bekannt, doch jene, die sich auf die sprudelnden Fluten wagten, verfügten über ein besonderes Geschick. Scheinbar schwerelos sprangen sie die ansteigenden Säulen hinauf und herab, jeder für sich allein, aber doch im gemeinsamen Tanz vereint.

Der Geschickteste von ihnen war zweifellos Sevak, der Kommandant der Elfengarde, darum sprang er auch in der Mitte umher und erklomm dabei die höchsten Höhen.

Inzwischen stiegen auch die Tentakel der Raubkraken aus dem Wasser empor, um sich in exakt aufeinander abgestimmten Bewegungen hin und her zu wiegen.

Mit angehaltenem Atem verfolgten die Zuschauer das Spektakel, so wie in jedem Frühling, doch diesmal bekamen sie mehr denn je geboten. Unter immer helleren und feiner miteinander versponnenen Klängen sprang Sevak auf die höchste der fünf Fontänen zu und glitt ohne sichtliche Anstrengung an ihr empor. Lautes Fußstampfen belohnte diesen ansatzlosen Sprung, der ihn tatsächlich auf die gewölbte Haube der pilzförmig auseinanderfließenden Fontäne katapultierte.

Doch wer geglaubt hatte, dass dies schon die angekündigte Sensation wäre, wurde gleich darauf eines Besseren belehrt.

Eben noch auf der Wassersäule balancierend, schwebte Sevak plötzlich noch viel höher empor. Scheinbar schwerelos und wie an unsichtbaren Schnüren gezogen stieg er gen Himmel. Erst weit über ihren Köpfen, mindestens zwanzig Speerlängen oberhalb der hohen Fontäne, verharrte er in der Luft und ließ sich von der begeisterten Menge für dieses Kunststück feiern.

Diese elenden Elfen!, durchfuhr es Vuran mit eisiger Kälte. *Wie können sie nur in Gegenwart der Schlangenpriester den Atem des Himmels nutzen?*

Mit einem raschen Seitenblick versuchte er zu ergründen, wie Raam auf diesen Affront reagierte, doch zum Glück blieb der Hohepriester ebenso gelassen wie seine Vasallen. Was hätten sie auch tun sollen? Erbost aufzuspringen und das Fest zu verlassen hätte nur all die Vorbehalte geschürt, die ohnehin schon gegen die Reptilien bestanden. Indem sie ruhig sitzen blieben, legitimierten sie allerdings Sevaks Bestrebungen, sich auch der Kräfte des Himmelsatems zu bedienen.

Abgesehen von Raam wirkte die gesamte Delegation aus der Himmelsfeste wie in Trance versunken. »Glaubst du nun, dass meine Nebelbilder die Wahrheit zeigen?«, fragte der Hohepriester mit einem schmalen Lächeln, das sein vorstehendes Schlangengesicht in zwei Hälften spaltete.

Vuran nickte unbewusst, bevor ihm aufging, dass er damit auch den Anschuldigungen gegen die Elfen Vorschub leistete. Ehe er sich entsprechend äußern konnte, schlug ihn jedoch etwas völlig anderes in den Bann.

Ein Aufschrei, der sich durch die Zuschauerreihen fortpflanzte, bewies, dass auch vielen Menschen auffiel, was er mit seinen scharfen Orkaugen sah: Sevak versuchte wieder in die Tiefe zu sinken, doch es gelang ihm nicht! Stattdessen erzitterte er am ganzen Körper, und auf seinem Gesicht zeichnete sich Furcht ab. Er wusste selbst nicht, wie ihm geschah, das war deutlich zu erkennen.

Von unten aus wirkte es, als hätten ihn unsichtbare Hände gepackt und würden in allen Richtungen an ihm zerren. Immer stärker wurde er geschüttelt, bevor er, obwohl der zäheste Krieger der Elfengarde, laut vor Schmerzen aufschrie.

Wie ein kläglicher Misston schnitt seine Stimme durch die sphärischen Harmonien, die daraufhin schlagartig verstummten – nur einem Atemzug bevor Sevak mit einem dumpfen Laut auseinanderplatzte!

Er barst von innen heraus, als hätten seine Eingeweide unter großem Druck gestanden, und mit solcher Heftigkeit, dass es ihn in kleinste Fetzen zerriss. Ob Knochen oder Fleisch, alles zerstob in einer riesigen Wolke, die sich weit über den See verteilte, bevor es in die Tiefe regnete.

»Du hattest vollkommen recht«, sagte Raam, während alle anderen auf der Tribüne vor Entsetzen schwiegen. »Zu mehr als einem schwachen Abglanz unserer Kräfte wird es bei den Elfen nie reichen.«

Sprachlos sah Vuran zuerst den Hohepriester an und dann dessen Vasallen, deren Blicke sich gerade klärten, als würden sie aus tiefster Versunkenheit erwachen. Er brauchte nicht zu fragen, wie Raams Worte gemeint waren, denn das zufriedene Gesicht des Schlangenoberhaupts zeigte deutlich, dass alles nach seinem Willen verlief. Die Nebelbilder hatten ihm gezeigt, was die Elfen planten, darum war er mit seinen mächtigsten Priestern gekommen, um den Atem des Himmels auf seine ganz eigene Weise wirken zu lassen und bei dieser Gelegenheit auch gleich den Krieger zu strafen, der Assra getötet hatte.

Etwas Feines, Feuchtes schlug sich auf Vurans Gesicht nieder. Als er mit der Hand über die Stirn strich, waren die Fingerkuppen blutig verschmiert. Aus den Augenwinkeln sah er, dass es den Zuschauern auf der Tribüne und am Ufer ebenso erging: Auch auf sie rieselten Sevaks Überreste herab.

Lautes Geschrei erklang, Rufe des Ekels und des Entsetzens. Nur die Schlangenpriester blieben ungerührt, während ansonsten die blanke Panik um sich griff. Offenbar verstanden sie überhaupt nicht, was Vuran in diesem Moment ganz klar vor Augen stand: dass die Reptilien zwar auf beeindruckende Weise ihre Macht demonstriert, aber gerade dadurch alle anderen Völker endgültig gegen sich aufgebracht hatten ...

REIFHORN

Am Frostwall

Hohe Schneehauben bedeckten den toten Frostbären und alle Spuren des mörderischen Kampfes, doch die sich ein wenig ungelenk bewegenden Kristallgestalten wussten ganz genau, wonach sie suchten. Zuerst packten sie die steifen Wundränder des gefrorenen Tiers und zerrten sie mit Gewalt auseinander. Krachend und splitternd dehnte sich der lange Schnitt gerade weit genug, dass sie die mit Blut überkrustete Gestalt, die darin zusammengekauert lag, hervorziehen konnten.

Bava Feuerhand öffnete seine mit Raureif überzogenen Augenlider. Sie knisterten, als sie in die Höhe klappten, feine Eissplitter fielen auf seine Wangen herab; er war längst zu schwach, um sie fortzuwischen. Alles, was er vermochte, war, auf die kantigen Beine seiner Befreier zu starren, dann fielen ihm die Augendeckel auch schon wieder herab.

Die Eisgestalten hüllten ihn in weiche, aus Schnee gewobene Vliese, die selbst kalt waren und doch zu wärmen vermochten. Danach bargen sie Gabor Elfenfresser aus der zugeschneiten Bärenhöhle. Trotz des blutigen Fells, das er um seinen Leib geschlungen hatte, war er ebenso steif gefroren wie Bava.

Sie hüllten auch ihn in weiche Vliese, bevor sie mit den scharfkantigen Eisklingen aus ihren Gürteln lange Blöcke aus dem Schnee schnitten und zu Kufen schnitzten. Aus ihnen und weiteren mitgeführten Schneevliesen bauten sie zwei Schleppbahren, die sich mit bloßen Händen ziehen ließen. Niemand außer ihnen konnte Schnee und Eis auf diese Weise bearbeiten, doch sie vermochten es.

Ihre schwere Last an weiße Schultergeschirre geknüpft, stapften sie los. Die Kufen kratzten laut über den verharschten Schnee, und ihr Weg war weit, doch sie kannten kein Wehklagen und keine Müdigkeit. Abwechselnd zogen sie die Bahren hinter sich her.

Bava und Gabor fieberten die meiste Zeit über in schwerem Delirium vor sich hin. Und schlugen sie doch einmal die Augen auf, glaubten sie erst recht zu halluzinieren. Denn die schmalbrüstigen, wie frisch aus einem Eisblock geschlagen wirkenden Gestalten, die sie sahen, widersprachen allem, was sie über die Schneegiganten wussten, die angeblich auf dem Frostwall herrschten.

Die meiste Zeit über schliefen sie jedoch, und so entging ihnen, dass es einen halben Tag und eine von kalten Stürmen umtoste Nacht dauerte, bis sie endlich Reifhorn erreichten, einen hohen, von dichten Eispanzern überzogenen Hort, der hoch in das klare Blau des Morgens ragte, ein mächtiges, Ehrfurcht einflößendes Massiv, das jedoch auf die Entfernung hin mit der gleichfarbigen Umgebung verschwamm.

Die ausgesandten Kristallspäher wurden bereits von unzähligen ihrer Art erwartet. Zu Dutzenden standen die kalt glitzernden Wesen vor dem hohen Eisbogen, der den Eingang markierte. Alle wollte sie die so lange erwartete Feuerhand sehen.

Sobald die Bahren zwischen ihnen standen, griffen fleißige Hände nach den Vliesen, in denen die Orks ruhten, und trugen sie mitsamt den halb Erfrorenen in das Innere von Reifhorn. Ein Heer aus herabhängenden Eiszapfen säumte ebenso ihren Weg wie vom Boden aufragende Stalagmiten. Der stete Windzug, der durch diese bizarren Formationen strich, erzeugte hohe Töne, die sich zu einer leisen Sphärenharmonie vereinten.

Doch je näher sie dem Mittelpunkt der Kristallhalle kamen, einem nach oben hin offenen Rund, desto mehr rückte ein gemeinsamer, aus vielfacher Kehlen vorgetragener Gesang in den Vordergrund. Manchmal laut raunend und dann doch wieder zu einem leisen Wispern abflauend, wurde immer wieder nur ein einziges Wort intoniert: »Füge!«

Obwohl die Sonne von oben herab einfallen konnte, brach sie sich so häufig an den mit dicken Gletscherplatten überfrorenen Innenwänden, dass sie rasch an Leuchtkraft einbüßte und bis zum Grund herab zu einem diffusen Zwielicht verkam. Die zerbrechlich wirkenden Kreaturen, die hier lebten, hatten sich längst an den unwirklichen Schein gewöhnt. Ebenso wie an eine Existenz, die weder Hunger noch Müdigkeit kannte, sondern nur fortwährende Eintönigkeit, die sie endlich abzuschütteln hofften.

»Füge!« Die Worte hallten vom Grund des Vulkans herauf und brachen sich an den aufsteigenden Innenwänden, doch sie pflanzten sich auch über den Eisboden fort, der bis in die tauben Bereiche der eingefrorenen Adern reichte, in denen einst das Blut der Erde pulsiert hatte.

»Füge!« So lautete der inbrünstige Wunsch all der in einem großen Kreis am Boden knienden Kristallgestalten, die wie festgefrorene Statuen wirkten.

»Füge!« Das war die einzige Beschwörung, die sie seit Raams mächtigem Fluch unaufhörlich aussprachen, um seinem spaltenden Zauber entgegenzuwirken und die alten Kräfte wieder in ihre ursprünglichen Bahnen zu lenken.

Für diese Kristallkreaturen war die Zeit eingefroren, während in den Ebenen, die sich bis zum Nebelmeer erstreckten, die Generationen kamen und wieder verschwanden. Sie selbst konnten den Frostwall nicht verlassen, ohne zu vergehen, doch indem sie auf den Leib des Meeres und das Blut der Erde einwirkten, mochte es ihnen vielleicht doch eines Tages gelingen, Raams Zauber zu bannen.

Ihnen, den Eiselfen.

Ragon

Die Schwadron Schädelreiter, die durch das Land patrouillierte, kam ihnen gerade recht, um den Orks ein paar Reittiere zu verschaffen. Unter der Führung der Bärenbrüder sprengten die Barbaren auf ihren wendigen Pferden los, umringten die Schlangenkrieger und drangen auf sie ein. Furchtlos und in mehrfacher Übermacht schlugen sie von allen Seiten zu und hatten dabei nicht die geringste Scheu, die in Leder und Spitznieten gehüllten Feinde von hinten zu durchbohren.

Diesem Überraschungsangriff vermochten die Schädelreiter nur wenig entgegenzusetzen. Ihren Lanzen wichen die geschickten Barbaren mühelos aus, und angesichts der unablässig auf sie niederprasselnden Schläge konnten sich die Schlangenkrieger mit ihren eigenen Schwertern nur verteidigen, aber nicht selbst zuschlagen.

Ihre gut dressierten Lindwürmer richteten noch den meisten Schaden an. Wütend bissen sie mit ihren von messerscharfen Zähnen gesäumten Mäulern um sich, oft direkt in die emporgehaltenen Rundschilde, die unter ihren mächtigen Kiefern zersplitterten, manchmal gelang es ihnen aber auch dank ihrer gelenkigen Hälse, ihre langen Fänge direkt in der Schulter eines Unglücklichen zu versenken.

Vier Nordmänner wurden auf diese Weise gepackt und durch die Luft gewirbelt. Sie alle endeten unter den Tatzen der Lindwürmer, ebenso wie zwei andere Reiter, die mitsamt den Pferden unter ihren Schenkeln stürzten.

Die Orks ließen es sich natürlich nicht nehmen, im Sturmlauf nachzurücken. Doch als sie das Schlachtfeld erreichten, blieb ihnen nur noch, die herrenlos gewordenen Lindwürmer an den Zügeln zu packen und sie zu beruhigen. Von den Schlangenkriegern mit den Totenkopfhelmen blieb keiner am Leben. Mit durchgeschnittener Kehle landeten sie allesamt in hastig ausgehobenen

Sandgruben, nur oberflächlich verschart, um sie vor den Blicken vorüberziehender Tauben oder Lichtbringer zu verbergen.

Die Gräber der gefallenen Barbaren wurden zusätzlich mit schweren Steinen bedeckt, damit weder vierbeinige noch gefiederte Aasfresser sie freiwühlen konnten. Jene, die nur verletzt worden waren, erhielten mit Kräutern versehene Verbände. Anschließend hievten sie sich mit zusammengebissenen Zähnen zurück in die Sättel.

Bei den Lindwürmern zeigte sich erneut, dass sie eine natürliche Zuneigung zu den Orks verspürten. Nachdem auch der letzte Schädelreiter unter der Erde verschwunden war, ließen sie sich bereitwillig von Urok und den anderen an die Zügel nehmen und besteigen. Da auf ihren langen Rücken bis zu drei Orks Platz fanden, brauchte von denen keiner mehr zu laufen. Selbst einige der Schattenelfen schwangen sich mit zu ihnen auf die Lindwürmer, sofern sie nicht eines der herrenlos gewordenen Pferde ergatterten. Nur eines der stämmigen Tiere war angesichts der attackierenden Lindwürmer durchgegangen und in wilder Hatz in Richtung Osten davongestürmt, alle anderen fanden unter den Überlebenden neue Besitzer.

Die Barbaren trauerten nur kurz um ihre toten Stammesbrüder, dann richteten sie den Blick wieder auf die nahe Zukunft. Immerhin hatten sie sich seit Tagen damit abgefunden, alle gemeinsam beim Sturm auf Sangors Mauern zu fallen – dagegen erschien die Handvoll Toter, die sie nun zu beklagen hatten, geradezu lächerlich.

Gemeinsam strebten die vom Schicksal zusammengeschmiedeten Gefährten den großen Wäldern zu, die den Süden Ragons säumten. An ihren Ausläufern entlang gen Westen ziehend, waren sie von da an in der Lage, bei einer am Himmel aufziehenden Gefahr sofort in die Tiefen des dichten Forstes unterzutauchen, doch diese Vorsichtsmaßnahme erwies sich als überflüssig, denn bis zum Abend ließen sich weder Lichtbringer noch goldene Tauben blicken. Letzteren hätten sie mit ihren weit reichenden Bogen auch umgehend den Garaus gemacht, doch vor den mächtigen Vasallen des Maar half weiterhin nur, sich gut zu verstecken. Die Lichtgestalt in Sangor hatten sie vernichten können, weil ihnen die Macht eines wiedererwachten Horts zur Verfügung gestanden hatte, doch inmitten der Wildnis sah das Kräfteverhältnis ganz anders aus.

Gegen Abend wagten sie trotzdem, in einem kleinen Hain zu rasten. Schattenelfen, Orks und Barbaren verstanden es dabei gleichermaßen, kleine rauchlose Feuer zu entzünden, deren roter Schein von rundum angeordneten Feldsteinen abgeschirmt wurde.

Inome und Namihl hatten mittlerweile ihre luftige Seidenkleidung gegen wildlederne Hosen und feste Wämser eingetauscht, dennoch drängten sie sich am Lagerfeuer eng an Tarren und Zavos. Sicher wären sie längst mit ihnen in der Dunkelheit entschwunden, wenn es nicht hitzige Gespräche darüber gegeben hätte, wie der weitere Weg der bunt zusammengewürfelten Horde verlaufen sollte.

Nun, da erstmals der äußere Druck von ihnen gewichen war, zeigte sich, wie brüchig ihre Gemeinschaft doch war.

»Wir müssen so schnell wie möglich nach Arakia, um meinem Volk gegen Gothars Invasion beizustehen«, forderte Urok. »Nur so können wir die Macht des Tyrannen brechen.« Bei diesem Anliegen wusste er alle Orks geschlossen hinter sich. Selbst Tabor unterstützte ihn mit deutlichen Worten und Gesten, zum ersten Mal, seit sie einander kannten.

»Zuerst sollten wir all jene Bergbrüder befreien, die sich in den Salzminen zu Tode schuften«, beharrte Tarren auf seiner Position, die von allen Barbaren geteilt wurde. »Das wäre auch in eurem Sinne, denn ihre starken Arme würden die Kampfkraft unserer kleinen Streitmacht noch weiter erhöhen.«

»Aber das wäre ein Umweg«, hielt Tabor knurrend dagegen. »Und für die, die wir befreien, müssten viele andere sterben. Wer weiß schon, ob die ausgemergelten Gestalten aus den Gruben, die wir dafür ans Tageslicht holen, unsere Verluste wirklich ersetzen.«

»Du hast wohl Angst um dein armseliges Leben?«, schimpfte Zavos und erboste den Ork damit so sehr, dass dieser aufsprang und nach dem Menschenschwert an seiner Seite langte. Doch dessen ungeachtet, stichelte Zavos weiter: »Wenn wir beim Anblick der Schädelreiter genauso gedacht hätten wie du, würdet ihr Orks immer noch zu Fuß gehen!«

»Beruhigt euch, alle beide!«, forderte Urok laut und bedeutete Tabor mit energischer Geste, dass er sich wieder setzen sollte.

Urok war der Einzige aus ihrer Schar, der eine Waffe aus Blutstahl trug, denn er hatte das Wellenschwert von Radoban, dem Vendur, als rechtmäßiger Besitzer und Feuerhand eingefordert und auch widerspruchslos erhalten.

Die Schattenelfen schwiegen die ganze Zeit über, als wäre es ihnen völlig egal, wie es nun weiterging. Benir hielt einfach nur seinen schlafenden Sohn im Arm, während sich seine Gefährten vergeblich darum bemühten, ihm den Trick mit der entflammten Hand nachzumachen. Ihre Versuche schlugen allesamt fehl, denn es mangelte ihnen nicht nur an der entsprechenden Übung, sondern auch an der dazu nötigen inneren Einstellung.

Benir hingegen vermochte das Kunststück nach Belieben zu wiederholen, obwohl sie fern des Horts waren. Immer wieder ließ er kleine Flammen über seinen rechten Zeigefinger züngeln, um in der Dunkelheit Nerks Gesicht zu beleuchten.

Die Macht des Blutes war gewachsen, seit sie es in Sangor entfesselt hatten. Urok spürte mit jeder Faser seines Leibs, wie es durch den Boden unter seinen Stiefeln pulsierte, wenn auch nicht mit der gleichen Kraft wie direkt über einer Schlagader oder einem Hort.

»Wissen wir denn überhaupt, wo die Salzmine liegt?«, fragte Inome, um das plötzlich zwischen ihnen lastende Schweigen zu brechen. »Die Salzwüste ist groß, vielleicht wären wir tatsächlich wochenlang unterwegs, bis wir sie finden.«

Nach der langen Zeit als Metze an Garskes Hof verspürte sie wenig Lust, schon wieder an einer groß angelegten Befreiung teilzunehmen, das war ihr deutlich anzumerken. Tarren, dem sie erst am Tag zuvor zur Flucht verholfen hatte, durchbohrte sie trotzdem mit bösen Blicken, weil sie den Orks so bereitwillig in die Hände spielte.

»Von uns weiß niemand genau, wo die Gruben liegen«, brummte er, »weil bisher noch kein Sklave lebend von diesem Ort zurückgekehrt ist. Die aber wissen es ganz gewiss.« Dabei deutete er mit dem Kinn zu den Elfen hinüber. »Die haben schon häufig Sklavenkarawanen Geleitschutz gegeben.«

Benir, den er dabei besonders fokussierte, ließ die Elmsfeuer, die an seinen Fingern emporliefen, abrupt versiegen und sah in die Höhe. »Nur vereinzelt«, gab er gefährlich ruhig zurück. »Und auch bloß, wenn durch unsere Spione bekannt war, dass sich wieder mal ein Haufen hirnloser Nordmänner aufgemacht hatte, einen Hinterhalt zu legen. Die wurden dann von dem jeweiligen Legionär niedergemacht, das ist richtig.«

Seine abfälligen Worte waren nicht gerade dazu angetan, die ohnehin vergiftete Stimmung zu verbessern, doch lauter Hufschlag verhinderte, dass sich die am Feuer Versammelten gegenseitig an die Kehlen gingen.

Sofort langten alle nach ihren Waffen. Das lange Starren in die Glut erwies sich jetzt als Nachteil. Trotz des klaren Nachthimmels sahen ihre von Helligkeit verwöhnten Augen gegen eine schwarze Wand an. Nur ihre Ohren verrieten ihnen, dass sich der unerwartete Besuch um den Hain herumbewegte, als wüsste er nicht genau, wohin er sich als Nächstes wenden sollte.

Als sein Pferd wieherte, antwortete eines der in der Nähe angepflockten Tiere, und davon geleitet arbeitete sich der Unbekannte noch zwischen den Bäumen vor, bis er von einer der Wachen lautstark aufgehalten wurde.

Nach einem heftigen Wortwechsel, in dem es darum ging, ob er bewaffnet war oder nicht, übernahm ein Barbar die Zügel und führte das Tier im Schritt heran.

Es handelte sich um die Stute, die beim Kampf gegen die Lindwürmer in Richtung Sangor durchgegangen war. Die Gestalt, die nun in ihrem Sattel saß, war vielen von ihnen wohlbekannt.

Es handelte sich um Morn, den Halbling von Arnurs Wehrhof.

»Du sucht wohl mit aller Gewalt den Tod?«, brauste Tabor zornig auf. »Nun gut, wenn du den Mut aufbringst, uns so weit zu folgen, will ich so gnädig sein, meinen Stahl in deinen Leib zu versenken. Aber bilde dir bloß nicht ein, dass dein Schädel meinen Türrahmen schmücken wird. Diese Ehre kannst du dir in diesem Leben nicht mehr verdienen.«

Morn sah völlig ungerührt auf Tabor hinab, obwohl der sich tatsächlich erhob und drohend blankzog. Grindel stellte sich dem Scharbruder jedoch entgegen, weil sie hören wollte, was Morn zu sagen hatte.

»Ich habe geschworen, das Kind zu schützen, das ihr mit euch genommen habt«, hob dieser an. »Dem Todbringer, aber auch dem kommandierenden Schattenelfen, der jetzt unter euch sitzt.« Dabei deutete er auf Kuma, doch sein bitterer Blick wanderte zur Seite, um sich kurz mit dem von Inome zu kreuzen, bevor er fortfuhr: »Es ist mir egal, was ihr vorhabt, aber ich werde meinen Schwur erfüllen oder hier sterben.«

Da er nicht mal eine Waffe bei sich führte, besaß er nichts, um seinen Worten Nachdruck zu verleihen.

Tabor spuckte nur verächtlich aus und versuchte Grindel zur Seite zu drängen.

»Warte!«, herrschte sie den Starrkopf an. »Wir sollten nicht vergessen, dass dieser Halbling in Rabensang an meiner Seite gefochten hat. Und weil er Urok das Leben verdankt, hat er mir sogar auf dem Markt von Sangor geholfen, weil er dachte, dass ich wegen des Mohntranks hilflos wäre. Inome kann das bestätigen.«

Die angesprochene Barbarin nickte unbehaglich.

»So bist du also vielleicht doch ein Krieger von Ehre«, überlegte Grindel laut, »der Gothar die Gefolgschaft abschwört und sich dafür uns anschließt?«

»Ihr seid mir alle egal!«, antwortete Morn giftig. »Ihr verhöhnt mich ja doch nur, wie alle anderen auch. Nur dieses Kind dort ist noch zu klein, um mir mit Abscheu zu begegnen. Deshalb gilt ihm meine unverbrüchliche Treue.«

»Kommst du dem Kleinen zu nahe, bringe ich dich um«, beschied ihm Benir, in dessen freier Hand plötzlich blanker Stahl funkelte, ein wohl ausbalancierter Dolch, der sich auch mühelos als Wurfwaffe verwenden ließ.

Urok schwieg die ganze Zeit über. Ihm war es ein wenig unangenehm, dass der tumbe Halbling immer noch glaubte, ihm das Leben zu schulden. Dabei war es genau umgekehrt: Hätte Morn nicht den blinden Falu getötet, wäre Urok im Blut der Erde aufgegangen.

Dass Morn einen Schattenelfen hinterrücks mit dem Schwert niedergemacht hatte, war das wahre Geheimnis, das sie beide miteinander teilten. Schon der kleinste Hinweis an Kuma und die anderen hätte für ihn wohl den Tod bedeutet, doch Urok dachte gar nicht daran, den Halbling wegen seiner guten Tat zu verraten.

Ein Blick auf die Uniform, die sein Retter trug, brachte ihn außerdem auf eine Idee. »Morn hat in Rabensang wirklich großen Mut bewiesen«, übertrieb er hemmungslos. »Aber es gibt noch einen weiteren Grund, warum wir ihn in unseren Reihen dulden sollten: Er kann uns nämlich dabei helfen, die Sklaven ohne großes Blutvergießen aus den Salzgruben zu befreien.«

Barbaren und Schattenelfen runzelten bei diesen Worten zuerst die Stirn, als ob sie nicht glauben mochten, dass ein Ork fähig wäre, einen listenreichen Plan zu ersinnen.

Doch schon wenige Sätze später waren sie eines Besseren belehrt.

22

Arakia, inmitten der Kristallseen

Woher soll ich nur wissen, wo die richtige Stelle liegt?, fragte sich Ursa ein ums andere Mal, bis ein warmes Kribbeln durch ihre Beine lief. Ohne lange zu überlegen zog sie Hatra an den Zügeln herum und folgte der Richtung, aus der sie den belebenden Hauch spürte. Von da an dauerte es nicht mehr lange, bis die Kraft, die sie seit dem Verlassen des Hortes so schmerzlich vermisste, allmählich in ihre schwachen Waden zurückkehrte.

Die Scharen der Orks, die sie begleiteten, folgten mit raumgreifenden Schritten jeder Richtung, die sie vorgab. Zwischen den großen und kleinen Seen war der Boden so feucht und schwer, dass er sich immer wieder an den Sohlen festsaugte. Schmatzende Geräusche verursachend marschierten sie trotzdem alle weiter.

Und nicht nur sie!

Aus allen Himmelsrichtungen strömten weitere Scharen, Sippen und Familienverbände herbei. Sie alle wollten sich unter Ursas Kommando stellen, denn sie hatten von dem großen Sieg der Hohepriesterin und der Flucht der Schwebenden Festung gehört.

Wer sich von diesen Berichten noch nicht hatte überzeugen lassen, dem musste spätestens zu denken geben, was sich anschließend ereignet hatte. Jenen, die es noch nicht wussten, wurde es von Mund zu Mund weitergetragen: Nachdem die Orks den Hort verlassen hatten, war das Blut der Erde aus den Tiefen des Labyrinths emporgestiegen, hatte sich in einer feurig glühenden Schicht bis auf Höhe des Eingangsbogens gestaut und war dann erstarrt, ohne dass auch nur ein einziger Tropfen nach draußen geflossen wäre. Selbst den Hütern des Horts war damit die Rückkehr unmöglich, aber auch dem Feind jeder Zutritt verwehrt.

Welcher Zeichen hätte es noch bedurft, um allen zu zeigen, dass das Blut der Erde den Kampf auf fremdem Territorium wünschte? Selbst Ursa war nun fest davon überzeugt, das Richtige zu tun.

Warum Vuran sie ausgerechnet auf den heimischen Grund der Vendur befahl, war nicht schwer zu erraten. Die hiesigen Seen, die sich aus dem kalten Schmelzwasser des Frostwalls speisten, zerrissen den Landstrich in einen endlosen Flickenteppich aus tiefen Gewässern, Morast und Trockengebieten, der es festen Schlachtreihen schwermachte, die Ordnung aufrechtzuerhalten. Ungezügelte Kampfhaufen, wie sie die Orks bevorzugten, fanden hingegen ideale Bedingungen vor.

Von neuer Kraft erfüllt, sah sich Ursa in aller Ruhe um, während Hatra von ganz allein weitertrottete. Der mächtige Frostwall hob sich von hier aus als helle Linie am Horizont ab. Selbst die Eiskluft, der keilförmige Einschnitt, dem mehrere Schmelzwasserquellen entsprangen, zeichnete sich gut sichtbar ab. Von den Pfahlbauten der Vendur, die wesentlich näher lagen, waren hingegen nicht einmal die Dächer zu sehen.

Auf den umliegenden Seen blähten sich die Segel von Auslegerbooten, deren geringer Tiefgang auch das Befahren von Sumpfgebieten wie der Schwarzen Marsch erlaubte. Die Netze der Fischer mussten an diesem Tag prall gefüllt sein, denn zahlreiche, sich auf der Wasseroberfläche kreuzende Strömungslinien wiesen auf dichte Fischschwärme hin.

An einem mit sattem Grün bewachsenen Hügel angekommen, drückte sich Ursa aus dem Holzsattel und schwebte neben dem Lindwurm sanft zu Boden. Nun war sie endgültig sicher, den richtigen Platz gefunden zu haben, wo sie die Bastion errichten würden. Damit es auch alle anderen sahen, glitt sie bis zu der Kuppe empor und stieg mehrere Körperlängen weit in die Luft.

Freudenrufe erklangen, weil ihre Anhänger nun wussten, dass sie wirklich einen besonderen Ort von großer Kraft gefunden hatten. Wie schon so oft zuvor, hatte die Hohepriesterin wieder einmal Wort gehalten. Sofort rückten Finske und die übrigen Hohen heran, um sie mit gewichtiger Miene zu umringen, aber auch Monga, der Schmied, der ein riesiges Fellbündel auf dem Rücken trug, in dem sich die Rüstung für den neuen Erzstreiter befand. Er brannte natürlich darauf, sie vor aller Augen zu enthüllen, doch Ursa bedeutete ihm mit abwehrender Geste, sich noch zu gedulden.

Rowan, der sie weiterhin auf Schritt und Tritt begleitete, um für ihren Schutz zu sorgen, entging der kurze Disput dennoch nicht. »Du kannst diese Entscheidung nicht ewig hinauszögern«, mahnte er freundlich. »Irgendwann kommt der Tag, an dem du einen neuen Erzstreiter bestimmen musst, der die Horden in die Schlacht führt, während du deinen eigenen Kampf mit dem Maar austrägst.«

»Ich weiß«, antwortete sie halblaut, damit die Hohen in ihrer Nähe nicht mitbekamen, über welch heikles Thema sie sprachen.

»Je länger du wartest, desto schwieriger wird es für den neuen Erzstreiter, sich den Respekt der Streitfürsten und ihrer Krieger zu erwerben«, beharrte Rowan auf seiner Position.

»Ich weiß«, wiederholte Ursa, diesmal eine Spur schärfer.

Rowan verstummte daraufhin, bedachte sie jedoch mit einem beleidigten Blick. Ihre harte Ablehnung tat ihr daraufhin leid. Doch sie kam nicht mehr dazu, dem jungen Krieger, der längst zu einem Vertrauten für sie geworden war, ihre Haltung zu erklären, denn auf dem angrenzenden See wurden Geräusche laut: Unter lautem Gurgeln und Rauschen wuchsen dort mehrere dunkle Säulen aus der Wasseroberfläche, die sich als die Hälse amphibischer Lindwürmer entpuppten.

Zuerst streckte nur ein halbes Dutzend von ihnen die Köpfe aus dem Wasser, doch dann wurden es immer mehr, bis allen Orks klar wurde, dass sich die Tiere zu Hunderten in dem See drängten. Nicht nur am Ufer, inmitten des Schilfs, sondern über die ganze in der Sonne glitzernde Fläche verteilt. Auch in den angrenzenden Gewässern, ja, selbst in kleinen, von Büschen bewachsenen Weihern, in denen sonst höchstens die Kinder der Vendur planschten.

Neugierig starrten die Tiere zu Ursa und den übrigen Neuankömmlingen herüber, bis sich die Ersten von ihnen näher heranschoben und ihre von Sumpfzecken befallenen Flanken präsentierten.

»Ein Zeichen!«, rief Finske und sprach damit aus, was die meisten Orks im Stillen dachten. »Ein weiteres Zeichen dafür, dass das Blut der Erde auf unserer Seite steht! Statt vor den Massakern der Lichtbringer in die Wyrm-Marschen zu fliehen, wie wir alle dachten, suchten die Lindwürmer lieber unsere heimischen Gründe auf, um mit uns zusammen gegen den Tyrannen zu streiten!«

Ob die Tiere wirklich so weitreichend entschieden hatten, bezweifelte Ursa, aber anscheinend hatte der Überlebensinstinkt die Lindwürmer tatsächlich dazu veranlasst, die Nähe derjenigen zu suchen, die ihnen auch bisher bei von ihnen selbst nicht abzuwendender Pein geholfen hatten, und das waren nun einmal die Blutorks.

»Auf, auf!«, forderte Ursa von ihren Getreuen. »Kümmert euch um die Sumpfzecken, damit die Lindwürmer wissen, dass sie weiterhin auf uns zählen können. Wenn sie uns in Zukunft auf ihnen reiten lassen, sind wir den Schwadronen der Schlangenkrieger nicht nur ebenbürtig, sondern sogar überlegen!«

Lächelnd sah sie Rowan an, der bereits mit einigen anderen Orks bewiesen hatte, dass sich auf den Rücken der zutraulichen Amphibien eine blitzartige Attacke ausführen ließ. Der junge Krieger verstand sofort, was sie von ihm erwartete.

»Mit Hatras Hilfe werde ich die Lindwürmer in Scharen zu guten Reittieren abrichten«, versicherte er selbstbewusst. »Auf diese Weise können wir die anmarschierenden Truppen unter Wasser umgehen und ihnen in den Rücken fallen. Und sollten sich die Schädelreiter zu uns ins Wasser wagen, sind sie schon so gut wie verloren, das garantiere ich dir!«

Sangor
In den rußgeschwärzten Ruinen der bis auf die Grundmauern zerstörten Stadt regte sich schon wieder das Leben. Überall strichen Ratten durch die Trümmer. Vierbeinige, die an den Toten nagten, aber auch zahllose auf zwei Beinen, die den aufrechten Gang beherrschten und denen der Sinn nach Plünderung stand. Die Schattenelfen töteten sie, sobald sie ihrer habhaft wurden, egal ob Mann, Frau oder Halbwüchsiger, doch eigentlich suchten sie nach Verantwortlichen, die dem Maar Rede und Antwort stehen konnten.

Auch für jene gab es kein Entkommen, ganz gleich, wo sie sich verbargen. Die provisorischen Zeltlager vor der Stadt waren für sie ebenso unsicher wie die Reste des Hafens oder sonst ein anderer Unterschlupf in den Weiten der Trümmerlandschaft.

Skork und seine Gilde hatten sich wohlweißlich ins Umland abgesetzt, doch Herzog Garske war weitaus weniger vorsichtig – oder hatte einfach nicht gewusst, wohin er sich wenden sollte. Die Elfen stöberten ihn in einem zerlumpten Zelt auf, verdreckt, ausgeraubt und mit Blutergüssen übersät. Von allen Leibgardisten verlassen, hatte er dort Zuflucht gesucht, war aber von einer alten Vettel für ein paar Kupfermünzen verraten worden.

Feenes erster Weg führte in die Elfenkaserne, direkt in ihre ausgebrannten Gemächer, die jedoch noch standen, weil die Marmorböden der lodernden Feuersbrunst getrotzt hatten. Wände und

Decke strahlten immer noch die in ihnen gespeicherte Hitze ab, als sie die Zimmer nach *ihrem* Kind durchsuchte, doch weder in der verkohlten Wiege noch in dem zu einem Haufen Asche zerfallenen Daunenbett waren Überreste des kleinen Körpers zu finden.

Von Inea und Morn fehlte ebenfalls jede Spur, das gab ihr Zuversicht, obwohl sie den Verdacht hegte, bei der bis zur Unkenntlichkeit verstümmelten Leiche, die draußen auf der Straße lag, könnte es sich um die Amme handeln. Größe, Gewicht und Kleidungsreste passten jedenfalls zu ihr. Blieb also nur noch die Hoffnung, dass der Halbling den Kleinen in Sicherheit gebracht hatte.

Von großer Unruhe gepeinigt, suchte Feene draußen nach weiteren Spuren – und wurde schneller fündig, als ihr lieb war. Die toten Wachen, die nahe dem offenen Tor lagen, wiesen allesamt tiefe, von scharfen Klingen verursachte Wunden auf. Sie waren noch vor Ausbruch der Feuerwalze getötet worden, das war eindeutig zu erkennen.

Ein Überfall auf die Elfenkaserne! Wer in ganz Sangor mochte verrückt genug sein, so etwas zu wagen? Ob vielleicht …? In Feene stieg ein schlimmer Verdacht auf. Konnte es sein, dass der verdammte Halbork dahintersteckte? Der, den sie mit der Bewachung ihres Kindes beauftragt hatte?

Nein! Die Elfin verscheuchte den verstörenden Gedanken so schnell, wie er sich in ihren Kopf geschlichen hatte. Dieser Morn war viel zu einfältig, um andere zu hintergehen. Außerdem hatte er sich mit geradezu hündischer Ergebenheit darüber gefreut, ihr dienen zu dürfen.

Aber was, bei allen fünf Winden, war dann geschehen? In Sangor allgemein, aber auch hier, in dieser Kaserne? Hatte die Zerstörung der Stadt vielleicht etwas mit ihrem Sohn – dem, dem sie seinen leiblichen Eltern entrissen hatte – zu tun? Dann wäre er wirklich der Befreier, den sie sich erhofft hatte.

Aber vermutlich steckte hinter allem doch die Feuerhand, wie der Maar behauptete – dieser elende Urok!

Sie hatte diesen Kerl offenbar unterschätzt.

Die Erinnerung an den Ork ließ Feene zu den Kerkergewölben schauen, die das Feuer unbeschadet überstanden hatten, während das darüberliegende Gebäude ein Raub der Flammen geworden war. Ob die Kriegsgefangenen, die Morn herbegleitet hatte, wohl noch dort unten steckten, erstickt und gebacken oder vielleicht doch noch mit einem Funken Leben im Leib?

Die blanke Klinge in der Rechten, schob sie den angesengten Querbalken aus seiner Halterung und zog die schwere Tür auf. Zuerst schlug ihr nur ein Schwall warmer Luft entgegen, dann tauchte etwas Unförmiges, Waberndes vor ihr auf, das mit faserigen Auswüchsen durch ihr Gesicht fuhr.

Instinktiv wich sie einen Schritt zurück und ließ den Stahl in ihrer Hand nach oben fahren. Sie spürte keinen nennenswerten Widerstand, musste aber dennoch etwas getroffen haben, denn ihr lief etwas Warmes, Feuchtes über die Hand. Als sie weiter rückwärtsging, zog sie eine aufgeblähte Kugel mit, deren Außenhaut sich unter den gewaltigen Wassermassen kräuselte, die in ihrem Inneren umherschwappten.

Ein bis zum Bersten gefüllter Flugsamen, dem die Hitze jedoch zu stark zugesetzt hatte, als dass er noch jemandem gefährlich werden konnte.

Angewidert zog Feene das Schwert zurück.

Weiter Flüssigkeit verlierend, schwebte der Ballon an ihr vorbei und versuchte über dem Hof aufzusteigen, doch schon auf halber Mauerhöhe verließen ihn endgültig die Kräfte. Wie ein Stein fiel er wieder in die Tiefe und zerplatzte unter lautem Klatschen auf dem Pflaster. All das Wasser, das er den Menschen in den Kerkern entzogen hatte, spritzte ellenweit über den Hof.

Im Inneren der stickigen Gewölbe fand sie noch einen zweiten prall gefüllten Samen, der aber schon während des Feuers verendet war, außerdem fast ein Dutzend mumifizierter Gardisten, die bei der kleinsten Berührung zu Staub zerfielen. Nur von den Orks fehlte jede Spur.

Ein Ausbruch!, durchfuhr es Feene. Die Orks waren geflohen und hatten sich zuvor an ihren Bewachern gerächt!

Als sie wieder ins Freie trat, wurde sie dort von einer zerlumpten Gestalt mit rußverschmiertem Gesicht begrüßt, die bei ihrem Anblick die Hacken zusammenschlug und so heftig salutierte, dass ihr der Helm mit dem Lederkamm auf dem Kopf verrutschte. »Großgardist Thannos meldet sich zum Rapport!«, bellte ihr der Soldat entgegen, den sie erst bei näherem Hinsehen als den Offizier erkannte, der sie seinerzeit nach Grimmstein begleitet hatte.

»Was ist hier passiert?«, wollte sie von ihm wissen. »Warum wurde Sangor bis auf die Grundmauern zerstört? Und wo sind all die Schattenelfen geblieben, die hier stationiert waren?« Sie sparte sich gezielte Fragen nach ihrem Kind, denn für sie stand längst fest, dass es von den flüchtigen Blutorks verschleppt worden war.

Diese miesen Zwergenärsche! Nicht nur dass sie ihr die eigene Leibesfrucht gestohlen hatten, nein, nun vergriffen sich Urok und seine Brüder auch noch an ihrem Ziehkind! Das sollten sie büßen, das schwor sich Feene in diesem Moment. Ja, sie würde die ganze Bande bis zur Erschöpfung hetzen und jeden Einzelnen bei lebendigem Leibe häuten und in der prallen Sonne verenden lassen, um wenigstens einen Hauch von Genugtuung zu erlangen.

»Benir und dieser elende Urok, der mich schon auf Grimmstein verbrannt hat, haben sich miteinander verbündet«, erklärte Thannos.

Feene spürte, wie ihr bei diesen Worten alles Blut aus dem Gesicht wich. Ihre Wangen vereisten regelrecht.

»Benir lebt?«, fragte sie fassungslos.

»In der Tat!« Der Großgardist straffte sich in der Gewissheit, dass er unglaubliche Neuigkeiten mitzuteilen hatte. »Herzog Garske hat ihn in immer neuen Kämpfen in der Arena antreten lassen, obwohl alle wussten, wie gefährlich dieser Bursche ist. Aber damit, dass er Seite an Seite mit dem Ork kämpfen würde, den er eigentlich töten sollte, hat natürlich keiner gerechnet. Ich habe mit meinen eigenen Augen gesehen, wie die beiden zwei Dutzend Gepanzerte als Blutopfer darbrachten, um damit das Beben auszulösen, das ganz Sangor dem Erdboden gleichgemacht hat.«

Einen kurzen Moment lang stand Feene einfach nur da wie vor den Kopf geschlagen. Dann hob sie die Hand, um den Redeschwall des Gardisten zum Versiegen zu bringen. »Das muss sofort der Maar erfahren«, erklärte sie brüsk. »Du solltest ihm persönlich Bericht erstatten.«

Thannos wuchs vor Stolz gleich noch einige Fingerbreit in die Höhe und fragte hoffnungsvoll: »Wird der König auch anwesend sein?« Gothar von Angesicht zu Angesicht zu treffen war natürlich ein Privileg, das nur den wenigsten Soldaten zuteilwurde.

»Vermutlich«, log ihn Feene an, während sie einer der zahlreichen Tauben zuwinkte, die über der Trümmerlandschaft kreisten. Mit einigen eindeutigen Handzeichen machte sie klar, dass sie einen Lichtbringer brauchte. Sofort zog der goldene Bote davon, um die Anforderung des Todbringers auszurichten.

»Hat jemand beobachtet, wohin Benir und der Ork geflohen sind?«, fragte sie, während sie mit Thannos auf die Ankunft der Lichtgestalt wartete.

»Nein, sie sind spurlos vom Erdboden verschwunden«, gestand der Offizier ein, ohne dass seine stolzgeschwellte Brust auch nur einen Hauch weit einfiel. Gleich darauf wurde klar, warum. »Ich habe mich überall in der Stadt umgehört«, erklärte er weiter. »Und dabei an den Molen erfahren, dass mehrere entflohene Gladiatoren ein Schiff gekapert haben. Einige Hafenknechte sind sich ganz sicher, dass auch Orks an Bord gegangen sind.«

Feene hatte Mühe, ihren Triumph zu verbergen. Auf einem Schiff geflohen! Falls das stimmte, hatten sich diese Idioten der Schwebenden Festung praktisch ausgeliefert. Aber sicher hatten sie auch nicht damit gerechnet, dass der Maar so schnell von den hiesigen Vorgängen erfahren und Arakia auf der Stelle verlassen würde.

Inzwischen schwebte ein Lichtbringer zu ihnen herab. Nachdem ihn Feene mit wenigen Worten darüber aufgeklärt hatte, was der Großgardist an ihrer Seite zu berichten wusste, nahm der Maskenträger beide in sein Levitationsfeld auf und stieg mit ihnen in die Höhe.

Für die Schattenelfin war das längst ein ganz normaler Vorgang, Thannos schnappte hingegen nach Luft, als die Welt unter ihm immer kleiner wurde. Besonders, als er den dampfenden Krater sah, der genau dort im Boden klaffte, wo einmal die Arena gestanden hatte. Doch um sich Gedanken über die Vorgänge zu machen, die dazu geführt hatten, fehlte ihm die Zeit.

Wie von einem unsichtbaren Sog erfasst, schwebten die drei weiter hinauf in den Himmel, direkt zur Schwebenden Festung.

Im Thronsaal
Den meisten Tauben in Sangor war durch die mörderische Hitze der Feuersbrunst das Gefieder geschmolzen. Doch jene, die das Inferno mehr oder weniger unbeschadet überstanden hatten, hatten den Maar bereits über die wichtigsten Vorgänge in der Stadt unterrichtet. Die Aussagen der überlebenden Schattenelfen rundeten das Bild, das sich allmählich vor seinem geistigen Auge abzeichnete, weiter ab. Der Maar fragte sich nur die ganze Zeit, wo Kuma, der kommandierende Offizier, und seine wichtigsten Getreuen geblieben waren.

Der Rapport, den ihm der Großgardist Thannos lieferte, ließ in dem Höchsten aller Lichtbringer eine böse Ahnung aufsteigen. Besonders weil die verschwundenen Legionäre innerhalb der Arena eingesetzt worden waren.

»Sucht die Leichen der Vermissten!«, sandte er einen Befehl an alle goldenen Boten aus. »Sucht auch nach kleinsten Fetzen ihrer Kleidung, nach angesengten Ohren oder abgerissenen Fingern. Denn wenn sie tot sind, muss es Spuren von ihnen geben. Findet ihr keine, so sind sie vermutlich mit auf das Schiff der Gladiatoren gegangen.«

Dennoch hatte sich der Maar weiterhin gut in der Gewalt. Die Panik, die er noch verspürt hatte, als er sich über Arakia befand, war längst kühler Berechnung gewichen. Inzwischen war er völlig sicher, den Aufstand im Keim ersticken zu können. Aus seiner Sicht war es nämlich ein Fehler der Feuerhand gewesen, das Blut von Sangor aus in die alte Bahn zurücklenken zu wollen. Solange der Frostwall stand, war der Leib erstarrt, und ohne ihn konnte niemals wieder alles so werden, wie es einmal gewesen war. Und dieses Wissen flößte dem Maar große Zuversicht ein.

»Wir müssen sofort die Verfolgung aufnehmen«, verlangte Todbringer scharf.

Der Maar wusste, warum sie so sehr zur Eile drängte, denn er hatte natürlich längst erfahren, dass Benirs Sohn ebenfalls verschwunden war, doch Feenes leidenschaftlicher Einsatz war ihm nur recht.

»Zuvor muss ein Exempel statuiert werden«, verlangte er trotzdem. »Herzog Garske hat seinen eigenen Vorteil über die Belange des Königs gestellt, dafür muss er mit dem Leben büßen. Noch vor Anbruch der Dunkelheit wird er in Gegenwart des Herrschers seinen Kopf verlieren. Alle, die den Untergang Sangors überlebt haben, sollen dabei zusehen und anschließend überall im Reich die Nachricht verbreiten, dass König Gothars Macht ungebrochen ist.«

»Ist das wahr?«, fragte der Großgardist voller Begeisterung. »Wird sich der Herrscher tatsächlich dem Volke zeigen?«

»In Zeiten wie diesen gewiss«, zischelte der Maar. »Und du wirst der Erste sein, der ihn zu Gesicht bekommt. Doch bevor du ihm unter die Augen treten kannst, musst du dich erst reinigen. Folge dem Todbringer, sie wird dir eine Kammer zuweisen, in der du dich waschen und neu einkleiden kannst.«

Die Schattenelfin stellte keine Fragen, sondern tat wie geheißen. Sicher ahnte sie, dass er ihr nicht ohne Grund eine Aufgabe zuwies, die normalerweise unter ihrer Würde war.

Kaum dass Thannos und sie den Thronsaal verlassen hatten, sandte der Maar einen der anwesenden Lichtbringer aus, königliche Kleidung aus der Kammer des letzten Gothar herbeizuschaffen. Erst danach schlug er seine Kapuze zurück und nahm die silberne Maske ab.

Darunter kam ein feucht schimmernder weißer Stumpf zum Vorschein, der weder Augen noch Ohren noch einen Mund hatte. Ebenmäßige Ringe umliefen den nach oben hin halbrund geformten Kopf. Nervös zuckten sie auf und ab und hielten dadurch die Schleimhäute, die den Stumpf flächendeckend überzogen, in ständiger Bewegung.

Auch wenn nicht gleich beim ersten Hinsehen klar wurde, woraus das *Gesicht* des Maar tatsächlich bestand, so bot es doch einen widernatürlichen Anblick, der einen menschlichen Geist leicht in den Wahnsinn treiben konnte. Aus diesem Grund trugen sie alle die Silbermasken, die ihr wahres Antlitz vor der übrigen Welt verbargen.

Die Abwesenheit des Großgardisten für sich nutzend, strich der Maar mehrmals mit der freien Hand über den zuckenden Stumpf, bis seine Finger vor Schleim klebten. Geschickt rieb er sie so lange gegeneinander, bis aus der weichen Masse eine flexible Kugel von der Größe eines Apfels wurde. Danach setzte er Silbermaske und Kapuze wieder auf.

Als Thannos frisch gewaschen und in einen weichen Umhang

gehüllt zurückkehrte, wirkte er ein wenig enttäuscht, weil der Marmorthron inmitten des Saals weiterhin verwaist war.

Der arme Narr.

Er hatte sogar ein wenig Puder aufgelegt, um die grünblaue Schwellung seiner breitgeschlagenen Nase und die Blutergüsse an seinen Augen zu überdecken. Woher hätte er auch wissen sollen, dass sie ohnehin gleich nicht mehr zu sehen waren, genauso wenig wie der Rest seines Gesichtes.

Lässig, aus dem Handgelenk heraus, schleuderte ihm der Maar den klebrigen Auswurf entgegen, der noch in der Luft auseinanderplatzte. Wie von eigenem Leben beseelt, wölbte sich die Masse zu einer dünnen Schicht, die den Menschenkopf weiträumig umschloss und deren zuckende Enden erst wieder hinter Thannos zusammenklatschten.

Plötzlich ging alles rasend schnell. Eben noch waren es zuckende Auswüchse, die sich, lebenden Tentakeln gleich, im Nacken vereinten, aber schon im nächsten Augenblick bedeckte ihn der Schleim vom Scheitel bis zum Hals herab wie eine zweite Haut.

Thannos versuchte instinktiv, seine Finger unter die sich immer enger zusammenziehende Hülle zu schieben, um dem Erstickungstod zu entgehen, doch es war schon zu spät: Der Schleim drang bereits in jede einzelne seiner Poren und verband sich unabänderlich mit der Haut. Alles Aufbäumen und Sich-zu-Boden-Werfen half nichts. Der Vorgang hatte längst auch sämtliche Körperöffnungen und die Haare erfasst.

Kurz darauf konnte Thannos wieder atmen, denn die Membranen vor seinem Mund und den Nasenlöchern platzten auf, sodass Luft in seine Lungen strömte. Doch der Akt der Verschmelzung brannte weiterhin wie ätzende Säure auf seiner Haut. Schrille Kreischlaute entstiegen seiner Kehle und verstummten auch nicht, als er den Lichtbringern längst mit Gothars Gesicht und dessen schulterlangen blonden Haaren entgegenstarrte.

Erst als der Maar auch den Willen des Großgardisten unter seine Kontrolle gebracht hatte, versiegten die Schmerzenslaute.

»Willkommen, großer Tyrann«, begrüßte er den bis zur Unkenntlichkeit veränderten Thannos höhnisch. »Ich freue mich, dass du wieder unter uns weilst, um in unserem Namen Angst und Schrecken zu verbreiten. Noch vor Anbruch der Dämmerung wirst du dich bewegen und sprechen, wie ich es dir befehle, oder dich unter Schmerzen winden, die sich dein kleines menschliches Hirn noch gar nicht ausmalen kann. Also entscheide dich rasch, was du lieber möchtest: selbst leiden oder Herzog Garske dem Henker übergeben.«

Die Antwort darauf ließ nicht lange auf sich warten.

Und sie fiel genauso aus wie bei allen anderen zuvor, die schon Gothars Rolle übernommen hatten.

23

An den Salzgruben

Ganz offen nahten sie durch die Einöde heran: eine Karawane Lindwürmer, auf deren Rücken gefährliche Blutorks saßen, von bewaffneten Schattenelfen bewacht.

Das Kommando über diesen Sklavenzug führte Morn, dessen spitze Halblingsohren unter dem Rand eines einstmals gehörnten Barbarenhelms verschwanden. Dank seiner Uniform und des Lederkamms, der die Eisenhaube seit dem Morgengrauen zierte, sah er tatsächlich wie ein gewichtiger Offizier aus Gothars Streitkräften aus. Mithilfe dieser Maskerade mochten vielleicht auch die Nordmänner an seiner Seite als Begleitschutz durchgehen.

Novar, der Grubenfürst, ein drahtiger Mann aus den Weiten Cabras, trat vor die Blockhütte, in der er residierte. Stirnrunzelnd sah er den Neuankömmlingen entgegen, die draußen von den großen Lindwürmern abstiegen und das Palisadentor passierten. Die umliegenden Provinzen schickten ihm regelmäßig Sträflinge für die schwere Minenarbeit, aber Orks waren bisher noch nie dabei gewesen. Dass König Gothar einen Feldzug gegen Arakia führte, hatte sich allerdings auch schon zu ihm herumgesprochen.

»Seid gegrüßt«, wandte er sich an Morn, den er für den kommandierenden Offizier hielt. »Was gibt es Neues von der Front in Arakia?«

»Sieg auf ganzer Linie!«, antwortete der Halbling laut. »Wenn es so weitergeht, wird es in deinen Salzgruben bald nur so von Orksklaven wimmeln.«

Seine großspurigen Worte, die ihm leicht über die Lippen gingen, lösten Unmut unter den Gefangenen aus. Besonders Tabor bedachte ihn mit respektlosen Ausdrücken und Gesten.

»Schnauze halten!«, forderte Morn. »Oder du und deine grobschlächtigen Gefährten bekommt alle die Peitsche zu spüren.«

Solche Drohungen auszustoßen tat ihm gut. Auf diese Weise konnte er ein wenig von der Wut herauslassen, die in ihm wühlte, weil er nur ein Schwert mit zerbrochener Klinge in der Scheide führte. Die Mehrheit der Orks und Barbaren traute ihm immer noch nicht, und so schwebte weiterhin die Drohung in seinem Nacken, dass ihm bei einem falschen Wort oder einer missverständlichen Bewegung sofort ein Elfenpfeil das Leben nehmen würde.

Morn jedoch dachte gar nicht daran, dem vor ihm stehenden Grubenfürsten ein verstecktes Zeichen der Warnung zu geben. Menschen waren ihm einerlei, also auch diese hier, am Rande der Salzwüste – ob sie nun zu denen gehörten, die Wache schoben, oder zu jenen, die sich unter der Knute ihres eigenen Volkes zu Tode schuften mussten.

»Oje, die sehen aber alle sehr kräftig aus!«, staunte Novar. »Hoffentlich reichen unsere Ketten und die Palisaden, um sie im Zaum zu halten.«

»Diese Orks sind für die Förderwinde bestimmt«, antwortete Morn, genau so, wie Benir ihm aufgetragen hatte. »Die Barbaren an meiner Seite hingegen sind zur Verstärkung deiner Wachmannschaft gedacht. Ich selbst kehre noch heute mit den Elfen und den Lindwürmern nach Arakia zurück.«

»So viele neue Wachleute?« Novars Stimme verriet Entsetzen. »Ich habe doch kaum genügend Proviant, um die bisherigen Männer zu versorgen! Und wo soll ich einen Platz zum Schlafen für sie finden?« Er gehörte offensichtlich zu der Sorte Menschen, die noch auf dem schmackhaftesten Stück Bratenfleisch nach angebrannten Stellen suchten und sie auch fanden.

»Das weiß ich nicht«, gestand Morn schulterzuckend. »Ich habe nur Befehl, sie hier mit den Gefangenen abzuliefern. Aber ich richte deine Beschwerden gern in der Schwebenden Festung aus!«

»In der Schwebenden Festung?«, echote Novar, vor Schreck erbleichend.

»Ich unterstehe Gothar persönlich«, tönte Morn, der sich immer besser in seiner Rolle gefiel und geradezu genießerisch verfolgte, dass sich der Grubenfürst bei jedem seiner Worte wie unter einem Peitschenhieb wand.

»Es wird nicht nötig sein, den König mit diesen unbedeutenden Problemen zu belästigen«, beeilte sich Novar zu versichern. »Ich finde schon eine Lösung.«

Nachdem er sich vom ersten Schrecken erholt hatte, verkantete sein Gesicht und nahm einen herrischen Zug an. »Harka!«, brüllte er und langte dabei an die zusammengerollte Lederpeitsche, die er wie ein Herrschaftszeichen an seinem Leibgurt trug.

Einige Aufseher, die sich in der Nähe versammelt hatten, um vielleicht ein paar Neuigkeiten zu erhaschen, zuckten vor Schreck zusammen, bis auf einen, der sich umgehend in Bewegung setzte. Unter den mitleidigen Blicken seiner Kameraden rannte er auf Novar zu.

»Ein bisschen schneller, Harka!«, brüllte der Grubenfürst den verlaust wirkenden Kerl an, der nur Schnürsandalen und ein ärmelloses Gewand trug, das ihm bis auf die Hälfte der Oberschenkel reichte. »Harka, führ die neuen Gefangenen runter zur Lastenwinde, damit sie den Förderkörben neuen Schwung verleihen.«

Harka kratzte seinen dichten, schwarzen Vollbart, zweifellos um das darin nistende Ungeziefer zu vertreiben.

»Blutorks?«, fragte er ungläubig. »Diese riesigen Biester soll ich ganz bis hinunter in die engen Gruben führen?«

Novars Augen blitzten auf, als wollte er seinen Untergebenen mit bloßen Blicken durchbohren. »Nicht in die Schächte, du

Dummkopf! Hörst du denn nicht zu? Am Spill sollen sie drehen, bis sie umfallen!«

Erneutes Kratzen im Bart förderte tatsächlich einen kleinen Schildplattkäfer zutage, der hastig über den mit einer Staubkruste verklebten Hals des Aufsehers davonkrabbelte. »Bei so vielen Orks wird es da unten ganz schön eng werd…«

Ein frostiger Blick des Grubenfürsten, kalt genug, um Wasser zu Eis zu gefrieren, ließ Harka mitten im Wort verstummen. Verlegen murmelte er: »Natürlich können wir auch ein größeres Spillrad bauen, an dem alle Orks Platz finden.« Froh, seinen Hals gerade noch einmal aus der Schlinge gezogen zu haben, bedeutete er Morn und den Elfen, dass sie ihm mit den Gefangenen folgen sollten.

»Sobald du mit dieser Aufgabe fertig bist, sorgst du dafür, dass Schlafplätze für etwa zwanzig neue Wachleute hergerichtet werden«, gab ihm Novar mit auf den Weg.

Der Aufseher nickte ergeben, doch seine Augen zeigten einen harten Glanz, der seine wahre Meinung über den Grubenfürsten zum Ausdruck brachte.

Brütende Hitze lag über dem kargen, von Staub und Steinen beherrschten Areal. Feine Sandschleier stiegen aus der großen Grube auf, die derzeit ausgebeutet wurde. Kreisrund fiel sie vor ihnen in die Erde hinab, wie ein Trichter nach unten hin immer enger werdend, weil sich die Sklaven über sich schneckenförmig in die Tiefe windende Trassen voranarbeiteten, bis es, im Mittelpunkt angekommen, irgendwann zu eng zum Weitergraben wurde. Die Salzadern, die sie auf diese Weise freigelegt hatten, beuteten sie durch waagerecht abzweigende Stollen aus.

Zahllose Riesengruben wie diese höhlten die ganze Gegend aus. Hitze, Salz und schwere Arbeit setzten den ausgemergelten Gestalten, die hier mit Spitzhacken und Schaufeln schufteten, gleichermaßen zu. Mit Peitschen und Schwertern bewaffnete Aufseher zwangen sie dazu, ohne Unterlass zu arbeiten. Angesichts der langen Kolonne aus Orks und Schattenelfen, die über Trassen und Planken in die Grubenmitte vorstießen, starrten aber selbst sie mit offenen Mündern herüber.

Auf halbem Weg zur Winde spornte Harka ihren Eifer an, woraufhin sie die Peitschen knallen ließen, um ihrerseits die Sklaven anzutreiben.

Einer der Schergen überwachte gerade, wie zwei Sklaven große Salzbrocken in einen Förderkorb verluden, der anschließend in die Höhe gezogen wurde. Er lehnte lässig an einen der schräg in die Grube hineinragenden Holzpfeiler, an denen das Windenseil entlanglief, doch nun hatte sein Müßiggang ein abruptes Ende.

Harka bestellte den Kerl zu sich und stauchte ihn in dem gleichen Tonfall zusammen, den auch der Grubenfürst angeschlagen hatte, um dafür zu sorgen, dass Notquartiere für die neuen Wachen errichtet wurden. Nachdem der Scherge wie ein geprügelter Hund davongezogen war, atmete Harka zufrieden auf.

»Hier, das ist die Winde, die ihr zukünftig drehen werdet«, erklärte er den Orks, während sie auf ein großes, tief im Boden verankertes Spill zugingen, dessen Querhölzer von zwei bis drei Menschen bedient wurden. Die Hände immer fest am Holz, waren die Unglücklichen dazu verurteilt, den ganzen Tag über im Kreis zu gehen. Nur die Richtung wechselte laufend, je nachdem, ob die Körbe aufwärts- oder abwärtsbefördert wurden. Dort, wo sich ihre Sohlen in den Sand stemmten, verlief bereits ein tiefer Trampelpfad, der einmal um die Mittelachse des Spills herumführte. Über ihren Köpfen klapperten und knarrten die Zahnräder, Übersetzungen und Seilwinden.

Urok erinnerte das Ganze an das Wasserrad, das Herzog Garskes Bruder, der Magister, einst heimlich in Arakia errichtet hatte. Doch während ihm der Erfindungsreichtum der Hellhäuter damals imponiert hatte, empfand er beim Anblick dieser Konstruktion nur Abscheu.

»Ich denke, es ist so weit«, sagte er laut und hob seine aneinandergebundenen Hände auf Brusthöhe.

Benir, der nur auf dieses Signal gewartet hatte, zog daraufhin das Schwert, doch noch ehe er die Fessel mit einem Schnitt durchtrennen konnte, entflammten Uroks Handgelenke. Harka glotze nur verständnislos, als er sah, wie einige verschmorte Seilenden haltlos in die Tiefe fielen.

Sogleich nahm Urok lieber das Wellenschwert entgegen, das ihm Kuma reichte, und schlug damit ansatzlos zu. Direkt in Harkas rechte Schulter, die der Blutstahl ebenso leicht durchtrennte wie die darunterliegenden Rippenbogen.

Dem abgetrennten Arm, der durch die Luft davonwirbelte, folgte ein roter Sturzbach. Keuchend taumelte der Aufseher zur Seite und rutschte in seinem eigenen Blut aus.

Kein einziger Laut verließ seine bebenden Lippen, und auch Orks und Elfen hüteten sich, mit vorzeitigem Kriegsgebrüll auf ihren Angriff aufmerksam zu machen.

Sobald alle Fesseln durchschnitten und weitere Waffen an die Orks verteilt waren, nutzten Benir und seine Kameraden auch schon den Himmelsatem, um blitzschnell in alle Richtungen aufzusteigen.

Gleich darauf bohrten sich die ersten Klingen in ungeschützte Leiber. Von dem Seitenwechsel der Schattenelfen völlig überrascht, fielen die ersten Aufseher ohne jede Gegenwehr. Erst, als auch die Orks wild um sich hieben, wurden Angstschreie laut.

Morn nutzte die Verwirrung, um Harkas Schwert an sich zu bringen. Nun endlich auch bewaffnet, drang er auf eine Wache ein, die aus einem der unteren Stollen gelaufen kam, um nachzusehen, was das Geschrei draußen zu bedeuten hatte. Morns Waffengeschick konnte sich nicht mit dem seiner Mitstreiter messen, doch um einen elenden Hund niederzustrecken, der die meiste Zeit über mit seiner Peitsche auf Wehrlose einschlug, reichte es alle Mal.

Triumphierend starrte er auf seine blutbefleckte Klinge und suchte schon den nächsten Gegner, während der erste noch sein Leben auf dem Grund der Grube aushauchte. Sich hastig im Kreis drehend, um zu schauen, wo sein starker Arm am nötigsten gebraucht wurde, fiel Morns Blick auf Urok, der mit seinen entflammten Händen überall Panik verbreitete und obendrein auch noch mit großen Sprüngen von einer Trassenwindung auf die nächsthöhere sprang.

Das war der Moment, in dem Morn zum ersten Mal das Gefühl hatte, die richtige Seite gewählt zu haben.

Er konnte sich noch gut an seine erste Begegnung mit Urok erinnern, vor noch gar nicht so langer Zeit, als der junge Krieger noch Erster Streiter von eigenen Gnaden gewesen war.

Und inzwischen?

Was war nicht alles aus ihm geworden!

Ein solcher Aufstieg schwebte Morn ebenfalls vor, darum eilte er Urok nach, um seinem Weg zu folgen. Und jeder Aufseher, der ihm dabei in die Quere kam, fand den Tod.

Als die Sklaven endlich begriffen, was um sie herum geschah, nahmen sie Spitzhaken oder andere griffbereite Werkzeuge zur Hand, um ebenfalls auf die Wachen einzudreschen. Sogar große Salzbrocken, aus Tragesäcken gekippt oder gezielt hinabgeschleudert, entwickelten sich zu tödlichen Waffen.

Manche Sklaven hängten sich auch einfach nur an die Arme ihrer Peiniger, um sie den Hieben der Orks und Elfen auszuliefern. Besonders Morn nahm solche Gelegenheiten gern wahr.

Und so nahm das Schlachten seinen Lauf...

Vor der Küste Imogs
Der Gladiator blieb bei seiner Geschichte, bis er sein Leben endgültig unter Feenes Händen aushauchte. Den Brustkorb geöffnet, Arme und Beine weit abgespreizt an die Reling des Achterdecks gebunden, hing er tot in seinen Fesseln.

Auch sonst hatte niemand an Bord überlebt. Das Deck war schlüpfrig vom Blut der Erschlagenen, die vor Schreck regelrecht erstarrt waren, als die Schattenelfen, von der Festung herabsinkend, das Schiff geentert hatten.

Brandgeruch hing in der Luft. Einige der Segel wiesen große, schwarz ausgefranste Löcher auf. Der Besanmast war ebenfalls von einer Energiesphäre getroffen worden; auf halber Höhe zersplittert, schwamm der obere Teil im Wasser.

Die Insel lag bereits in Sichtweite, war aber noch viel zu weit entfernt, um sie schwimmend zu erreichen. Trotzdem hatte Feene nicht glauben wollen, dass alles umsonst gewesen war, die ganze Suche über dem offenen Meer und all die Schiffe, die sie aufgebracht und durchsucht hatten.

Am Ende hatten sie tatsächliche noch das richtige entdeckt und gekapert, kurz bevor es, gegen den Wind kreuzend, einen sicheren Hafen hätte anlaufen können. Umso härter hatte Feene die Enttäuschung getroffen, dass weder Orks noch Elfen an Bord waren, geschweige denn ein Kind.

Müde sah sie auf ihre blutigen Hände hinab. Der Gladiator hatte zwischendurch alles gestanden, von dem er glaubte, dass sie es hören wollte, doch Feene hatte schon zu viele Menschen gefoltert, um nicht zu wissen, dass die ganze Wahrheit erst im Angesicht des Todes ans Licht kam. Der Mensch aus Imog, dessen Namen sie nicht kannte und der sie auch nicht im Geringsten interessierte, hatte sich als Halbwüchsiger tatsächlich mehrmals am Vieh seiner Nachbarn vergangen.

Und nein, weder Orks noch Elfen waren je an Bord gewesen.

Alles, was der Gladiator wusste, war, dass sie Tarren, dem Nordmann aus Bersk, hatten folgen wollen, durch unterirdische Gänge, die sie genauso gut verschlungen haben mochten, wie sie sie in die Freiheit gebracht haben konnten.

Ihre Spur verlor sich tatsächlich weit unterhalb von Sangor, mitten in einem Vulkanausbruch, der weite Teile der Stadt mit Lava überflutet hatte, vor allem zwischen der hoch gelegenen Arena und dem tiefen Hafen.

Benir, dieser Trollvater! Wie hatte er das Kind nur solchen Gefahren aussetzen können?

Ein Schatten fiel auf sie, und Feene sah in die Höhe. Tränen glitzerten in ihren Augen. Es war der Maar persönlich, der über ihr schwebte.

»Wir waren die ganze Zeit auf der falschen Fährte«, beantwortete sie seine unausgesprochene Frage. »Sie waren niemals an Bord. Weder Benir noch die Feuerhand noch sonst einer von ihnen. Nicht mal das Kind.«

»Trotzdem werden wir Imog mit Feuer und Tod überziehen«, bestimmte er zischelnd. »Nur, um ganz sicherzugehen.«

»Und danach?«, fragte Feene verzweifelt. »Inzwischen könnten sie überall sein.«

»Was macht das schon?« Der Maar klang überraschend gleichgültig. »Wir wissen doch beide, wohin sich die Feuerhand und seine Freunde früher oder später wenden werden, sofern sie wirklich überlebt haben. Und auf dem Weg dorthin werden wir sie erwarten.«

In der Salzgrube
Im gleichen Moment, da aus der Grube die ersten Schreie und stählernes Klirren erklangen, griffen auch Tarren, Zavos und die übrigen Barbaren zu ihren Waffen.

Novar, der in seine Hütte zurückgekehrt war, starb als einer der

Ersten. Gleich drei Barbaren stürmten zu ihm herein und machten ihn an seinem Tisch nieder, auf dem sich Münzsäulen unterschiedlicher Höhe stapelten. Dabei handelte es sich nur um einen kleinen Teil des Betrags, den der Grubenfürst durch minderwertige Proviantierung für sich persönlich abgezwackt hatte, aber vermutlich genau um den, den ihn die neuen Wachen gekostet hätten. In einer fensterlosen Ecke stand eine große Truhe, in der sich prallgefüllte Ledersäcke mit weiteren Münzen stapelten.

Schwer auf die Tischplatte schlagend, fiel Novar mitsamt dem Möbel um und wurde von herumwirbelnden Münzen am Kopf getroffen. Die Barbaren würdigten ihn keines weiteren Blickes, sondern stürzten sofort auf die Truhe zu und steckten an Beuteln ein, was sie tragen konnten, während ihre Bergbrüder das Palisadentor erstürmten.

Nach außen hin war die Salzgrube gut gegen Überfälle gesichert, aber für einen Angriff aus dem Inneren fehlten geeignete Brustwehren, hinter denen sich die Wachen verschanzen konnten. So war es ein Leichtes, sie mit einem massiven Pfeilhagel auszuschalten.

In Windeseile wurde das Doppeltor geöffnet. Das war für den Rest der berittenen Streitmacht, der sich in einer gut zwanzig Pfeillängen entfernten Senke verbarg, das Signal zum Angriff. Lauter Hufschlag erklang, als die Barbaren, eine dichte Staubfahne aufwirbelnd, herangaloppierten.

Aus den Quartieren der Freiwache stürmte inzwischen Verstärkung für Gothars Schergen heran. Die Männer waren ebenfalls mit Bogen bewaffnet, fanden aber bessere Deckung, sodass sie Tarren und seinen Bergbrüder schwer zusetzen konnte. Orks und Elfen waren immer noch in der Grube beschäftigt, und die herbeigaloppierende Streitmacht ließ noch auf sich warten.

Neben Tarren und Zavos starben mehrere Männer den gefiederten Tod. Nicht mal hinter ihren Pferden konnten sie Deckung nehmen, denn die waren draußen neben den Lindwürmern angepflockt. Außerdem wurde der Inhalt ihrer eigenen Köcher allmählich knapp.

Als sich die Wachen immer besser einschossen, blieb den Nordmännern nur noch eine Möglichkeit: Sie mussten sich bis zur Hütte des Grubenfürsten durchschlagen, zu den drei Bergbrüdern, die ihnen von dort aus bereits erfolgreich Flankenschutz gaben. Auf Tarrens Zeichen hin rannten alle gemeinsam los. Noch im Laufen verschossen sie ihre letzten Pfeile.

Bewegliche Ziele waren schwerer zu treffen, das gereichte ihnen zum Vorteil. Bis zur Hälfte der Strecke ging auch alles gut, aber dann traf Zavos ein Pfeil in den Oberschenkel, und stöhnend knickte er mitten im Lauf ein.

Die anderen merkten gar nicht, dass er zurückblieb, dazu waren sie viel zu sehr mit sich selbst und ihrem eigenen Überleben beschäftigt. Im Zickzackkurs anschwirrenden Pfeilen ausweichend, rannten sie einfach weiter.

Mit zusammengebissenen Zähnen versuchte ihnen Zavos zu folgen, doch während alle anderen den Schutz der Hütte erreichten, bewegte er sich weiter auf offenem Gelände, wie ein verwundetes Wild, auf das sich die Jäger nun mit aller Vehemenz konzentrierten, um wenigstens ihn zur Strecke zu bringen.

Zavos glaubte sich schon endgültig verloren, als der Boden unter seinen Füßen zu vibrieren begann. Gleichzeitig hallte lauter Hufschlag von den offenen Toren wider.

Da jagte auch schon die Vorhut ihrer Streitmacht in das Innere der Palisade und hielt direkt auf ihn zu. Pfeile schwirrten von den Sehnen der Reiter, nur ein einziger von ihnen hatte den Bogen auf dem Rücken gelassen. Wagemutig hielt er direkt auf Zavos zu, beugte sich seitlich aus dem Sattel und streckte den Arm aus, um ihn zu sich heraufzuziehen.

Der Barbar erhob sich dankbar aus seiner kauernden Haltung,

um nach dem Sattelknauf zu fassen. Erst als er den Rücken schon durchgedrückt hatte, sah er den gefiederten Schatten, der direkt auf ihn herabstürzte. Er wollte sich schon wieder fallen lassen, aber sein Retter war bereits heran. Zavos spürte einen schmalen Arm, der ihn umschlang und mit sich zog.

Indem er das Sattelhorn packte und sich mit dem gesunden Bein abstieß, gelang es ihm tatsächlich, weit genug in die Höhe zu wirbeln, dass ihn der Bergbruder zu sich heraufziehen konnte. Halb auf dem Pferderücken liegend, halb sich daran festklammernd, gelang es ihm, sich lange genug zu halten, um mit bis in den rückwärtigen Bereich von Novars Hütte zu gelangen. Erst als er dort zu Boden rutschte, bemerkte er das feuerrote Haar, das seinem vermeintlichen Bergbruder unter dem Helm hervorrutschte.

Verdammt, es war Namihl, die ihn gerettet hatte!

»Damit hast du nicht gerechnet, was?«, versuchte sie ihn zu necken, doch ihr Lachen fiel eine Spur zu gequält aus, um wirklich Freude zu zeigen.

Gleich darauf tropfte Blut von ihren Lippen. Kraftlos sackte sie ihm entgegen. Sein Versuch, sie aufzufangen, scheiterte an dem verletzten Bein. Doch der glühende Schmerz, der ihm bis hinauf unter die Schädeldecke zuckte, war nichts gegen die Qual, die er durchlitt, als er ihren Leib erschlaffen fühlte.

Erst als sie gemeinsam am Boden lagen, sah er den gefiederten Schaft, der unter ihrem Schulterblatt hervorragte. Der Pfeil, der ihm gegolten hatte, war ihr von hinten in den Rücken gefahren, genau auf Höhe des Herzens.

Blind vor Schmerz drückte er sie fester an sich. Nur durch einen Tränenschleier nahm er wahr, wie Inome neben ihnen vom Pferd sprang und seine Arme mit Gewalt öffnete, um nach ihrer Freundin zu sehen. Doch auch sie konnte nur noch feststellen, dass Tarrens Schwester im Sterben lag.

Zavos langte verzweifelt nach seiner Geliebten, die sich jedoch mit letzter Kraft an Inome festklammerte und ihren Mund Stück für Stück näher an deren Ohr brachte.

So konnte er nicht hören, wie sie mit ersterbender Stimme flüsterte: »Er darf nie erfahren, *wie* wir meinen Bruder befreit haben, hörst du? Niemals...«

Inome nickte ihr zu, als stummes Versprechen.

Es war der letzte Anblick, den Namihl mit in den Tod nahm.

Während Inome die Tote zurück in die Arme des Nordmanns gleiten ließ, ritten die immer noch durch das Tor eindringenden Barbaren auch den letzten Widerstand nieder. Noch ehe sie Zavos den Pfeil entfernt und seine Wunde verbunden hatte, war auch der letzte Aufseher in die Enge getrieben und niedergemacht worden. Gnade wurde nicht gewährt, dafür sorgten die Minensklaven, die jeden mit Spitzhaken zu Tode schlugen, der nicht bereits im Kampf gefallen war.

Überall klangen Jubelschreie auf, nur hinter der Hütte des Grubenfürsten blieb es still. Tabors Worte, die im Zwist mit Zavos gefallen waren, hatten sich bewahrheitet: Die Befreiung der Sklaven würde andere das Leben kosten, darüber waren sich alle vorher klar gewesen. Doch dass der zu entrichtende Blutzoll ausgerechnet für ihn so hoch ausfallen würde, damit hatte Zavos nicht gerechnet.

EINSTMALS

Das Blut und der Atem rangen beinahe wieder so stark miteinander wie zu Anbeginn aller Zeiten. Riesige Feuerbälle stiegen aus offenen Lavagruben empor und zerschellten an der gewaltigen Kugelsphäre, die Raams Himmelsfeste schützend umschloss. Doch es waren starke Kräfte, die sich gegen die Kaltblüter verschworen hatten. Nicht nur das Blut der Erde stemmte sich gegen sie, sondern auch der Leib des Meeres.

Der tiefe See, der sie seit so vielen Generationen schützend umgeben hatte, war längst zu einem feindlichen Element geworden. Gischtend bäumte er sich immer wieder auf und stürmte wie mit nassen Fäusten gegen die leuchtende Sphäre an. Außerdem rüttelte er, tief unten, am Grund des Sees, an den Fundamenten der Himmelsfeste. Dazu kam der Raubkrake, der den Fels mit ebenso zermürbenden Schlägen attackierte.

Die verdammten Wasserelfen waren bereit, bis zum Äußersten zu gehen, und wie es schien, legten auch die Blutorks alle Hemmungen ab.

»Das Rad des Feuers!« Der Ruf der versammelten Priesterschaft klang beinahe wie ein gequälter Schrei. »Sie rufen das Rad des Feuers an!«

Dicht an dicht bevölkerten sie die große Halle, in schwarze Roben gehüllt und alle Sinne in gemeinsamer Trance vereint. Doch es fiel den Schlangenpriestern zunehmend schwerer, den geistigen Schutzschild aufrechtzuhalten.

Monea, dieses elende Miststück!, durchfuhr es Raam verbittert.

So ist es ihr also doch gelungen, Vuran von ihrer Haltung zu überzeugen. Merkt dieser liebeskranke Büttel denn nicht, dass sie ihn nur benutzt und in Wirklichkeit mit den Elfen paktiert?

»Das Rad des Feuers!«

Ein gewaltiger Erdstoß erschütterte die Wände. Nun war es also so weit. Die Blutorks schickten sich an, ihre fürchterlichste Waffe einzusetzen. Denn es reichte ihnen nicht, dass Tausende von Schlangenkriegern tot auf dem Schlachtfeld lagen und das Reptilienvolk auf die schmale Hundertschaft der Priester zusammengeschrumpft war, nein, man wollte ihr Volk gänzlich auslöschen, um den Atem des Himmels zukünftig für sich selbst zu nutzen. Wenn es nach den draußen versammelten Streitkräften ging, sollte schon bald kein einziges vernunftbegabtes Reptil mehr auf Erden wandeln.

Nein, das darf nicht geschehen!, begehrte Raam auf. *Wir müssen widerstehen und dafür bis zum Äußersten gehen!*

Weitere Erschütterungen pflanzten sich durch das Erdreich bis in ihre Festung fort, Vorboten einer gewaltigen umwälzenden Kraft, die bei ihnen das Unterste zu oberst kehren und sie alle mit feurigem Atem vernichten sollte.

Trotz der Furcht, die er auf einmal verspürte, wuchs Raam über seinen Körper hinaus und glitt der zerstörerischen Kraft entgegen, umfloss sie, durchdrang sie, forschte sie aus.

Erleichtert stellte er fest, dass sie nicht ganz so mächtig war, wie er befürchtet hatte. Der Hort von Arakia, der sich niemals in den Verbund von Blut, Atem und Leib begeben und immer eine Sonderstellung eingenommen hatte, stand auch bei diesem Angriff außen vor. Das mochte die erhoffte Schwachstelle sein, in die sie stoßen konnten.

»Strengt euch ein letztes Mal mit aller Macht an, meine Getreuen!«, forderte er von seinen Brüdern und Schwestern, als er in seinen Körper zurückgekehrt war. »Wenn sie uns derart bedrängen, bleibt nur noch die Möglichkeit, ihre Kräfte mitzureißen und gegen sie zu wenden!«

Niemand wusste so recht, was er damit meinte und wie er weiter vorgehen wollte, doch alle ordneten ihm ihre Kräfte unter, denn ihrem Hohepriester zu vertrauen, war alles, was ihnen noch blieb. Und so öffneten sie alle ihren Geist und vereinten ihn mit dem seinen, während Raam kaltblütig lauschte, wie die Schläge des Blutes immer näher rückten – um dann, als es versuchte, die Grundfesten ihrer Bastion in flüssige Lava zu verwandeln, nach dem Atem des Himmels zu greifen und eine Levitation durchzuführen, wie sie noch kein Volk der Welt jemals gesehen hatte.

Mit solcher Macht riss er an den bereits durch den Feind gelockerten Fundamenten, dass die Himmelsfeste ruckartig emporfuhr. Zuerst nur eine Handbreit, aber dann, als sich erst einmal alle Verbindungen berstend und krachend voneinander gelöst hatten, immer höher und mit solcher Geschwindigkeit, dass die fremden Kräfte, die gerade nach ihnen langen wollten, mit in den Himmel geschleudert wurden.

Ihre Körper wurden plötzlich schwer wie Blei, so schnell ging es senkrecht empor. Erste Wolkenfetzen rauschten an den Außenmauern vorüber. Die Säule, die sie trug, bestand dabei nicht nur aus dem Atem des Himmels, sondern auch aus feuriger Lava und verdampfenden Wassermassen.

Raam konnte spüren, wie seine Feinde jede Kontrolle über die ihnen enteilenden Elemente verloren. Das war der Augenblick, in dem er nach ebendiesen Elementen langte, sie vollständig umschlang, sie unter seine Kontrolle brachte und in sich verkehrte. Ja, er griff in die Speichen des Rads, hielt den Sturm auf freier Ebene an und stoppte den Lauf des reißenden Flusses – er fror jede Veränderung ein und verkehrte damit alles, wofür die Kräfte eigentlich standen.

Und auch sich selbst.

Das war der Tag, an dem er unsägliche Schmerzen litt, weil sein Innerstes nach außen gestülpt wurde. Der Tag, an dem sein Gesicht verschwand, weil die Schleimhäute seines Halses nach außen wanderten, aber auch der Tag seines größten Triumphs, an dem aus Raam der Maar wurde und seine Priester zu Lichtbringern.

Der große Tag, an dem alle außerhalb ihrer Festung dem großen Vergessen anheimfielen.

DIE LETZTE ALLER SCHLACHTEN

24

Reifhorn
Als Bava zum ersten Mal erwachte, glaubte er, ins Reich der Schädellosen eingegangen zu sein. Er war tot, das stand für ihn fest, nach dem Kampf mit dem Frostbären erfroren.

Doch nichts von dem, was er sah, erinnerte an das Blut der Erde. Alles um ihn herum war kalt und weiß, selbst die Eisgestalten, die ihn mit Nahrung und warmer Kleidung aus weißen Fasern versorgten.

Erst der Duft eines frischen Fleischeintopfs, der wühlenden Hunger in ihm wachrief, brachte ihm die Erkenntnis, dass er wohl noch am Leben war. Dass die Nahrung in einem aus Eis geschnitzten Topf über kalten, bläulich weißen Flammen zubereitet wurde, aber trotzdem heiß und wohlschmeckend war, verwunderte ihn mittlerweile nicht mehr.

»Wir haben ein Stück aus dem Frostbären geschnitten, den du getötet hast«, sagte eine der transparenten Gestalten, deren Umrisse an eine frisch aus dem Eis geschlagene Frauenleiche erinnerten. »Wir selbst kommen schon sehr lange ohne Nahrung aus.«

»Was seid ihr?«, fragte er schmatzend. »Erfrorene Schattenelfen?«

»Etwas Ähnliches«, antwortete die Wortführerin der Gestalten ausweichend, während einige andere neugierig näher drängten. »Früher waren wir einmal Wasserelfen.«

»Wasserelfen?« Obwohl er noch kaute, langte Bava schon wieder in den Topf und schaufelte sich eine neue Portion in den

Mund. »Von denen habe ich noch nie etwas gehört. Warum seid ihr zu Eis geworden?«

Statt zu antworten strich die Frau mit ihrer rechten Hand über einige spitz aufragende Eisstalagmiten. Die sanfte Berührung löste hohe Töne aus, und plötzlich waberten Bilder vor Bava in der Luft.

Verwundert starrte er auf eine Festung, die offensichtlich belagert wurde. Er wusste nicht, was ihn dabei mehr erstaunte. Dass Elfen, Menschen und Orks Seite an Seite kämpften oder dass ihm die Umrisse der Bastion so vertraut vorkamen.

»Das Ding sieht aus wie Gothars Schwebende Festung«, stieß er hervor, »nur dass sie noch in der Erde steckt.«

»Der wahre Herrscher der Himmelsfeste ist Raam«, erklärte ihm die Eiselfin. »Oder der Maar, wie ihr ihn heute nennt. Er hat schon immer das vierte der elementaren Kräfte missacht, darum haben wir ihm einst den Krieg erklärt.«

»Die vierte Kraft?« Bava leckte sich die Finger ab. »Ich kenne nur die drei Gesichter Vurans.«

»Weil die wahren Zusammenhänge außerhalb Reifhorns und der Schwebenden Festung in Vergessenheit geraten sind«, belehrte ihn die Elfin. »Dabei hast auch du dich schon darüber gewundert, warum Vurans großes Abbild, das in der Blutkammer erscheint, stets unvollständig bleibt.«

Bava war erstaunt, woher die Eisgestalt so viel über ihn wusste, ließ sich seine Überraschung aber nicht anmerken. »Was ist denn diese vierte Kraft?«, fragte er ungehalten. »Sag es mir doch, wenn du so wahnsinnig klug bist.«

»Es ist das unsichtbare Element, ohne das alles Leben zu Eis erstarrt«, erklärte die Frau nebulös. »Die Veränderung. Nichts bleibt, wie es ist, auch wenn viele lieber am Beständigen festhalten würden. Wir Elfen hingegen wollten, dass die drei großen Kräfte, der Atem, das Blut und der Leib, weiter zusammenwachsen, doch Raam hat sich dagegengestemmt.«

Während sie sprach, erschienen neue Trugbilder, und Bava sah, wie die Festung aus der Erde geschleudert wurde, inmitten der Salzebene, genau an jene Stelle, an der inzwischen der Innersund klaffte. Bava wusste, wie der Binnensee aus luftigen Höhen aussah, seit er das Plateau von Kirrak bestiegen hatte.

Die Bilder zeigten auch, wie ein Raubkrake nach Rabensang geschleudert wurde und dort in einem erloschenen Hort unter einem dicken Eispanzer versank. Vor allem zeigten sie aber, wie unzählige Elfenpriester mit den von ihnen beschworenen Wassermassen über Arakia hinweggeschleudert wurden auf ein Bergmassiv zu, das durch die niederprasselnden Fluten zu einer undurchdringlichen Eisbarriere erstarrte, die er ebenfalls kannte.

Den Frostwall.

Das alles war für Bava sehr verwirrend, aber am wenigsten von allem verstand er, warum die Elfen auf so grausame Weise bestraft wurden, wenn es doch dieser Raam gewesen war, der alles verkehrt gemacht hatte.

»Weil wir das Richtige mit den falschen Mitteln erreichen wollten«, beantwortete die Eisgestalt seine unausgesprochene Frage.

Gleichzeitig zeigten die Trugbilder einen großen Raum, in dem gerade ein nackter Mann von mehreren Elfen an Händen und Füßen gefesselt wurde, obwohl er sich heftig wehrte. Sie hängten ihn kopfüber an einen eisernen Haken. Über einem großen Steinbottich pendelnd, zappelte er wild umher.

Ein Schlangenwesen in schwarzer Kutte erschien, das die Elfen mit einem einfachen Wanderstab bedrohte und dem Menschen zu helfen versuchte, doch die Elfen stachen den Schlangenpriester hinterrücks nieder.

Danach schnitten sie die Kehle des Menschen durch und fingen sein Blut in dem Steintrog auf.

Bava fühlte, wie ihm der Appetit verging, denn das Geschehen erinnerte ihn unangenehm an Ramoks Felltod, den er mit verschuldet hatte. Aufgebracht drehte er sich herum, doch die Kristallwesen waren unbemerkt verschwunden. Nur die wechselnden Bilder, die weiter zwischen den Eiszapfen waberten, blieben.

Ohne dass es Bava wollte, nahmen sie ihn erneut gefangen und führten seine Gedanken in längst vergangene Zeiten ...

In der Salzgrube
Während Zavos und viele andere um ihre Gefallenen trauerten, gab es auch Sklaven, die ihre Freiheit hemmungslos feierten, und wer hätte ihnen das verübeln sollen? So teilten sich viele, die eben noch Seite an Seite gegen den gemeinsamen Feind gestritten hatten, schon wieder in verschiedene Gruppen auf.

Die Orks und Schattenelfen trieb dabei etwas ganz anderes um. Das rund um die Salzgrube errichtete Lager enthielt alles, was eine kleine Streitmacht wie die ihre brauchte: Proviant, Kleidung, Werkzeug und Waffen.

Bei Anbruch der Abenddämmerung hatten sie alles verstaut, was ihnen für ihren Feldzug als nützlich erschien. Danach blieb ihnen nur noch, sich die Bäuche vollzuschlagen und sich auf das Nachtlager vorzubereiten.

Kuma und einigen anderen Elfen gelang es im Laufe des Abends zum ersten Mal, ihre Hände zu entflammen. Das weckte bei Tabor und weiteren Orks den Ehrgeiz, es ihnen gleichzutun und obendrein auch noch die Kunst der Levitation zu erlernen. Urok und Benir, die sich am besten darauf verstanden, unterwiesen sie darin, wie sie in sich gehen und die vorhandenen Kräfte wachrufen konnten, die durch Himmel und Erde strömten.

Morn stromerte hingegen eine Weile unentschlossen umher. Obwohl ihm sein blutbeflecktes Schwert einige Sympathien bei den Sklaven eingebracht hatte, drückte er sich doch lieber in der Nähe der Orks herum. Von ihnen eher geduldet als wirklich willkommen, empfand er große Freude dabei, ihnen bei den Übungen zuzusehen.

Am kommenden Morgen teilten sich Barbaren und Sklaven in zwei Gruppen auf. Da waren einmal jene, die zu verletzt oder zu ausgemergelt waren, um einen anstrengenden Ritt zu überstehen, oder die einfach lieber ihre eigenen Wege gehen wollten. Zu ihnen gehörte Zavos, der zu fiebern begonnen hatte, aber auch Inome, die bei ihm blieb, um ihn mit dem Schwert zu schützen und um ihn gesund zu pflegen.

Die anderen, die gegen König Gothar kämpfen wollten und konnten, brachen hingegen mit den Elfen und Orks am frühen Morgen in Richtung Arakia auf.

Die darauffolgenden Tage und Nächte waren mit langen Ritten und weiteren Übungen erfüllt, von denen auch immer mehr Barbaren beeindruckt waren.

Das vor ihnen liegende Land wirkte wie leergefegt, weil sich Gothars Truppen in Arakia drängten, und die Mitglieder der beiden Spähtrupps, die ihnen dennoch begegneten, lebten nicht lange genug, um ihre Marschroute zu verraten.

Je weiter sie Sambe hinter sich ließen und je länger sie am Fuße des arakischen Gebirgsmassivs entlangritten, desto mehr goldene Tauben mussten sie vom Himmel holen, doch der Bestand dieser magischen Boten war unbegrenzt.

»Wir müssen uns noch mehr beeilen«, forderte Benir irgendwann. »Sonst begreifen sie, wo wir stecken, weil einfach zu viele ihrer Kundschafter aus einem ganz bestimmten Gebiet nicht zurückkehren.«

Das Problem, das sie erwartete, war jedoch noch weitaus größer, das stellten sie am darauffolgenden Abend fest, als sie einen dunklen Punkt am Himmel entlangziehen sahen, der zu groß war und dessen Flug zu gradlinig verlief, um etwas anderes als die Schwebende Festung zu sein. Auf Höhe von Knochental hielt das Phänomen plötzlich inne und setzte sich zwischen den Wolken fest.

»Verdammt«, fluchte Benir beim abendlichen Kriegsrat, »der Maar weiß ganz genau, an welchem Nadelöhr wir vorbeimüssen. Wenn er die Gegend rund um Knochental mit seinen Lichtbringern überwacht, kommt nicht mal eine Laus ungesehen an ihm vorbei.«

»Einen anderen Weg gibt es leider nicht«, seufzte Urok schicksalsergeben. »Die Unbezwingbarkeit des östlichen Massivs hat Arakia schon vor vielen Gefahren bewahrt, doch jetzt wendet sie sich leider gegen uns.«

Der Moment der Stille, der diesem Eingeständnis folgte, wurde jäh von einer Frage unterbrochen. »Wie oft hast du denn schon versucht, diesen Bergzug von dieser Seite her zu besteigen?«, erklang sie aus dem Dunkel, das jenseits des Feuerscheins herrschte.

Als alle in die Höhe sahen, trat Morn zu ihnen ans Lagerfeuer. Eigentlich durfte er an den Beratungen nicht teilnehmen, weil ihm viele noch zu sehr misstrauten, doch er hatte sich über dieses Verbot einfach hinweggesetzt und alles mit angehört.

»Was willst du?«, grollte Tabor gereizt. »Uns verspotten? Damit gewinnst du keine Genugtuung, sondern verhöhnst dich nur selbst, es sein denn, es freut dich, dass wir die Festung nicht unbemerkt passieren können.«

Morn ging nicht auf den lauernden Unterton ein, der sich in die abschließenden Worte des Orks geschlichen hatte. Lieber erklärte er, um was es ihm ging:

»Ich stamme von dieser Seite des Berges, das ist alles, was ich sagen will. Ich habe mich als Kind oft hier herumgetrieben, weit weg von Arnurs Wehrhof, weil ich...« Er stockte kurz, bevor er fortfuhr: »... weil ich meine Mutter in Arakia suchen wollte.« Sein Blick verfinsterte sich und heftete sich plötzlich auf Tabor. »Darüber kannst du gern lachen, wenn es dir Spaß macht, aber so viel steht trotzdem fest: Es gibt Wege von hier unten bis hinauf zum

Kamm, nur auf euer Seite fallen die Hänge so steil ab, dass kein Halt zu finden ist. Aber bei so vielen Wolkenläufern, wie hier versammelt sind, sollte auch das zu bewältigen sein.«

Tabor verzog zunächst keine Miene, dann strich er sich kurz über die Nase, hob beide Mundwinkel und sagte: »Sieh an, Halbling. Du bist ja doch zu was zu nütze.«

Der vergessene Pass
Unter Morns Führung drangen sie beim ersten Sonnenstrahl ins Massiv ein. Anfangs kamen sie gut voran, denn die Lindwürmer konnten gut klettern, und auch die stämmigen Pferde der Barbaren waren das Leben in den Bergen gewohnt. Aber je höher sie kamen, desto schwieriger wurde es, vor allem, als sie am zweiten Tag die Schneegrenze überschritten. Morn wurde unsicher. Immer wieder standen sie vor Eisbarrieren, an die er sich nicht erinnern konnte oder die es in seiner Kindheit schlichtweg noch nicht gegeben hatte.

Als ihnen wieder mal eine feste Schneewand den Weg versperrte, geriet Tabor so sehr in Wut, dass er mit bloßen Fäusten auf sie losgehen wollte, doch kurz bevor seine Hände das Hindernis berührt hätten, lösten sich zwei Flammenbälle aus seinen Fingerknöcheln, die sich tief in die weiße Schicht bohrten.

Verdutzt blieb er stehen, konzentrierte sich dann aber noch einmal und sandte zwei weitere Feuerkugeln aus, diesmal so groß und mächtig, dass sie zur Hälfte einen Hohlweg freilegten.

Sofort versuchten es ihm alle anderen Orks nachzumachen.

Urok gelang es als Erstem, nachdem er erst einmal wusste, was er sich vorstellen musste, wenn er seine Kräfte wachrief. Die anderen brauchten ein wenig länger, doch als sie erst einmal vereint zuschlugen, entwickelten sie eine solche Hitze, dass vor ihren Augen eine bis dahin unbezwingbar erscheinende Steilwand vollständig abschmolz und einen darunter verborgenen Felseinschnitt freigab, der ihnen gehörige Zeit ersparte und – wenn er durch das ganze Massiv verlief – unterhalb der westlichen Sturzhänge herausführen würde.

Sie folgten dem Pass, und wie sich herausstellte, hatten sie tatsächlich einen Weg gefunden, der unter ewigem Eis verborgen gewesen war. Teils mussten sie richtige Tunnel in das hoch aufragende Massiv schmelzen, und durch die Hitze taute das über ihnen entstehende Halbrund erst kurz an und gefror dann sofort wieder, sodass es zu tragenden Bogen wurde.

Auf der anderen Seite erreichten sie ein hohes Plateau, von dem ein gut sichtbarer Weg in die Tiefe führte, der auch für Pferde und Lindwürmer geeignet war. Das nährte ihre Vermutung, dass hier vor Generationen tatsächlich mal ein häufig genutzter Pass gelegen hatte, der jedoch nach dem Einbruch von Eis und Schnee allgemein in Vergessenheit geraten war.

Auf ihrem Weg in die Tiefe konnten sie nicht nur die heimischen Gründe der Gorsk überblicken, sondern auch sehen, dass sich Gothars Truppen in einer groß angelegten Zangenbewegung auf die Kristallseen zubewegten.

»Wer auch immer dort eingekreist wird, kann sicher unsere Hilfe gebrauchen«, sprach Tabor aus, was alle dachten, bevor er auf Urok zutrat und ihn von hinten kräftig auf den Rücken schlug. »Verdammt gute Sachen, diese Feuerhände. Hätte nicht gedacht, dass ich mich mal freue, auch eine zu bekommen.«

Morn, dem sie diese Kletterpartie überhaupt zu verdanken hatten, schenkte er immerhin ein Augenzwinkern, und das war mehr, als ein Krieger seiner alten Schar von Tabor zu erwarten gehabt hätte, damals, als er noch ein Erster Streiter gewesen war, der nur an sich selber gedacht hatte.

Im Schutze der Nacht erreichten sie die Ebene und schlichen sich durch die heimischen Gründe der Gorsk. Das Land, das sie durchquerten, war verwüstet. Überall lag noch der beißende Gestank von Rauch in der Luft, denn Gothars Schergen hatten jedes Dorf und jede einzeln stehende Rundhütte bis auf die Grundmauern niedergebrannt.

Die Gorsk unter ihnen haderten mit ihrem Schicksal und schworen blutige Rache, doch zum Glück sahen auch sie ein, dass es zurzeit besser war, sich taktisch klug zu verhalten. Noch wenige Monde zuvor wäre ihnen das ein Gräuel gewesen, aber die Zeit der Gefangenschaft hatte sie vieles gelehrt.

So versteckten sie sich am Tage und ritten in der Nacht, und der Spürsinn der Elfen half ihnen dabei, die wenigen Patrouillen, die im Hinterland operierten, zu umgehen.

Im Morgengrauen tränkten sie ihre Tiere am Ufer des Agula, eines Stroms, der direkt in die Kristallseen mündete.

Die Anspannung war gerade von ihnen abgefallen, und sie wollten sich beraten, ob sie noch einmal ein Versteck suchen oder bereits den Durchbruch wagen sollten, als vor ihnen ein Dutzend Lindwürmer aus dem Wasser auftauchten.

Beim Anblick der Reiter, die auf ihren Rücken saßen, griffen alle sofort zu ihren Waffen, bis sie sahen, dass es sich um Orks handelte. Und der Erste Streiter, der sie anführte, war niemand anderes als Rowan.

Einen solchen Aufstieg konnte es wirklich nur in Kriegszeiten geben, auch unter den Scharen der Orks.

»Schön, euch zu sehen, meine Brüder!«, rief er zur Begrüßung. »Auch wenn ihr euch in zweifelhafter Begleitung befindet.«

»Das sind unsere Freunde«, stellt Urok klar und erhielt dabei sofort Unterstützung von Tabor und den anderen Orks.

Rowan hob sogleich abwehrend die Hand. »Schon gut, schon gut. Das soll die Hohepriesterin entscheiden. Folgt mir, am besten auf dem sichersten Weg, den es zurzeit gibt – durchs Wasser.«

Reifhorn

Die Elfen versorgten Bava weiterhin mit warmen Mahlzeiten, ansonsten blieb er sich weitgehend selbst überlassen. Statt ihm weitere Erklärungen über die Vergangenheit zu geben, saßen sie lieber wie festgefroren in der großen Kristallhalle und ergaben sich immer wieder in derselben Anrufung, die da lautete: »Füge!«

In dem kleinen Nebentrakt, in dem das Essen über dem kalten Feuer kochte, brauchte er allerdings nur mit den Fingern über die Stalagmiten zu fahren, um erneut die Bilder aus Vurans Zeiten heraufzubeschwören. Inzwischen kannte er sie alle auswendig und bekam bloß noch Kopfschmerzen davon.

Füge, wenn du zu fügen vermagst!, lautete ein leises Wispern, das ihm seit einiger Zeit nicht mehr aus dem Ohr ging.

Von innerer Unruhe erfasst, stand er immer wieder von seinem weichen Lager auf und rannte durch den Hort umher. Manchmal blieb er sogar vor Gabor Elfenfresser stehen, der in einer anderen Seitenhöhle warm eingebettet lag und noch immer mit hohem Fieber kämpfte, und wünschte sich nichts sehnlicher, als dass der Alte aufwachen und mit ihm reden möge, dann erinnerten ihn seine Fingerstümpfe jedoch daran, mit welchem Hass ihn Gabor verfolgte.

Füge, wenn du zu fügen vermagst!

»Was soll das?«, rief Bava gereizt aus. »Was wollt ihr von mir?«

Nichts. Du musst selbst wissen, was zu tun ist. Doch wenn du es vermagst, so solltest du fügen.

Immer wieder, wenn Bava eine dunkle Ahnung beschlich, was damit gemeint sein könnte, schüttelte er den Kopf, um die auf ihn eindringenden Gedanken sofort zu vertreiben. Am liebsten wäre er fortgerannt, aber was hätte ihn außerhalb von Reifhorn schon erwartet außer dem elenden Kältetod, dem er beinahe schon einmal erlegen war. Und so blieb ihm nichts anderes übrig, als weiter zwischen der Kristallhalle und den Nebenhöhlen umherzuirren.

Im Lande der Vendur
Von zahllosen amphibischen Lindwürmern in Schlepptau genommen, gelang es sogar den Pferden, den großen See zu durchqueren, der die linke Flanke vor Ursas Bastion deckte. Hinter einer aufgeworfenen Schanze aus gefällten Bäumen und schwerem Boden hatten sich Finkse und die übrigen Hohen eingerichtet, wo sie schon seit Tagen das Blut der Erde anriefen.

Es gab aber auch einen großen Platz, an dem der Kriegsrat abgehalten werden konnte. Rasch hatten sich alle entscheidenden Streitfürsten versammelt, doch diese Zusammenkunft unterschied sich deutlich von jenen, wie sie früher in der Blutkammer üblich waren.

Schon allein die großen Verluste machten Veränderungen nötig. Viele alte Scharen waren so stark dezimiert, dass sich die Überlebenden mit anderen Resten zusammengeschossen hatten, oft über die Stammesgrenzen hinweg. Doch welchem Streitfürsten waren solche Verbände zuzuordnen?

Und dann gab es noch Erste Streiter wie Rowan, der sich wie selbstverständlich neben Ursa aufbaute, als wäre er ein Streitfürst und kein Erster Streiter. Er hatte sich durch seinen Einsatz an Ursas Seite geradezu unentbehrlich gemacht, deshalb wagte auch niemand, ihm diesen Platz streitig zu machen. Die von Monga geschmiedete Rüstung, die dem neuen Erzstreiter gehören sollte, lag sorgsam vor ihm ausgebreitet. Sogar an eine neue Streitkrone hatte der Schmied gedacht.

Doch nicht nur Rowans Stellung an der Seite der Hohepriesterin war ungewöhnlich, auch die Anwesenheit einiger Schattenelfen und die einer Barbarenabordnung. Sogar ein Halbling schlich in einiger Entfernung um den nach allen Seiten hin offenen Platz.

Goldene Tauben kreisten am Himmel, zu hoch, um sie mit einem gezielten Pfeil abzuschießen, aber niedrig genug, um Uroks Anwesenheit erkennen zu können und weiterzumelden.

Sicher würde es nicht mehr lange dauern, bis die Schwebende Festung ihre Position verließ und wieder nach Arakia einflog. Aber das machte nichts, es war ohnehin Zeit, eine Entscheidung herbeizuführen. Die Kampfhandlungen hatten schon viel zu vielen Kriegern das Leben gekostet, auf allen Seiten der Fronten.

»Es wird endlich Zeit, einen neuen Erzstreiter zu bestimmen!«, forderte wie erwartet Hogibo, der Streitfürst der Vendur. »Jetzt, da unsere Feuerhand wieder unter uns weilt, ist es wohl nur zu verständlich, dass ich Urok für dieses hohe Amt vorschlage. Ich bin mir sicher, dass er zusammen mit der Hohepriesterin, seiner Schwester, dem Feind das Fürchten lehren wird.«

Vandall Eishaar und einige andere Streitfürsten unterstützten Hogibo durch lautes Fußstampfen, doch es erhob sich auch Widerspruch. Und zwar von einem, der eigentlich noch zu Uroks Schar gehörte. Von Rowan.

»Nein«, rief der junge Krieger aufgebracht. »Habt ihr denn alle Lindwurmdung auf den Augen? Seht ihr denn nicht, dass Urok nicht mehr derselbe ist, der er früher einmal war? Seht doch nur, mit welchem Gesindel er sich umgibt! Mit Schattenelfen und Menschen! Er behandelt sie, als wären sie unseresgleichen. Woher wissen wir denn, dass ihr niederträchtiger Charakter nicht auf ihn abgefärbt hat?«

Tarren und einige der Schattenelfen keuchten laut auf ob der Unverschämtheiten, die sie sich da anhören mussten, doch noch ehe sich einer von ihnen zu einer Replik entschließen konnte, trat ein Ork vor, um zu sprechen. Einer, der schon als Erster Streiter in Bavas Horde gedient hatte und nicht gerade als Freund der zweiten Feuerhand bekannt war.

Tabor vom Stamme der Ranar.

»In Arakia hat sich viel verändert«, sagte er unaufgefordert, denn die Ranar hatten noch keinen Streitfürsten bestimmt. »Ein guter Beobachter erkennt es schon an dir, Rowan, und daran, wie du hier die Geschicke bestimmst. Doch du hast die Grenzen dieses Landes nicht verlassen so wie Grindel, ich oder die anderen Gefangenen. Hättest du unter den Menschen gelebt, so wüsstest du, dass nicht alle von ihnen Gothars treue Vasallen sind, sondern ihn viele Menschen und sogar auch Elfen genauso innig hassen wie wir. Tarren ist dafür ein gutes Beispiel. Aber auch Benir, der Schattenelf, mit dem zusammen Urok ganz Sangor dem Erdboden gleichgemacht hat. Ja, ihr habt alle richtig gehört. Nur zusammen konnten sie die Kraft aufbringen, Gothars Schergen zu bezwingen. Und hättet ihr Sangor brennen sehen, so wie wir, würde niemand von euch daran zweifeln, das einzig und allein Urok würdig ist, diese Rüstung zu tragen.«

Auch nachdem Tabor geendet hatte, wurde er von allen Seiten fassungslos angestarrt. War das wirklich noch der gleiche Erste Streiter, der keine Gelegenheit ausgelassen hatte, Urok schlechtzumachen, selbst aber stets die Hilfe von Grimpe, seinem Rechten Arm, benötigt hatte?

»Du?«, stieß denn auch Rowan ungläubig hervor. »Du ergreifst Partei für die zweite Feuerhand?«

»Zweite Feuerhand, zweite Feuerhand«, äffte ihn Tabor nach, nun doch wieder fast ganz der Alte. »Wen interessiert schon die Reihenfolge? Hauptsache, wir sind in der Lage, Arakia von dem Tyrannen zu befreien!«

Dabei stieß er zwischen seinen Händen einen großen Feuerball aus, der weit in den Himmel über sie schoss und beinahe einer goldenen Taube die Flügel versengte.

Diese Demonstration seines Könnens versetzte alle in Erstaunen, aber noch mehr, dass Tabor daraufhin erklärte, dass sein Talent im Vergleich zu dem einiger anderer unbedeutend klein wäre.

»Nicht die Rüstung macht den Erzstreiter«, erklärte denn auch

Urok, der bei einem Blick über die Schulter feststellte, dass die Schwebende Festung als dunkler Punkt über der Schwarzen Pforte erschien, »sondern das Herz, das in einem Krieger schlägt. Doch um uns gegen Gothar und seine Schergen zur Wehr zu setzen, müssen wir ihnen auch an List überlegen sein. Darum hört alle her, was für einen Plan ich ausgeheckt habe.«

Bei diesen Worten winkte er auch Morn näher, denn der Halbling hatte es sich seiner Meinung nach redlich verdient, an ihrer Beratung teilzunehmen.

Im Herzen des Feindes

Morn hatte nicht das Talent, sich unbemerkt in Gothars Heerlager zu schleichen, doch als er in der Dunkelheit von vorgeschobenen Wachposten aufgegriffen wurde, ermöglichten es ihm seine Uniform und der von ihm vorgetragene Wunsch, den gefürchteten Todbringer persönlich zu sprechen, zu Feene vorgelassen zu werden.

»Wo ist das Kind, das ich dir anvertraut habe?«, schleuderte sie ihm gleich zur Begrüßung entgegen. »Wenn du es nicht mitgebracht hast, wirst du bereuen, dich nicht unter dem größten Stein versteckt zu haben, der in Arakia zu finden ist!«

»Es geht Nerk gut«, versuchte er sie zu beruhigen. »Er ist in besten Händen.«

»Nerk?«, fauchte sie ihn an, die rechte Hand auf das Schwert an ihrer Hüfte gelegt. »Woher hat er diesen Namen? Und was fällt dir ein, ihn in meiner Gegenwart so zu nennen?«

Morn erbleichte, denn so hatte er sich ihre Unterhaltung nicht vorgestellt.

»Ich nenne ihn gern so, wie du befiehlst, Herrin«, versicherte er eilig.

Feene verstummte überrascht. »Ich habe noch keinen Namen für ihn«, gestand sie gleich darauf ein, »aber ich werde ihm einen geben, sobald er wieder bei mir ist. Also, was hast du mir über seinen Aufenthaltsort zu sagen?«

»Urok und seine Vasallen haben mich überlistet«, wich Morn einer direkten Antwort aus. »Aber mir ist das Gleiche mit ihnen gelungen. Sämtliche Orks und Schattenelfen vertrauen mir inzwischen. Darum kann ich deinen Sohn morgen im Schlachtgetümmel für dich entführen. Du musst nur die Aufmerksamkeit aller Orks ablenken, am besten, indem du ihren Erzstreiter in Bedrängnis bringst.«

»Erzstreiter?«, echote sie. »Ich möchte lieber diesem elenden Urok das Fell abziehen.«

»Beide sind ein und dieselbe Person«, erklärte Morn.

»Na, das ist ja ganz hervorragend.« Ihre Stimme troff nur so vor Hohn. »Und wie soll ich den Kerl im Schlachtgetümmel finden?«

»Das ist ganz einfach!« Morn lachte erfreut auf, scheinbar froh, so gut helfen zu können. »Er wird unter der Standarte des Horts kämpfen – das ist die mit dem Holzrad an der Spitze – und als Einziger eine schwere Rüstung tragen.«

»Sehr gut!« Feene nickte zufrieden. »Die elende Feuerhand gleich zu Beginn der Schlacht zu töten, würde vieles vereinfachen. Wenn alles stimmt, was du mir berichtet hast, werde ich dir noch mal verzeihen und Gnade vor Recht ergehen lassen. Aber nur, wenn du mir das Kind unversehrt bringst.«

»Gern, Herrin«, dienerte er. »Für dich würde ich sogar durchs Feuer gehen.« Ergriffen streckte er die Hand aus, um ihr über die linke Wange zu streichen, doch sie schlug sie ihm fort, ehe er ihr Gesicht berühren konnte.

»Was fällt dir ein, du Wurm?«, schimpfte sie. »Wie kannst du dir nur so eine Frechheit herausnehmen?«

Morn zog sofort den Kopf ein und schlich wie ein geprügelter Hund von dannen.

»War das nicht ein wenig hart?«, fragte eine Stimme aus dem Hintergrund. Sie gehörte Kuma, der hinter einem Vorhang hervortrat. »Was ist, wenn er es sich noch einmal anders überlegt?«

»Was soll er sich schon anders überlegen?«, lachte sie. »Dass Urok die Rüstung des Erzstreiters tragen wird?«

25

Arakia

König Gothar selbst führte die Truppen an. Die ganze Nacht hindurch hatte er vor seinen Gardisten, den Gepanzerten und den Schädelreitern gestanden, mit ihnen getrunken und flammende Reden gehalten. Dann hatte er sich in die Obhut seiner Legionäre begeben, um hautnah dabei zu sein, wenn sein Todbringer den Erzstreiter der Orks im Nahkampf besiegt.

Ein direkter Zusammenprall beider Heereslinien war nicht möglich, dies ließ das von Seen und Marschen zerrissene Gelände nicht zu. Besonders die Orks hatten ihre Kräfte auf viele verschiedene Punkte verteilt, das war schon an ihren Feldzeichen zu sehen, die die einzelnen Stammeszugehörigkeiten kennzeichneten.

Gothar und seine Hauptstoßmacht schienen sich jedoch nur für einen bestimmten Bereich zu interessieren, für den, wo sich das Banner des Horts erhob, unter dem der Erzstreiter in seiner Rüstung kämpfte.

»Solange der Frostwall steht, bleibt die alte Ordnung eingefroren«, hatte der Maar dem König immer wieder eingeschärft, und Thannos, der unter der Maske steckte, hatte nur eifrig genickt, denn sein altes Leben war längst vergessen. Er war tatsächlich nur noch der Tyrann, der sich allerdings allein nach dem Willen des Maar richtete. »Die Feuerhand muss sterben, um alle Gefahr für immer zu bannen!« Diese Anweisung war für ihn deshalb wichtiger als das eigene Leben.

Lichtbringer, die von der Festung absanken, nahmen die Einheit des Erzstreiters mit glühenden Sphären unter Beschuss. Wer erwartet hatte, dass sie von Ursa zum Absturz gebracht wurden, sah sich enttäuscht.

Stattdessen aber stiegen Flammenbälle aus den Reihen der Orks auf, die sich mühelos durch die weißen Schleier brannten. Gepeinigt schrien die Lichtbringer auf, und ihre Schmerzen vergrößerten sich noch, als sie auch noch von Schattenelfen bedrängt wurden, die bis zu ihrer Höhe aufstiegen und ebenfalls Feuer zu schleudern vermochten.

Der Kampf in den Lüften tobte hart, doch am Boden verlief er nicht minder schwer. Stahl klirrte gegen Stahl, Disziplin prallte gegen ungezügelte Kampfeslust.

Aber die Orks hatten dazugelernt und wurden auch noch von ausgebildeten Nordmännern unterstützt, und so bereiteten sie den Schwadronen der vorwegmarschierenden Gepanzerten große Verluste.

Feene und ihren Schattenelfen gelang es trotzdem, binnen kürzester Zeit bis zum Erzstreiter vorzudringen. Die Rüstung tanzte vor ihr, wie eine mit Nektar gefüllte Blüte vor der Biene, doch als sie nahe genug heran war, um das Gesicht unter der Streitkrone zu erkennen, stockte ihr der Atem.

Denn es war Morn, der so frech zu ihr herübergrinste!

»Hast du wirklich gedacht, ich würde zu dir angekrochen kommen?«, höhnte er ihr entgegen. »Oder Kuma? Er hat gestern genauso über dich gelacht wie ich!«

Ihr Herz erhielt einen Stich, als sie begriff, wie sehr sie getäuscht worden war. Doch so groß die Schmach auch in ihr wühlte, noch weitaus größer brannte eine ganz andere Frage in ihr.

Wo, bei allen fünf Winden, war Urok, der Erzstreiter?

Reifhorn
»Ich will fügen, ich will fügen, ich will fügen«, wiederholte Bava immer wieder, ohne dass etwas passierte. Neben dem Fleischtopf kauerte er auf dem Boden und versuchte seine Bestimmung zu finden.

»Was ist mit ihm?«, fragte Gabor, der immer noch Mühe hatte, sich auf den Beinen zu halten. »Hat ihn die Kälte verrückt gemacht?«

Das Kristallwesen neben ihm verzog das Gesicht zu einem leise knisternden Lächeln. »Nein«, sagte es, »er sieht jetzt klarer als je zuvor in seinem Leben.«

Seine eisigen Worte schwangen immer noch durch den Raum, als Bava in Flammen aufging. Er war nicht mehr nur eine Feuerhand, sondern ein im Blutrausch Gefangener, der den *Ruf* gehört hatte. Ja, mehr noch, zum leuchtenden Fanal wurde er, das den Boden unter sich zum Schmelzen brachte, sodass Bava in die Tiefe sackte und von frischen Schmelzwassermassen umschlungen wurde.

Trotzdem brannte er weiter, immer heller und heißer, bis das Eis unter ihren Füßen rissig wurde und sich dicke Spalten bildeten. Wasser überflutete Gabors Stiefel, doch er verspürte keine Angst. Er hätte ohnehin in der Schlacht um Knochental fallen sollen. Alles, was ihn noch am Leben gehalten hatte, war die Rache an Bava gewesen, die nun hinfällig geworden war.

»Wir werden mit der Schmelze vergehen«, sagte die Eisgestalt neben ihm, »doch du sollst überleben, um von uns zu berichten.«

Gabor hatte die Trugbilder gesehen, die sie auch Bava gezeigt hatten, nur wusste er nicht, ob er derjenige sein wollte, der allen von Vurans Sterblichkeit berichtete.

Aber er erhielt keine Gelegenheit mehr, das Amt, das ihm aufgebürdet werden sollte, abzulehnen. Eine harte Erschütterung riss ihn von den Beinen. Und schon im nächsten Augenblick brach das Eis unter seinen Füßen in einer großen Scholle aus dem Boden und schleuderte ihn quer durch die Kristallhalle.

Instinktiv krallte er sich an dem Bruchstück fest, das von hervorsprudelndem Wasser angetrieben, aber wie von eigenem Leben beseelt zum Hort hinausgespült wurde.

Auch draußen war die Rutschpartie noch nicht zu Ende.

Eine grelle Lichterscheinung breitete sich unter dem Eispanzer des Frostwalls über das ganze Massiv hinweg aus. Gabor weigerte sich zu glauben, dass sie von Bava ausging, ausgerechnet von diesem schwächlichen Hund, aber eine andere Erklärung gab es wohl nicht, außer dass er nur das Werkzeug war, dessen sich das Blut der Erde bediente.

Das Krachen, mit dem das Eis überall um ihn herum barst, war mehr als nur ohrenbetäubend, es war geradezu infernalisch. Und so war er froh, dass er auf der Scholle immer tiefer und tiefer rutschte, über knallende Spalten und hervorschießendes Wasser hinweg, immer weiter in Richtung Tal.

Arakia

Nur zu zweit hatten sie sich durch die feindlichen Linien geschlagen: Benir und Urok, die wussten, dass sie es endgültig fügen mussten. Geschickt wie sie waren und dank ihres gelungen Täuschungsmanövers, das alle glauben ließ, Urok würde unter dem Banner des Horts kämpfen, schafften sie es ungesehen bis zu dem Flecken Erde, der unter der Schwebenden Festung lag.

Dort fassten sie einander an den Händen und stiegen, wie von einem scharfen Sog erfasst, senkrecht in die Höhe, bis sie eine der Einstiegsöffnungen der Festung erreichten. Genau so, wie es das Blut der Erde seiner Hohepriesterin Ursa offenbart hatte.

Geduckt huschten Elf und Ork durch dunkle Gänge, bis sie einen großen, von oben herab erleuchteten Saal erreichten. Kaum dass sie ihn betreten hatten, spürte Urok ein Kribbeln am ganzen

Leib. Er fasste sein Wellenschwert fester und warnte Benir durch einen unterdrückten Laut, dann stand sein Oberkörper auch schon komplett in Flammen.

»Du bist es also wirklich!«, erklang eine erboste Stimme über ihn.

Urok wollte sofort herumwirbeln, doch seine Beine fühlten sich plötzlich so schwer an wie Blei. Wie von einer unsichtbaren Faust gepackt, wurde er niedergedrückt, ohne etwas dagegen unternehmen zu können. Dem neben ihm kauernden Benir erging es nicht anders.

»Ihr Narren!«, rief ihnen ein Lichtbringer zu, der langsam zu ihnen herabschwebte. »Habt ihr wirklich geglaubt, euch mit mir messen zu können? Meine Kraft ist der euren so hoch überlegen, dass es dafür keinen Maßstab gibt. Seit Generationen existiert kein Wesen mehr, das mir gleichkommt, und es wird auch kein solches geboren werden, solange ich lebe!«

Urok und Benir fühlten sich beide in die Luft gehoben und gegen eine Marmorwand geschleudert, wobei ihnen der Atem aus den Lungen gepresst wurde. Verzweifelt versuchten sie die Kontrolle über ihre Körper zurückzuerlangen, bis...

Ja, bis der Maar vor Schmerzen aufschrie und sich zwischen Boden und Decke schwebend zu winden begann. Unsichtbare Krallen zerrten an ihm, warfen ihn herum und stülpten buchstäblich sein Innerstes nach außen.

Die silberne Maske flog ihm vom Gesicht. Einen kurzen Herzschlag lang sahen sie den widerlich glänzenden Stumpf, der seinen Kopf darstellte, und im nächsten Augenblick bog er sich schon auf widernatürliche Weise in sich hinein, bis sich das vorgewölbte Gesicht eines Schlangenkriegers zeigte.

Es war ein ganz und gar nacktes Reptil, das sie nun sahen, ohne jegliche Schleierfortsätze, nur mit gefleckter Schuppenhaut versehen.

»Was ist das?«, schrie der Maar und starrte auf seine Hände. »Warum bin ich wieder Raam? Was ist mit dem Frostwall geschehen?«

Er stürzte nicht abrupt ab, doch er sank bis auf den Boden der Halle und fand keine Möglichkeit mehr, sich wieder mit dem Atem des Himmels emporzuschwingen. Oder sich irgendwie zu verteidigen.

Das Wellenschwert fest umklammert und inzwischen am ganzen Körper lodernd, marschierte Urok auf ihn zu. Die Kleidung, die er getragen hatte, sprang ihm verkohlt von den Gliedern.

»Siehst du, wie wütend du mich gemacht hast?«, fragte er die zeternde Schlange, die immer noch lauthals beklagte, was mit ihr geschehen war.

Bis zu dem Moment, an dem das Wellenschwert sie in zwei Teile schlug.

Eine Weile wanden sich die beiden Körperhälften noch auf dem Boden, dann erstarben die Bewegungen.

»Bei allen fünf Winden«, staunte Benir und trat vorsichtig heran, sorgsam darauf bedacht, Uroks flammenden Leib nicht zu nahe zu kommen. »Wie hast du das denn hingekriegt?«

Urok zuckte mit den Schultern. »War nicht schwer, hab ihm einfach die Klinge durchgezogen.«

»Das meine ich nicht!« Benir fixierte ihn misstrauisch, unsicher darüber, ob Urok ihn wirklich nicht verstanden hatte. »Wie du ihn in einen Schlangenmenschen verwandelt hast, will ich wissen.«

Uroks Stirn legte sich in Falten. »Ich dachte, *du* hättest einen entsprechenden Zauber gewirkt.«

Je mehr der Flammenteppich auf seiner Haut versiegte, desto deutlicher spürte er die Prellungen, die von dem Schlag gegen die Marmorwand herrührten.

Benir erging es nicht viel besser. Humpelnd und die schmerzenden Stellen massierend, gingen sie auf den Ausgang zu. Sie hatten den obersten aller Lichtbringer getötet, mehr gab es nicht für sie zu tun, sonst hätte Urok weitergelodert.

Sie waren auf das Schlimmste gefasst, als sie die bogenförmige Einflugsöffnung erreichten, doch statt des zu erwartenden Schlachtengetümmels blickten sie auf eine riesige Sturzflut, die sich von der Eiskluft aus in Richtung Arakia ergoss. Auf einen Schlag entfesselt, schossen die Wassermassen durch das tief im Erdreich eingegrabene Flussdelta.

Aber nicht nur das, von Reifhorn bis zur Eiskluft glühten die Gletscher auf seltsame Weise von innen heraus, platzten zu großen Stücken auseinander, und auf seiner ganzer Breite geriet der Frostwall ins Rutschen. Überall gab es Überschwemmungen, aber dort, wo bereits natürliche Schmelzwasserabflüsse verliefen, brachen sie sich besonders heftig Bahn.

Die vendurischen Pfahlbauten wurden von turmhohen Wellen verschlungen, die alles unter sich begruben. Schlamm und Geröll mit sich reißend, bauschte sich die Wasserwand immer höher auf, und schäumend und gischtend wälzten sie dem Schlachtfeld entgegen. Die widerstreitenden Parteien wirkten geradezu winzig im Vergleich zu dem Inferno, das auf sie niederbrach. Alle Kampfhandlungen kamen auf einen Schlag zum Erliegen. Selbst dort, wo die Klinge schon an der Kehle saß, wirbelten die Kontrahenten auseinander.

Zahllose Strudel entstanden, wo Freund wie Feind in den Fluten versanken. Vor den Gewalten, die dort unten alles niederwarfen, gab es kein Entkommen. Keine noch so mächtigen Beinmuskeln vermochten dem tödlichen Sog zu trotzen, der an Menschen, Orks und Elfen gleichermaßen zerrte. Aber auch die Reihen der Gepanzerten wurden wie Spielfiguren umhergeschleudert und von der Strömung mitgerissen. Hütten, Bäume oder Schiffe –

rund um die Kristallseen wurde alles von den Fluten regelrecht niedergewalzt.

So hartgesotten Urok und Benir sonst auch waren, bei diesem Anblick riefen selbst sie erschrocken ihre Götter an, denn dort unten versanken einige über alles geliebte Wesen unter Bergen von Wasser, darunter Uroks Schwester und Benirs Sohn, und es gab nichts, was sie dagegen unternehmen konnten. Wie schal der Sieg über den Maar doch plötzlich schmeckte.

Der Schock ließ beide jedes Zeitgefühl verlieren. Zu steinernen Statuen erstarrt, standen sie einfach nur da, unfähig, den Blick von der Katastrophe abzuwenden.

Die Wassermassen wälzten sich weiter entlang des Flussbetts, unter der Schwebenden Festung hindurch, auf das Dorf der Ranar zu, und es schien Ewigkeiten zu dauern, bis die Gewalt der Sturzflut endlich abnahm, denn der Frostwall taute weiterhin in beängstigender Geschwindigkeit ab.

Auf Höhe der Kristallseen begannen sich die Wogen dann allmählich zu glätten, aber das ließ das Grauen nur noch endgültiger wirken. Urok glaubte auf ein riesiges Massengrab zu blicken.

Bis zu dem Moment, als die ersten Lindwürmer prustend an die Oberfläche stiegen, zuerst die amphibische Gattung, die es gewohnt war, lange unter Wasser auszuhalten und auch bei schlechter Sicht zu tauchen. An den Hörnern ihrer Rückenkämme klammerten sich Hände fest. Große und kleine, grüne wie weiße, gerade so, wie Orks, Menschen und Schattenelfen in ihrer Nähe gestanden hatten.

Die vierbeinigen Exemplare fanden ebenfalls den Weg nach oben. Für ihre Reiter mit den Stahlhelmen und den schweren, mit Nägeln besetzten Jacken sah es hingegen schlechter aus. Ihre martialische Kleidung rächte sich nun. Jeder von ihnen, der aus seinem Sattel gerissen wurde, sank unweigerlich mit dem Kopf voran in die Tiefe.

Die klobigen Rüstungen der Gepanzerten waren ebenfalls von Nachteil. Auch sie tauchten nur sehr vereinzelt in die Höhe, vor allem, weil die Lindwürmer offenbar keinen Drang verspürten, sie mit sich nach oben zu ziehen. Menschen, Elfen und vor allem Orks fischten sie hingegen regelrecht auf. Manche von ihnen tauchten noch mehrmals ab, um erschöpfte, dem Ertrinken nahe Gestalten, notfalls sanft ins Maul genommen, an die Oberfläche zu ziehen.

Dass die Orks all die Generationen hindurch den Lindwürmern die Sumpfzecken entfernt hatten, zahlte sich nun aus. Zu Dutzenden klammerten diese sich an ihnen fest, vom Nacken bis ans letzte Glied des Schwanzes hinab. So lange, bis der Wasserpegel endlich fiel und die Überlebenden wieder festen, wenn auch zumeist glitschigen Boden unter die Füße bekamen.

Als die ersten Freudenschreie erklangen, hielt es Urok und Benir nicht mehr in der Schwebenden Festung. Rasch nahmen sie den Atem des Himmels in sich auf und sanken zum Boden hinab. Unten angekommen setzten sie alles daran, ihre Lieben zu finden, doch angesichts der Schlammwüste, durch die sich die Orks, Elfen und Menschen wühlen mussten, konnte man einzelne Personen nur schwer erkennen; ob Kleidung, Uniformen, Haare oder Gesichtszüge, alles verschwand hinter einer einheitlich lehmbraunen Masse.

Jeder weitere Kampf war sinnlos geworden. Nicht nur, weil alle zu erschöpft waren, noch aufeinander loszugehen, sondern auch, weil Freund und Feind häufig nicht mehr voneinander zu unterscheiden waren.

Dennoch entdeckten Urok und Benir auch einige nackte Schlangenmenschen, die nichts außer dem Schlamm auf ihrer Haut trugen. Da nirgendwo überlebende Lichtbringer zum Himmel aufstiegen, nahmen der Ork und der Schattenelf an, dass diese sich auf gleiche Weise wie der Maar verwandelt hatten.

Nicht jeder erkannte das mit der gleichen Deutlichkeit wie Urok und Benir, trotzdem flammte an einigen Stellen Hass gegen die Schlangenmenschen auf.

»Lasst sie in Ruhe!«, bellte eine befehlsgewohnte Stimme, als mehrere Orks zwei der Reptilien einkesselten und sie sich vornehmen wollten. »Sie haben über Generationen hinweg nur aus Angst um ihr eigenes Überleben gehandelt. Der Einzige, der bestraft gehört, ist der Maar!«

»Der Maar ist tot!«, verkündete Urok, der die Stimme des alten Orks zu erkennen glaubte. Als er weiter auf ihn zuging, wurde seine Ahnung bestätigt.

»Gabor Elfenfresser!«, rief er erfreut. »Ich habe nicht geglaubt, dich noch einmal lebend wiederzusehen.«

»Das dachten schon viele, du Grünohr! Die meisten von ihnen habe ich bisher überlebt!« Der Alte sah wesentlich sauberer aus als viele andere der Umherwankenden, doch auch reichlich durchgefroren. Vielleicht lag das an den großen Eisschollen, die in seiner Nähe lagen.

Angesichts eines alten Recken wie Gabor Elfenfressers zogen es die von ihm zurechtgewiesenen Orks vor, sich lieber um andere Dinge zu kümmern als um die Schlangenmenschen. Die wiederum, durch Gabors entschlossenes Auftreten davongekommen, verschwanden ohne ein Wort des Danks, so schnell sie nur konnten. Mit anderen ihrer Art sammelten sie sich unterhalb der Schwebenden Festung und stiegen zu ihr auf, allerdings nicht mehr mit der Leichtigkeit eines Lichtbringers, sondern eher wie ein Schattenelf, der die Kunst der Levitation besonders gut beherrschte.

Kurz darauf setzte sich die Festung in Bewegung und verschwand mit unbekanntem Ziel.

Die Umgebung weiter unablässig absuchend, fragte Urok, an Gabor gerichtet: »Wie meintest du das, als du sagtest, diese

Schlangenkrieger hätten nur aus Angst um ihr eigenes Überleben gehandelt?«

»Ach, das ist eine lange Geschichte«, antwortete der Alte, aber er wäre nicht der geschwätzige Gabor Elfenfresser gewesen, wenn er sie nicht trotzdem sofort erzählt hätte. Und je ausführlicher er sie ausschmückte, desto besser gefiel sie ihm, weil die Vorfahren der Schattenelfen darin eine so unrühmliche Rolle spielten.

So kam es, dass er nicht einmal sein großes Bittermaul hielt, als sie Ursa gesund wiedersahen und ihnen Kuma mit Nerk auf dem Arm entgegenschlenderte.

EPILOG

Nach der verheerenden Springflut schmolz der Frostwall wesentlich langsamer ab. Es dauerte gut drei Tage, bis die Überschwemmungen nachließen und der westliche Gebirgszug wie jedes andere Steinmassiv aussah, mit einigen weißen Kappen auf den Spitzen, aber ansonsten kahl und rau. Aus dem Hort, der sich bei Reifhorn erhob, stieg wieder Rauch auf, so wie aus vielen anderen einst erloschenen Horten in den umliegenden Provinzen.

Die Flut, die über Arakia hereingebrochen war, hatte große Teile des Landes verwüstet, doch auch fruchtbaren Schlamm mitgebracht, aus dem Neues erwachsen würde. Verluste an Leben waren dagegen dank der Anhänglichkeit der Lindwürmer nur in geringem Ausmaße zu beklagen. Sicherlich wären sie wesentlich höher ausgefallen, wäre es zur Schlacht bis zum letzten Mann gekommen.

Doch es wartete natürlich viel Arbeit auf die Stämme der Blutorks. Hütten und ganze Dörfer mussten neu errichtet und die Versorgung mit Nahrung gesichert werden. Ein Erzstreiter war für sie nun wichtiger denn je, darum gehörte es zu Ursas ersten Amtshandlungen, nachdem die Eingänge des heiligen Horts freigelegt waren, den Rat der Streitfürsten einzuberufen.

An jenem Tag in der Blutkammer trug Urok zum ersten Mal die Krone, aber auch die neue Rüstung des Erzstreiters. Alle Stammesabgesandten hatten ihn einstimmig gewählt, obwohl eine andere Feuerhand, die nicht mehr unter ihnen weilte, den kältesten und wichtigsten aller Horte wieder in Gang gesetzt hatte.

Trotzdem vertrauten alle auf die Weisheiten, die Urok in seiner Gefangenschaft gesammelt hatte, und nickten ihm wohlgefällig zu, während er sich vor der frei emporspritzenden Glut des Blutsees präsentierte.

Auch die Menschen und die Schattenelfen, die zu diesem Anlass erschienen waren, spendeten Applaus – Tarren, Benir und viele andere, mit denen er schlimme Zeiten durchlebt hatte. Aber es waren auch Besucher aus weiter entfernten Regionen erschienen, und von denen wussten sie, dass die Schwebende Festung im Innersund gelandet und bis über die Spitze in unergründliche Tiefen versunken war.

Als sein Blick in die Runde schweifte, vermisste Urok eigentlich nur einen. Den, der ihn so gut in der Schlacht vertreten hatte. Morn.

Es hieß, dass der Halbling immer noch über die Schlachtfelder irrte, auf der Suche nach dem Gegner, mit dem er gerade die Klinge hatte kreuzen wollen, als die große Flut alles durcheinandergewirbelt hatte. Und mancher munkelte, dass er den Todbringer nicht etwa suchte, um ihm wie verdient den Garaus zu machen, sondern weil er das Weib insgeheim doch gern in die Arme geschlossen hätte.

Aber das sollte nicht geschehen. Auch nicht nach vielen Monden des Suchens, als die unbestatteten Leichen langsam zu stinken begannen. Denn so beharrlich Morn auch suchte, Feenes toter Körper blieb unauffindbar.

PERSONENLISTE

Einst...

Vuran – der Erste Streiter in der Hortgarde von Rabensang
Wulfralla – der Hohepriester von Rabensang
Ulke – ein junger, aufstrebender Priester in Rabensang
Sevak – der Kommandant der Elfengarde
Monea – die Königin von Ragon
Andro – ein Novize im heiligen Hort
Raam – der Höchste aller Reptilienpriester

... und jetzt:
Die Blutorks

Urok – versteht in der Fremde, worauf es in der Heimat ankommt
Ursa – die neue Hohepriesterin im heiligen Hort
Ramok – ist Uroks und Ursas verstorbener Vater
Bava Feuerhand – einst der Streitfürst und nun auf der Flucht
Gabor Elfenfresser – einst Bavas Stellvertreter und nun sein Jäger
Tabor – einst Uroks ärgster Widersacher
Rowan – der einzige Krieger in Uroks Schar
Grindel – eine Kriegerin, die neue Kampfgefährtinnen findet
Moa – ist Ursas Knappe und Novize im Hort

Vandall Eishaar – ist Streitfürst der Madak
Hogibo – ist Streitfürst der Vendur
Finske – ist einer der fünf Hohen
Vokard – ist einer der fünf Hohen
Monga – ist Schmied im heiligen Hort

Die Schattenelfen

Benir – kämpft in der Arena um sein Leben
Feene – ist der neue Todbringer
Nerk – ist Benirs Sohn
Kuma – ist in Sangor verblieben
Geuse – ist vertrauenswürdiger als manch anderer

Die Menschen

König Gothar – ist nur ein Strohkönig
Herzog Garske – ist begierig darauf, diesem König zu dienen
Inome – eine Liebesmagd im Haushalt des Herzogs
Namihl – eine weitere Dienerin aus dem Tempel der Liebe
Thannos – ein Großgardist in den Reihen des Königs
Morn – ein Halbling in Feenes Diensten
Inea – eine Amme aus Sangor
Ordon – der Ausbilder der Gladiatoren
Pelzauge – einer von Ordons Gehilfen
Skork – der Anführer der Diebesgilde
Canera – ein Mitglied der Diebesgilde
Fridka – ein Mitglied der Diebesgilde
Tarren – ein Gladiator aus Bersk
Zavos – ist Tarrens Bärenbruder

Palo – ein Wachmann der Arena
Avak – ein Gladiator
Mondor – ein Gladiator
Kenir – ein Wachmann der Arena, der die Hundeketten bedient
Nahog – ein Wolfshäuter

blanvalet

Es kommt eine Zeit, die nach Helden verlangt!

Roman. 640 Seiten. Übersetzt von Wolfgang Thon
ISBN 978-3-442-26592-3

Lesen Sie mehr unter: **www.blanvalet.de**